歌語り・歌物語隆盛の頃

伊尹・本院侍従・道綱母達の人生と文学

堤　和博　著

和泉書院

序文

堤和博氏が、長年の研究成果としてまとめられた『歌語り・歌物語隆盛の頃』を、このたび和泉書院から上梓されるという。この課題は学生のころから取り組んできたテーマで、そのつど学会での研究発表や研究誌に公表してきた内容も含まれているだけに、あらためて見るにつけ、懐かしくもまたその発展深化の軌跡も見る思いがする。それとともに、このように一書に体系的にまとめるにあたっては、考証をし直して書きあらため、追記の手を加えるなど、その努力だけでも敬服する思いがする。

平安文学研究に限らず、現在の日本文学の研究状況は狭小な隘路に入り込み、その世界で有効な発言をしようと、ますます撞着しているのではないかと危惧もする。研究の世界は社会から屹立し、崇高な理念のもとに推進すべきとはいえ、前提としては広い人文学一般の視野を持つ必要がある。自然科学との共生のもとに、どのように文学の自己主張をし、社会に意義を問うかも、現代の研究者にとっては不可避の使命ともいえよう。

本書の副題は「伊尹・本院侍従・道綱母達の人生と文学」とするように、物語成立の源流ともいうべき歌語り・歌物語においては基本ともいうべき『本院侍従集』『とよかげ』を徹底的に分析解釈する。このようにまで詳細な配列意識のもとに作品が形成されているのかと、認識も新たにする。そこから当時の文学を形成していった人物関係、歴史的な背景を縦横に浮かび上がらせてくる。豊かな想像力は、文学研究の土壌をさらに広げていくことになろう。さらに文学的な視野は、『蜻蛉日記』との結びつき、引歌との関連から『源氏物語』にまで及んでいくという、大きな構想のもとに論を組み立てていく。

歌語り・歌物語という視点を基軸とし、そこから各作品の分析へと展開し、体系的に仕立てた典型的な一つの学術書となり得ていると思う。私としては、心から成果をことほぐとともに、今後の研究の世界に大いに裨益する書であると確信している。

二〇〇七年五月

国文学研究資料館長
伊井　春樹

目次

序文　伊井春樹先生　i
凡例　xii
第一部　歌語り・歌物語隆盛の頃　一
――伊尹・本院侍従・道綱母達の人生と文学――
Ⅰ　『一条摂政御集』研究　三
第一章　他撰部の歌語り的歌群研究　七
第一節　本院侍従　七
1　はじめに　七
2　98～100番　八
3　115～118番　一二

4　146～151番……一五
5　他撰部後半部㊥＝「別本本院侍従集」（152～164番）……一九
6　本院侍従関連の歌語り……二三
第二節　北の方恵子女王……三三
1　はじめに……三三
2　65・66番……三四
3　101～103番……三九
4　170番……四〇
5　184～186番……四一
6　恵子関連の歌語り……四二
第三節　小野好古女……四五
1　はじめに……四五
2　他撰部の詞書における助動詞「き」の使用……四五
3　小野好古家関連の歌の特異性……四七
4　小野好古家関連の歌語り……五〇
第四節　「とばりあげのきみ」（69～80番）……五二
1　はじめに……五二
2　内容確認と贈答相手……五五

3 配列の狙い……五八
第五節 「東宮にさぶらひける人」(81~95番)……六三
1 はじめに……六三
2 主として歌の配列について……六六
3 詞書の文体について……七〇
第二章 他撰部の編纂(成立)に関する研究……七五
第一節 他撰部前半部……七五
1 はじめに……七五
2 本院侍従との関わり……七五
3 小野好古家との関わり……七八
第二節 他撰部後半部……八三
1 はじめに……八三
2 他撰部後半部㊤の性質……八四
3 他撰部後半部㊦の性質……八九
4 他撰部後半部㊤の資料源……九一
5 他撰部後半部㊦の資料源……九四
6 他撰部後半部の成立過程……九七

第三章　「とよかげ」の部研究……一〇三
第一節　「とよかげ」の部の特質……一〇三
1　はじめに……一〇三
2　「とよかげ」の部の構成……一〇四
3　「とよかげ」の部のA部とB部の異質性（一）……一〇八
4　「とよかげ」の部のA部とB部の異質性（二）……一一一
5　B部未定稿説……一二七
第二節　冒頭歌について……一四一
1　はじめに……一四一
2　伊尹の歌風と冒頭歌―Ⅱ段〜Ⅴ段の冒頭部の歌との比較―……一四三
3　冒頭歌の意味……一四九
4　初句「あはれ」……一五二
5　下句「みのいたづらになりぬべきかな」……一六〇
6　初句「あはれ」と下句のまとめ及び冒頭歌が冒頭にある意味……一六三
第三節　歌語りから「とよかげ」の部へ……一七九
――他撰部の小野好古女関連歌を中心として――
1　はじめに……一七九
2　「とよかげ」の部における趣向の偏りと他撰部における小野好古女関連歌の特異性……一八〇

3 Ⅱ段成立における小野好古家の役割……一八一
4 他の段についての類推……一八五
5 B部未定稿説再考……一八七

Ⅱ 『本院侍従集』研究……一九三

第一章 配列に施された虚構を中心とする諸問題……一九五
1 はじめに……一九五
2 本院侍従の出仕先……一九七
3 『本院侍従集』の構成―各説―……二〇〇
4 『本院侍従集』の構成―私説―……二〇四
5 虚構の狙いと編者……二一二

Ⅲ 『蜻蛉日記』研究……二二三

第一章 上巻欠文部の養女問題考……二二五
第一節 養女問題執筆削除の可能性……二二五
1 はじめに……二二五
2 恋愛問題・養女問題欠如の理由―恋愛問題を重視する説―……二二七
3 恋愛問題に関する私説……二三〇

4 養女問題に関する私説と先学の説……二三三
5 恋愛問題・養女問題欠如の理由―私説―……二三七
6 まとめ……二三九
第二節 養女問題執筆削除説をめぐる問題
――上巻前半部の主題を中心に――……二四六
1 はじめに……二四六
2 恋愛問題・養女問題以外の欠文部の出来事……二四七
3 上巻前半部の主題（一）―木村正中説―……二五二
4 上巻前半部の主題（二）―「はかなき身の上」の検討―……二五六

第二章 下巻の夢と夢解き・養女迎えの記事……二六三
第一節 物語的手法とその限界……二六三
1 はじめに……二六三
2 夢と夢解き・養女迎えの記事の特異点……二六四
3 物語的手法（一）―三つの夢と夢解き―……二七一
4 物語的手法（二）―道綱母の構成意識 付、『本院侍従集』との比較―……二七六
5 物語的手法の限界―日記意識と対読者意識―……二七九
第二節 （付説）日付と事実関係をめぐる一考察……二八七

1　はじめに……二八七
2　日記的部分への日付の偏在……二八七
3　日付の矛盾……二九三
4　夢と夢解きの部分―三つの夢の不審点―……二九五
5　夢と夢解きの部分新解……二九八
6　今後の課題……三〇一

第二部　引歌表現研究……三〇七

第一章　『蜻蛉日記』上巻の最初の引歌表現……三〇九
――「いかにして網代の氷魚にこと問はむ」――
1　はじめに……三〇九
2　〔神無月歌〕……三一二
3　通説における解釈……三一五
4　引歌表現までの記事配列……三一六
5　引歌の詠歌事情と道綱母の享受……三二〇
6　道綱母の歌語り享受……三二五
7　類似例……三二六

8　まとめ……三二八
第二章　『源氏物語』の引歌表現研究……三三五
第一節　「神無月いつも時雨は……」考……三三五
1　はじめに……三三五
2　田坂憲二説……三三六
3　〔神無月歌〕の存在……三三八
4　〔神無月歌〕の詠歌事情……三四〇
5　葵巻での引用―付、〔為頼歌〕の可能性―……三四一
6　幻巻での引用……三四六
7　〔神無月歌〕の詠歌事情再考……三四七
8　『本院侍従集』での引用……三四八
9　〔為頼歌〕……三四九
第二節　総角巻の引歌表現「かく袖ひつる」考
――匂宮論と関わり合わせて――……三五四
1　はじめに……三五四
2　匂宮論……三五五
3　当該場面の詳細……三五七

4 引歌検討……三六〇
5 〈神無月歌〉が引歌の場合……三六三
6 引歌表現と人物像……三六六
7 〈いにしへも歌〉が引歌の場合……三六九
8 引歌再検討……三六九

所収論文一覧……三七七

索　引……三八一
和歌索引（初句二句）……三八三
著書索引……三八八
人名索引……三九三

あとがき……三九七

凡例

全般的に関わること

◎本書を第一部と第二部に分け、第一部は『一条摂政御集』・『本院侍従集』・『蜻蛉日記』に関する論考を集め、第二部には引歌表現研究に関する論考を集めた。第二部第一章は、『蜻蛉日記』の引歌表現に関する論考で、第一部にも属し得るが、引歌表現研究に重点があるので、第二部に入れた。

◎本書の標題とも一致する第一部が本書の主要部分である。従って、第一部においては、Ⅰ・Ⅱ・Ⅲの冒頭にそれぞれ前文を付した。第二部では、第二部の冒頭の一箇所に前文を付した。

◎歌集・歌合の本文引用及び歌番号は、特に断らない限り『新編国歌大観』による。私家集で第三巻と第七巻ともに所収されている場合は、便宜上第三巻によった。歌集名は『拾遺集』などの省略形を用いた。

『一条摂政御集』に関わること（主として第一部Ⅰ）

◎『一条摂政御集』の本文引用、先行研究の引用・言及は以下の原則による。第一部Ⅰ以外で『一条摂政御集』に言及する場合も同じである。

◎『一条摂政御集』の本文引用は、益田家旧蔵伝西行筆本（益田家旧蔵本と呼ぶ―〈注〉参照―）により、私に句読点・濁点等を付したが、益田家旧蔵本につき、筆者が実際に見たのは、一九三七年松かけ会発行の複製本の一九五八年再版本である。その際、益田家旧蔵本はかなり読みづらい字体であるので、『私家集大成』・『新編国歌大観』・『一条摂政御集注釈』等の翻刻を参考にした。なお、益田家旧蔵本では、「たまふ」のウ音便形は、「う」を表記しない形（「たまて」など）になっている。また、傍線等も私に付した。

〈注〉益田家旧蔵本は、『補訂版國書總目録第一巻』（一九九三年九月・岩波書店）では、写本がお茶の水図書館成簣堂文庫蔵とされている。私も同書の記載により、唯一の写本益田家旧蔵本そのものが成簣堂文庫に蔵されているのかと思い、「本院侍従の歌語り—道綱母を取り巻く文壇—」（『日本古典文学史の課題と方法 漢詩 和歌 物語から説話 唱導へ』〈二〇〇四年三月・和泉書院〉）と大阪大学大学院に提出した博士学位論文では、益田家旧蔵本を成簣堂文庫蔵と記した。両論文を執筆中は、たまたま成簣堂文庫の閲覧ができない時期にあたっていたので、実物を確かめることができなかった。その後、成簣堂文庫の閲覧が可能になったので実物を確認したところ、成簣堂文庫蔵本は写本ではなく複製本であり、その箱書等より「明治四十四年四月下旬」に「古筆了信」から「蘇峰學人」（徳富蘇峰）に贈られたものであると分かった。つまり、成簣堂文庫蔵本は一九三七年より前に明治末近くに木版で複製されたものであり、益田家旧蔵本の実物はやはり現在所蔵者不明ということになる。ここに旧稿の記載を訂正するとともに、『補訂版國書總目録第一巻』の記載も訂正する必要があることを指摘しておきたい。なお、成簣堂文庫の当時の担当者の方によると、『補訂版國書總目録』には、成簣堂文庫の仮の目録で「写本」とされていたのを、実物を確認することなくそのまま記載されたのであろうとのことであった。

◎次の著書の見解にはたびたび言及するが、煩雑を避けるためいちいち注を付けない。

•『一条摂政御集注釈』（平安文学輪読会著、一九六七年一一月・塙書房）

なお、同著の特に「解題」「補注」に載る見解は、平安文学輪読会会員である片桐洋一氏「一條摂政御集について」（『国語国文』34巻12号・一九六五年一二月。後、『古今和歌集以後』〈二〇〇〇年一〇月・笠間書院〉に所収）でも述べられている場合が多い。初出としては、「一條摂政御集について」を引くべき場合も、原則として『一条摂政御集注釈』から引いている。

• 阿部俊子氏『歌物語とその周辺』（一九六九年七月・風間書房）「第二篇　歌物語の周辺　A　私家集　第三章　一条摂政御集」

• 新日本古典文学大系28『平安私家集』（『一条摂政御集』は犬養廉氏担当、一九九四年一二月・岩波書店）

◎『一条摂政御集』は全百九十四首を有するが、その構成・成立過程は一様ではない。論述の都合上以下のように部分けし、各部分に私に名称を与えておく。

『一条摂政御集』
- 1～41番「とよかげ」の部
- 42～192番　他撰部
  - 42～119番　他撰部前半部
  - 120～192番　他撰部後半部
    - 120～151番　他撰部後半部㊤
    - 152～164番　他撰部後半部㊥＝「別本本院侍従集」
    - 165～192番　他撰部後半部㊦
- 193・194番『拾遺集』歌補遺部

『一条摂政御集』特に他撰部を右のように分けることについての詳細は本論に譲るが、ここでは概略のみを述べておく。

まず、冒頭41番迄は周知の通り伊尹自撰が通説となっている物語的部分であり、これを42番以下と区別することに議論の余地はない。41番迄に対して42番以下は伊尹に敬語を用いていることなどから他撰と思われる。そのうち末尾の二首は『拾遺集』から補われたものである。問題は192番迄だが、これについては、42番の直前と119番の直後にそれぞれ序文・跋文めいた文があることなどから、119番と120番の間に切れ目をみるのが定説と言ってよく、前者は前半部、後者は後半部などと呼ばれる。しかし、152〜164番には本院侍従と思われる女の独詠歌が並び、伊尹の私家集にあって異彩を放っている。兼通との恋愛歌を纏めた現存『本院侍従集』とは区別して、表にも示した通り、「別本本院侍従集」とも呼ばれている部分である。そのようなことに重きを置き、私は後半部も三分して捉えておく。

『本院侍従集』に関わること（主として第一部Ⅱ第一章）

◎『本院侍従集』の本文引用は、第二類本群書類従本により、私に句読点・濁点等を付した。また、傍線等も私に付した。第一部Ⅱ第一章以外で『本院侍従集』を引用する場合も同じである。

『蜻蛉日記』に関わること（主として第一部Ⅲ及び第二部第一章）

◎『蜻蛉日記』の本文引用、先行研究の引用・言及は以下の原則による。第一部Ⅲ及び第二部第一章以外で『蜻蛉日記』に言及する場合も同じである。

◎巻末歌集番号を含む『蜻蛉日記』の本文引用は、特に断らない限り、角川日本古典文庫『蜻蛉日記』（柿本奨氏著、一九六七年一一月）により、同著の段数、小見出しを、

〔一四六〕夢解き

のごとき形で示す。引用部分以外にも同様の書き込みがあるのは、同著の段数と小見出しである。また、傍線等は私に付した。

なお、角川日本古典文庫『蜻蛉日記』の見解に言及する際は、「角川古典文庫」と略称し、いちいち注を付けない。

◎以下の注釈書の見解にはたびたび言及するが、次のような略称を用い、いちいち注を付けない。
・日本古典文学大系20『土左日記かげろふ日記和泉式部日記更級日記』（『かげろふ日記』は川口久雄氏担当、一九五七年一二月・岩波書店）―「岩波大系」
・柿本奨氏『蜻蛉日記全注釈上巻』（一九六六年八月・角川書店）―「柿本全注釈上」
・柿本奨氏『蜻蛉日記全注釈下巻』（一九六六年一一月・角川書店）―「柿本全注釈下」
・新潮日本古典集成『蜻蛉日記』（犬養廉氏著、一九八二年一〇月）―「新潮集成」
・小学館新編日本古典文学全集13『土佐日記蜻蛉日記』（『蜻蛉日記』は木村正中・伊牟田経久氏担当、一九九五年一〇月）―「小学館新編全集」

『源氏物語』に関わること（主として第二部第二章）

◎『源氏物語』の本文引用は、新潮日本古典集成『源氏物語』（石田穣二・清水好子氏著）により、引用末尾の〈 〉内に巻数と頁数を記す。引用部分以外にも同様の書き込みがあるのは、同著の巻数と頁数である。また、傍線等は私に付した。第二部第二章以外で『源氏物語』を引用する場合も同じである。引用した各巻の刊行年月は次の通り。

二巻―一九七七年七月、五巻―一九八〇年九月、六巻―一九八二年五月、七巻―一九八三年一一月

◎『源氏物語』の古注釈は、次のものを参照し、引用に際しては私に句読点・濁点等を付した。また、傍線等も私に付した。第二部第二章以外で『源氏物語』古注釈に言及・引用する場合も同じである。
・前田本『源氏釈』・定家自筆本『奥入』―『源氏物語大成巻七研究資料篇』（池田龜鑑氏著、一九五六年一月・中央公論社）

•書陵部本『源氏釈』―『未刊國文古註釋大系第十一巻』（一九六八年一〇月複刻版・清文堂出版）。
•冷泉家時雨亭文庫本『源氏釈』―冷泉家時雨亭叢書第四十二巻『源氏釈源氏狭衣百番歌合』（一九九九年八月・朝日新聞社）
•『紫明抄』・『河海抄』―『紫明抄河海抄』（玉上琢彌氏編、一九六八年六月・角川書店）
•『花鳥余情』―源氏物語古注集成1『松永本花鳥餘情』（伊井春樹氏編、一九七八年四月・桜楓社）
•その他―『源氏物語古注集成』（桜楓社）

「引歌」「引歌表現」に関わること（主として第二部）

◎「引歌」と言う場合、引用された歌を指す場合と、ある歌を引用してなされた表現を指す場合などがあるが、便宜上、引用された歌を「引歌」と言い、「引歌」を用いた表現方法を「引歌表現」と言って区別する。第一部で「引歌」「引歌表現」と言う場合も同じである。

第一部　歌語り・歌物語隆盛の頃

——伊尹・本院侍従・道綱母達の人生と文学——

Ⅰ　『一条摂政御集』研究

Ｉでは『一条摂政御集』を取り上げる。『一条摂政御集』と言えば、「とよかげ」の部が文学史的にも特異な位置を占める作品として研究が進んでいるが、他撰部に関する研究は少ない。Ｉにおいては、「とよかげ」の部のみならず、他撰部に関しても細かく研究し、伊尹を取り巻く歌語り・歌物語全般の解明へと繋げたい。

第一章では他撰部にある歌群のうちから幾つかを取り上げ、他撰部からも歌語り的・歌物語的要素がうかがえることを指摘する。他撰部に収録されたものは、その詞書をみると、歌物語にジャンル分けされる三作品や「とよかげ」の部のように文章として洗練して纏められたものは少なく、実際に語られていたものがそのまま載せられたように思う。よって、第一章の章題は「他撰部の歌語り的歌群研究」としておいた。しかし、それを歌物語的と言おうが歌語り的と言おうが、注目したいのは、単に詠まれた歌が並べられているだけではなく、そこからあるテーマが読み取れたり、話に展開がみられたりする歌群ということである。それを第三章で取り上げる「とよかげ」の部研究に繋げたい。

また、特に第一〜三節で取り上げる本院侍従、北の方恵子女王、小野好古女関連の歌群については、それらがもともと纏められていたのが伊尹側ではなくて女の方であったという可能性も指摘できる。つまり、伊尹側だけでなく女の方でも歌語りが創られており、それが他撰部編纂にあたって提供されたということである。この他撰部編纂の問題にも同時に触れていくが、それが第二章に繋がる。

第二章は、他撰部の編纂に関する論を展開する。他撰部の119番と120番の間に切れ目があることは、『一条摂政御集注釈』と阿部俊子氏『歌物語とその周辺』などがともに幾つかの徴証を挙げて指摘しており（第二章第二節6で触れる）、私も首肯すべき見解だと考えている。また、第二章第一節2で引用するが、42番の詞書部分に序文に相当する文が、119番の後書部分に跋文に相当する文がそれぞれあることなどから、他撰部の42〜119番迄を一つの歌集と捉える従来の見解にも異論はない。ちなみに私は今便宜上、42〜119番迄の部分を他撰部前半部と呼ぶとともに、120～192番の部分を他撰部後半部と呼んでいるのである。

それで、第二章では、第一節で他撰部前半部の研究を行い、第二節で他撰部後半部の編纂に関する研究を行う。即ち、第一節においては、特に第一章第一節及び第三節の検討を受けて、他撰部前半部の編纂にまで本院侍従乃至は小野好古家の人物が関与していた可能性を指摘する。第二節においては、他撰部後半部の編纂過程について可能性を探る。

第三章は「とよかげ」の部の特徴や成立に関する論を展開する。第一節では「とよかげ」の部が二部に分けられることを各歌群の特徴から指摘した。第二節は第一節の主張の一部を補強するものである。第三節では特に第一節を受けて、「とよかげ」の部の成立過程には、小野好古家の人の手も加わっている可能性を探った。

第一章との繋がりを言えば、伊尹を取り巻く歌語り・歌物語的なものは、「とよかげ」の部に纏められたものだけにとどまらず多くあり、それが他撰部に姿をとどめているのを第一章でみたわけであり、そんななかから「とよかげ」の部も生まれてきたことをみるのが第三章である。

ところで、Ⅰの眼目は第一章の他撰部の歌語り・歌物語的歌群研究と第三章「とよかげ」の部研究の繋がりにある。つまり、かなり大部な他撰部に残る歌語り的資料やその活動の痕跡から、「とよかげ」の部がどんな特徴をもちながら、どんな過程を経て、最終的に伊尹によって纏められたのかを両章で探ったのである。その意味では、間の第二章で他撰部の編纂の問題を「とよかげ」の部より先に取り上げたのは、第一章で他撰部より説き始めた便宜上であるとも言える。しかし、念のために申し添えるが、このことは第二章の研究の意義を低くみているということではない。第二章は、他撰私家集の編纂過程のあり方を究明したものとして、十分な意義をもつものと考える。

第一章　他撰部の歌語り的歌群研究

第一節　本院侍従

1　はじめに

伊尹の人生をみるとき、特に女性関係をみるにしても、文学活動をみるにしても、本院侍従は最も重要な人物ではなかろうか。第三章で確認する通り、「とよかげ」の部においても、本院侍従との関係を描いたと思われる段が目立った存在となっている。他撰部でも、本院侍従との遣り取りを纏めた歌群が何箇所かあるので、そのうち本節では歌語り・歌物語的性格のうかがえるものを順次取り上げ検討していく。同時に、それらが伊尹側ではなくて本院侍従側で纏められた可能性があることも指摘する。また、他撰部後半部㊥は、女の日記風独詠歌の連続となっているが、その作者は本院侍従と思われ、「別本本院侍従集」などと呼ばれることもある。他撰部後半部㊥も併せて取り上げる。そして、最後に本院侍従をめぐる歌語りについて纏めて考えを述べることにする。

2　98～100番

たれとしらず。人とものゝたまふに、やりどをたてゝいりたまひぬれば

98　あぢきなやこひてふ山はしげくともひとのいるにやわがまどふべき

たちたまひにけり。をんな、いしとかはらとをつゝみて

99　わがなかはこれとこれとになりにけりたのむとうきといづれまされり

かへし、本院にこそ

100　これはこれいしといしとのなかはなかたのむはあはれうきはわりなし

98～100番が一連の歌群であるのは間違いない。だが、相手の女が本院侍従であることについては、そのことを強調的に推測している注記的言辞が100番詞書にある（波線部）もののなお確認が必要である。というのも、この注記的言辞は、『一条摂政御集注釈』等の指摘通り、他撰部の成立過程のどの段階かで付け加えられたものと思われ、98～100番は元来、98番詞書冒頭傍点部が示すように、誰か分からない女との贈答としてものされたとみられるからである。(1)

そこで注目されるのが、98番詞書にある女に対する敬語（直線部）である。他撰部の詞書では女に対して敬語を用いないのが原則で、女に対する敬語は、本節6で引用する「本院の女御」（慶子）に対するもの（42番）と、第二節1で引用する伊尹の「きたのかた」（恵子女王）に対するもの（65番）、それに117番と183番の伊尹の発言を引いた

部分にあるだけなのである。42番と65番は女の身分を考えると当然の敬語使用と言えるから、117番と183番が問題となる。これらは女に直接発言したための敬語使用とも考えられるが、同じ伊尹の発言でも「おほやけどころさわがし。いでよ」(124番)などの例もあるので、直接の発言といってもやはり相手の女を意識してのものであろう。すると、実は、117番にある発言も183番にある発言も、ともに本院侍従に対する発言だと考えられるのである。(2)本院侍従は『本院侍従集』の序文によると(『本院侍従集』では実名を出さないが)兼通・安子兄妹の従姉妹にあたるので、二人の兄の伊尹の従姉妹でもある。(3)もしそうなら、彼女にも敬語が用いられて不思議はない。ちなみに、『本院侍従集』では序文の一箇所でだけ女に対する敬語がある(この件本節6でも触れる)。つまり他撰部の女の中で伊尹と恋愛関係になかった慶子と北の方恵子女王を除いて敬語が使われる可能性があるのは、本院侍従ぐらいなのである。98～100番の相手も本院侍従である可能性が高いと思う。

加えて、波線部の注記的言辞である。注を付けた人は誰だか知る由もないが、我々よりはるかに伊尹達について詳しかったであろうから、現在からは推測もできない理由で相手の女が「本院」だと察しがついたのであろう。敬語表現と併せ、98～100番の相手を本院侍従とする状況証拠としてよいと思う。(4)

98～100番は本院侍従を相手とする歌群だとして、次に98～100番の特徴の指摘に移っていく。まず、やはり敬語使用をもとに『一条摂政御集注釈』が98番詞書冒頭傍点部に対して付けた「特定の人物が脳裏にはあったのだが、わざと名を伏せたのであろう」という注が想起される。この『一条摂政御集注釈』の指摘と私の想定を併せれば、『一条摂政御集注釈』の言う「特定の人物」とは即ち本院侍従を指すことになり、結局、98～100番は相手が本院侍従であると分かっていながら、わざと名を隠して構成されたものだということになる。

そこで注目されるのが、『本院侍従集』の冒頭付近との類似である。『本院侍従集』の女主人公は序文で藤壺で仕えていることが示され、11番で「本院」に退出している。その途中の6番詞書は次のごとくである。

男にやりどをいささかあけて物いひけるに、ひとことも
つつましうおぼえて、「むねいたし。やきいし《焼石》あてむ」
とて入りにければ、男わびていにけり。又のあしたに

特に注目したいのは、6番の場面が藤壺の遣り戸となっていることである。一方、問題の98～100番の場面も、98番詞書二重傍線部から分かるように、遣り戸付近である。『一条摂政御集注釈』は『山槐記』等を引きながら宮中特に藤壺にも遣り戸があったことを指摘しているが、ここでの場面も宮中の遣り戸付近であろう。よって、両者の場面は同一なのである。すると、女が男を拒否して遣り戸より中に入り、男が立ち去るという状況までも似通っているのにも注意しなくてはならないのではないか。端的に言うと、98～100番は『本院侍従集』6番付近と影響関係にありながら構成されている可能性があると思うのである。ならば、そこに働いている意図は、物語化の意図ではなかったかと思うのだが、論述がだんだん臆測に傾いてきたので、この問題は本院侍従の名が隠されたことも含めてまた本節6で纏めて触れるとして、次に詞書等の特徴の指摘に移り、詞書に物語的要素がうかがえることを指摘しておく。

まず、98番及び99番詞書に注目したい。歌集の詞書は普通一文で構成される（換言すれば、途中で句点は付かない）が、他撰部についても同様で、本節5で取り上げる他撰部後半部㊥＝「別本本院侍従集」中を除く他撰部にある二文の詞書（三文以上はない）は、左に引いた93番と101番の例ぐらいであるのが目を引く。

93番詞書　つごもりにまかでぬ。正月二日、おとゞ

101番詞書　はやうのことなるべし。きたのかたとゑじたまて、「さらにこじ」とちかごとして、ものどもはらひなどして、ふつかばかりありて

そんな中、98番・99番詞書はともに二文でできている（二文目はともに途中で切れて歌に続く形だが）のが特徴的である。また99番についてはさらに、一文目の「たちたまひにけり。」が、話の展開に言及するものとなっており、98番詞書の一文目「たれとしらず。」が作者に対する注記的言辞であるのと対照的である。すると、99番詞書の一文目は、98番歌をうたいおわっての伊尹の行為を示す98番の後書で、次の女の行為を示す「をんな……」の一文だけが99番詞書とみるべきかも知れない。(5) 後書とみても他撰部には後書も数少なく、やはり話の展開に触れているのは、85番の、

85番詞書　かへしはなくて、ようさりおはしたりけり。

だけなのである。またあるいは、ここでは詞書・後書の区別意識はないのかも知れない。例えば、83番詞書は、

83番詞書　とみて、たちておはして、ようさりもておはしたる。

となっていて、82番歌を「とみて」で受けながら83番歌に続いていっており、82番後書と83番詞書の役割を同時に果たしている。(6) 99番詞書部分も83番詞書に似ているのである。(7)

他撰部の他の詞書との比較から特に99番詞書の特徴が浮き彫りになったと思うが、このようなものは歌集の詞書・後書というより、物語的な叙述に近いと言えよう。実際物語的な「とよかげ」の部には同様のものが枚挙に遑がない程ある。一例として18番後書から19番詞書部分を挙げておく。

18番後書　つゝむ人あるをりにて、かへりごともなかりけり。
19番詞書　おきな、つねにうらみて、「人にはいはずいはみがた」
　　といへりければ、女

このように特に99番詞書に物語的要素を含みもつ98～100番であるが、先に指摘した相手の女の名を出さないのも「とよかげ」の部で見られた方法と共通する。98～100番は「とよかげ」の部とそっくりとまでは勿論言えないが、他撰部にあって「とよかげ」の部に似た様相を示しているのである。[8]

さて、98～100番が纏められたのはどこなのであろうか。私は、おそらく本院侍従の側で、本院侍従に敬語を使う女房により、『本院侍従集』の一場面と影響し合いながら纏められたものと考えられると思うのであるが、そのことについては、他の本院侍従関連の歌群もみた後に、本節6で改めて纏めて述べることにする。

3　115～118番

本院のじゞうのきみのもとにおはしそめて、あか月に、
ほとゝぎすのころにや。

115　あかつきになりやしぬらんほとゝぎすなきぬばかりもおもほゆるかな

をんな

116　ふたしへにおもへばくるしなつのよのあくてふ事なわれにきかせそ

まだあひそめたまはでとしへたまたりけるに、「せちに

まちてゆるいたまたりける。にはかなること」、のたまへば、をんな

117　いにしへはゝしのしたにもちぎりおきてなをつたへてもながさずやきみ

をとこの御返し

118　そはされどゝらへどころのありければはしゝたならでながれざりきと

115〜118番の相手の女は、115番詞書の冒頭直線部と続きぐあいからみて、本院侍従とみなしてよかろう(9)。そこで早速内容面の特徴の指摘から入るが、この中では何より、115・116番の贈答と117・118番の贈答で時間が逆行しているのが注目される。即ち、前者が関係をもち始めてから暫くの頃と思われるのに対し、後者が新枕の時なのである。順序が入れ替わっているのは何らかの意図によるとも思えるが、それはうかがい知れない。

ところで、時間の逆行は歌物語にはままある形で、伊尹の周辺の作品ではⅡ第一章で詳述するように『本院侍従集』にもある。他にも例えば『大和物語』第八十九段にも見られ、それについて飯塚浩氏(10)は次のように述べている。

続き方がスムーズではないこの段の展開の仕方には、どのような成立過程の構造があったのだろう。

それはたとえば、次のような語らいの場を想定してみるとわかりやすいだろう。ある語らいの場で、(略)仲のさめつつある男女の話が、二人の歌を含みながら語り出される。するとそばにいただれかが、冷淡になっているその男がかって女のもとにしげく通った時には、このように短い夜をなげいていたくらいだったと、その女の身になって、歌を詠みあげて語り継ぐ(略)。この語りに動かされてか、さらにさかのぼって二人の出会いの頃の男の切実なまでの愛の告白の歌と、女のまるで取り合わない返しの歌とを、それぞれの心になってうたいあげ、もち出す。はじめのころはこのように、男の側の一方的な言い寄りであったのに、と言わんばかりに

（略）。そして、その男の求愛が女によって受け入れられ、その男女の気持になり、二人の燃えつきるばかりの愛の賛歌をうたいあげる（略）。というように、この語りは、連想が連想を呼び、幾人かのその場の人々によって創造的に展開されてゆく、〈歌語り創造の場〉でのいぶきを伝えるものではないだろうか。（傍線は引用者）

飯塚氏の想定しているのは傍線部のような場であるが、115〜118番は、伊尹と本院侍従の時時の遣り取りを知っている人達が、それを披露し合うような場で形作られたものではないだろうか。つまり、誰かが新枕後の贈答（115 116番）を語ったのを受けて、また別の誰かが新枕の時の贈答（117 118番）を語るみたいなことがあったのではないか。それが最終的に115〜118番の形になったのかも知れない。そしてその語りの主体となったのは、二人が関係をもっていた場の周辺の人物達、即ち本院侍従の周辺の人物達であった蓋然性が高いであろう。

次に詞書に目を移すと、一点細かなことながら、118番詞書で伊尹を「をとこ」と呼んでいる（波線部）のが気に掛かる。阿部俊子氏『歌物語とその周辺』にも指摘があるが、他撰部で伊尹を指す語は「おとゞ」がほとんどで、例外はこの118番と第二節2で触れる65番の「おほんとの」だけなのである。「おほんとの」は「おとゞ」同様尊称とみられるので、「をとこ」だけが異質である。

これについては片桐洋一氏の『小野宮殿集』に関する論述(11)が参考になる。氏は、詞書で「男」「女」という「三人称」を用いる私家集を「物語的家集」とし、『小野宮殿集』のうち、「男」「女」が多い1〜67番までを「「おとこ」を主人公に据えた物語的家集の部分」とみなすが、一方で、

「女御にきこえはじめ給とて」（一番詞書）のように、歌の作者である小野宮殿（藤原実頼）に敬語が付された書き方が、「おとこやいかにきこえ給へりけむ、女」（九番詞書）や「おとこの御はらからに、又かの女御の御はらからすみ給ときゝて」（二三番歌詞書）「女やいかゞきこえたまひけむ」（五〇番詞書）のように、「おとこ」や「女」という主語がついている場合においても変らないということである。「おとゞ」とか「女御」と

言わずに「おとこ」「女」と記しているのに、敬語の「給ふ」や「御」がつくのは第三人称的詞書として不徹底ではないか。（括弧内原文）

と言い、その不徹底さを「物語的家集としての不徹底さ」の一つに数えている。115〜118番も「をとこ」という呼称がありながら、伊尹に敬語を用いる不徹底な物語化がなされた結果とは言えまいか。なお、片桐氏によると、「とよかげ」の部・『本院侍従集』・『伊勢集』冒頭部が不徹底さの見られない物語的家集になる。(12)

115〜118番について纏めておくと、この歌群は内容面や詞書に物語的家集としての要素をもっていると言え、もとは本院侍従の周辺の人物達の歌語りであった可能性があるということになる。

4　146〜151番

たえ〴〵になり給て、この御むまのはなれてきたるを、つながせてあはれがるに、たづねに人のきたれば、むまのいろなるかみにかきて、をにゆひつけて

146　つれ〴〵にながむるやどのにはたづみすまぬにみゆるかげもありけり

いとほどへて、しのぶぐさのかれたるにさして、おとゞ

147　ふゆさむみねさへかれにしゝのぶぐさもゆるはるべは我のみぞしる

返し

148　もえいでむはるをまつとてしのぶぐさゆきのしたにもねやはかれする

ふたとせ許ありて、をとこいできたるに、をりうかゞは

せて、つかはしける。

149　いにしへの、中のをぎし心あらばこよひ許はそよとこたへよかへし

150　そよとしもなにかこたへむあきかぜになびくを花をみてもしりなんりむじのまつりのつかひにてわたりたまふに、ちかければものきこゆれど、えきゝつけでおはしぬれば、おひてきこゆる。

151　すりごろもきたる今日だにゆふだすきかけはなれてもいぬるきみかなこれまでみな本院の

146〜151番には、意味が曖昧な151番後書を除き、相手が本院侍従であることをうかがわせる言辞はない。従って、98〜100番同様、本院侍従を相手とする一連の歌群とみなしてよいのかの確認から始めなくてはならない。

そこで何より、151番が『新勅撰集』巻十五・恋五・1014番に「本院侍従」歌として採られていて、本院侍従作であるのがほぼ確実であることが注意される(13)。

おなじ人（謙徳公）、まひびとにて、ちかくたちたるくるまのまへをすぎ侍りければ　本院侍従

すり衣きたるけふだにゆふだすきかけはなれてもいぬるきみかな

この151番の作者に関する外部徴証と併せ、151番以外の相手も本院侍従であることを、今度は内部徴証より確認しておく。

まず、146番詞書に次のような特徴があるのに注目したい。内容も含めての特徴である。特徴の第一点は、場面が女の住処で、女の立場に立って記述がなされている点である。146番詞書の中で二度用いられている動詞「来」（直線部）[14]は、当然馬や人が女の所に来たという意味であり、これによって146番詞書は女の側の視点に立って記述されているのが分かる。「別本本院侍従集」（他撰部後半部㊥）を除く他撰部中の他の詞書の例に照らせば、それぞれ「馬の離れて行きたる」とか「尋ねに人を遣りたる」とかになるのが普通であろう。関連して、場面が女の住処であるにも拘わらず、他撰部の中にあっては比較的細かく状況説明されている点も特徴として挙げられる。伊尹の所に送られてきた馬毛色の紙には歌だけが書かれていたはず（そうでないと歌の効果が薄れてしまうであろう）なのに、詞書には「あはれがる」（点線部）などという女の側の人しか知らない状況までも含まれているのである。

146番詞書の特徴の第二点は、「御むま」に「この」が付けられている（波線部）点である。引用しなかった145番以前も含めて146番の前後には全く馬の話は出てきていないのに、「この御むま」などと書くのはどう考えても不自然な語法である。

さて、これらの特徴はどうして生じたのであろうか。結論から言うと、もともと何らかの文脈にそって女の側で纏められた歌語り資料が存在していて、146番歌は元来その途中の一節であったのだが、そこから断片的に切り取られて他撰部後半部㊤に挿入されたためであると考えられる。そうすると、146番は女の側で纏められたがゆえに、場面は女の住処であっても状況が詳しく述べられ、記述も女の立場に立ってなされていると説明でき、また、最初は別の文脈（そこには馬が出てきていたのであろう）をもった歌語り資料の中にあったので、他撰部後半部㊤には出てこない「むま」に「この」が付けられていると説明できると思うのである。つまり、詞書冒頭の「たえ〴〵になり給て」は、145番とは別の女の立場から伊尹との関係について言っていることになるのである[15]。すると、もし146番の女との贈答が151番迄続くのならば、結局146～151番迄が本院侍従との一連の歌群とみなせるわけで、次に147番以下の続きぐあいを確認していく。

まず147148番の贈答は、147番詞書冒頭傍点部が146番からの時間経過に言及していると思われ、146番の続きとみられる。149150番の贈答も同様に、149番詞書の冒頭傍点部を見れば、前からの続きとみられる。

150番から151番への続きぐあいは曖昧で、前からの続きのようでもあるし、また別の女との話のようでもある。しかし、151番詞書も146番詞書と同じく女の立場からの記述になっているらしく読め、『一条摂政御集注釈』も「臨時の祭の使でお通りになった折、私のところから近いので」（傍点は引用者）云々と訳しているのに注目すべきだと思う。つまりは、151番詞書も146番詞書と同じ特徴を備えているわけで、加えて、146番詞書ほどではないが、比較的詳しく状況説明されていると指摘できよう。よって、146番詞書の特徴の一部を共有する151番も、146番からの一連に含まれると思うのである。

その他にも詞書の特徴に目を配れば、149番と151番の詞書が、それぞれ「つかはしける」、「きこゆる」というように、活用語で終わる特徴があることも指摘できる。他撰部の詞書は注記的言辞を含む場合を除けば、ほとんどが「に」「ば」「て」などの助詞で終わっていて、活用語で終わる詞書は珍しく、本節5で取り上げる「別本本院侍従集」（他撰部後半部㊥）中と第五節で取り上げる「東宮にさぶらひける人」との贈答歌群（注（6）参照）を除けば、109・122・175・183番にあるのみである。149番と151番の詞書が有するこの特徴は、146番詞書の特徴と共通するわけではないが、いずれにせよ、特徴的な詞書が近接するのは偶然ではなく、このあたりの数首が一連の歌群であることの徴証になると思う。ところで、149番の場合、「つかはしける」となっているのは、146番・151番とは逆に、男の立場からの記述のようである。

さらに、151番後書も勿論見逃せない。この後書に関しては従来、「これまで」と言うのがどこからなのか分からず、152番から「別本本院侍従集」になるので、あるいは「これより……」の誤りかなどとの疑問が出され、定まった解釈がない。しかし、146番の前に切れ目があり、147番と149番の詞書がそれぞれ前の歌を受けているように書かれていて、しかも146番と151番の詞書が女の立場での記述なのに149番詞書が男の立場からの記述になっていることからすると、146番からを指して149 150番も含めて皆本院侍従との贈答である、というより、本院侍従側からの資料によることをわざわざ示しているのではなかろうか。やや強引な解釈かも知れないが、直後に「別本本院侍従集」があるので「これより」とあったのを「これまで」と誤ったとみるのは不自然だ。逆ならあり得るかも知れないが。「これまで」のままで解釈するとすれば、以上のような解釈が成り立ち得ると思うのである。

さて、この4では、146～151番を本院侍従を相手とする一連の歌群とみなしてよいかという問題提起から始め、この歌群に見られる種々の特徴等を指摘してきたのであるが、結局、146～151番は本院侍従相手の一連の歌群だとみなせるという結論とともに、151番はほぼ確実に、それ以外も本院侍従側で纏められたものである可能性が高いことも併せて指摘できたと思う。

5　他撰部後半部㊥＝「別本本院侍従集」（152～164番）

ほどへて、「そなたにつゝむ事ありてなん」とて、くるまをたまへり。つゝましけれど、さすがにいく。れいよりもなまめかしうてまちたまへりけり。みるにもよろづに思ふことあり。よぶかきほどに、くるまよす。「れいはかくやは。思ふ人あるべし」とおもふに、くるまにの

るほど、せきもあへずなかるゝに

152 たちかへる心つくしのあしわけのきしにまされるそでのうらかな

起てかどあくるに、山のはに月のいりかゝるに、いとあはれにかなしうおぼえて

153 つきかげのいりくるやどのあをやぎはかぜのよるさへみゆる物かな

こひしきにおもひみだれて、はしにゐてきけば、おぼろのかたに、「みかさの山」[16]とうたふ。いとめでたうおぼゆ。

154 やまびこのきかくにものもいはなくにあやしくそらにまどふなるかな

けしきのいとかはりゆくをいみじうなげくに、前さいやかれるけぶりにゆきのちりかゝるを

155 火ざくらの花かとぞみるわがやどののやくけぶりにまがふゆきをば

うぐひすのなくこゑ

156 はつこゑはけさぞきゝつるうぐひすのなかではすぎぬはなのもとにて

つれ〴〵にこひしきまゝに、かゞみのめぐりに、さくらやまぶきをりたてゝ、みづどりなどすゑて思。

157 おもかげにみつゝをゝらん花のいろをかゞみのいけにうつしうへては

山もくもゝかゝり、いとおもしろきをながめて

158 くもゐにもなりにけるかなはるやまのかすみたちいでゝほどやへぬらん

あめしめ〲《づ》とふりて、はしにながめて
159 かしはぎのもりはゝるかになりぬるをなにのしづくにぬるゝそでなり
はなはまだしくて、うぐひすのなくを
160 ちらねどもおそきをまつにうぐひすはゝるのゆるびもなき心地する
むめをゝりて、まくらにおきてねたるよ、こひしき人のゆめにみえて、うちおどろかれて、はなのいとかうばしきに
161 ゆめにだにたもとゝくとはみえざりつあやしくにほふまくらがみかな
あめうちふりて、ものいとあはれなり。
162 はるさめにうてなさだめぬうぐひすのわぶらんよりもまさるそでかな
またのあしたに、ゝわたづみしたり。いとあはれにて
163 にはたづみゆくかたしらぬものおもひにはかなきあはのきえぬべきかな
又
164 みづのうへにあめかきまぜてふるゆきのとまりがたきをわがみともがな

最後に取り上げる「別本本院侍従集」については、古く鈴木棠三氏[17]が、

> 歌の詞書は侍従自身の心懐を吐露したものであつて、恐らく編輯者は一指をも加へることなく、其爲に元の姿を傳へてゐるものと思はれる。

と述べた通り、本院侍従作の日記的作品とみなされる。作者が本院侍従である根拠としては、158番・163番が『新勅

撰集』巻二・春下・121番、巻十二・恋二・717番に、それぞれ「本院侍従」作として採られていることが挙げられる。[18]

さとにいでて侍りけるころ、はるの山をながめてよみ侍りける　本院侍従

121　くもゐにもなりにけるかなはる山のかすみたちいでてほどやへぬらむ

題しらず　本院侍従

717　にはたづみゆくかたしらぬものおもひにはかなきあわのきえぬべきかな

ここではまた詞書に注目して、日記的たる所以を再確認しておきたい。

まず、本節2で珍しいと指摘した複数の文を含む詞書と活用語で終わる詞書が三例ずつ（152・154・163番、154・157・162番）存在するのが目につく。152番詞書にいたっては実に六つの文で構成されている。また、154・157・162番は末尾の活用語が終止形であるという特徴も備えている。これは物語に近い文体で、他撰部では他に81番と85番（ともに、「東宮にさぶらひける人」との歌群に属す。注(6)参照）の二つしかない。しかも「別本本院侍従集」の例はこれらとも大きな相違がある。というのは、これらの末尾はそれぞれ「ものにかきたまふ」と「はこのうへにかく」[19]であり、直後に歌がくることを十分に予想させる言辞になっている。対して「別本本院侍従集」の三例の終わり方は、直後に歌がくることを必ずしも予想させない。強いて言えば、157番が次に「思」う内容を歌で示すのかと思わせる程度である。これらなどは歌集の詞書よりも日記や物語の文章に近いものだと言えるであろう。[20]

「別本本院侍従集」が女流仮名日記のごとくみえるのは、先に引用した鈴木棠三氏の指摘に加えて、以上のようなことも関連していると思う。

なお、「別本本院侍従集」について考えるには、直前の151番後書にも言及しておかなくてはならないが、本節4で述べたことより、これと「別本本院侍従集」との関連はないと考える。

6　本院侍従関連の歌語り

他撰部には他にも本院侍従関連の歌があるが、歌語り的要素がうかがえるのはだいたい以上かと思うので、まとめに入り、歌語り的要素を齎したと繰り返し述べてきた本院侍従の周辺の人物達の果たした役割について再確認したい。そこで、『本院侍従集』末尾に目を移す。他撰部に彼女らは顔を出さないのだが、『本院侍従集』の末尾には出てくるからである。

とあれば、「まづおぼすらんことこそおぼゆれ」とて、
御かたのごたちのいひやる。

37　初秋の花の心をほどもなくうつろふ色といかにみるらむ
男、かへし

38　時わかず垣ほにおふる撫子はうつろふ秋の程もしらぬを
又、かへし

39　色かはる萩の下葉もあるものをいかでか秋をしらずといふらん
といひやる。（後略）

今、改めて『本院侍従集』の末尾を見てみると、『本院侍従集』を纏めた彼女達が最後に自分達と兼通の贈答を付け足しのように加えたとも思えてくるのである。勿論それは単なる付け足しではなく、効果を狙った上での付け足しであったであろう。(21)

また女主人公を「御かた」（傍線部）とするのも見逃せない。先にも触れた通り『本院侍従集』では女に対して

敬語が用いられないのが普通だが、序文で一箇所だけ「藤つぼにぞさぶらひ給ひける」とある。『本院侍従集』を纏めた人物達は、女には敬語を用いないのを原則としながら、序文でだけ本来の身分意識が出たものと考えられるわけだが、最後でも自分達自身が登場する際に本院侍従を「御かた」と呼んだとすれば理解し易い。やはり『本院侍従集』の編者は本院侍従側の人物と考えられるのである。

すると、女には敬語を用いないのが普通の他撰部の中で98番で女に敬語が用いられていたのは、女が本院侍従であったからだと思えてくるのである。『本院侍従集』を纏めた人達は98〜100番のもとの歌語りも担っていて、そこでは本来の身分意識が出てしまったのであろう。

98〜100番と言えば、伊尹と本院侍従の関係の発端が描かれており、それは『本院侍従集』に描かれる兼通と本院侍従の関係の発端と場面状況が似ているのであった。しかも、98〜100番も『本院侍従集』も本院侍従側で纏められたものだとすれば、関係の発端の部分は、互いに張り合うように、あるいは逆に協力し合うように広まっていったのではないかとも思うのである。誰かが伊尹または兼通と本院侍従との恋の発端を語ると、また誰かがそれを意識しながらもう一人との恋の発端を語るというぐあいにである。伊尹・兼通兄弟と本院侍従の三角関係は有名で、特に兼通との関係継続中に伊尹が本院侍従を連れ出す事件は、「とよかげ」の部の31 32番と『本院侍従集』28〜30番に描かれている。関係の発端も最終的には『本院侍従集』と98〜100番に描かれたのではないか。[22] もっとも、「とよかげ」の部は、最終的には伊尹が纏めたと考えられるという違いはある。

やはりもとは本院侍従側で纏められたのではないかとの可能性を指摘しておいた115〜118番と146〜151番についても、98〜100番の例を鑑みると、その可能性が高いと考えるのである。

ところで、本院侍従が兼通とも恋愛関係にあったこととも関連して、付け加えておきたいことが幾つかある。

まず、当初「たれとしらず」（98番詞書）と言われていて、後に「本院にこそ」（100番詞書）と類推されなくてはならなかったのは、二人の仲をあまり大っぴらにできないことの表れかも知れないと考えられる。というのは、同様のことが、特に歌語り的要素が指摘できないので注（9）以外では取り上げなかった113 114番の贈答（特に113番詞書）でもうかがえるからである。

本院のにや、「じゞうのきみへ」、とあり。[23]

113　すこしだにいふはいふにもあらねばやいふにもあかぬこゝちのみする

をんな

114　ひとりぬるとこになみだのうきぬればいしのまくらもうきぬべきかな

113番歌では加えて、「すこしだにいふはいふにもあらねばや」とあるのは、伊尹が本院侍従に十分に愛の言葉も吐露できない立場にあるのを示していよう。

さらに、伊尹に対して消極的であろうとする本院侍従の態度が目立つことも指摘できる。98～100番には如実にそれが表れているし、117 118番からは、伊尹と本院侍従が逢い初めるまでのかなりの期間本院侍従が伊尹の言い寄りを拒んでいたのが分かる。

さらに、やはり歌語り的要素が特にうかがえなかったので取り上げなかった43 44番の贈答をみると、二人の仲には障害があるのが見て取れる。相手が本院侍従であることを示す都合上、42番から引く。

本院の女御うせたまうて、またのとし、四月一日、じゞうのきみのもとに

42　ほとゝぎすこぞみしきみがなきやどにいかになくらんけふのはつこゑ

　　おなじ女に

43　わがごとやわびしかるらんさはりおほみあしまわけつるふねの心地は

　　かへし

44　わがためにさはれるふねのあしまわけいかなるかたにとまらざりけむ

両歌の内容、特に傍線部をみると、二人の仲に何らかの障害があるのが分かる。

　このように、他撰部の本院侍従関連の歌には、二人が憚るものなく十分に愛情を交わしている歌がないのである。それは何の反映かというと、実際に二人には安定して愛情を十分に交わし合えるような時期がなかったことの反映ではなかろうか。他撰部以外でも、かなり後のことになるのであるが、『拾遺集』巻十九・雑恋・1263番を見ると、本院侍従は伊尹との仲をないものにしようとしている。

　一条摂政下らふに侍りける時、承香殿女御[24]に侍りける女にしのびて物いひ侍りけるに、さらになとひそといひて侍りければ、ちぎりし事ありしかばなどいひつかはしたりければ　　本院侍従

　それならぬ事もありしをわすれねといひしばかりをみみにとめけん

するとやはり、二人の間には兼通の存在が介在しているのが大きいのであろう。つまりは、本院侍従はもともとは兼通の恋人であったので二人の恋愛には安定期が訪れることがなかったのである。そんな背景のもと、伊尹と本院侍従の恋の歌語りが纏められていったと想定できるのである。なお、この件については、北の方恵子女王関連と

の比較で第二節6でもう一度触れる。

注

（1）第二章第二節2の他撰部後半部㊤の性質を論ずる所で言及する。

（2）117番は本節3で取り上げる本院侍従を相手とする歌群の中にあるので明確だが、一方の183番はやや問題である。

たちたまて、りんじのまつりに、「しらぬくるまか」とて、ゆきのふるに、うちよりたまて、「これはらひたまへ」とあれば、いとゝくきこゆる。

183　なにゝてかうちもはらはむきみこふとなみだにそではくちにしものを

まず、詞書を素直に読めば、伊尹は見知らぬ女だと思って語りかけているので、そのための敬語使用かと思われる。ところが、183番と同じ際の歌と思われる歌が151番にあり、これが本節4で述べる通り、本院侍従の歌なのである。すると、183番も伊尹は最初知らない女だと思ったが実は本院侍従であったと分かり、そのために敬語があると考えられる。なお、183番と151番の関連については、『一条摂政御集注釈』参照。

（3）『本院侍従集』の序文に関しては、Ⅱ第一章で詳述する。

（4）この注記的言辞が付けられた根拠も98番の敬語表現ではないかとも思われる。というのも、他撰部にある女に関する他の注記的言辞が付けられた根拠はだいたい分かる。例えば、家族関係についてのもの（49番「ないしのかんのとのに、御いもうと」など）、歌の内容から類推したもの（64番「かへし、あだなぞたちける。」など）、伝聞によるもの（121番「をんな、のちのよのたかまつのないしとぞ」など）、というぐあいにである。また、113番「本院のにや、「じゞうのきみへ」、とあり。」は、「じゞうのきみ」という語から本院侍従のことではないかと類推しているのは明らかである。一方、100番詞書の「本院にこそ」の根拠は、即座には分かりかねる。伊尹の妻・恋人達の中で敬意を払わなければならないのは恵子と本院侍従だけで、かつ、98〜100番の詞書に描かれた状況を考えれば恵子だとは思えないので、「本院にこそ」とした可能性もあると思う。

(5)『平安私家集』は「たちたまひにけり。」を98番後書として本文をたてている。

(6) 83・85・93番に特徴的な詞書と後書が近接しているが、ともに「東宮にさぶらひける人」を相手とする一連の歌群（81～95番）に含まれる。この歌群に関しては、第五節で取り上げる。

(7)「たちたまひにけり。」について『一条摂政御集注釈』は、

「とてたちたまひけり」の意に解した。この集では歌のあとの詞書に「とて」とか「と」のような歌をうける形をあらわさぬようである。

と注している。『平安私家集』も「「とてたちたまひにけり」の意。」とする。

(8)「とよかげ」の部の特徴については第三章で詳述する。

(9) 次に引用する113114番も、一見本院侍従との贈答のようで、そうすると113～118番が一連の歌群になるかも知れない。

本院のにや、「じゞうのきみへ」、とあり。

113　すこしだにいふはいふにもあらねばやいふにもあかぬこゝちのみする

をんな

114　ひとりぬるとこになみだのうきぬればいしのまくらもうきぬべきかな

しかし、『一条摂政御集注釈』が114番の語釈欄で「この歌は、前の歌との関連が見られない。脱落があるか。」と言っている通りである。いずれにせよ、115番詞書冒頭に改めて本院侍従の名が出ているので、ここに切れ目があると考えられる。誤脱を含むと思われる113114番は考察の対象から外さざるを得ない。また、第二章第一節2で検討するが、119番迄が本院侍従相手である可能性もあると思う。

(10)「歌語りとその場序説—伝承と創造—」（『平安文学研究』65・一九八一年六月）。なお、『大和物語』第八十九段の本文は、長くなるのでここでは引用しなかったが、第二部第一章で引用する機会がある。

(11)「冷泉家時雨亭文庫蔵『小野宮殿集』の構成と成立」（関西大学国文学会『国文学』78・一九九九年三月。後、『古今和歌集以後』〈二〇〇〇年一〇月・笠間書院〉に所収）。

(12)『小野宮殿集』同様物語化の跡が見られる『九条右大臣集』でも、師輔を「との」と呼んで敬語を付すのが多い中、4・32番詞書に「をとこ」が見られる。

(13)『一条摂政御集注釈』「補注(十二)　一条摂政御集の伝本」で、為家に始まる二条家流の歌集にのみ、益田家旧蔵本にない歌が伊尹の歌として採られていることから、益田家旧蔵本以外の「伊尹集」が二条家に伝わっていた可能性が指摘され、かつ、益田家旧蔵本と『新勅撰集』にある歌の語句の異同から、二条家に伝わっていた「伊尹集」を定家が所持していた可能性も考えられている。また、阿部俊子氏『歌物語とその周辺』も「南朝―二条家の方は為家以来、現存『一条摂政御集』とは完全に異る内容の資料をつかつてゐると見られる」とし、『新勅撰集』撰集にあたっては、益田家旧蔵本と「同類でありながら多少の字面の異同と共にちがつた形をもつてゐた伝本があつたかもしれない」と言っている。『新勅撰集』の撰歌材料となった「伊尹集」では、151番の作者が本院侍従と分かる書き方がなされていたのであろう。

(14)「きたる」と「きたれ」とあるので、カ変動詞「く」にラ変型助動詞「たり」の接続したものか、「来至る」の転と一般に言われているラ行四段動詞「きたる」か分別し難い。ここでは、築島裕氏『平安時代の漢文訓読語につきての研究』（一九六三年三月・東京大学出版会）が、動詞「きたる」は平安時代には漢文訓読系にのみもっぱら使用され、和文では用いられなかった、と言うのに従った。なお、たとえ動詞「きたる」であっても、私の論旨には影響しない。

(15)　本節5で取り上げる「別本本院侍従集」も「ほどへて……」で始まっており、前の部分が切れて途中からであろう。

(16)「おぼろのかたにみかさの山」が歌等の一句かも知れないが、三角洋一氏は『歌語り・歌物語事典』（雨海博洋・神作光一・中田武司氏編、一九九七年二月・勉誠社）「一条摂政御集」で、

　慶事か公事の近いころ、「声たかく三笠の山ぞ呼ばふなる天の下こそ楽しかるらし」（『拾遺集』賀・仲算。『和漢朗詠集』雑・祝には初句「よろづよと」）とうたう伊尹の声を聞きつけて、侍従が心をまどわした挿話であろう。

（括弧内原文）

と指摘する。

(17)「一條攝政御集の研究」（『文学』3巻6号・一九三五年六月）。なお、氏は140番台の半ばあたりからをも本院侍従の

作だと考えているると思われる。

(18) 『新勅撰集』121・717番の詞書とは内容が違い、益田家旧蔵本以外が採歌材料になったと思われる。その資料に作者名があったのであろう。なお、注（13）参照。

(19) 「かく」は「斯く」の意にも解せそうだが、「書く」ととった。

(20) このあたりの検討は、山口博氏「元良親王集の物語性」（『平安文学研究』25・一九六〇年一一月）に負うところが大きい。山口氏は『元良親王集』の物語的特徴を具体的に指摘するために詞書について検討し、複数の文でできている詞書や終止形乃至は係助詞の結びの連体形で終止する詞書（山口氏は「詞書が歌の直前で切れる終止法形式」と呼ぶ）の例を引用した後で、

此の様に本集の詞書は、歌より独立の趨勢がかなり強いのであるが、遂には詞書中に「よめる」「聞ゆ」「遣りける」などの語を含まない、換言するなら、次に歌のくる事を明示しない場合が現われる。（略）詞書と歌とが独立し、詞書が主で歌が従であるとさえ思われるのである。

などの特徴がある点に注目している。

(21) 『本院侍従集』の構成及び編者に関しては、Ⅱ第一章で詳述する。そこでは、『本院侍従集』は本院侍従の周辺の女房などが纏めたものだという考えを示している。

(22) 115116番の贈答も伊尹と本院侍従の関係が始まった頃に交わされたものであるが、116番の初句に関して稲賀敬二氏が「本院侍従―その生涯と集―」（『広島大学文学部紀要』36・一九七六年一二月）で、

伊尹との交渉がこうして深まった時、彼女は「ふたしへに思へば苦し」（116）と云っている。〈略〉私は「ふたしへに」の表現が、伊尹・兼通の二人の愛にはさまれた彼女の立場をも含んでいるように思う。（括弧内原文）

と述べている。稲賀氏の推測があたっていれば、115116番の贈答も、兼通をも含んだ三角関係によるものとなる。

(23) 『一条摂政御集注釈』「解題」は「「やまとのめのと」、世にいひける。」（57番詞書）や「をんな、のちのよのたかまつのないしとぞ」（121番詞書）等の記述から、他撰部の編纂者を第一次編纂者と第二次編纂者に区別している。『一条摂政御集注釈』「解題」の考えに従えば、「たれとしらず」・「じゞうのきみへ」というように相手の名をあかさない

のは第一次編纂者によるもので、それに対して「本院」という呼び名をあかすのは第二次編纂者によるものと考えられる。阿部俊子氏『歌物語とその周辺』にも同様の指摘がある。なお、他撰部後半部の編纂に関しては、第二章第二節で詳述する。

(24)「承香殿女御」とは徽子のことである。「とよかげ」の部や『本院侍従集』に描かれた事件が起こった頃よりすると、彼女が徽子に仕えるのはかなり後のことになる。なお、この件に関しては、Ⅱ第一章で詳述する。

第二節　北の方恵子女王

1　はじめに

本節で取り上げるのは、伊尹の北の方恵子女王関連の歌群である。恵子関連の歌は他撰部の五箇所程に散らばって存在しており、基本的に別個にみていくのであるが、論述の都合上、まずはそれらすべてを引用しておく。

65　つくまえのそこひもしらぬみくりをばあさきすぢにやおもひなすらん
おほんとの、きたのかたきこえたまけるに、「御かへりなし」とて
そのほどのことゞもおほかりけれどか、ず。
あひたまてのちに、やないしのもとこもりおはして、「うちに〳〵」とあるに、きたのかた

66　も丶しきはをの丶えくたす山なれやいりにし人のおとづれもせぬ
はやうのことなるべし。きたのかたとゑじたまて、「さらにこじ」とちかごとして、ものどもはらひなどして、

ふつかばかりありて

101　わかれてはきのふけふこそへだてつれちよしもへたるこゝちのみする

御かへり

102　きのふとも今日ともしらずいまはとてわかれしほどの心まどひに

「かゝるをりにや」とて、しふにいりてありし。

103　ちかひてもなほおもふにはまけぬべしたがためをしきいのちならねば

また、きたのかたと「かぎりのたび」とておはしけるみちより

106　ゆくさきをおもふ心のゆゝしさにけふをかぎりといふにざりける

やだいにのいへにて、ひさしうおはせねば、うへ

170　ねざめするやどをばよきてほとゝぎすいかなるそらにかきね《(ママ)》なくらん

このおとゞ、きたのかたとゑじたまて、よかはにて、ほうしにならむとしたまふに、ほうしゝて、ゐどのおとゞ、かへし

184　みをすてゝこゝろのひとりたづぬればおもはぬ山もおもひやるかな

185　たづねつゝかよふ心しふかゝらばしらぬ山ぢもあらじとぞおもふ

又、ゐどの

186　なよたけのよかはをかけていふからにわがゆくすゑのなこそをしけれ

2　65・66番

まずは65・66番の二首を中心に見ていく。65・66番は短いながらも歌物語的要素を含みもつと思うのである。その根拠を順次挙げていくと、最初に詞書に関するものとして、65番詞書冒頭で伊尹を指す「おほんとの」(直線部)という語が主語になっているのが注目される。というのは、他撰部中で伊尹を指す語は圧倒的に「おとゞ」が多いのだが、その語は大概は「……、おとゞ」というように、詞書の最末尾で作歌者が伊尹であることを示しているだけか、あるいはたとえ詞書の冒頭にあっても、(前頁の引用にある)185番のように「かへし」が付いているだけの簡単な形のものばかりだからである。従って、詞書等で伊尹の行為を表現する場合には必ずと言っていいほど主格が省略されているわけで、例えば63番詞書は次のごとくである。

よるものへおはしけるに、もの、たまひけるをんなのまへをわたりたまけるほどに、火のきえたるに、「まつやある」とのたまうたれば、ありけるに、「うれしう」とのたまたるに、「いまよりはまつをこそ」ときこえたれば、おとゞ

これなどは、末尾に「おとゞ」という語がありはするものの、二重傍線部の伊尹の動作を表す文節の主語はすべて

省略されている。伊尹の私家集として当然のことだが、他撰部の詞書はこのようなものがほとんどで、65番のように伊尹を指す語が主語となっているのはあと一つ、やはり恵子関連の歌に含まれ、本節5で取り上げる184番詞書（直線部）があるだけである。[1] つまり、伊尹の私家集として異例な65番のような書き方のなされている詞書は、他撰部では恵子関連の歌に限られているのである。

ところが、男を指す語が主語になる例は、物語的な「とよかげ」の部[2]の詞書では随所に見られる。冒頭から目についたものを拾っていくだけでも、

3番詞書　みやづかへする人にやありけん。とよかげ「ものいはむ」とて
6番詞書　とよかげ、まだしきさまのふみをかきてやる。
8番詞書　とよかげ、おほゐのみかどわたりなりけるひとにかよひける。
11番詞書　とよかげ、こずやなりにけん

等、枚挙に遑がない。65番詞書は他撰部中にあって、「とよかげ」の部に似通っているとは言えないだろうか。

加えて、65番では伊尹を指す語が「おほんとの」であるのも看過できない。第一節3でも触れたように他撰部中で伊尹を指す語は圧倒的に「おとゞ」が多く、例外はこの「おほんとの」と118番詞書の「をとこ」のみなのである。

次に内容面に関わるものとして、65番後書（波線部）に注目したい。なぜこのような断り書きを入れるのだろうか。これに関して例えば『一条摂政御集注釈』は、

主語はこの集の編集者である。手もとにその歌があるのだが何らかの事情でこの中に含めないというのである。これは、この集が伊尹の歌すべてを集めたものではなく、ある程度精撰したという態度を示すものであろう。

と言う。「何らかの事情で」というのと、「ある程度精撰した」というのが、必ずしも整合しないような気もするが、「精選」というのに拘れば、当時の伊尹の歌はたいしたものでないものが多かったと「この集の編集者」が言っていると想定することになるのではないか。ならば、相手が北の方恵子女王だけに納得しかねる。また、もしそうだとしても、なぜ恵子関連の歌のここでだけこのように断られているのか疑問である。それ以外の伊尹の歌は皆出来の良いものばかりだと「この集の編集者」が判定したのであろうか。

他にも阿部俊子氏『歌物語とその周辺』は、

　あるひは恵子女王の生前、北の方の希望によつて省かれた歌があつたのではないかと想像することが出来る。宮北の方である以上、昔のことであつても伊尹と自分との交渉に関係のある歌の記載には関心があつたかと思はれる。

と述べている。恵子の意向を受けて他撰部前半部の編纂者が載せなかった歌があることを断ったとみるのであろう。編纂者の判断ではなく、恵子の意向を受けたのなら、ここでだけこういう断りがあるのは理解できる。

しかし、恵子の意向で載せられなかったのなら気になる点が一つある。それは、他撰部にある恵子関連の歌が、つまり載せられた方の歌が、伊尹との仲が順調でない頃のものに限られている点である。即ち、「かぎりのたび」（106番詞書）とか「ゑじたまて」（184番詞書）とかいう状況にあったり、伊尹が好古女の所に入り浸っている時の歌ばかりなのである（66・107番）(3)。また、二人の間で贈答が成り立っているのが101 102番だけなのもそのことの表れと言えるだろう。そこで、65番後書が「そのほどのこと〻も……か〻ず」と言っている内容を考えてみると、65番や66番詞書から、二人が結婚に至るまでの時期の遣り取りであると分かる。即ち、65番が伊尹がまだ恵子から返歌を得られない頃で、66番が結婚後だから、その間の遣り取りが載せられていないのである。換言すれば、伊尹が恵子に執心し、恵子が伊尹に靡いていく頃の歌が略されているのだ。

伊尹と恵子関連の歌について右に見たような取捨がなされている以上、65番後書が書かれた背景に公開を憚る恵子の配慮が働いたとみるのは、無理ではないか。載せられた歌と載せられなかった歌が逆なら分からないでもないが。もっとも、阿部氏も歌の出来不出来を基準に恵子に不掲載の希望が働いたと考えているのだろうと思う。しかしそれでも、恵子は伊尹との仲が悪かった時の歌だけには満足していたことになり、やはり考え難いのではないか。

では65番後書は何を意味するのか。先に述べた65番詞書に見られる物語的な要素と併せ考えると、恵子との遣り取りに関しては、二人の仲が順調でなかった頃に絞って歌物語化が図られており、二人の蜜月時代の遣り取りを物語的省筆を装って省略したのが65番後書だと想定できると思うのである。事実このような断り書きは歌物語にはよくあるものである。ここから歌物語化の意図を汲み取るのは強ち無理ではなかろう。よって、65番後書は他撰部前半部の編纂者によって齎されたものではなく、65・66番がもと歌物語としてあり、その段階から存在していたと考えるのである。

もと歌物語であったということに関連しては、二首ともに異伝をもつのも注目される。しかも、65番の異伝は他撰部138番にある重複歌であり、66番の異伝は伊尹が撰和歌所別当を勤めた『後撰集』巻十一・恋三・717番にあるものなので、単なる間違いと言い切ってしまうのは躊躇される。取り敢えず、それらを続けて示しておく。

ひさしうおはせで、おとゞ

138　つくまえのそこひもしらぬふちなれどあさましきにやおもひなすらん

内にまゐりてひさしうおとせざりけるをとこに　をんな

717　ももしきはをののえくたす山なれや入りにし人のおとづれもせぬ

前者の重複は、同じ歌を伊尹が別の機会、別の女に用いた結果生じたとも考えられるが、特に問題なのは作者名表記の所に「をんな」とある後者で、『一条摂政御集注釈』は次のように説明している。

　後撰集の撰者には、勿論この歌が撰和歌所の別当である伊尹の北の方の歌だとわかっていたであろう。それを「をんな」としてのせたことについては、さまざまの理由が推測されるが、もっとも考えられるのは、恋の部に入っている歌でもあり、特定の個人の歌を一般化し、物語化したものと解することであろう。

が、この考え方には疑問がある。というのは、『後撰集』での詞書によると「をとこ」は実際に宮中に行っていたことになる。翻って66番の場合は、伊尹は好古女の所に籠もっていて宮中にいると嘘を吐き、恵子もそれを承知の上で歌を贈っているらしく受け取れる。66番の場合恵子の歌は非常に皮肉なものになり、話としても『後撰集』の場合よりこちらの方が面白かろう。従って、もし『後撰集』に『一条摂政御集注釈』の言うような物語化の意図があったならば、男が実際に宮中に行っていた状況にわざわざ変えたりはしないと思われる。『後撰集』恋部には作者名を明らかにしている歌もたくさんあり、この歌の作者をことさら「をんな」として物語化を図ったことを認める積極的な理由を見い出せないことと併せて疑問である。

　やはりこれは、『後撰集』の「をんな」の歌を恵子の歌に仕立てたという逆の可能性の方が高いと思う。というのは、『後撰集』の次の718番歌は「これまさの朝臣」の歌であって、かつ「とよかげ」の部（35番）にもある歌である。続けて引用しておく。

　　　おきな、この女のもとにきぬをわすれて、とりにやるる（ママ）
　　とて

35　すゞか山いせをのあまのすてごろもしほたれたりと人やみるらん

女のもとにきぬをぬぎおきて、とりにつかはすとて

これまさの朝臣

718 すずか山いせをのあまのすて衣しほなれたりと人やみるらん

『後撰集』の伊尹の歌（718番）の直前の何者とも知れない女の歌（717番）をもとに、伊尹と恵子をめぐる歌物語が創作されたというのは大いにあり得ることだと考えられよう。

そうすると、65番についても、138番を利用した可能性も出てくると思う。詞書・後書の特異さと省略を示す言辞、それに二首ともに異伝をもつことを併せて、この二首には物語的虚構化の跡がうかがえると指摘できるのである。さらに付け加えると、「おとゞ」ではなく「おほんとの」という特殊な語が使われていることからして、物語的虚構化が図られたのは、恵子の側ではなかったろうかとも思うのである。

3 101～103番

101～103番での目に立つ問題は103番詞書である。これによると、103番歌のもとの資料（「しふ」）での詞書は「かゝるをりにや」であったと分かる。それがこのように注記されているのは、103番歌は『後撰集』巻十二・恋四・886番に次のようにして採られており、伊尹とも恵子とも関連がないものらしいからである。

よしふるの朝臣に、さらにあはじとちかごとをして、又のあしたにつかはしける

蔵内侍

886 ちかひても猶思ふにはまけにけりたがためをしきいのちならねば(4)

ではなぜ103番歌がもとの資料にあったのか。このことについて、阿部俊子氏『歌物語とその周辺』が次のように述べている。

これはあるひはこの部分の歌からも、何か歌物語的なものをまとめたいと思つて他人の歌を自分の集にかきとめておいたのであらうかと一応は疑つてみることも出来るが、この場合はむしろさうではなく「ちかごと」を破つてもやはりあひたくてやりきれないといふはげしい気持がうごくといふ心境をよんだ歌が、知人の作品の中にもあつたといふので伊尹自身書きとめておいたと素直に見ておいていいであらう。（傍線は引用者）

私は「伊尹自身」が「自分の集に」であるかどうかは分からないが、阿部氏が一応疑っている方の可能性（傍線部）も捨て切れないと考える。それは、先程見た65・66番の恵子関連の二首では歌物語化の意図がみられ、しかも、そのうちの一首は他人詠を恵子の作に仕立てたと思えるからである。また、101・102番では、もう会わないという誓いを破ったのが伊尹であるのに対し、好古と蔵内侍の話では、女の蔵内侍が誓いを破っている。ここでも、66番同様に他人詠をも利用し、恵子と伊尹とが仲違いした頃の物語を創ろうとして、蔵内侍の歌を書きとどめていたかも知れないと思うのである。(5)

詞書についてもう一点、第一節2でも言及したように、101番の詞書が二つの文でできているという特徴も指摘できる。

4　170番

170番については一点だけ指摘しておく。それは、170番が恵子の単独歌になっている点である。伊尹の私家集中に伊尹の歌を欠いて恵子の歌だけが載せられているのはやや解せない。もとあった伊尹の返歌などが落ちてしまったとも考えられるが、これは、もとは恵子の所で纏められていた歌物語資料の断片だとは考えられないだろうか。もしそうなら、恵子の歌が単独であっても不思議はない。

なお、女の歌だけが単独で載せられていると考えられるものとしては、107番の好古女の歌がある。170番も伊尹が好古女の所に入り浸っている時に詠まれたもので、好古邸に届けられた可能性もあるので、好古家と他撰部との関連[6]で考えるべきかも知れない。

5　184〜186番

184〜186番は「ゐどの」との贈答であり、恵子の歌は出てこないが、やはり恵子との仲がうまくいかない頃の話であり、恵子の側で纏められていた節がうかがえる。というのも、184番詞書の冒頭「このおとゞ」（直線部）が他撰部中にあってはたいへん特異で、この贈答は第一節4の本院侍従関連の歌群の所でみた146番と同様に、他の歌語り資料の途中から切り取られて、そのまま他撰部後半部に組み込まれたように思われるからである。

「このおとゞ」が特異な点の第一は、伊尹を指す語（「おとゞ」）に「この」が掛かっている点である。他撰部の詞書の中にはこれと同様の例は皆無で、後書を見ても「このおとゞはいみじきいろこのみにて」云々となっている119番に一例あるに過ぎない。しかし、他撰部前半部の最末尾に位置する119番の後書は跋文に相当する文なので[7]、冒頭の「このおとゞ」は他撰部前半部の全体を受けて「これらの歌語りの主人公であるこのおとどは」と解釈されるべきものである。翻って今問題にしている184番の場合は、『平仲物語』の多くの段の冒頭にある「この男」と同じく、直前の文脈を受けて「このおとゞ」と言っているととらざるを得ない。従って、184番の「このおとゞ」は、形の上でもまた意味の上でも非常に特異な句であると言える。

ところが、直前の文脈を受けるとすれば、184番の直前には女の歌が一首あるだけ（183番、引用省略）で伊尹の返歌もないので不自然であることも併せて注意しておかなくてはならない。

また第一の点に加え、「このおとゞ」が特異である点として、先にも触れた通り、「おとゞ」が主語になっている点も挙げられる。

では、184番のような特異な詞書をもった歌が、他撰部後半部の中に存在するのはどういうわけであろうか。それは、恵子の所から提供された資料をほとんど改変せずに取り込んでいったからではなかろうか。つまり、184番はもとの資料段階では、『平仲物語』が主人公を「この男」と呼んで話を継いでいくように、主人公を「このおとゞ」と呼んで話を続けていく歌語りの一節であったのが、(8)断片的に切り取られ、他撰部後半部にそのままの形で挿入されたと考えるのである。そうすると、前述の通り、183番からの続きぐあいが不自然になってしまっているのも納得できるのである。

6　恵子関連の歌語り

以上の考察からすると、他撰部中の数箇所に散在している恵子関連の歌は、もともとは他人詠等も利用しながら、特に取り立てて言及しなかった106番も含めて伊尹と恵子の仲が良くない頃にテーマを絞って創られた歌語り（65番後書のことを思うと、文字化された歌物語と言った方がよいか）であったのではないかと推察できる。

ところで、前節で考察した「別本本院侍従集」を除く本院侍従との贈答歌を振り返りたい。本院侍従関連の歌は他撰部の数箇所に散在しているのであるが、先に確認したように、どの歌をみても二人の仲には何か障害等があるのがうかがえるものばかりであった。本院侍従の場合、それは兼通の存在があって、実際に伊尹と本院侍従の関係に安定期がなかったことの表れであると考えられる。しかし、恵子の場合はどうであろうか。恵子にも結婚当初より好古女という言わば邪魔者がいたとは言えるのであるが、北の方恵子女王相手に蜜月時代が訪れなかったとは考えにくい。ところが他撰部では二人の仲が良くない頃の歌ばかりが見受けられる。それは、そういうところにテーマが絞られた歌語り乃至は歌物語が創られていたからではないかと考えるのである。それが他撰部に取り入れられるまでに切れ切れになり、最終的に他撰部に収載されたと推察できる。そして、「おほんとの」などの特殊な言い回しや恵子の単独歌が含まれることを考慮すれば、もとの歌語り乃至は歌物語が創られたのは、おそらく恵子の周辺であったとみられるのである。(9)

注

（1）他に119番の後書部分が「このおとゞはいみじきいろこのみにて」で始まっていて、「おとゞ」が主語になっているわけではないが、それとよく似た様相を示している。しかし119番の後書部分は他撰部前半部の最末尾にある跋文に相当する文で、普通の詞書や後書と同列に扱うわけにはいかない。この点、186番詞書の問題と関連して、5で再び触れる。

（2）「とよかげ」の部の特徴については第三章で詳述する。

（3）66番詞書の「やないし」とは小野好古女の「野内侍」のこと。また、170番詞書の「やだいに」とは好古を官職の大宰大弐で呼んだもの。好古女関連の歌は、第三節で取り上げる。

（4）『後撰和歌集』（工藤重矩氏著、一九九二年九月・和泉書院）は、高松宮旧蔵国立歴史民俗博物館蔵本を底本に詞書を「よしふるの朝臣さらに……」とたてて、詞書、天理本・堀河本・承保本は「よしふるの朝臣に」云々とする。この方が、作者との関係で整合性がある。但し、歌は、男の詠のように見えるから、何か混乱があるのかもしれない。この歌、一条摂政御集に「北の方と怨じ給て、さらに来じと誓言して、物ども払ひなどして、二日ばかりありて」（一〇一）と詞書のある贈答に続いて「かかる折にやとて、集に入りてありし」（一〇三）の詞書で第三句「まけぬべし」（堀・雲本に一致）として見える。但し、その一〇三の詞書は、一〇二の左注とも考えうる。（括弧内原文）

と指摘する。

（5）103番と『後撰集』886番の問題については、「しふ」が『後撰集』を指すという前提のもと、鈴木棠三氏が「一條攝政御集の研究」（『文学』3巻6号・一九三五年六月）で考えを述べているが、「しふ」が『後撰集』を指すと言うのには従えない。難波喜造氏「一條摂政御集の成立に就いて」（『日本文学史研究』6・一九五〇年九月）、及び『一条摂政御集注釈』「解題」参照。また、この件に関しては、第二章第一節3も参照。

（6）第三節及び第二章第一節3での検討参照。

（7）他撰部前半部の序文・跋文に関しては、第二章第一節2で言及する。

（8）「とよかげ」の部でも、V段、Ⅷ段などがそれぞれ、「もの、えありて、このおきな」、「このおきな」で始まっている。なお、「とよかげ」の部の段分けについては、第三章第一節2参照。

（9）片桐洋一氏は「一条摂政御集について」（『国語国文』34巻12号・一九六五年一二月。後、『古今和歌集以後』〈二〇〇〇年一〇月・笠間書院〉に所収）において、170番詞書で恵子が「うへ」と呼ばれていることに関して、

「北の方」と呼ぶのはまだよいが「うへ」（170）という呼称なども気になる。編纂者が恵子女王方の女房であることを示しているような気が私にはするのである。（括弧内原文）

と述べている。なお、片桐氏が「編纂者」というのは、私に言う他撰部全体の編纂者であるが、私は恵子関連の歌を纏めた女房などによる呼称がそのまま写されたものと考えたい。ちなみに、『一条摂政御集注釈』では、「「うへ」なる呼称は、そのもとに親しく仕える者の立場からのものである。少くとも恵子女王、伊尹のもとにある人からの呼称である。」と注されている。

第三節　小野好古女

1　はじめに

本院侍従及び恵子関連歌については、各歌群ごとに特徴をみてきたが、小野好古女関連の歌群について考察するにあたっては、他撰部の詞書における助動詞「き」の使用の問題に注目して論じていきたい。そこで、他撰部の詞書における助動詞「き」の使用には偏りがあることから説き起こしていく。

2　他撰部の詞書における助動詞「き」の使用

全百五十一首を有する他撰部の詞書は概ね同じ文体で書かれているが、既に幾つか指摘しているように、所々に変わった特徴をもつものもある。自ら事実であると確認している事柄を記述する際に用いられるとされる助動詞「き」の使用も珍しいものの一つである。「き」は他撰部後半部には全く存在せず、他撰部前半部にも次の例（直線部）しかない（後の論述の関係上、好古女に関連する46〜48・103・107番は歌も引用しておく）。

42　「おなじおきなのうた」とてほかにみえしを、「さかしらにつゝ、ましけれど」とて（後略）

四ゐになりたまへるよろこびにおはしたりけるに、やさ
いさうのむすめのやないしにすみたましが、うせてのち、
さいさうなきて

46　むらさきのふかきころものいろをだにみでわかれにし人ぞかなしき
かへし

47　むらさきのいろにつけてもねをぞなくきてもみゆべき人しなければ
この御めのないしうせて、おぼしなげきしに、人のとぶ
らひきこえけるに

48　いまゝでにそであらばこそなみだがはゝやくみくづとなりにしものを

52　のぶかたのきみうしなひたまたるに、「ちじの大納言」
とのちのよにはきこえし、ゝげみつのきみ

88　「こゝろよりほかにもちかはせたましか」などあれば
「かゝるをりにや」とて、しふにいりてありし。

103　ちかひてもなほおもふにはまけぬべしたがためをしきいのちならねば
やないし、まだいきたりしに、ふえたてまつれしに

107　そこふかくあやふかりけるうきはしのたゞよふえをもなにかふみゝむ

これらの「き」はどういう所で使用されているのか見ておく。まず、42番は他撰部前半部の冒頭にあって、他撰部前半部の序文に相当する所で「き」が使われている。(1) ちなみに、後略部分が42番詞書にあたる。46〜48番と107番は「やさいさうのむすめのやないし」（傍点部）即ち小野好古（野宰相）の娘（野内侍）関連の歌である。また、52番と103番の「き」は注記の部分で用いられている。つまり、52番の私に付けた読点の間は歌の作者「しげみつのきみ」に関する注記で、103番の「とて」以下はもとの資料（「しふ」）には鈎括弧内だけを詞書として103番歌が載せられていたことを断った注記である。残った88番の「き」は引用句中にあるので考察の対象から除外しておく。

要するに、他撰部前半部の詞書において助動詞「き」は、引用句中の一例を除けば、好古家関連の歌と序文・注記でのみ使用されているのである。こういう「き」の使用の偏りから、好古女関連の歌群に関して、以下に述べることが考えられるのである。

3　小野好古家関連の歌の特異性

最初に、好古家関連の歌の詞書で「き」が用いられているのは何を意味するのか考察する。結論から言うと、「き」の使用とこれから指摘していくことを考え併せれば、46〜48番と107番は好古家の関係者が纏めたものだと思われるのである。

まず、46 47番の贈答は46番詞書によると、伊尹が四位に昇進した喜び申しに好古邸を訪れた際に交わされたものである。その中に「き」があるのは、伊尹と好古女との関係を知っていた好古家の関係者によって詞書が書かれたためとみられる。

次の48番については、「御め」(波線部)に関する『一条摂政御集注釈』の考察を参照したい。最終的に「御め」を(伊尹の)「御妻」と解する同著は、「め」は「女」とも同字であるけれども、好古女に敬語が用いられるのはおかしいので、(好古の)「御女」とはとれないと説明する。しかし一方で、後に触れる103番の例を引き合いに出し、

> この四六、四七、四八の歌の資料となったものは、小野氏の側の記録であったかとも考えられるのである。その場合には好古娘は「御女」と記されることは十分考えられ、それをこの集の編集者がそのままうけついだとの推定の可能性もあるので、「御女」とよむことは一説として成り立ちうる。

とも述べている。私は、小野氏側の記録で好古女が「御女」と記されていたという「一説」の方が妥当だと思う。なぜなら、「この御めのないし」の「この」は46番詞書の中の「やさいさうのむすめのやないし」(傍点部)を受けて言っていると読め、「この御娘の内侍」ととる方が自然だからである。また、48番の詠歌場所も46 47番に引き続き好古邸らしい。今何首か引いた歌からもうかがえるが、伊尹は好古とも好古女ともかなり親しい間柄にあったので、好古女の臨終の場に伊尹が立ち会った可能性は高く、それで死の穢を被ったために好古邸に暫く留まり、「おぼしなげ」いて詠んだのが48番だと考えられる。[2] 従って、48番は好古家の関係者が好古邸で詠歌された歌を、「き」を使用しながら纏めたのであり、しかもその際に好古女を(好古の)「御女」と呼んだものと推定できる。

残った107番について『一条摂政御集注釈』は、結果として「この歌を一往男の歌として解した」上で「女の歌と解することもできそうである」との見込みも示している。このように解釈が揺れるのは、詞書にある「ふえたてまつれ」(波線部)の部分が、いったい誰から誰に笛が贈られたことを言っているのか曖昧なためでもあろう。それで今は慎重を期して、次のA・B・C・Dの四つの場合を検討しておく。

	笛の贈与	歌の詠者
A	伊尹→好古女	伊尹
B	伊尹→好古女	好古女
C	好古女→伊尹	伊尹
D	好古女→伊尹	好古女

まず、AとBは「ふえたてまつれ」を伊尹が好古女に笛を差し上げたと解するわけだから、伊尹には敬意が払われてなくて好古女には敬意が払われていることになり、敬語の使用法がおかしい。勿論、先程48番について検討した通り、好古女に敬意が払われるのはあり得ることである。が、一条摂政伊尹には敬意が示されずに、好古女にだけ敬意が示されるのはやはり不自然である。

Cはとともに敬語の使用法は自然である。しかし、Cは笛の贈与と歌の内容がそぐわない。笛を贈られた伊尹が107番歌（『一条摂政御集注釈』の訳は「底が深くてあやうく見えた浮橋の漂っている入江のところまでも、どうして踏んでいって見たりしようか。」）を贈るのは不可解である。一方Dだと、『一条摂政御集注釈』が107番歌を女の歌と解した場合の類例として挙げる『後撰集』巻十四・恋六・1023番と、まさしく同様の状況で詠まれたものと理解できる。

ととのふかれがたになり侍りにければ、とどめおきたる
ふえをつかはすとて　　よみ人しらず
にごりゆく水には影の見えばこそあしまよふえをとどめても見め

そもそもこの例を挙げながらも107番を好古女の歌と解するのに『一条摂政御集注釈』が消極的なのは、「女の歌だけがこういう詞書で独立してとられているというのはどうであろうか」との疑問によっているからだと見受けら

れる。(3) 107番の前後の歌は好古女とは関係のない歌で、確かに伊尹の私家集に女の歌が単独で採られるのはやや奇異な感がする。しかし、第二節4で触れた170番は、他撰部後半部㊦に属するものの、伊尹の北の方恵子女王の単独歌であった。好古女の歌が単独で採られるのも決してあり得ないとは言えないであろう。少なくとも、好古女の単独歌になるからといって、Dの可能性を消すわけにはいかないと思う。

結局種々勘案すると、Dの妥当性が最も高く、107番は好古女が笛を添えて伊尹に贈った歌になるのである。そうすると、その現場を目の当たりにした好古家の関係者が、「き」を用いて叙述したと考えられるのである。(4)

4　小野好古家関連の歌語り

以上の考察からすると、他撰部前半部の好古家関連の歌は、好古家において纏められていたものが他撰部前半部編纂時に取り込まれたものであると言えると思うのである。なお、以上の考察は主として詞書における助動詞「き」の使用に注目してのものであり、先にも一言したように、他撰部後半部の詞書には「き」の使用は見られないので、ここでは他撰部前半部に関する言及に止めざるを得ない。

ただ、第二節4で取り上げ、本節3でも取り上げた170番の恵子の単独歌が、詞書によると、恵子から好古家にいる伊尹のもとに届けられたと思われるのは気に掛かる。これも恵子からではなく、好古家からの資料提供であったかも知れないからである。

なお、170番を除けば、他撰部後半部には好古女も好古も出てこない。

注

（1）他撰部前半部の序文・跋文に関しては、第二章第一節2で言及する。

（2）『平安私家集』は、結論的に「御め」を「御妻（伊尹妻）」として48番歌を伊尹作とみるが、「但し「御女（小野好古娘）」と見ることもできる。その場合この歌は好古作となろう。」（括弧内原文）とも注している。48番が好古作なら詞書の「おぼし」「きこえ」は好古に対する敬語になり、好古家の関係者が纏めたものという蓋然性が高まると思う。ただ、好古に対する敬語がない46番詞書（「さいさうなきて」）と整合しないのがやや不審ではある。

（3）『平安私家集』も、107番を『後撰集』1023番と同様の事情のもとで詠まれた好古女の歌だとみ、「上三句は不安定な男女関係を象徴、結句は拒む姿勢である。」と説明しながら、「女の歌だけがかく独立して入集していることには問題が残る」とする。

（4）好古家関連の歌の詞書には「けり」も使用されている。ということは、もともとは物語的叙述を目指していたものに、無意識に「き」が入り込んだのかも知れない。

第四節　「とばりあげのきみ」（69～80番）

1　はじめに

本節では69～80番の「とばりあげのきみ」との贈答歌群を取り上げる。「とばりあげのきみ」とはいったい誰であるのかは杳として知れないのであるが、この歌群にはかなりの手が込められていると考えられるのである。まずは、全歌を引用しておく。

（i）

とばりあげのきみに

69　たとふればつゆもひさしきよのなかにいとかくものをおもはずもがな

又(1)　返

70　あくるまもひさしてふなるつゆのよにかりの心もしらじとぞ思ふ

（ii）

ながつきのつごもりに、「つきたてゝ」とおぼしきにや、

おとゞ

71　ふきはつるあきのあらしもかなしくてさすがにあすのまたるゝやなぞ

かへし

72　かぎりとてながむるそらにこがらしのかぜふきはつるあすやまたるゝ

「おはせん」とてのよ、さもあらねば、つとめて、おとゞ

(iii)

73　ちぎりてしこよひすぐせるわれならでなどきえかへるけさのあわゆき

かへし、おなじ人

74　ふるゆきはとけずやこほるさむければつまぎこるよといひてしものを

ありしところならで、かへりて、女

(iv)

75　とぶとりのこゑもきこえぬおく山にいりてぞものはおもひましける[2]

かへし、おとゞ

76　いかでかはとはざりつらんほかになくこゑをしどりのつばさぬけずは

むつきに、あめかぜいたうふくに、おなじ女

(v)

77　はるかぜのふくにもまさるなみだかなわがみなかみもこほりとくらし

かへし

78　みなかみのこほりならねどゝしふればわがみづからもうちとけにけり

おなじをんな、ことをりに

(vi)

79　ときはなるおもふ心のことのはをまつにつけてもみつる今日かな

おとゞ

80　いひそめしわがことのはにくらぶればしたもみぢするまつはものかは

この十二首は二首ずつの六組の贈答でできているのが分かる。以下論述の便宜上、69 70番の贈答からそれぞれを順に(i)～(vi)と名付けておいた。また、74番詞書の「おなじ人」、77番詞書の「おなじ女」、79番詞書の「おなじをん

な」をもとに(i)～(vi)の相手の女を考えてみると、(ii)と(iii)及び(iv)と(v)と(vi)がそれぞれ同一であると言える。相手の女も便宜上、(i)の相手をA（=「とばりあげのきみ」）、(ii)・(iii)の相手をB、(iv)～(vi)の相手をCとしておく。すると、ABCすべてが別人の場合、A=B≠Cの場合、A≠B=Cの場合、A=B=Cの場合が考えられると思う。A=C≠Bの場合も可能性は低かろうがあり得なくはない。このうちどれが真相なのかから考えておかなくてはならない。

その前に、作歌がなされた時期が一番分かり易いのでそれからおさえておくと、(i)～(vi)の贈答はきれいに季節の推移に従って配されているのに気付く。それぞれの贈答がなされた季節とそれが判断できる語句（傍線部）、それに相手の女を併せて表に示しておく。

【69～80番の配列】

歌番号	贈答	女	季節	季節を判断できる語句
69・70	(i)	A	秋	両歌に「つゆ」
71・72	(ii)	B	秋の末	71番詞書に「ながつきのつごもり」
73・74	(iii)		冬	73番歌に「あわゆき」、74番歌に「ふるゆき」
75・76	(iv)	C	冬	76番歌に「をしどり」
77・78	(v)		正月初頭	77番詞書に「むつき」、77番歌に「はるかぜのふく」、「こほりとくらし」
79・80	(vi)		正月子日	79番歌に「まつにつけても」、80番歌に「まつ」

これだけをみるとA=B=Cで、「とばりあげのきみ」との遣り取りを季節の推移通りに並べた結果のようにも思える。はたしてその通りかどうかの検証から始め、主として69～80番の配列に注目して論じていく。

2　内容確認と贈答相手

まず、(i)〜(vi)の内容を確認しておく。

最初にA相手の(i)では男の伊尹の方から「いとかくものをおもはずもがな」などと思いを訴えかけ（69番）、女のAはそれに対し「かりの心もしらじとぞ思ふ」と拒絶的な歌を返す（70番）という典型的な恋の初発段階での遣り取りのようである。

続くB相手の(ii)と(iii)では、ともに何らかの事情で伊尹がBの所には行かなかった時に、伊尹から詠みかけた贈答である。(ii)は九月の末日に翌日（即ち翌月）になったら伊尹が訪問できることを二人が待ち遠しく思っている贈答になっている。よって、九月末日までの少なくとも数日間、伊尹はBの所には行けなかったのがうかがえる。(iii)は、伊尹が訪問の約束を破った際の歌であるのが73番詞書からはっきり分かる。[3]

C相手の(iv)〜(vi)に移る。(iv)では、Cの歌（75番）の詞書と「おく山にいりてぞ」から、Cは75番歌を贈る前に奥山に行っていたのが分かる。それに答えた伊尹の歌の「とはざりつらん」（76番）は「飛ばざりつらん」と「訪はざりつらん」の掛詞なので、伊尹は自分を鴛鴦にみなして「翼が抜けてしまわない限り、あなたの所を訪問しないというようなことはなかった」と言っていることになる。つまり、奥山に行っていたCを伊尹は訪れなかったのである。(v)でも、まずCの方から「はるかぜのふくにもまさるなみだかな」（77番）と訴えている。[4]それに対し伊尹が「としふればわがみづからもうちとけにけり」（78番）と答えている。何年間もCには打ち解けていなかった、即ち心を許していなかった伊尹が、Cから恋情を訴えられ、(v)で始めてCに対して本当に愛着を感じるようになったのではないか。このことは最後の(vi)からもうかがえる。79番詞書は具体的状況を全く説明しないが、79番歌より、

『一条摂政御集注釈』が「この歌を女が詠む前に、子の日の小松に男の歌がつけられて来たのであろう。」と言うような状況が想定できる。そして、その伊尹の歌は「松のようにいつまでもお変りないあなたのお心のこもったお歌」(『一条摂政御集注釈』の79番歌の口語訳より）であったと想定できる。その心の不変を訴えたのが80番の伊尹の歌である。

C相手には(iv)～(vi)の三組の贈答があり、やや長いので纏めておくと、二人のうちCの方からまず懸想し、(iv)では冷たかった伊尹が、(v)で心を傾けるようになり、ついに(vi)で愛の不変を言うようになるという経緯が想定されるのである。男から懸想しかけるのが普通であった当時の恋愛からすると、変わった経過を踏んでいると言えよう。

以上三人の女のうち、誰と誰が同一人物で、誰と誰が別人だと分かるだろうか。まず、AとCは別人だと言える。というのは、典型的な恋の初発段階での遣り取りとなっている(i)と、女の方から懸想しかけたと思われる(iv)～(vi)をみるに、A＝Cというのは矛盾すると思われるからである。

次にAとBであるが、これについては何とも言えないのではないか。(i)と(ii)の間にあった新枕等がとばされているとみればA＝Bだと思えるし、また、(i)と(ii)(iii)はそれぞれ別人の遣り取りであってもおかしくはない。

残ったBとCはどうか。BとCとが同一かどうかは非常に微妙だと実は思っているのだが、『一条摂政御集注釈』の見解を参考にして考えたい。『一条摂政御集注釈』はBが詠んだ74番の下の句の「つまぎこる」について、「女にあれこれ奉仕的にしてやるといっていたように感じられる」とも、「世を捨て隠棲するニュアンスを含んでもいるようである」とも言い、74番歌に対して二通りの解釈を示している。

まず口語訳の欄に示された解釈（これが『一条摂政御集注釈』の結論となろう）は次の通りである。

降る雪は解けずに氷るものでしょうか、解けてから氷るものです。あなたは泡雪が消えるとおっしゃいますが、単に消えるだけじゃなくて氷る程の寒さです。今夜は寒いので、行って薪をきってやるよと、おっしゃっていらっしゃったのに。

こうとると、(iv)の75番の前でCが奥山に行っていたのは、(iii)の伊尹の態度に拗ねてしまったからだともとれるし、特に両者に繋がりはないともとれる。前者ととれば当然B＝Cだが、後者ならB＝CともB≠Cとも考えられる。また、(ii)(iii)と(iv)を比べてみると、如何なる事情にせよBの所に行かなかった(ii)(iii)と、奥山に行ったCを伊尹が訪問しないままで交わされた(iv)とではあるが、伊尹の冷たさは通底するようだ。でも、男からBに歌を詠みかけている(ii)(iii)と、奥山から戻ってCから歌を贈らなければならなかった(iv)との差は大きいとも思う。結局結論は出しにくい。

では、「つまぎこる」に「世を捨て隠棲するニュアンス」を読み取ればどうなるか。『一条摂政御集注釈』は75番歌に関して次のように言っている。

七五番の歌の作者は、七四番の作者と同一人物らしい。もしそうであるなら、七四番の歌における「つまきこる」は、隠棲する意を含んでいるものとして理解すべきものと思われる。この歌をよむことによって、前の歌の理解に限定を加えることになるのである。

このように、『一条摂政御集注釈』はB＝Cの可能性を示しているのだが、実は、『一条摂政御集注釈』の見解を総合的に判断すると、右の見解には否定的にならざるを得ないのである。というのは、『一条摂政御集注釈』は、「つまぎこる」が「世を捨て隠棲するニュアンスを含んで」いる場合の訳を、語釈欄で次のように示している。

あなたのおこしがなくなり、あなたと私との間は、寒い仲となりましたので、常々私はもう山里に隠れようと言っておりましたのに、又々約束をたがえておこし下さらなかったのですから、いよいよ山里に身をかくすより他なくなりました。（傍線は引用者）

右の訳に従うとBは74番で奥山入りすることを宣言していることになる（傍線部）。ところが、76番の口語訳の末尾に「いってくれたら一緒に行ったのに」を『一条摂政御集注釈』は付け加えている。前述の通り、男は奥山のC

を訪問しなかったのだが、Cが自分には告げずに奥山に行ったことをその口実にしているとみているのだ(5)。確かに、初句にある「いかでかは」などという言い回しも含めてもう一度76番歌の意味を考えると、「鴛鴦の翼が抜けてしまう、そんなおよそ考えられないことがない限り自分はあなたを訪問したのに」と強調せんとしていると受け取れる。なのに伊尹は訪問しなかった。すると、その口実としては、Cから告げられなかったのでCが奥山に行ったことを知らなかったというのが相応しいように思える。ならば、Bが奥山入りを宣言していた74番と矛盾を来す。この矛盾はB＝Cとみる、即ち、74番の「つまぎこる」に「世を捨て隠棲するニュアンス」を読み取ることに由来しているとみざるを得ない。『一条摂政御集注釈』のように「つまぎこる」に隠棲のニュアンスを読み取ってB＝Cとみるのは、事実としては否定されるのである（そのためであろうか、『一条摂政御集注釈』の口語訳欄では先に引用した訳が掲げられている）。

結局、AとCは別人で、AとB、BとCについては何とも言えないということになってしまう。すると、最初にABCと名付けた所で指摘したように、(i)〜(vi)の贈答では、贈答相手の女が前と同一であることを示している所と、示していない所があるので、示している所だけが同一で、他は別人との贈答に変わっているとみるのが最も素直であろうか。要するに、ABCは皆別人とみるのである。そうみると、AとCだけは別人だと思われるという先の考証とも無論矛盾しない。

3　配列の狙い

ところが今度は、これも最初の方で述べたが、(i)〜(vi)が季節の推移通りに並べられているのは、単に季節に拘ったたけの結果なのか、という疑問が出てはこないであろうか。そこで私はもう一度、先程のB＝Cとみる『一条摂政御集注釈』の見解に戻りたいのである。つまり、『一条摂政御集注釈』が示す一案のように、B＝Cと読むのは誤りかというと、必ずしもそうではないと思う。(i)～(vi)が季節の推移通りに並べられ、BとCが「つまぎこる」と「おくやまにいりて」で同一人物のようにもみえるのが、偶然あるいは無意識のうちに起こったとは考え難いのである。(iv)迄読み進め「(iii)の「つまぎこる」は隠棲のことを言っていたのか」と読者に思わせる（『一条摂政御集注釈』の言う「前の歌の理解に限定を加える」）意図が(i)～(vi)を配列した人物にはあったに違いないと思うのである。

それに関して、『一条摂政御集注釈』が「つまぎこる」について「世を捨て隠棲するニュアンスを含んでもいるようである」とも言うとき、『後撰集』巻十五・雑一・1083番（『伊勢物語』第五十九段などにも）を参考歌として挙げているのには注意される。

世中を思ひうじて侍りけるころ　業平朝臣

すみわびぬ今は限と山ざとにつまぎこるべきやどもとめてむ

読者にこの歌を思い浮かばせて「つまぎこる」に隠棲のニュアンスを読み取らせ、B＝Cと思わせる意図があったとみるのは考え過ぎであろうか[6]。

結局私の考えを纏めるとこうである。B≠Cであったならば元来別人との贈答であった(iii)と(vi)を並べることによって、あるいは、B＝Cであったならば必ずしも繋がりがあるとも思えない(iii)と(vi)を並べることによって、同一人物との繋がりのある贈答のように見せかけると言うか思わせる意図が、これらの歌を配列した人にはあったと考えたいのである。

そうすると、76番での伊尹の口実を先の『一条摂政御集注釈』のように解するのはおかしくなるのだが、『平安私家集』が76番結句に「のっぴきならぬ所用を寓するか。」と注しているようにとればよいのではないか[7]。

今はBとCについてだけ述べたが、この配列に対する意図は当然Aも含めてであり、A≠Bならばそこでも別人を同一人物のように仕立てる虚構が施されていることになる。いずれにせよ、AとCを同一人物に見せかける意図だけはうかがえるのである。このように配列に意を用いて全体として物語的な展開になるように仕組まれていると考えるのである。(8)

さて、(i)〜(vi)の贈答の相手を一人に仕立てているとすると、当然(i)で名前が出ている「とばりあげのきみ」がその人になる。他撰部後半部㊦にも一度出てくる（167番）「とばりあげのきみ」(9)は、伊尹にとってよほど重要な恋人であったのであろう。

注

（1）この「又」は異様である。「又」の上にある「勅」という集付けとともに、『一条摂政御集注釈』の説明が詳しいので引用しておく。

墨色薄く、次の「返」の字とは別筆。どういう意味なのか解らない。あるいは、「又」ではなく、何かの符号かもしれない。なお、この「又」とおぼしき字の上に、底本では、「勅」という集付けがある。底本の中で行われている他の集付けと場所が異なり、六九番の歌と七〇番の歌の中間に書かれている。一〇一番と一〇二番の場合も同じ書き方である。この例からすると、この集付けは、六九番と七〇番と両方の歌に対する集付けかと考えられる。

（2）益田家旧蔵本では75番歌のあと一面空白で、「片表」という文字が書かれ、押印が二つある小紙片がそこに張られているが、本文の欠脱はないものと思われる。

（3）『平安私家集』は71番詞書「「つきたて、」とおぼしきにや」を「女は月を越してから、ともかくも、とのつもりだったのだろうか、の意。」としている。「つきたつ」という動詞は珍しく、解釈も難しいが、『一条摂政御集注釈』の左の想定に従いたい。

「月立つ」とは、新しい月になることで、「つきたて」は、「つきたつ」の「たつ」を下二段活用にすることによって、自分の意志を入れたものと考えられる。何かの事情で、九月中、男は女の所へ行けなかったので、明日は行くぞとつげる歌をやったものであろう。

（4）77番は『新古今集』巻十一・恋一・1020番に「謙徳公」の歌として採られている。しかし、歌の内容からは女の歌とみられる。『一条摂政御集注釈』も『平安私家集』も女の歌ととっている。『新古今和歌集全評釈第五巻』（久保田淳氏著、一九七七年四月・講談社）も『一条摂政御集注釈』の見解を引用して、次のように述べる。

家集の読みとして、それが正しいであろう。ここでは新古今集の歌として読むのだから、伊尹の歌として読まざるをえない。しかし、やはり女歌らしい口吻は感じられる。そして、返歌の「わがみづからもうちとけにけり」という鷹揚な歌いぶりがいかにも「おとゞ」らしいと思われる。

（5）『一条摂政御集注釈』の訳だと奥山に同行しなかった口実を述べているようだが、「とはざりつらん」とあるのだから訪問しなかった口実とすべきだろう。

（6）一方で『一条摂政御集注釈』は、「女にあれこれ奉仕的にしてやるといっていたように感じられる」場合の参考歌として、『拾遺集』巻二十・哀傷・1346番を挙げる。

大僧正行基よみたまひける

法華経をわがえし事はたき木こりなつみ水くみつかへてぞえし

こちらも有名な歌なので、こちらを思い浮かべる人も多いであろう。

（7）『平安私家集』もB＝Cだと考えている。ただし、先に述べた初句「いかでかは」などという言い回しからすると、「のっぴきならぬ所用」などを口実にするのは弱いような感じがする。いずれにせよ、実際はB≠Cなのに、(ii)と(iii)には直接の繋がりはないのに、繋がりがあるように配列されているとすれば、それに合わせて読めばどこかに無理が生じるのはむしろ当然であろう。

（8）この六組十二首の贈答歌の詞書には、他の歌群で指摘したような特徴は見られない。後書はそのものがない。この贈答歌群のみが配列だけによって物語化が図られたとみるのは強引なような気もするが、可能性の一つとして示しておいた。「とよかげ」の部の中でもⅢ段の詞書にほとんど特徴がない（8番詞書が二つの文でできている程度。「とよかげ」の部のⅢ段に関しては、第三章第一節4参照。）ので、物語化に必ず詞書の特異さが伴うものでもなかろう。

（9）167番には伊尹が「とばりあげのきみ」に贈った歌が一首単独で載せられている。69番詞書の「とばりあげのきみ」と同一人物であろうが、69～80番の贈答と、167番との関連・関係は分からない。

とばりあげのきみの御もとに、こゝちあしうしてえおはせで、ちぎりたまたりけるよのまたのあしたに

167　しぬばかりわびしかりしにそこまでもいかではいかでいけるなるらん

第五節　「東宮にさぶらひける人」（81～95番）

1　はじめに

本章最後に取り上げるのは「東宮にさぶらひける人」との贈答歌群である。この人も誰だか分からないが、その歌群には特徴が指摘できるのである。まずは、全歌を引用しておく。

　東宮にさぶらひける人をおぼしかけて、いりたちたまへれば、みかはせど、さすがにこゝろのまゝならで、ゝならひしゐたるところにおはして、ものにかきたまふ。

81　つらけれどうらみむとはたおもほえずなほゆくさきをたのむ心に

　かたわらに、をんな

82　あめこそはたのまばもらめたのまずはおもはぬ人とみてをやみなん

　とみて、たちておはして、ようさりもておはしたる。

83　おほかたのあめをばいはじおもふにはみづだにもらぬものとこそきけ

　かへし

84　もれずともえぞしりがたみふるあめの《ハ》みかさの山もさしはなちつゝ

このひとのつぼねに、かうぶりのはこをやどして、とりにたまへるはこのうへにかく。

85 ふかゝらぬ心ときみをみつのえのはこをおきてもなにゝかはせん

かへしはなくて、ようさりおはしたりけり。

さとにいでたるに、りむじのまつりのかざしのはなにさして

86 きみゝよとさしゝかざしはちりもせずうつろひもせずのどけからなん

かへし、さわがしくてえきかず。

ひさしうて、女

87 まつよりもひさしくとはずなりぬるはおもふといひて心がはりか

「こゝろよりほかにもちかはせたましか」などあれば

88 神かけてまたもちかへといひつべしおもひおもはずきかまほしさに

いかゞありけん、つとめて

89 いであやしけさしもそでのぬるゝかなゝにをしるしの心なるらん

かへし

90 しるしなくぬるらんそでをかはしつゝおもふにひつるわれもはかなし

しはすのせちぶのつとめて、かぜのあらければ、おとゞ

91 そらみゝかけさふくかぜのおときけばわれおもはるゝこゑのするかな

かへし

92　はるかぜかみづむすびつるふゆのひにうちとけがたきうぐひすのねか

つごもりにまかでぬ。正月二日、おとゞ

93　きのふよりまてどおとせぬうぐひすのこゑよりさきにわれぞなきぬる

ふるとしの御仏名に、女

94　つらさをもみでやみぬべしつくりこしこひのつみにてこよひきえなん

返し

95　こひしさをつみにてきゆるものならばみをなきものになしつゝやみん

81番からは81番詞書にある「東宮にさぶらひける人」との遣り取りになっているのであるが、彼女との贈答が終わるのは、次に女の名前が「まちじりのきみ」と明示されている96番の前迄のどこであるのか、判然としない。そこで、81番から順次見ていくと、83 84番の贈答は83番詞書が「とみて、たちておはして、……」となっているから81 82番の贈答の続きで、次の85番詞書の冒頭が「このひとのつぼね」になっているから、少なくともここ迄は「東宮にさぶらひける人」との話であるのは間違いない。一方、86番以下の女は「東宮にさぶらひける人」だと断言はできない。だが、86番詞書の冒頭が「さとにいでたるに」となっているので、出仕先である東宮の許から里に戻った時の歌と思える。また、93番詞書にも「つごもりにまかでぬ。」とあり、続く94 95番の贈答は宮中行事「御仏名」の際のものである。従って、95番迄すべて「東宮にさぶらひける人」との贈答だととっても無理はない。あるいは、第四節で見た69～80番のように、複数の女との遣り取りを一人との贈答のように見せかけているのかも知れない。

このような見通しのもと、81～95番の配列構成と、詞書の文体について考察する。

2　主として歌の配列について

以上のように、この歌群は実際に一人との贈答かどうかは断定できないのだが、何らかの構成意図がうかがえないだろうか。そう考えてこれらの歌の配列を見てみると、特定の語を軸にして歌が配されている様がうかがえるのである。

まず、81番詞書にある「みかはせど」（直線部）に注目したい。この語句を『一条摂政御集注釈』は「目と目があったのだが」と訳すが、それだけでは足りない。二人は思いを寄せ合って見つめ合っているのである。なぜなら、81番以下の二組の贈答を見ていくと、81番歌に「恨みむ」との掛詞の「みむ」、82番歌に「漏らめ」との掛詞の「もら」と「みて」、83番歌に「水」との掛詞の「みつ」、84番歌に「漏れず」との掛詞の「もれ」というように、ことごとく見る・見守るという動作を表す言葉が出てくる。「もら」に関しては『一条摂政御集注釈』も、「「もる」には「見守る」（みかわす）の意がこめられているようでもある」（括弧内原文）と指摘する。二人は互いを「みかは」したことを契機に四首の歌を遣り取りしているのが分かる。従って、この場合の「みかは」すと言うのは単に「目と目があった」、あるいは互いの姿を目にしたというようなことにとどまらず、二人が思いを掛け合って見つめ合っていることを言っているに違いない。だからこそ歌を詠む切っ掛けになり得るのである。

ところで、歌の内容からは一見女は伊尹を思っていないように思える。即ち伊尹は81番歌で「つらけれどうらみむとはたおもほえず」と訴えなければならず、84番歌で女から「みかさの山[1]もさしはなちつゝ」と言われている。このように女がつれなくするのはどうしてであろうか。それは、二人の立場によるのだと思う。そこで、81 82番の贈答を載せる『新古今集』巻十一・恋一・1038 1039番を見てみたい。

冷泉院みこの宮と申しける時、さぶらひける女房を見かはして、いひわたり侍りけるころ、てならひしけるところにまかりて、ものにかきつけ侍りける　謙徳公

1038　つらけれどうらみむとはたおもほえず猶ゆくさきをたのむ心に

返し　読人しらず

1039　あめこそはたのまばもらめたのまずはおもはぬ人とみてをやみなん

これによると東宮は後の冷泉院（憲平親王）になるが、『公卿補任』によると伊尹は憲平親王が皇太子当時九五六〈天暦十〉年三月二十四日から東宮権亮を勤めており、この贈答はその頃のものとみて間違いなかろう。よって、二人は東宮権亮と東宮に仕える女房であったわけだ。そんな二人の立場を女が憚って、伊尹に思いを寄せ見つめ合いはするものの、契りを結ぶのは許さなかったのであろう。しかし当然伊尹は契りを迫ってくる。以上のような事情がこの二組の贈答の背景にあると思える。

このような事情を81番詞書にある「みかはせど、さすがにこゝろのまゝならで」が表している。つまりこの一節は、「見つめ合いはするけれども二人は共に東宮に仕える身なので、思うように愛し合うことはできずに」という事情を言っているのである。[2]

続く85番詞書は「このひとのつぼねに、かうぶりのはこをやどして」云々となっている。女の局に物を置いておくぐらいだから、二人は既に逢瀬を重ねているのであろう。ではなぜ新枕の場面など、それまでの経緯は描かれなかったのであろうか。それは、86番迄は先程指摘した「みる」の連想で歌が配されているからだと思う。即ち、85番歌には「水」との掛詞の「みつ」があり、86番歌には「みよ」がある。つまり81～86番迄は「みかはす」という動作を契機にし、「見」あるいはそれに類する語（直線部）を含んだ歌をわざと配したのであろう。二人が逢瀬を

もつまでの遣り取りにはそのような語句が含まれていなかったものと想像される。

さて、続く87 88番には「見る」という語は出てこない。その作歌事情と内容を見てみると、87番では伊尹の訪れが「ひさしうて」（詞書）、女が「おもふといひて心がはりか」と言ってくる。また、88番では女が「こゝろよりほかにもちかはせたましか」（詞書）と言ってきたのに対し、伊尹は「神かけてまたもちかへといひつべしおもひおもはずきかまほしさに」と答えている。ともに伊尹が女を「思う」と誓ったのにも拘わらず夜離れが続くので、女がそれを詰ってきたようである。ところで、伊尹が誓ったというのは、とりもなおさず、83番歌の「おもふにはみづだにもらぬものとこそきけ」を指すのではなかろうか。83番歌は『一条摂政御集注釈』の指摘するように、『伊勢物語』第二十八段の

　などてかくあふごかたみになりにけむ水もらさじとむすびしものを

を踏まえていよう。従って、伊尹の言わんとするのは、「深く思えば水は漏れないものだと言う。私は水が漏れないぐらいに深くお前を愛する。」ということになる。つまり、伊尹は女のことを深く思うと誓っているのである。その誓いを87 88番で破ったわけであろう。以上のように考えると、87 88番にきて83番の「おもふには」（波線部）を踏まえた歌二首が配されているのが分かる。そう思って81 82番を遡って見てみると、81番詞書に「おぼしかけて」、歌に「おもほえず」、82番歌に「おもはぬ」と、「思ふ」やそれに類する語（波線部）が出てきている。

このように、81〜88番迄は「見」に加えて「思ふ」という語をも軸にして歌が配列されているのである。

これらに続く89番以下は、90番歌に「おもふに」（波線部）が出てくるので、ここまで「思ふ」という語の連想で繋がっているのかも知れないが、また別の配列意識もうかがえる。それが破れるのを嫌って、94 95番の「ふるとしの御仏名」の贈答を、93番の「正月二日」の贈答の後に配したのだと思う。即ち、89 90番の贈答と91 92番の贈答はともに「つとめて」（点線部）で、作歌時間を共通する。また、92番と93番はともに「うぐひす」（二重傍線部）

が詠み込まれる繋がりがある。さらに、91 92番は春風を詠み込んでおり（傍点部）、春の季節感でも93番と繋がる。なのに「御仏名」の際の94 95番を時間通りに間に挟めばどうなるであろうか。

　それを考えるためには、正月二日に詠まれたと分かる93番以外の91 92番と94 95番も何日に詠まれたのかはっきりさせたいところである。しかし、この歌群は、九五六年か同年をそれ程下らない頃のものだろうとは言えるとしても、何年のものと特定はできない。年内立春はある年とない年があるし、あるとしても一定の日でないのは勿論だ。「御仏名」も十二月十九日頃ではあろうが、一定していなかったようだ。ちなみに、九五六年から翌年にかけての贈答だとして、『日本暦日便覧上』(3)を参照しながら81番からの時間を追うと次のようになる。九五五年七月二十七日伊尹は左近衛権中将になり、九五六年三月二十四日からは東宮権亮も勤める。81〜84番の贈答は三月二十四日以降とみられる。85番がいつ詠まれたかうかがえる徴証はない。86番は、『一条摂政御集注釈』(4)が考証するように、十一月下の酉の日に行われる賀茂の臨時祭の際のものと考えられるから、十一月二十一日とみられる。87〜90番もいつ詠まれたかうかがい知れない。91 92番の贈答は年内立春のあった翌朝だから十二月二十九日である。そして、十二月三十日に女が里に下がり、翌年正月二日に詠まれたのが93番である。ここで時間が遡り、94 95番の贈答は前年の仏名の時だから十二月十九日頃となろうか。この年の仏名の記録は残らないが、年内立春の十二月二十九日よりは前であろう。さて、別の年だとしても、93番が年明けてからの詠歌で、91 92番・94 95番は年内の詠歌だから、時間順序通りに配すれば、94 95番は91 92番より前か91 92番と93番の間に入るのは確かだ。そうすれば、先程指摘した「つとめて」や「うぐひす」の連続、あるいは春の季節感の連続を断ち切ってしまう。ために、仏名の贈答は後に廻されたのである（今示した九五六年の例のように、年内立春があるとすると、仏名より後の可能性が高かろう）。

　このように、81番以下でも作歌時間による順序なども無視し、適当に歌が並べられているようだが、実は何らかの連想のもとに歌が配列されているのが分かると思う。

3　詞書の文体について

以上に加えて、81〜95番の歌群では詞書の文体の面でも物語的な特徴を有していることも指摘しておく。が、同様の指摘は既に第一節2等でも行っているので、ここではなるべく要点のみにとどめておく(5)。

・活用語の終止形、または連体形で終わっている詞書が、「ものにかきたまふ」で終わっている81番、「もておはしたる」で終わっている83番、「はこのうへにかく(6)」で終わっている85番の三例見られる。しかも81番と85番の二つは終止形で終わっているが、このような例はあとは他撰部後半部㊥＝「別本本院侍従集」にしかない。連体形で終わっている場合には後に「歌」などの言葉が省略されているものと思われ、歌集の詞書によくあるものである。しかし、終止形で終わるのはむしろ物語の文体に近いと言えると思う。

・詞書が二つの文でできている例が93番に見られる。89番も「いかゞありけん。つとめて」とすれば二文である。

・83番の詞書相当部分は、前の歌を格助詞「と」で受け、しかも次の歌にも自然に繋がり、一つの文で前の歌の後書と次の歌の詞書の役目を同時に果たしている。

また、後書に目を転じると、85番には「かへしはなくて、ようさりおはしたりけり。」という後書がある。これも、詞書とは違い後書としては普通かも知れないが、「けり」という活用語の終止形で終わっている。それはともかく、この後書は、伊尹が返歌をせずに夕方やってきたという話の内容の一部を物語っている点で特徴的である。というのは、他撰部にある他の後書は、151番の「これまでみな本院の」のような、編纂者の立場からの注記書きが多いのである。85番後書のような例も歌集の後書には珍しく、むしろ物語の一部を髣髴とさせるものである。後書と言えば、86番にも「かへし、さわがしくてえきかず。」がある。これは、「りむじのまつり」の忙しさに紛れて返歌を記録できなかったと素直に解釈できるが、一方、第二節2で指摘した65番の「そのほどのことゞもおほかりけれどか〵ず。」同様の物語的言辞による省筆で、「りむじのまつり」の忙しさに託けた可能性もあると思う。

以上のように、81番以下の歌群では物語的と言ってもよいような文体的な特徴が見られたわけであるが、実際このような例は物語的な「とよかげ」の部(7)ではあちらこちらに見受けられる。今、試みに18番詞書から数首の詞書・後書を歌と共に引いてみる。

このおきな、かくいひつゝ、心やすくもえものいはぬことをおもひなげくに、またあらはれたる人もあれば、それにもつゝむなるべし。つねにもえあはで、からうじて

18　つらかりしきみにまさりてうきものはおのがいのちのながきなりけり

つゝむ人あるをりにて、かへりごともなかりけり。おきな、つねにうらみて、「人にはいはずいはみがた」といへりければ、女

19　いはみがたなにかはつらきつらからばうらみがてらにきてもみよかし

といへりけれど、をとこありければ、えいかず。このをんな、とよかげにかくしのびつゝあるも、びなき人にやありけん。きく人のいみじういひければ、「このことやみなむ」などちぎりて、あしたになほかなしかりければ、をとこにやりける。

20　わすれなんいまはとおもふをりにこそありしにまさるものおもひはすれ

これをとよかげひきあけてみるに、さらにいふべき心ちもせず。あはれにいみじとおもひて、一日二日さしこもりてなきけり。

（略）

おきな、にしの京わたりなりける女にものなどいひて、ひさしうなりにけれど、かへりごともせざりければ、をとこ

24　としふればありし人だに見えなくにつらき心はなほやのこれる

となむいひやりたりけれど、かへりごともせざりければ、おなじ人のもとに

25　しらゆきはほどのふるにもつもりけりかつはおもひにきえかへりつゝ

これらの中で、18番と20番詞書が二つの文でできている。また、19番後書は前の歌を「と」で受けて直接繋がっている。そして19番後書も含めて、話の内容を物語っている後書が18番と20番に見られる。加えて、25番の詞書部分の一文は、詞書と後書を兼ねている典型的な例となっている。

このようにみるならば、81番以下の文体は物語的な「とよかげ」の部に似通っていると言えると思うのである。

以上、この歌群は構成の面と文体の面で物語的な要素をもつことを指摘しておいた。

注

（1）「みかさの山」は近衛府の官人の異名であるが、この場合は、左近衛権中将を勤める伊尹を指す。伊尹は九五五〈天暦九〉年七月二十七日より同職にある（『公卿補任』による）。

（2）同じようなことが『伊勢物語』第九十五段でも見られるので全文を引用しておく（『伊勢物語』の引用は、新編日本古典文学全集12『竹取物語伊勢物語大和物語』〈『伊勢物語』は福井貞助氏担当、一九九四年一二月・小学館〉による。以下、同じ）。

むかし、二条の后に仕うまつる男ありけり。女の仕うまつるを、つねに見かはして、よばひわたりけり。「いかでものごしに対面して、おぼつかなく思ひつめたること、すこしはるかさむ」といひければ、女、いと忍びて、ものごしにあひにけり。物語などして、男、

ひこ星に恋はまさりぬ天の河へだつる関をいまはやめてよ

この歌にめでてあひにけり。

この話では結局女は男の秀歌に感動して打ち解けてしまうのであるが、それまで「見かは」すことはあっても男の「よばひ」を拒み続けていたのは、共に二条后に仕えている二人の立場を配慮してのことであろう。だから物越しに逢う時にも「いとしのびて」だったと思われる。これと同じような配慮を「東宮にさぶらひける人」もしたとおぼしい。なお、この『伊勢物語』第九十五段の「見かはして」の部分を日本古典文学大系9『竹取物語伊勢物語大和物語』（『伊勢物語』は大津有一・築島裕氏担当、一九五七年一〇月・岩波書店）の頭注の「互に逢って通い続けていた。」のごとくに訳す注釈書もあるが、この話の眼目は明らかに男の秀歌によって女が初めて肌を許す気になったところにあり、このような訳はあたらない。例えば、日本古典全書『竹取物語伊勢物語』（南波浩氏著、一九六〇年七月・朝日新聞社）が「常に顔を見交はして親しくなり。」と訳しているような意味が妥当である。なお、『新古今和歌集全評釈第五巻』（久保田淳氏著、一九七七年四月・講談社）は、「さすがにこゝろのまゝならで」は、周りの人目を気にしている事情をうつしているとみる。

（3）湯浅吉美氏著、一九八八年一〇月・汲古書院。

（4）九五六年の賀茂臨時祭の記録は見当たらなかったが、中止の記録もないので行われたものとみてよかろう。仏名も同じ。

（5）第一節注（6）も参照。

（6）第一節注（19）でも触れたが、「かく」は「斯く」の意にも解せそうだが、「書く」ととった。なお、「斯く」の意であっても、他の詞書なら「はこのうへに」で終わるのが普通であり、このような副詞をわざわざ付けている点でこの詞書は特異であると言える。

（7）「とよかげ」の部の特徴については第三章で詳述する。

第二章　他撰部の編纂（成立）に関する研究

第一節　他撰部前半部

1　はじめに

本節では他撰部前半部の編纂者について、本院侍従の周辺の人物と小野好古家の関係者という二つの可能性を提示する。遺憾ながらどちらか一つに絞り込むまでの材料はない。現在のところ主として内部徴証によるしかないのだが、内部徴証によると二つの可能性が指摘できるということである。

2　本院侍従との関わり

第一章第一節で他撰部の本院侍従関連の歌群について検討し、その結果、資料の出所が本院侍従側と考えられるものが幾つかあることを指摘した。それに、他撰部前半部の末尾に位置する119番の内容やその後書のあり方を加味すると、他撰部前半部編纂にあたって、本院侍従側から資料が提供されたにとどまらず、他撰部前半部の編纂そのものが本院侍従側で行われた可能性も出てくると思うのである。最初に、119番を他撰部前半部の跋文（波線部）に相当する後書とともに引用しておく。

おはしたるに、「ひごろはなに事か」ときこゆるに

119　ふるさとはなに事もなしものおもひのそふのこほりにはなぞちりにし

このおとゞはいみじきいろこのみにて、「よろづの人の
こさじ」とたはれありきたまへど、のきてあくひとなく、
あはれにのみおもひきこゆるが、たれぞ。

（括弧内原文）

119番後書は他撰部前半部全体の跋文にあたる文（波線部）であるが、『一条摂政御集注釈』は「補注(十三)　一一九の後書をめぐって」で、119番後書が女の立場から書かれていることと、119番詞書も、他の詞書とは異なっている「調子」からして、女の立場から書かれているように思われること[1]を根拠に、「あえて臆説を言えば」と断った上で、119番の女が他撰部前半部の編纂者ではないかと疑っている。つまり、

最後のとじめに顔を出し、伊尹の色好みと女たちの讃仰ぶりを述べ、最後に「（よろづの女は）あはれにのみおもひきこゆる」が、この女は一体「たれぞ」とみずからとぼけて記したのだと考えたいのである。

と言うのである。

ところで、118番までは本院侍従との贈答（第一章第一節3参照）であるが、『一条摂政御集注釈』は119番の相手の女は本院侍従とは別人と考えているらしい[2]。しかし、119番の相手の女は118番までに引き続き本院侍従だとは考えら

れないであろうか。まず、『一条摂政御集注釈』も言う通り、詞書は女の立場で書かれ、かつ場面が女の住処であり[3]、よって女の周辺で纏められたものと思えるが、このようなものは、146番など（第一章第一節4参照）本院侍従の歌には例が見られるのである。

また、42〜44番即ち他撰部前半部の冒頭（波線部が他撰部前半部の序文にあたる文）も本院侍従との贈答であるので、冒頭・末尾に本院侍従が出てくることになる[4]。

「おなじおきなのうた」とてほかにみえしを、「さかしらにつゝ、ましけれど」とて

本院の女御うせたまうて、またのとし、四月一日、じゞうのきみのもとに

42 ほとゝぎすこぞみしきみがなきやどにいかになくらんけふのはつこゑ

おなじ女に

かへし

43 わがごとやわびしかるらんさはりおほみあしまわけつるふねの心地は

44 わがためにさはれるふねのあしまわけいかなるかたにとまらざりけむ

とすれば、『一条摂政御集注釈』の考えと併せると、他撰部前半部の編纂者は本院侍従だということになる。しかし、98〜100番の贈答の詞書に本院侍従に対する敬語があった（98番）ことなど（第一章第一節2参照）とも併せ考えると、本院侍従本人とみるより、その近くの人物だという可能性の方が高いと思うのである。それは、他撰部の編

纂時期を考えても言えることだと思う。(5)

そうすると、他撰部後半部㊥＝「別本本院侍従集」が他撰部後半部にあるのも、竄入など偶然の結果ではなく、本院侍従側の人物が他撰部全体の編纂にも関わっていたことを示すのかも知れない。ただし、「別本本院侍従集」が他撰部前半部に直接繋がっているのなら、他撰部前半部に引き続き「別本本院侍従集」を付け加えたと想定できなくもなかろうが、間に他撰部後半部㊤があることを思うと、他撰部後半部や他撰部全体の編纂に本院侍従関係者の関与を想定するのは避けておいた方がよかろうと思う。

3　小野好古家との関わり

第一章第三節では、他撰部前半部の好古家関連の歌は、好古家において纏められていたものが他撰部前半部に取り込まれたものであろうとの考察を示した。ここでは、それを踏まえ、好古家の関係者が他撰部前半部編纂に関与した可能性を指摘する。

まず、103番歌が「かゝるをりにや」という詞書で「しふ」に入っていたことを伝えている103番詞書(6)について考えてみる。

　　「かゝるをりにや」とて、しふにいりてありし」。

103　ちかひてもなほおもふにはまけぬべしたがためをしきいのちならねば

他撰部の配列からすると103番は伊尹の北の方の恵子に贈った伊尹歌になりそうなのだが、『後撰集』巻十二・恋四・886番では、同じ歌が好古に贈った「蔵内侍」の歌とされている（第一章第二節3参照）。そうすると、『後撰集』では好古に贈った蔵内侍の歌となっている歌が他撰部前半部の資料となった「しふ」に載っていたことに、不審を感じたと言うか拘りを感じた人が、もとの「しふ」の姿を伝えんとして103番詞書を書き付けたと考えられるのではなかろうか。ならば、そのような拘りを感じる人としては、当然好古家の関係者が最も相応しいであろう（その人は『後撰集』を見た見ないに拘わらず、103番歌の元来の詠歌事情を知っていたと想定される）。つまり、他撰部前半部の編纂には好古家の関係者の関与があったのではないかと103番詞書からうかがえるのであるが、この他にも他撰部前半部の編纂に好古家の関係者が関わった可能性を示す徴証が幾つかある。[7]

その第一は、詞書における助動詞「き」の使用の偏りである。「き」は序文・注記と好古家関連の歌の詞書でのみ使用されていることを第一章第三節2でみた。その際には主に詞書での使用に注目し、好古家関連の歌は好古家で纏められたのではないかと想定したわけだが、ここでは、序文・注記での使用に注目したい。序文・注記は他撰部前半部の編纂者によって書かれたものであると考えられる。すると、好古家の関係者が他撰部前半部を纏めたがゆえに、編纂者が実際に見聞した好古女関係の歌の詞書、編纂者の立場で書いた序文、それに編纂者が事実であると確認している注記事項だけが、「き」を用いて記述されていると推定できる。

この推定は、103番の詞書を書き付けたのは好古家関連の人ではないかという想定とも合致する。103番詞書はもとの「しふ」の詞書を注記の形で伝えているものと言えるが、それが「き」を用いて（直線部）記述されている。これは、前述の通り、103番歌が実は好古に贈られた蔵内侍の歌であるからこそ書かれたのであり、かくのごとき注記を加えるのは、やはり好古家の関係者が最も相応しかろう。

第二は、107番詞書の中の「やないし、まだいきたりしに」（傍点部）と言うのが、46～48番に「やないし」死後の話が既に出てきている（特に波線部）のを明らかに意識して書かれている点である（ちなみに、「き」には直線を付した)。

やないし、まだいきたりしに、ふえたてまつれしに

107　そこふかくあやふかりけるうきはしのたゞよふえをもなにかふみゝむ

四ゐになりたまへるよろこびにおはしたりけるに、やさいさうのむすめのやないしにすみたましが、うせてのち、さいさうなきて

46　むらさきのふかきころものいろをだにみでわかれにし人ぞかなしき

かへし

47　むらさきのいろにつけてもねをぞなくきてもみゆべき人しなければ

この御めのないしうせて、おぼしなげきしに、人のとぶらひきこえけるに

48　いまゝでにそであらばこそなみだがはゝやくみくづとなりにしものを

他撰部中では同じ人との贈答や同じ折りの贈答、あるいは同じ歌が繰り返し出てきても、前に出ている歌を意識した言辞は差し挟まれないのが普通である。(8) ところが、107番詞書は六十首も前にある歌を意識している。これも他撰部前半部の編纂者が好古家の関係者なら容易に説明がつく。

また、107番が好古女の単独歌なのに他撰部前半部に取り込まれている(第一章第三節3参照)のも、(9) 他撰部前半

部の編纂者が好古家の関係者だとすれば不可解な現象ではない。

伊尹が父師輔の五十賀を行った時に好古が詠進した屏風歌が、『拾遺抄』巻五・賀・179番（『拾遺集』巻五・賀・282番）に残る。

　一条摂政の中将に侍りける時、ちちの右大臣の賀し侍りける屏風のゑに、松原にもみぢのちりまできたるかた侍りける所に　　小野好古朝臣

吹く風によそのもみぢはちりぬれどときはのかげはのどけかりけり

好古と伊尹はかなり親しい間柄にあったのは確実である。好古女死後の伊尹と好古の贈答が46 47番にあることからもそれはうかがえる。単に伊尹と好古女が男女の関係であったというのにとどまらず、好古家は一家で伊尹の文学圏に属していたとも想定できる。そんな好古家が他撰部前半部の編纂に関与したとの可能性は十分にあり得ると考えるのである。

注

（1）口語訳は「おいでになった時、「おひさしぶりですが、ここ暫くはどうしておられたのですか」と申し上げると」になっている。

（2）『一条摂政御集注釈』は「一一九番の歌の作者の女」と言っているが、119番の作者は伊尹である。ちなみに、『平安私家集』も「たれぞ」を「一一九の作者は誰であろう。」と誤訳している。

（3）注（1）に引用した口語訳からして、『一条摂政御集注釈』も119番の場面を女の住処ととっているであろう。

（4）第一章第一節4で取り上げた146～151番は他撰部後半部㊤の末尾にあたるので、他撰部後半部㊤の末尾部分も本院侍従の歌になる。他撰部後半部の編纂過程に関しては、第二節で見解を述べる。

(5) 他撰部の最終的な編纂時期については、丸岡誠一氏「一条摂政御集成立私見」(『文学論藻』11・一九五八年五月)に詳しい。

(6) 第一章第二節3でも触れたが、103番が「かゝるをりにや」という詞書で「しふ」に入っていたこと自体に関しては、別途考えをもっている。ここでは、103番が「しふ」に入っていたことと同時にそこでの詞書が「かゝるをりにや」であったことが注記的に示されている、103番詞書がそういう詞書になっていることに注目するものである。

(7) 『一条摂政御集注釈』も私と同じような考えからであろう、48番詞書の「御め」の語釈欄で、103番が『後撰集』886番にも載ることに言及した上で、「小野好古とその一家は、この集の成立のある過程でかなり深く関係していた」と考えている。なお、『一条摂政御集注釈』が「この集の成立」と言うのは、私に言う他撰部全体を指しているとみられるが、103番は他撰部前半部に属し、この後で私が挙げる徴証もすべて他撰部前半部のみに関わるので、他撰部後半部の成立にまで好古家が関与したとするのは言い過ぎであろう。他撰部後半部の成立に関しては、第二節で見解を述べる。

(8) 阿部俊子氏『歌物語とその周辺』は、119番と120番の間に他撰部前半部と他撰部後半部の切れ目があると指摘する際、「歌の詞書からみて、よまれた情況において、次の各の歌の間に共通の場合が考へられる」として、次の七組を挙げるが、どの詞書等にも前の歌あるいは後ろの歌を意識した言辞はない。

66—170、67—184、86—151、96—187、109—184、151—183、69—167

(9) 第一章第二節4で言及したが、他撰部後半部170番には北の方恵子女王の単独歌が載る。

やだいにのいへにて、ひさしうおはせねば、うへ

170　ねざめするやどをばよきてほと〻ぎすいかなるそらにかきね《(ママ)》なくらん

これも伊尹が好古家にいる時の詠歌であり、好古邸に届けられた可能性もあることを思えば、ここに恵子の単独歌が載る件は、好古家との関係で考えるべきかも知れない。

第二節　他撰部後半部

1　はじめに

本節で問題にするのは120〜192番迄の他撰部後半部である。他撰部後半部も他撰部前半部同様、例えば阿部俊子氏『歌物語とその周辺』が、

「おとどの集の第二部」（引用者注—私に言う他撰部後半部）とかりに呼んだ部分は「おとどの集の第一部」（引用者注—私に言う他撰部前半部）と表裏をなして、第一部の資料をひろひ出したあとに残されたといふ条件の下でまとめられた一つの歌集と現在では考へてみてゐる。

と述べているように、今までは「一つの歌集」として扱われる傾向が強かった。ところが、早くから指摘されている通り、152〜164番の他撰部後半部㊥（＝「別本本院侍従集」）は詞書が日記風に書かれた本院侍従の独詠歌の連続であり（第一章第一節5参照）、伊尹の他撰私家集中にあっては異彩を放つ存在となっている。こういう箇所を含むにも拘わらず、他撰部後半部を一つの歌集として扱うのは、151番迄の他撰部後半部㊤と165番以下の他撰部後半部㊦に性質の違いを認めず、その間にたまたま152〜164番の他撰部後半部㊥が入り込んだと考えるからであろう。しかし、もし他撰部後半部㊤と他撰部後半部㊦の性質が異質であるならば、他撰部後半部はそれぞれ違った性質を有する三つの部分からできていることになり、これを一つの歌集とする従来の捉え方には訂正を加える必要が出てくるのではなかろうか。本節では主として他撰部後半部㊤と他撰部後半部㊦の詞書等に注目し、

- 他撰部後半部㊤と他撰部後半部㊦はそれぞれ違った性質をもっており、他撰部後半部は「一つの歌集」とみるべきでない。
- 他撰部後半部のそれぞれの箇所がもつ特徴は、編纂者によって齎されたのではなく、もとの資料段階から備わっていたと考えられる。

という二点を指摘し、併せて他撰部の成立や構成の問題にも言及したい。

2　他撰部後半部㊤の性質

まず詞書や後書からうかがえる他撰部後半部㊤の性質から指摘していく。

他撰部後半部㊤の詞書等の顕著な特徴として、伊尹と歌を交わす女を特定できる表現がほとんどない点が挙げられる。即ち、他撰部後半部㊤の詞書では「をんな」（124番等）や「おなじ人」（143番等）などの語句が女を指しており、女が誰であるのかは明示されていないのである。

そんな中、121番詞書の中の波線部（高松内侍）だけは例外のようにも思えるので、検討しておく必要がある。

121番詞書　をんな、のちのよのたかまつのないしとぞ

ところで、次に列挙した他撰部前半部にある詞書に注目したい。

49番詞書　さいさうになりたまて、ないしのかんのとのに、御いも

うと

52番詞書　のぶかたのきみうしなひたまたるに、「ちじの大納言」
　　とのちのよにはきこえし、ゝげみつのきみ

57番詞書　御かへし、「やまとのめのと」、世にいひける。

67番詞書　とねぎみのはゝぎみはゐどの、なかつかさのむすめ

100番詞書　かへし、本院にこそ

113番詞書　本院のにや、「じゞうのきみへ」、とあり。

この中の直線部は、『一条摂政御集注釈』並びに阿部俊子氏『歌物語とその周辺』に指摘がある通り、編纂者によって書き加えられた贈答相手に関する注記で、もとの資料にはなかったと考えられる。[1] 具体的に言うと、例えば49番の直線部は「ないしのかんのとの」（尚侍殿）が伊尹の妹であることを、[2] また57番の直線部は返歌の作者が「やまとのめのと」（大和乳母）であると世間で言われていたことを、それぞれ編纂者が注記したとみなせるわけであり、私もその通りだと思っている。特に57番の直線部は、益田家旧蔵本では「御かへし」の下に割注形式で書かれてあり、注記であるのは明らかである。

さて、今挙げた他撰部前半部の例を考慮に入れて問題を121番に戻すと、末尾の「とぞ」（引用の格助詞「と」と強意の係助詞「ぞ」）に注意される。「とぞ」によって121番詞書の「のちのよの」以下は、返歌の作者が「高松内侍」であると聞いたことを示すために何者かが書き加えた注記と考えてよいと思うのである。[3] そうすると、121番詞書の資料段階での形は「をんな」だけで、相手の女の名を明示しない他撰部後半部㊤の特徴に合致していたのである。

121番詞書の他では、

151番後書　これまでみな本院の

となっている151番後書も検討しておかなくてはならない。「本院」が本院侍従など誰か特定の人物を指しているのならば、贈答相手の女を明記している例になるからである。しかし、これについては、「本院」を「本院侍従側」ととり、「これまでみんな本院侍従側からの資料である」と解されるであろうと、既に第一章第一節4で検討済みである。なお、この件に関しては後にもう一度触れる。

　このように、121番の注記を除けば、他撰部後半部㊤には伊尹の贈答相手の女を特定できる表現は存在しないことが分かる。では、それはなぜであるのかを考えてみると、相手の女が誰か分からなかったからであるという答えが当然真っ先に思い浮かんでこよう。確かにその可能性も捨て切れない。しかし、以下に指摘する現象を考慮に入れると、相手の女を知っていながらわざと記さなかった可能性も出てくるのである。

　まず、他撰部後半部㊤を除く他撰部では相手の女が不明のときには「たれとしらず」といった言辞でそれを断っている場合があるけれども（62・98番）、他撰部後半部㊤にはそういう断り書きが一切ないのが気に掛かる。相手の女について「たれとしらず」と断るのは、相手が誰であるのかを明示するのが普通であると考えているからであろう。反対に他撰部後半部㊤で「たれとしらず」と言ったりしないのは、最初から女が誰であるのかには無関心だからであると考えられる。

　加えて、他撰部後半部㊤では女がどういう人物であるのかについても関心が払われていない。例えば、124～126番の贈答はこうである。

[1]「おほやけどころさわがし。いでよ」とのたまへば、[2]い

でたれど、おはさぬつとめて、(3)をんな

124　しるひともなぎさなりけるこゆるぎのいそぎいでゝぞくやしかりける

ほどへて、おとゞ

125　こゝろみにわれこひめやはおともせでふるあきゞりにぬるゝそでかな

かへし

126　たつやともなにかはとはむあきぎりのふりはてにたる人の心を

相手の女に関する情報は124番詞書の直線部に集中していて、女が宮中に勤めているのも分かる。しかし、124番詞書の内容は、⑴伊尹の発言、⑵それに従って女が行動したこと、⑶結果として女が伊尹に裏切られたこと、の三つの部分に分析でき、詞書筆者が書こうとするのは、女が詠歌に至った直接の事情だけであるようだ。換言すれば、女の勤務先などには関心は向いておらず、彼女が宮中に勤めていると分かるのは、引用されている伊尹の発言内容からたまたま類推できるからに過ぎないのである。

ちなみに、124番の異伝歌が左に引用した通り『拾遺集』巻十四・恋四・852番に「小弐命婦」歌として採られているが、この件についてはこの後で述べる。

一条摂政、内にてはびんなしさとにいでよといひ侍りければ、人もなき所にてまち侍りけるに、まうでこざりければ

小弐命婦

如何してけふをくらさむこゆるぎのいそぎいでてもかひなかりけり

また、145番詞書は、

145番詞書　このひとのかたかいたるさうしを、こゆみにいとり給てとなっていて、「この人の姿が描いてある本を、小弓の賭でおとりになって」と一応訳せると思うのであるが、背景が判然としない。これだけだと当時の読者にも事情がよくのみこめなかったのではなかろうか。そもそも「このひとのかたかいたるそうし」とはいったい何なのであろうか。おそらくは余白に女の肖像が描き込まれた冊子を言っているのであろうが、それにしてもなぜ彼女の肖像が描かれたのか、またなぜそれが賭けられたのかは全く不明である。が、もし「この人」が誰なのか、あるいはどういう人物であるのか書かれてあれば、そのあたりの事情がもう少し分かり易くなっていたかも知れない。しかしながら、145番の場合も歌が詠まれる直接の切っ掛けを説明するにとどまっていて、女がどういう人物であるのかには無関心なのである。また、もし相手が誰か不明ならば、こういう場合にこそ「たれとしらず」などと断り書きを入れてもよさそうだが、ここでもそういう言辞は差し挟まれていない。

これらのことを考え併せると、他撰部後半部㊤で女に関する情報を載せないのは、情報がなかったからではなく、たとえあったとしても、女については興味がもたれていなかったか、あるいはそれを記す必要が感じられていなかったからだとも考えられてくるのである。

では、他撰部後半部㊤の詞書筆者が相手の女の名を知っていた可能性はあるのであろうか。私はあると考えている。というのは、先にも取り上げたように、121番の作者について高松内侍の名がとりざたされていたり、124番の異伝歌が『拾遺集』に「小弐命婦」歌として載っていたり、さらに、第一章第一節4で指摘した通り151番が『新勅撰集』巻十五・恋五・1014番に「本院侍従」歌として採られているからである。『拾遺集』も『新勅撰集』も現存の『一条摂政御集』を採歌資料にはしていないらしく、124番歌の作者を「小弐命婦」としていた資料と、151番の作者を「本院侍従」としていた資料の存在が想定できる。即ち、他撰部後半部㊤が最終的に成立した時期に近い『拾遺集』の成立期にも、(5)それよりかなり後の『新勅撰集』の成立期にも、(6)伊尹の贈答相手の女の名を明記した資料が存在していたわけである。そうすると、他撰部後半部㊤の詞書筆者も少なくとも121・124・151番の三首の歌の作者名を明らかにできていた可能性が出てくると思う。従って、他撰部後半部㊤の詞書に相手の女の名が書かれていないのは、相手が誰だか分からなかったからではなく、詞書筆者が相手については興味をもっていなかったからか、またはそんなことを記す必要を感じていなかったからだと推定できるであろう。

3　他撰部後半部㊦の性質

次に他撰部後半部㊦の特徴をその詞書等から探ってみる。実は他撰部後半部㊦には他撰部後半部㊤とは正反対に、贈答相手の女（伊尹に歌を贈った女乃至は伊尹が歌を贈った女）に関する情報を明記している詞書が多く、しかも相手の女以外の関係者までが明示される場合もあるのである。

具体的にみていくと、165番の「みぶ」（民部）、170番の「うへ」（北の方恵子女王）、(7)175番の「くらのかうい」（蔵更衣）、184番の「ゐどの」など、相手の女を特定できる表現が多くあるのにまず気が付く。また167番の「とばりあげのきみ」は、現在の考証では一人に同定するのは無理だが、当時の人達にはこれで誰か分かったのであろう。(8)

このように人物が特定できるのは、相手の女に限ってはいない。例えば170番詞書は次のようになっている。相手の女に波線を、その他の人物に直線を付して示す。

170番詞書　やだいにのいへにて、ひさしうおはせねば、うへ

伊尹が「やだいに」（野大弐＝小野好古を官職である大宰大弐で呼んだもの）の家に入り浸っている（即ち好古女の所にいる）状況のもと、「うへ」（上＝北の方恵子女王）が詠んだ歌であるのが分かる。また、184番詞書は、

184番詞書　このおとゞ、きたのかたとゑじたまて、よかはにて、ほうしにならむとしたまふに、ほうしゝて、ゐどの

であり、相手の女が「ゐどの」であることに加え、当時伊尹が「きたのかた」と仲違いしていたことや、「ほうし」（法師）(9)を介して歌が贈られた経緯までが明示されている。つまりこれらの詞書では、相手の女のみならず歌が創られ贈られるに至った過程に関係した人物までを明らかにしているわけである。

今までは人物を特定できる表現を拾ってみたが、詞書に人物を特定できる語句がない場合も勿論ある。そのうち、詞書の冒頭で相手の女について言及している（波線部）168番と171番に注目したい。この二つは、伊尹との関係の一端に触れる形で相手の女を紹介しているように思えるからである。(10)

168　我はなほいなりのかみぞうらめしき人のためとはいのらざりしを
　　　ときゝたまて
　　　いなりにていひそめたまたる人、「ことざまになりぬ」

171　つゝめどもつゝむにあまるそでのうへのなみだのいろを人やとがめむ
　　　いとしのびたる人の御もとにおはして

【他撰部後半部㊦の贈答相手等】

歌番号	贈答相手について	その他の人物
165・166	みぶ	
167	とばりあげのきみ	
168	いなりにていひそめたまたる人	
169	また、こと人	
170	うへ	やだいに
171	いとしのびたる人	
172	また、こと人	
173・174	また、人	
175	くらのかうい	
176・177	をんな	
178	たれにか	
179・180	また、をんな	
181・182	おなじ人	
183		
184〜186	ゐどの	きたのかた・ほうし
187	まちじりの宮	
188〜190	おなじ	
191・192	をんな	

もっとも紹介と言っても、その内容はどちらも歌を読めば（特に点線部）分かる範囲に限られてはいる。しかしながらそういう内容までもわざわざ書くところに、女に関する情報はなるべく示そうとする態度がかえってうかがえないだろうか。

最後に、他撰部後半部㊦に見られる贈答相手やその他の人物に関する情報を贈答相手ごとに表に纏めておく。

4　他撰部後半部㊤の資料源

ここまでの考察により、他撰部後半部㊤と他撰部後半部㊦には対照的な特徴をもっている詞書が多いのが分かったと思う。ところで、他撰部は『一条摂政御集注釈』「解題」で「甚だしく雑然とした、いわば「打聞き」の集成と言う感じである」とも言われているように、方々から資料を集めて創られたと考えられている。そこで、他撰部後半部㊤と他撰部後半部㊦の特徴は資料の段階からあったのか、それとも資料を集めて編纂した人が、編纂する際に資料の詞書に手を加えたために生じたのかを確認しておきたい。

まず、他撰部後半部㊤から考察していく。先程も触れた通り、121番後書にある注記「のちのよのたかまつのないしとぞ」は他撰部後半部㊤の編纂者によって加えられたらしいので、女に関する情報は示されない他撰部後半部㊤の特徴は、編纂者が齎らしたのではなく、資料段階から備わっていたと予測できる。ではその他には編纂者の手は加わっていないのであろうか。この問題を考えるにあたっては、唐突ながら146番詞書に注目してみたい。

たえ〳〵になり給て、この御むまのはなれてきたるを、つながせてあはれがるに、たづねに人のきたれば、むまのいろなるかみにかきて、をにゆひつけて

146　つれ〳〵にながむるやどのにはたづみすまぬにみゆるかげもありけり

146番詞書は他撰部の他の詞書と比べて特異な点を備えており、これについて考察すれば、当面の問題の解答を得る糸口になると思うからである。ところで、この歌は本院侍従との贈答歌群の冒頭に位置し、既に第一章第一節4で検討済みである。ここでは要点のみを繰り返しておく。

146番詞書が特異である第一点は、場面が女の住処で、女の立場に立って記述がなされていることと、にも拘わらず、他撰部後半部㊤の中にあっては比較的細かく状況説明されていることである。第二点は、146番の前後には全く馬の話は出てきていないのに、「御むま」に「この」が付けられている（波線部）点である。

また、これら二点の特徴が生じたのは、もともと何らかの文脈に沿って女の側で纏められた歌語り資料が存在し

ていて、146番歌は元来その途中の一節であったのだが、そこから断片的に切り取られて他撰部後半部㊤に挿入されたことに起因するであろうと、やはり第一章第一節4で指摘した。146番は女の側で纏められたがゆえに、場面は女の住処であっても状況が詳しく述べられ、記述も女の立場に立ってなされていると説明でき、また、最初は別の文脈（そこには馬が出てきていたのであろう）をもった歌語り資料の中にあったので、他撰部後半部㊤には出てこない「むま」に「この」が付けられていると説明できるのである。[11] 加えて、146番からがその前までとは別の資料をもとにしているのなら、先に触れた151番後書「これまでみな本院の」は、146番からを指して「これまではみんな本院邸の資料である」と言っていると解せるのである。

さて、このように、もともとは別の歌語り資料の一節であった146番が、そのままの形で他撰部後半部㊤に取り込まれているのは、他撰部後半部㊤の編纂者が前後の続きぐあいに配慮もせずに、もとの資料の詞書のまま歌を配列して他撰部後半部㊤を編んでいった結果であろうと考える。もし編纂者が加筆しているのならば、146番などはもう少し別の形をとっているに違いないと思うのである。従って、先程来指摘してきた他撰部後半部㊤の特徴が生じたのも、もとの資料が備えていた特徴を反映しているためと思われる。

また、他撰部後半部㊤では「おなじ人（ひと）に」(139・143番)などと言って前と同じ人と贈答が交わされるのを示す場合が二三あるだけで、相手が変わるときにはそれについて触れられておらず、結果としてどこからどこまでが同一人物との遣り取りなのか分からなくなってしまっている。こういう他撰部後半部㊤の特徴があるのも、編纂者が資料に手を加えなかったためであると説明できる。即ち、146番のように相手の女が前と変わるときには依拠した資料そのものが変化している可能性が高く、その場合には他撰部後半部㊤の編纂者が注記を加えない限り女が変わっていることが書かれているはずはないのである。

これまでの考察により、他撰部後半部㊤の編纂者の手が加わっているとしても、それはせいぜい121番の注記ぐらいに過ぎないと結論されるのである。

5　他撰部後半部㊦の資料源

次に、相手の女や関係者の名が明示される場合が多い他撰部後半部㊦の特徴は、資料段階の特徴を反映しているのか、それとも他撰部後半部㊦を最終的に纏めた人によって齎らされたのかを考えてみる。本節3の末尾の表で示しておいたように、他撰部後半部㊦では「また、こと（異）人」（169・172番）などの句で贈答相手が変わっていることを断る場合もあるので、他撰部後半部㊤とは反対に、編纂者が資料に加筆したと考えられなくもない。しかしながら私には編纂者が資料に統一的に手を加えたにしては、あまりにも杜撰な所が多過ぎるように思われるのである。

まず、174番が詞書を欠き、173番の「また、人に」という詞書のもとに二首続けて書かれているのが不審である。

また、人に

173　なくなればありし人だにみえなくにつらき心はまたやのこれる

174　我ごとやかなしかるらんさはりおほみあしまわけゆくふねのこゝちは

他撰部全体を通じて、一つの詞書のもとに二首以上が続けられている例は他にない。しかも、173番詞書は『一条摂政御集注釈』で「また他の人に」と訳されているが（確かにそうとも訳せそうなのだが）、「他の」を補う確証はなく、はなはだ意味が曖昧であると言わざるを得ない。加えて、173番歌と174番歌の関係が不明瞭である。(12) このように、173・174番には何か不備がありそうなのだが、他撰部後半部㊦の編纂者はそれを断りもせず、そのままの形で取り込んでしまっている。

また、「また、をんな」としか詞書にない179番については、『一条摂政御集注釈』が、かような詞書は前に男女の贈答があった場合にのみふさわしい。ここはそうでないから、この前に脱落があったか、あるいはこの前後に錯簡があるのではないかと考えられる。

と注しているが、私は資料の断片がそのまま取り込まれたものとみている。178番から引いておく。

たれにか、おとゞ

178　人しれぬみとしおもへばあかつきのとりと丶もにぞねはなかれける

また、をんな

179　いつぞもやしもがれしかどわがやどのむめをわすれぬはるはきにけり

それと、183番詞書は冒頭部分の続きぐあいがおかしく、やはり『一条摂政御集注釈』では「あるいは、前に脱落があるのかも知れない。」と注されているが、これも資料の断片がそのまま取り込まれたものであろう。

たちたまて、りんじのまつりに、「しらぬくるまか」とて、ゆきのふるに、うちよりたまて、「これはらひたまへ」とあれば、いと丶くきこゆる。

183　なに丶てかうちもはらはむきみこふとなみだにそではくちにしものを

他撰部後半部㊦では今指摘した不備があるものでも、改変されたり断り書きが加えられたりせずに、そのまま取り込まれているのである。すると、他撰部後半部㊦の編纂者が加筆したとは到底考えられないのではないか。

次に、184〜186番の「ゐどの」との贈答に注目したい。

このおとゞ、きたのかたとゑじたまて、よかはにて、ほうしにならむとしたまふに、ほうしゝて、ゐどの

184 みをすてゝこゝろのひとりたづぬればおもはぬ山もおもひやるかな

おとゞ、かへし

185 たづねつゝかよふ心しふかゝらばしらぬ山ぢもあらじとぞおもふ

又、ゐどの

186 なよたけのよかはをかけていふからにわがゆくすゑのなこそをしけれ

これら三首は「きたのかた」（北の方＝恵子女王）と仲違いをしていた時に、「ゐどの」と交わした贈答で、恵子の歌は出てこないが、おそらく恵子の側で纏められていた歌語り資料の一部であろうと、第一章第二節5で指摘した。ここでは要点のみを繰り返して、他撰部後半部㊦の編纂について考える材料にしたい。

まず、184番詞書の冒頭「このおとゞ」が他撰部中にあってはたいへん特異であるのが注意される。即ち、第一に、伊尹を指す語（「おとゞ」）に「この」が掛かっていて、しかも、184番の直前の段には女の歌が一首あるだけ（先に引用した183番）で伊尹の返歌もないのが特異である。第二には、「おとゞ」が主語になっているのも特異なのである。このような特異な詞書をもった歌が、他撰部後半部㊦の中に存在するのは、184番はもとの資料段階では、『平仲物

語』が主人公を「この男」と呼んで話を継いでいくように、主人公を「このおとゞ」と呼んで続けていく歌語りの一節であったのが、断片的に切り取られ、他撰部後半部㊦にそのままの形で挿入されたからだと考えられるのではないか。そうすると、183番から続かずに184番詞書冒頭が「このおとゞ……」となっているのも納得できるのである。ならば、他撰部後半部㊦が編纂される際も、他撰部後半部㊤のときと同様に、様々な所から（184〜186番の場合は恵子の所から）集められた資料をほとんど改変せずに取り込んでいったと考えられるのである。反対にもし編纂者が集めた資料に統一的に手を加えて他撰部後半部㊦を編んだのであるなら、184番詞書などはもう少し別の形になっていたであろうと思われるのである。

以上のことを考え併せると、他撰部後半部㊦の編纂者が資料を大きく改編して他撰部後半部㊦を編んだとはとても思われず、従って相手の女の名や関係者の名が明示される場合が多い他撰部後半部㊦の特徴は、資料段階から備わっていたと考えなくてはならない。

6　他撰部後半部の成立過程

ここまでの考察により、他撰部後半部㊤にも他撰部後半部㊦にも編纂者の手は加わっていないと思われるのである。ではなぜ両者は、本節2、3でみたごとく、対照的な性格を備えているのであろうか。

『一条摂政御集注釈』は「補注㈢　一一九の後書をめぐって」で、他撰部は成立の上で119番と120番の間に切れ目を有していると指摘する際に、『一条摂政御集』中にある四組の重複歌はすべて105番以前に存する歌と128番以後に存する歌の重出であるのを確認した上で、(13)

一〇五以前と一二八以後では、その依拠した資料が異っていたと言うことになるのである。

それでは、一〇五と一二八との間に、この第二部（引用者注―私に言う他撰部）を二分する切れ目がないかと見るに、誰しもその可能性を思うのは、この一一九の後書なのである。

と述べ、他撰部前半部と他撰部後半部の依拠した資料は別々であったことも併せて指摘している。ここでも他撰部後半部は一つの歌集として扱われ、資料が他撰部前半部とは異なっていた点だけが問題にされているのである。しかし、本節5までで述べてきた通り、他撰部後半部㊤と他撰部後半部㊦は資料段階から性格を異にしており、また本院侍従作の日記かと思える他撰部後半部㊥も明らかに資料段階からの性格をとどめている。要するに、他撰部後半部㊤・他撰部後半部㊥・他撰部後半部㊦はそれぞれ違った性格の資料に依拠しているわけであり、当然他撰部後半部のもとになった資料は複数であったと考えなくてはならないであろう。

ところで、他撰部後半部㊤・他撰部後半部㊥・他撰部後半部㊦の資料が性格を異にしているのは、それらが創られた場の違いを反映しているからではないだろうか。つまり、他撰部後半部㊤の資料になった歌語りが創られた場では女に関心をもたない歌語りが創られる傾向があり、他撰部後半部㊦の資料になった歌語りが創られた場では、登場人物をなるべく明示する歌語りが創られる傾向があったと考えられると思うのである。他撰部後半部㊦の歌語りは、『大和物語』に掲載されている歌語りと実名を多く出す点が似通っていて、時代の流行に沿っていると言えよう。また、他撰部後半部㊤の資料となった歌語りが創られた場で相手の女に関心が示されていないのは、あるいは個々の相手の女が誰であるのかは、場を構成する人々には自明であったからなのかも知れない。

さて、他撰部後半部㊤・他撰部後半部㊥・他撰部後半部㊦がそれぞれ資料を異にしているとすると、他撰部後半部の成立過程についても再吟味する必要が出てくるであろう。他撰部後半部の成立については、次に引用する阿部俊子氏『歌物語とその周辺』の説が一般的である。

私はこの第三部ともいふべき部分（引用者注―私に言う他撰部後半部）はその前の「豊蔭の集」（引用者注―私に

言う「とよかげ」の部)、つづいて「おとどの集」(引用者注―私に言う他撰部前半部[14])を編んだのこりの、伊尹の手もとにあつた歌稿を、前の二者に対して何かちがつた趣向に敷理(ママ)したいと志したかもしれないが、その構想を得ないまま順序、詞書等に多少の手を加へただけで前の二つの部分と併せて『一条摂政御集』として綜合した形で残したものではなからうかと考へる。

この考えによると、他撰部後半部は誰か一人によって一度に纏められ、纏めた人は何らかの「趣向」をもっていた「かもしれない」とされている。はたしてそうであろうか。

まず、編纂者が趣向をもっていたかも知れないという想定は否定されなくてはならない。なぜなら先に指摘した通り、他撰部後半部㊥は勿論、他撰部後半部㊤も他撰部後半部㊦も編纂者は資料をほとんどそのまま取り込んでいっただけで、何らかの趣向をもっていたとは到底考えられないからである。

また、一度に纏め上げられたかどうかも疑問である。それは先程論じたように、他撰部後半部㊤・他撰部後半部㊥・他撰部後半部㊦の資料はそれぞれ別の場で創られたと思われるので、それらが他撰部に取り込まれた時期も別々であった可能性が高いからである。そうすると、他撰部後半部は他撰部後半部㊤のもとになった歌語りを創っていたグループから資料を手に入れて他撰部後半部㊤が付け加えられた第一段階、本院侍従の周辺から他撰部後半部㊥を手に入れて他撰部後半部㊥が加えられた第二段階、そして他撰部後半部㊦のもとになった歌語りを創っていたグループから資料を手に入れて他撰部後半部㊦が加えられた第三段階の、三つの段階に亘って形成されていったと考えられるのである。

最後に、他撰部後半部は三段階に亘って成立していったという考えにたち、他撰部の構成についても一言しておきたい。繰り返し述べたように、従来他撰部は序文・跋文を備えた他撰部前半部とその後に連なっている他撰部後半部の二つに大別して捉えられていた。私もこれまでの考察においては便宜上その大別に従い、他撰部前半部、他撰部後半部などと呼んできたのである。確かに、編纂者（序文・跋文を書いた人）の姿がうかがえる他撰部前半部を重視し、他撰部後半部を他撰部前半部に付け加えられたものと一括してしまうのも一つの捉え方ではあろう。しかし、他撰部は他撰部前半部・他撰部後半部㊤・他撰部後半部㊥・他撰部後半部㊦でそれぞれ資料源を異にしており、成立過程をみても、他撰部前半部、他撰部後半部㊤、他撰部後半部㊥、他撰部後半部㊦の順に成長していったと考えられることに重きを置くと、120～192番迄を一括りに他撰部後半部とし、それと他撰部前半部とを区別しても、それ程意味のあることとは思えない。むしろ他撰部は四分して扱う方が妥当ではなかろうか。従って、各部分の名称も、

42～119番　他撰部①
120～151番　他撰部②
152～164番　他撰部③
165～192番　他撰部④

といったものに改め、他撰部は対等な四つの部分から構成されていると捉えたいと思うのである。

以上、先学の驥尾に付して他撰部について考察した。他撰部はなるほど『一条摂政御集注釈』「解題」が「甚だしく雑然とした、いわば「打聞き」の集成」というように「雑然」とした印象を与えるものである。しかし、他撰部成立の背景には、色々な場で歌語りが語られていた事情があり、しかもそれぞれの場の歌語りはそれなりの特徴を帯びていたことに私は重きを置きたい。他撰部の資料の段階まで遡るとそれ程「雑然」とはしていなかったのである。このような環境の中で伊尹自作の歌物語的部分（「とよかげ」の部）も創られたとするならば、それが制作された意図や背景・過程についても考え直す必要があるかも知れない。

注

(1) 第一章第一節注(23)参照。
(2) 「ないしのかんのとの」が伊尹の妹登子であること、登子が尚侍になったのは九六九〈安和二〉年であることなど、『一条摂政御集注釈』に考証がある。
(3) どの段階で書き加えられたかは不明である。あるいは他撰部後半部㊤の編纂者が加えたのかも知れないし、現存の『一条摂政御集』の伝来・書写過程で何者かが書き加えたのかも知れない。なお、『一条摂政御集注釈』は「のちのよ」以下について、「「のちのよ」とあることからして第二次編集者の注記か。」と注している。
(4) 「かたかいたる」とした部分は、益田家旧蔵本では「かたいたる」となっていて意味不通であり、『一条摂政御集注釈』は「かいたる」の誤りと判断している。しかし、歌の初句が「わかゝたに」となっているので、『新編国歌大観第三巻』等の校訂に従い、「かたかいたる」の誤りと考えた。
(5) 鈴木棠三氏「一條攝政御集の研究」(『文学』3巻6号・一九三五年六月)以来、『一条摂政御集』と『拾遺集』の重複歌には異同が多いことから、両者は互いを参照することなく成立したと考えられている。また、他撰部の最終的な成立時期に関しては、丸岡誠一氏「一条摂政御集成立私見」(『文学論藻』11・一九五八年五月)に詳しい。
(6) 『新勅撰集』と『一条摂政御集』の関係に関しては、第一章第一節注(13)参照。
(7) 北の方恵子女王が「うへ」と呼ばれていることに関しては、第一章第二節注(9)参照。
(8) 他撰部前半部の69番詞書にも「とばりあげのきみ」が出る(第一章第四節参照)。同一人物であろうが、いずれにせよ、現在からは誰か特定はできない。なお、69番の返歌の70番が『新勅撰集』巻十二・恋二・715番に採られているが、作者名は「とばりあげの女王」となっていて、「女王」であることまで示されている。
(9) この「ほうし」は漢字をあてると「法師」だが、普通名詞ではなく、伊尹とゐどのとの間にできた子と思われる。『一条摂政御集注釈』参照。
(10) 「とよかげ」の部の各段の冒頭は、例えば3番の「みやづかへする人にやありけん」と言うように、相手の女を紹介する形をとっている(第三章第一節2の表参照)が、168・171番の二例もそれによく似たものだと言えよう。

（11）本節2で問題にした145番についても、同様のことが言えるかも知れない。改めて144番から引いておく。

ちゝおとゞうせ給てのころ、はぎにさして

144　うちみればいとゞものこそかなしけれうへはつれなきはぎのしたばに

このひとのかたかいたるさうしを、こゆみにいとり給て

145　わがゝたにちりこざりせば花ちどりあとのゆくゑをいかでしらまし

145番詞書冒頭「このひと」は144番を贈った女を指すと一応は解せる。しかし、144番と145番の状況及び詠歌に全く繋がりはうかがえない。『平安私家集』も「このひと」に「一四四を贈った相手か。」と疑問を呈している。もし、144番と繋がりがないのなら、ここでも唐突に「このひと」が出てきていることになる。なお、先にも言及した通り、女に関する情報が皆無なのも関係している。

（12）ちなみに、173番の類歌が24番に、174番の類歌が43番にある。また、「とよかげ」の部を見ると、22番に詞書がなく21番詞書のもと二首連続しているが、21 22番歌ともに21番詞書が説明する事情のもとで詠まれたとよかげの歌だと解釈できる。21 22番歌は第三章第一節4に引用がある。

（13）第一節注（8）で言及した阿部俊子氏『歌物語とその周辺』の見解と同内容のことを『一条摂政御集注釈』も指摘しているのである。

（14）ここで「おとどの集」というのは、阿部氏の用語だと「おとどの集の第一部」と言う方が正確だと思う。「おとどの集の第一部」のことなら、私に言う他撰部前半部を指す。ちなみに、阿部氏は「第三部ともいふべき部分」を、「おとどの集の第二部」とも呼んでいる。

第三章　「とよかげ」の部研究

第一節　「とよかげ」の部の特質

1　はじめに

①おほくらのしさうくらはしのとよかげ、くちをしきげすなれど、わかゝりけるとき、女のもとにいひやりけることゞもをかきあつめたるなり。

②おほやけごとさわがしうて、「をかし」とおもひけることゞもありけれど、わすれなどして、のちにみれば、ことにもあらずぞありける。

③いひかはしけるほどの人は、とよかげにことならぬ女なりけれど、ゝしつきをへてかへりごとをせざりければ、「まけじ」とおもひていひける。

1　あはれともいふべき人はおもほえでみのいたづらになりぬべきかな

伊尹自作が定説[1]の「とよかげ」の部は、今引用した冒頭部分を見るだけでも明らかなように、物語的要素が極めて多い。しかしその研究史を振り返ってみると、「とよかげ」の部は一見して物語的であると言えるがために、物語的であるという性質の吟味に、かえって精緻が尽くされていないように思う。本節では「とよかげ」の部を詳しく分析し、従来重要視されていなかった構成上の問題・特質等を明らかにすることを目的とする。

2　「とよかげ」の部の構成

「とよかげ」の部の構成については、従来それ程問題視されてこなかったようだが、実は「とよかげ」の部の四十一首は、八つの段に分かれている。「一條摂政集（第一部）注釈[2]」や片桐洋一氏[3]などが同様の考えを示しているが、その意義等には言及していない。しかし私は「とよかげ」の部を読む際、それが八つの段に分かれていることは、根拠も含めて非常に重要であると考える。

片桐洋一氏[4]は『後撰集』が歌物語的である理由を再吟味し、歌物語について、結局、

　歌物語の文章は、人物の事績を語るものであり、従つて、何よりもまず歌をよむ「人物」を提示することが（歌物語の）最大の要件であつた（括弧内引用者補）

と結論した。

片桐氏のこの卓見は、歌物語的と言われる「とよかげ」の部にも当て嵌めることができる。つまり、「とよかげ」の部には男主人公とよかげと幾人かの女主人公が登場し、とよかげは先に引用したように冒頭で提示される。問題

は女主人公の方であるが、「とよかげ」の部をよく見てみると、女主人公が交代するごとに詞書の冒頭部分で、「（これからとよかげが歌を取り交わすのは）……なりける人」というような形で提示されているのが分かる。換言すると、新たな女が提示されるまでは同一の女との贈答が並んでいて、それが提示された時点で贈答相手の女が変わっているとみなくてはならないのである。そうすると、「とよかげ」の部は相手の女が誰であるかによって幾つかの段に分かれていると考えられ、表に示したように八つの段からなるとみられるのである。（5）

【「とよかげ」の部の構成】（注—A部・B部については、本節3参照）

	段	各段の冒頭部分（波線部分が女の提示）	歌番号
A部	I	いひかはしけるほどの人は、とよかげにことならぬ女なりけれど	1・2
	II	みやづかへする人にやありけん。とよかげ「ものいはむ」とて	3～7
	III	とよかげ、おほゐのみかどわたりなりけるひとにかよひける。	8～11
	IV	とよかげ、また、しのびてすみわたりける人に	12～20
	V	もの丶えありて、このおきな、うちわたりなりける人に、ものいひけり。	21～23
B部	VI	おきな、にしの京わたりなりける女にものなどいひて	24～30
	VII	とよかげ、なかのみかどわたりなりけるをんなを	31～40
	VIII	このおきな、たえてひさしうなりにける人のもとに	41

歌を取り交わす男女のうち、男が誰であるかは序文で提示されて以下自明となり、女の方は各々の段の冒頭で提示される。つまり、「とよかげ」の部の一つ一つの段は、片桐氏の「歌をよむ「人物」を提示する」という歌物語の「最大の要件」を備えているわけである。従って従来のように、「とよかげ」の部の全体の特徴ばかりを云々するのではなく、一つ一つの段を一つの物語として考察する必要があるのであるが、それに関しては本節4以下で詳しく述べる。

さて、以上のことを踏まえた上で序文に目を移す。冒頭に引用しておいたように、1番歌の前には私に①・②・③と番号を振った三つの文がある。①・②が序文に相当し、とよかげと「とよかげ」の部の紹介をしているのには異論はなかろう。問題は「いひかはしけるほどの人は、とよかげにことならぬ女なりけれど」という③の一節である。この一節については、『一条摂政御集注釈』で、I段に入る、または以下の女達全員の「総合的な説明」になっているとの二通りの解釈の可能性が示されているように、解釈を定め難い。

しかし、今指摘したように、それぞれの段は歌を取り交わした女の提示で始まっているのだから、一見両様の解釈が成り立ちそうなこの一節も、I段の女の提示部分に相当するとみるべきである。もしこの一節が「総合的な説明」であるとすると、他の七つの段に反し、I段にだけ女の提示がないことになってしまうからだ。従って、「とよかげ」の部の序文は①・②だけで、「いひかはしける」以下の③はI段に含まれると考えるのが妥当である。(6)

序文が①・②の二文からなるとして、次にV段の最終歌23番の後書部分に注目したい。23番の後書部分には「これにてぞ、なくなりにけりとはしりける。」という23番歌に関する付属的・説明的文（即ち23番の後書）があって、さらに次の一文が続いている。

そのをりは「いとをかし」とおもひけることゞも、ありけれど、ことなることなきひとのうへはみなわすれにけり。

「一條摂政集（第一部）注釈」の訳すように「その頃はたいそうおもしろいと思ったことなどもあったけれど、格別のことのなかった人の身の上はみな忘れてしまった。」という程の意味であると思われるこの一文が、直前のV段に属するのか、I～V段全体について言っているのかが問題となるのであるが、これは序文に呼応し、忘却を装って「とよかげ」の部の撰集範囲を示しているとは考えられないであろうか。

　というのも、V段に含まれるとすると、他の段にも同一の女との贈答歌でありながら採録されなかった歌は多いであろうに、なぜV段でだけこんなことを断るのか疑問だからだ。木船重昭氏は、[7]V段において、歌の贈答相手でない「のべ」が女主人公のようになっていて「のべ」を除外した「うちわたりなりける人」との恋の遣り取りが採録されない「言いわけ」に、撰者は序文②を想起しつつ彼女のことを「ことなることなきひと」と言い、その「ひとのうへはみなわすれにけり」と「忘却を装った省筆」を施したのだと言う。しかしV段の眼目は、本節4で詳しく述べる通り、とよかげ・「のべ」・「うちわたりなりける人」の三人の関係の絡みにあるのである。伊尹には、「のべ」を除外して「うちわたりなりける人」だけとの関係をこの段に組み入れる意図はなかったであろうし、当時の読者もそのようなことは期待せずに三人の物語としてV段を読んだであろう。従って、この女に限って「ことなることなきひとのうへはみなわすれにけり」と「言いわけ」する理由は全くないのであり、この一文がV段にだけかかるとは考えられない。やはりI～V段全体に関わるとみるべきである。

　そうするとこの一文は、内容からして序文と呼応した跋文とでも言うべき一節だと考えられよう。序文①では「とよかげ」の部の撰集範囲が示され、序文②では忘却が装われている。この一文も①②を受け、「もっと他に話はあるのだが、あとは皆忘れてしまった」と忘却を装って「とよかげ」の部の撰集範囲を示しているとみるのが一番自然である。

ではなぜここに跋文があるのだろう。私は「とよかげ」の部がここで一旦閉じられたためだと考える。つまり、「とよかげ」の部は、内田強氏[8]の言うように、23番をもって「前後に分つことが出来る」のである（以下、「とよかげ」の部の23番迄をA部、24番以下をB部と呼ぶ。表参照）。

「とよかげ」の部が23番をもってA・B二つの部分に分かれていると私が考える根拠は、不確実ながらもう一つある。それは『一条摂政御集』の孤本益田家旧蔵本の行移りである。この本を見ると、23番の後書部分とそれに続く24番の詞書部分で改行がなされている[9]。益田家旧蔵本では何らかの切れ目や脱落があると思われる所では、ほとんどの場合改行がなされている。それは、後の文と文脈上繋がらないので何か脱落があると思われる101番の詞書部分内[10]と、他撰部前半部と他撰部後半部の境目であると思われる119番の後書部分と120番の詞書部分の間[11]である。

益田家旧蔵本は孤本であり、書式・形態ともにかなり特異な本[12]でもあるので、これをもって「とよかげ」の部の原書形態を類推するには慎重でなくてはならない。が、ことさら改行がなされている所に切れ目・脱落が認められるのが、単なる偶然とも思えない[13]。「とよかげ」の部の23番と24番の間にもともと切れ目があって、それを益田家旧蔵本が伝えている可能性も大いにあると思う。

3　「とよかげ」の部のA部とB部の異質性（一）

本節2では「とよかげ」の部の構成について考察し、「とよかげ」の部は八段からなり、しかも23番と24番を境にA部とB部に分かれていると指摘したわけだが、これまでの研究史を振り返ると、「とよかげ」の部の全体としての特徴ばかりが言及され、A部とB部に分けて考察されたことはほとんどない。そこで、A部とB部の各々の特徴を3と次の4で考察する。なお、全体的な本文引用は、便宜上、4で行ったので参照されたい。

まず、私同様「とよかげ」の部を二部に分けて考えている内田勉氏も既に指摘しているが、後書がA部には十一あるが、B部では最末尾に一つ見られるだけという相違がある。実はこの相違を突き詰めていくと、「とよかげ」の部の全体に亘るように言われている特徴の一部に、訂正を加える必要が出てくる。

阿部俊子氏『歌物語とその周辺』は他撰部と「とよかげ」の部を比較し、後者の特徴の一つとして「何か女性とかかはりを持ち歌の贈答などした後、それについての感想めいたことを記してゐる」点を挙げ、具体例として、2・5・7・20番後書や23番の後書部分の跋文を引いている。しかし、具体例が23番迄に限られているのに注意すべきである。つまり、この特徴はA部だけの特徴であり、B部には該当しないのである。

また、『一条摂政御集注釈』「解題」などで詳説されている「とよかげ」の部が『伊勢物語』から受けた影響についても、登場する女の名をあかさないとか、男主人公を老人に仮託し若い時の恋を回想的に語っているなどの点は、「とよかげ」の部の全体を貫く特徴と言えるが、『伊勢物語』の中にある詞章を意識している文辞や下敷きにしている語句があるという観点からみるならば、それもまたA部だけに見られる特徴である。例えば、片桐洋一氏(14)や山本利達氏(15)は、2・5・7番後書や23番の後書部分の跋文を『伊勢物語』の文章の影響を受けたものと考えているが、このような特徴をもつ文はB部には一切見られない。

以上はA部とB部にある後書の多寡から導き出される相違であるが、次に問題を詞書部分にまで拡げてみる。『伊勢物語』の影響を受けた文辞があるかどうかについて言えば、詞書部分を見ても、A部にはあるがB部にはない。例えば1番詞書に「いひかはしけるほどの人は、とよかげにことならぬ女なりけれど」というのは、山本利達氏[16]が「伊勢物語の中では、身分ちがいの恋が多いことを念頭においての言葉である」と言う通りであろう。また、7番詞書「は丶、女にはらへをさへなむせさせける。」が、『伊勢物語』第六十五段を受けているのは明白だ。しかし、このような例もB部の詞書には見受けられない。

次に、登場人物の心境に言及している言辞があるかどうかもみてみる。A部を見てみると、所謂草子地的な部分で語り手の感想を述べている部分をはじめ、登場人物の心境に言及している所が、詞書部分・後書部分を含めてかなりある。ここにそれらを列挙しておく。

1番詞書　「まけじ」とおもひて（男の心境）
3番詞書　「ものいはむ」とて（男の心境）
3番後書　「なさけなし」とやおもひけん（男の心境）
5番後書　いかばかりあはれとおもひけん（男の心境）
7番後書　かたはらいたかりけんかし（女の心境）
16番詞書　「まだしかりけり」とて（男の心境）
18番詞書　心やすくもえものいはぬことをおもひなげくに（男の心境）
20番詞書　あしたになほかなしかりければ（男の心境）
20番後書　さらにいふべき心ちもせず。あはれにいみじとおもひて（男の心境）

ところが、B部の詞書部分にはこういうものは一切ない。例えば、Ⅶ段の31番は、伊尹が本院侍従を盗み出すという印象的な事件をもとにしている[17]と思われ、とよかげや相手の女の心境に言及されていてもよさそうなのだが、

実際は、

31番詞書　とよかげ、なかのみかどわたりなりけるをんなを、いとしのびてはかなきところにゐてまかりて、かへりてあしたに

とあるだけで、二人の心境は全く語られていない。B部の詞書にはすべてこのことが当て嵌まる。

以上、A部とB部を比較してきたわけだが、それをもとにB部の特徴を纏めると、B部の詞書は、歌が詠まれるに至った事情を、時には詳しく、時にはあっさりと記すのみにとどまっていると言える。反対にA部では、詞書や後書に様々な工夫が見られるのである。

4 「とよかげ」の部のA部とB部の異質性（二）

3では表面的にも表れているA部とB部の異質性について考察し、B部よりA部により工夫が凝らされている実態を明らかにした。しかし、A部に凝らされた工夫は実はこれらだけではない。以下、A部のそれぞれの段をⅠ段から順番に詳しく見てゆき、伊尹の意図したものを探ってみたい。

Ⅰ段　いひかはしけるほどの人は、とよかげにことならぬ女なりけれど、ゝしつきをへてかへりごとをせざりければ、

「まけじ」とおもひていひける。

1　あはれともいふべき人はおもほえでみのいたづらになりぬべきかな

女、からうじてこたみぞ

2　なにごともおもひしらずはあるべきをまたはあはれとたれかいふべき

はやうの人はかうやうにぞあるべ《りけ》き《る》。いまやうのわかい

人は、さしもあらで上ずめきてやみなんかし。

Ｉ段は序章的な段である。話自体は長らく返事をくれなかった女からやっと返歌をかち得たということであるが、注目すべき点は二つある。第一は、「としつきをへてかへりごとをせざりければ、「まけじ」とおもひていひける」という1番詞書と、それに対応し、明らかに『伊勢物語』初段を意識している「はやうの人はかうやうにぞあるべ《りけ》き《る》」云々という2番後書である。これらを併せて考えるならば、とよかげの恋に対する情熱は相当に熱いもので、今の若者の比ではないということを、Ｉ段では強調せんとしているのだと思われる。

第一の点と関連して注目すべき点の第二は、1番に「あはれとも」の歌をもってきていることである。1番歌は後撰時代にあって特に何の技巧も凝らされていない素直な詠み振りの歌となっているが、そういう歌を1番に据えることで男の若い情熱的な姿勢を浮き彫りにしようとしているのではないか（なお、Ｉ段、特に1番歌については第二節で詳細に分析検討しているので、そちらの方を併せて参照願いたい）。

即ちこの序章的な段の意図は、とよかげのことを、女に対する情熱をもっている男だと紹介することにあるのだと見て取れる。

Ⅱ段

みやづかへする人にやありけん。とよかげ「ものいは
む」とて、「しもにこよひはあれ」といひおきてくらす
ほどに、あめいみじうふりければ、そのことしりたり
ける人の「うへになめり」といひければ、とよかげ

3　をやみせぬなみだのあめにあまぐものゝぼらばいとゞわびしかるべし

「なさけなし」とやおもひけん。
おなじ女に、いかなるをりにかありけむ。

4　からころもそでに人めはつゝめどもこぼるゝものはなみだなりけり

女、かへし

5　つゝむべきそでだにきみはありけるをわれはなみだにながれはてにき

としをへて上ずめきける人のかういへりけるに、いかば
かりあはれとおもひけん。これこそ、女はくちをしうも
らうたくもありけれ。
をんなのおやきゝていとかしこういふときゝて、とよか
げ、まだしきさまのふみをかきてやる。

6　ひとしれぬみはいそげどもとしをへてなどこえがたきあふさかのせき

これをおやに、このことしれる人のみせければ、おもひ
なほりてかへりごとかゝせけれ《り》。はゝ、女にはらへをさ
へなむせさせける。

7　あづまぢにゆきかふ人にあらぬみの《は》いつかはこえんあふさかのせき
　「心やましなにとしもへたまへ」とかゝす。女、かたはらいたかりけんかし。人のおやのあはれなることよ。

Ⅱ段は一応3～5番の前段と、67番の後段に分けて考えられる。

前段は長い時間をかけてやっと女と逢えた話である。3番は女と契る機会がありながら雨に祟られて果たせなかった件であるが、『一条摂政御集注釈』では、女が雨に濡れるのを嫌ってか、雨の中を男はやって来るまいと思ってか、自室に下らなかったのであろうと推測している。45番は新枕の後朝の贈答とみて間違いなかろう。歌の内容や「としをへて上ずめきける人の」云々という5番後書がそう思わせるし、「いかなるをりにかありけむ」という4番詞書の一節は、『蜻蛉日記』で兼家と道綱母が初めて枕を交わした翌朝が「まめ文、かよひ〳〵て、いかなるあしたにかありけむ」（（五）結婚）と表現されていることから推しても、一層この遣り取りが新枕の後朝のものであろうと思われるのである。

さて、ここで注目すべきは、「としをへて上ずめきける人のかういへりけるに、いかばかりあはれとおもひけん。」という5番後書にある一文である。とよかげと女は初めて契りを結ぶまでどんな仲であったかは、3番より想像するしかなかったのが、この一文によって、女は「上ずめ」いていてとよかげを拒み続けていたと分かる。そうすると、3番では、とよかげはまれまれにおとずれた女との逢瀬の機会を逸したことになり、とよかげの悲しみは一層深まろう。また、こんな悲しい一件を経た上で女と逢えたわけだから、45番での喜びも深まる。このように前段は、とよかげの悲しみと喜びが相乗的に高まるように構成されている。

67番の後段は、二人で口裏を合わせて女の親を騙してまで関係を続けようとする話である。話自体の面白みに加えて、『伊勢物語』第六十五段を踏まえた「はらへ」が出てきたり（7番詞書）、「心やましなにとしもへたまへ」（7番後書）と歌以外の所にまで掛詞が出てきたりする面白みもある。しかし後段の面白みは、前段をも併せて読めばこれらだけにはとどまらない。

まず男の側に焦点を当ててみる。とよかげは長年拒まれ続け、雨にまで祟られて逢瀬を逸した女の心をやっと摑んだものの、今度は女の親の邪魔が入る。勿論とよかげは諦めたりしないで、女の親を騙してまで二人の仲を維持しようとする。そんなとよかげの一途さは、前段後段相俟って一層強く感じられる。次に女の側に焦点を当ててみる。前段ではあんなに男を拒んでいたのに、一旦逢ってしまうと、後段では「かたはらいた」く思いながら（7番後書）も男の嘘に口裏を合わせて親を騙してしまう。いみじくも5番後書で言及された女の「らうた」さは、前段後段相俟って一層強く感じられるのである。

結局Ⅱ段全体を通じては、男の一途さや女の「らうた」さ、はたまた「人のおやのあはれ」さ（7番後書）などを鏤めながら、様々な障害を乗り越えて愛を獲得・維持していくことをテーマにした、緊密な構成をとった歌物語になっていると言えよう。

ところで、67番歌が『後撰集』巻二・恋三・731 732番に「これまさの朝臣」と「小野好古朝臣女」の贈答歌として採られているので、Ⅱ段は好古女相手の贈答をもとにして創られているとみて間違いなかろう。

女のもとにつかはしける　　これまさの朝臣

731 人しれぬ身はいそげども年をへてなどこえがたき相坂の関

返し　　小野好古朝臣女

732 あづまぢにゆきかふ人にあらぬ身はいつかはこえむ相坂の関

そうすると、他撰部には、伊尹と好古女の関係はその後も長く続き、伊尹は好古女ともまた好古ともかなり親しかったとうかがわせる数首の歌があるのに、なぜ他撰部の歌が「とよかげ」の部に入れられなかったのかが問題になる。[18]

この疑問に守屋省吾氏[19]は「とよかげ」の部の執筆時期の面から答えている。即ち、守屋氏は「とよかげ」の部の執筆時期を伊尹の二十四、五歳の頃と考え、他撰部にある好古女関係の歌はそれよりも後の詠歌だから「とよかげ」の部に入れられるはずはなかったと唱えるのである。しかし私は、「とよかげ」の部の執筆期は伊尹晩年とみる通説[20]でよいと思う。ではどうして好古女関係の歌のうち五首だけが「とよかげ」の部に採られ、他は入れられなかったのかというと、それはⅡ段のテーマと成立過程のためであると考える。成立過程については、第三節（特に2）で述べる機会があるので、ここではテーマに沿って考える。Ⅱ段のテーマは、先程述べた通り、二人が色々な障害を乗り越えながら恋を続けるところにあり、障害の中には女の親も含まれる。それなのに男が女の所でゆっくりしている場面（66・170番、第一章第二節1の引用参照）や、女の親と親しくしている場面（46・47番、第一章第三節1の引用参照）をもちこめば、テーマが台無しになってしまう。たとえ同一の女との遣り取りであっても、設定されたテーマから外れる歌は「とよかげ」の部には入れられないのである。

Ⅲ段

とよかげ、おほゐのみかどわたりなりけるひとにかよひける。ひとおほかりけるなかに、をとこの、いへのまへをつねにわたりて、ものもいはざりければ、女

8　くもゐにはわたるときけどゝぶかりのこゑきゝがたきあきにもあるかな
をとこ、かへし

9　くもゐにてこゑきゝがたきものならばたのむのかりもちかくなきなむ
　　また、たちかへり、女
10　ことづてのなからましかばめづらしきたのむのかりもしらでぞあらまし
　　とよかげ、こずやなりにけん、女
11　おもふことむかしながらのはし〲らふりぬるみこそかなしかりけれ

Ⅲ段には後書がなく、詞書の性格もB部と同じくするが、それなりのテーマははっきりと見て取れる。それは今までとは一転、女に対して冷たい態度をとるとよかげである。Ⅲ段は四首の歌からなるが三首までが女の歌である。話の展開を追うと、「をとこの、いへのまへをつねにわたりて、ものもいはざりければ」という『蜻蛉日記』上巻の一節（〔二〇〕夜長うして）[21]を髣髴とさせる状況で詠まれた女の歌（8番歌）に始まり、それでは訪れようという男の歌（9番歌）と、さらにそれに対する女の喜びの歌（10番歌）が続く。10番詞書の「たちかへり」に女の喜びがよく表れている。しかし、一旦女を喜ばしておきながら結局とよかげは来なかった。最後は女の我が身の老いを託つ歌（11番歌）で終わっていて、男の返歌もない。

Ⅲ段は先述の通り、詞書の性格をB部と同じくし、また量も少ないのであるが、とよかげとある女との愛の終末部を、とよかげの冷たさと女の惨めさに焦点を当てて、見事に描き出していると言える。

また、ここにこういう段をもってきたのは、この前後で女に情熱を燃やすとよかげの姿が描かれているので、物語の内容に幅をもたせようとする意図からであろうか。

Ⅳ段

とよかげ、また、しのびてすみわたりける人に、えあらはるまじくやありけん。

12 しのぶればくるしやなぞとはなすゝきいかなるのべにほにはいづらん

かへし

13 のべわかずほにしいづればゝなすゝきなにかはすゑのいろもみざらん

おなじをんな、このしさうのおもふよりもおろかなりければ

14 かくれぬのそこのこゝろぞうらめしきいかにせよとてつれなかるらん

かへし

15 みごもりに心もゆかずつれなきはわがみづからをおもふなるべし

このしさう、おなじ女の本《モト》にまかりて、まだよふかきにいでゝ、「まだしかりけり」とて、かへりいりて、あけてまかりかへりて、うつろひたるきくにつけて

16 つねよりもいろこくみゆるはなのいろはおきかへりつるつゆやしる《そむ》らん

かへし

17 もろともにおきてまされるはなのいろをつゆしもなどかこさをしるべき

このおきな、かくいひつゝ、心やすくもえものいはぬことをおもひなげくに、またあらはれたる人もあれば、それにもつゝむなるべし。つねにもえあはで、からうじて

18 つらかりしきみにまさりてうきものはおのがいのちのながきなりけり

つゝむ人あるをりにて、かへりごともなかりけり。
おきな、つねにうらみて、「人にはいはずいはみがた」
といへりければ、女

19　いはみがたなにかはつらきつらからばうらみがてらにきてもみよかし

といへりけれど、をとこありければ、えいかず。
このをんな、とよかげにかくしのびつゝあるも、びなき人にやありけん。きく人のいみじういひければ、「このことやみなむ」などちぎりて、あしたになほかなしかりければ、をとこにやりける。

20　わすれなんいまはとおもふをりにこそありしにまさるものおもひはすれ

これをとよかげひきあけてみるに、さらにいふべき心ちもせず。あはれにいみじとおもひて、一日二日さしこもりてなきけり。

Ⅳ段は全体的にみれば、冒頭12番詞書の「しのびてすみわたりける」がいみじくも示している通り、忍びの恋とその破局の物語であるが、構成上はっきりと前段と後段に分けられる。

前段は12〜17番である。忍びながらも愛し続ける二人が、どんな心境にあるかがそれぞれよくでている。男の心を疑ってみる女（13番）や、女の態度がつれないと訴えてみる男（14番）。しかし結局二人は互いの愛を確かめ合っている（16 17番）。また、16番詞書に「まだよふかきにいでゝ、「まだしかりけり」とて、かへりいりて」とあるのは、この恋を秘めておくために暗いうちに帰らなくてはというとよかげの焦りと、一方少しでも長い間女と一緒にいたいというとよかげの女に対する愛着とを如実に表していると思う。

18番以下は、18番詞書の冒頭に「このおきな、かくいひつゝ、心やすくもえものいはぬことをおもひなげくに」とあって、今までの部分が纏められ次の場面への転換が図られているので、17番以前と区別して後段を構成していると考えられる。

後段の話は二人の愛の破局の物語で、ほとんど贅言を要しないと思う程緊密な構成をとっている。それまでなぜか忍びながら愛し合っていた二人に、女の夫という障害があったと分かる（18番詞書「またあらはれたる人もあれば、それにもつゝむなるべし」）。二人はそれでも女の夫に遠慮しつつ贈答を続けるが、ついに第三者の忠告（20番詞書「きく人のいみじういひければ」）によってその愛は終局をむかえさせられる。急速に愛の破局をむかえた二人のうち、女は「「このことやみなむ」などちぎりて、あしたになほかなしかりければ」と、とよかげに歌を贈る（20番）。またとよかげは返歌もできずに「あはれにいみじとおもひて、一日二日さしこもりてな」く（20番後書）。二人の悲しみが頂点を極めたところでこの物語は終わっている。

このように後段は二人の悲しみが頂点に上り詰めたところで終わるのであるが、前段から続けて読むならば、二人の悲しみの度合いは増す。前段では先述の通り、忍ばなくてはならない二人の心境の機微をうつし、最後には二人の愛の確認の歌が置かれる。こうして二人が愛し合っていることをはっきりと示しておいて、後段では一転二人の仲は第三者達によって言わば引き裂かれるわけであるから、前段と後段を相通じて、二人のより悲しい愛の破局の物語が構成されていると言える。

V段　　　　ものゝえありて、このおきな、うちわたりなりける人に、ものいひけり。のべといひけるわらはつかひけるひとのもとに、ひるよりちぎりけれど、女はえしらで、たゞのべにのみあひてあるに

21 しる人もあらじにかへるくずのはのあきはてがたのゝべやしるらん

22 まつむしのこゑもきこえぬのべにくる人もあらじによさへふけにき

またのとし、このゝべがしにければ

23 白露はむすびやするとはなすゝきとふべきのべも見えぬあきかな

これにてぞ、なくなりにけりとはしりける。

A部最後のV段には、とよかげ・「うちわたりなりける人」（以下「女」という）・「のべ」の三人が登場する。21 22番は、「のべ」の手違いからであろうか、「女」と逢えなかった時に「のべ」と契ってしまったとよかげの歌である。この話は、『一条摂政御集注釈』の指摘するように、権門の伊尹が女童と契るという衝撃的な事件をもとにしているのであろうが、21 22番歌を見ると、とよかげの「のべ」と契った感激よりも、女と逢えなかった悲しみがうたわれているようである。それはどういうことかと言うと、女童と契ったことだけでも、あるいは、何らかの理由で「女」と逢えなかったことだけでも物語を成し得るところを、V段ではこれらの単独の要素だけではなく、両方の話をうまく絡めて、一層面白い物語にしているのである。つまり、この段の眼目は、とよかげが「のべ」と契ったことだけにあるのでもなければ、とよかげが「女」と逢えなかった悲しみだけにあるのでもない。両要素の絡み合いのうちにあるのだと考えられる。

さて、V段では23番歌が問題となる。この歌は後書に「これにてぞ、なくなりにけりとはしりける。」とあるの

れている。

で、「女」の歌としかとりようがないのであるが、『新勅撰集』巻十八・雑三・1229番に「謙徳公」の歌として載せら

内わたりのざうしに、のべといふわらはにつたへて、ふみなどつかはしけるに、のべ身まかりにける秋よみ侍りける

謙徳公

しらつゆはむすびやするとはなすすきとふべきのべも見えぬ秋かな

『新勅撰集』は益田家旧蔵本以外の「伊尹集」を撰歌材料にしたと思われ[22]、この歌を伊尹の歌とするのは、『新勅撰集』の間違いだとは断じ得ない。伊尹の歌とすると、「のべ」の死を知った時の独詠歌であると思われるが、歌意は「白露が置いているであろうかと花薄のことを尋ねようとしていた野辺―もう一度結ばれるであろうかと思っていた野辺も、姿を見せない秋であるなあ。」と言うぐらいになり、「のべ」を哀傷する歌として自然に解することができよう。一方、V段のように「女」が「のべ」の死を知らせてきた歌とみれば、歌の意味は「去年の秋、あなたは私を差し置いてのべと契りを結びましたが、花薄の上に白露が結ぶように、また契りを結んでくれるかとあなたが訪ねるでありましょうのべも、もういなくなった今年の秋ですよ。」ぐらいになり、やや無理が感じられる。よって、むしろ「とよかげ」の部が虚構を施した可能性の方が高いと思うのである。

ではこの虚構の意図は何なのか。V段の眼目はとよかげ・「のべ」・「女」の三人の絡みにある。なのにここにとよかげの独詠歌をもってきてしまうと、女の役割がなくなってしまう。しかし、「女」が「のべ」の死を知らせてきた歌とするならば別である。つまり、この歌の意味は先に示した試訳のようになり[23]、「のべ」を喪った悲しみと、これからとよかげは自分だけに愛情を注いでくれるであろうという期待感が微妙に絡み合った「女」の心境を詠んだ歌と見て取れ、三人の関係の絡みが出てくるのである。

このようにⅤ段は、とよかげ・「のべ」・「女」の三人の関係の絡みを眼目にした段であり、中で一首、伊尹の歌を女の歌にする虚構が施されているのである。

以上、A部の各段を見てきた結果、A部の各段は色々な工夫のもとで、それぞれあるテーマに貫かれた緊密な構成をとっていると分かった。ではB部の段はどうであろうか。それを次に述べていくのであるが、一首しかないⅧ段については次の5で論じる機会があるので、ここではⅥ・Ⅶ段について順番に見ていく。

Ⅵ段

おきな、にしの京わたりなりける女にものなどいひて、
ひさしうなりにけれど、かへりごともせざりければ、
をとこ

24 としふればありし人だに見えなくにつらき心はなほやのこれる

となむいひやりたりけれど、かへりごともせざりければ、
おなじ人のもとに

25 しらゆきはほどのふるにもつもりけりかつはおもひにきえかへりつゝ

かへし

26 みよしのゝやまにつもれるしらゆきのとみにきゆべきゝみが心か

をとこまかりそめて、またえまからで

27 くれたけのゆくすゑとほきふしなるをまだきよがれと人やみるらん

をんなの

28　ひとよだにくるしかりけりくれたけのゆくすゑかゝるふしはうからん
　　このしさう、おなじ女のもとにまかりたりけるに、をんなのけしきやいかゞありけん。たちながらまかりかへりて、又のあしたに
29　ねてゆけといふ人もなきあきのよはたもとにおきしつゆさへぞうきかへし
30　いろにいでゝいはねどしるきことのはにかゝらぬつゆやつらきなりけん

Ⅵ段は、三つの場面からできている。第一の場面（24〜26番）は女から初めて返歌を得る話で、第二の場面（27・28番）は「をとこまかりそめて、またえまからで」という状況での贈答で、第三の場面（29・30番）は男が「たちながらまかりかへ」ったという状況のもとでの贈答である。ところで、この三つの場面にどのような有機的な繋がりがあるのであろうか。二人の仲は進歩しているようでもあるし退歩しているようでもある。A部のⅡ・Ⅳ段のように、とよかげにとって相手の女がどんな女（例えば忍びに忍んで愛さなくてはならない女だとか）なのか明らかにされているわけではない。かといって、Ⅲ・Ⅴ段のように、何らかの一定の視点（例えば男が女に冷たくする愛の終局部）をもって三つの場面が構成されているわけでもない。つまり、Ⅵ段は詞書にこれといった工夫もなく、ある女とのその時時の贈答歌を並べているだけで、緊密な構成をとっているとは言えないのである。

Ⅶ段
　とよかげ、なかのみかどわたりなりけるをんなを、いとしのびてはかなきところにゐてまかりて、かへりてあし

たに

31 かぎりなくむすびおきつるくさまくらこのたびならずおもひわするな

かへし

32 くさまくらむすぶたびねをわすれずはうちとけぬべきこゝちこそすれ

おきな、いかなることをかいひおきけん。

33 さめぬとて人にかたるなねぬるよのゆめよ〳〵といひしことのは

かへし

34 あはすべき人もなきよのゆめなればさめつるほどにわすられにけり

おきな、この女のもとにきぬをわすれて、とりにやるる《（ママ）》

とて

35 すゞか山いせをのあまのすてごろもしほたれたりと人やみるらん

とて、「とくたまへ」といひてはべりければ、かへりご

とに

36 我ためになるゝをみればすてごろもしほたれたりと見る人もなし

この女、いかなることをかいひたりけん。「こゝろのお

に、」と、このおきなのいひたりければ

37 わがためにうときけしきのつくからにまづはこゝろのおにも見えけり

おきな、山とよりかへりて、女のもとにやる。

38 くればとくゆきてかたらんあふことのとほちのさとのすみうかりしを

かへし

39　あふことのとほちのさとの《に》ほどへしはきみはよしのと思なりけむ
　　おきなのひさしうまからざりければ

40　あふことのほどへにけるもこひしぎのはねのかずにぞおもひしらる丶

Ⅶ段は、本節3でも触れた通り、本院侍従との贈答歌をもとにしているとみられ、伊尹が本院侍従を盗み出した衝撃的な事件を種にした話を冒頭に置くが、後は、とよかげが「この女のもとにきぬをわすれて」交わされた贈答歌（35 36番）や、とよかげが「山と（大和）よりかへりて」交わされた贈答歌（38 39番）が並ぶだけで、一貫したテーマは見えにくい。女の歌を見ると、32番歌に「うちとけぬべきこ丶ちこそすれ」という句があり、以降とよかげに一応逆らっているように見せはするものの、彼に愛着を示している歌が多いので、とよかげが女を盗み出した件と女がとよかげに愛着を示しだしたことに何か関連性をもたせようとしているとは予想できる。しかしこれと言って断言すべきテーマは見い出せず、Ⅶ段も、衝撃的な事件で始まってはいるが、以下はその時時の贈答を並べるだけで、緊密な構成をとっているとは言い難い。

このようにB部の各段には、A部で見られたような工夫もテーマも見い出せなかった。それで、A部とB部の異質性について、本節3・4で述べきたったところを列挙するならば、

(i) A部には詞書の他に後書が数多くあるが、B部には後書は一つしかない。

(ii) A部の後書では、時には『伊勢物語』を意識しつつ、語り手の感想が述べられることがある。

(iii) A部では詞書でも後書でも登場人物の心境に触れられることがある。

(iv) (ii)・(iii)のような特徴はB部には見られず、B部の詞書は歌が詠まれるに至った事情を淡々と述べるだけである。

という四つに加え、

(v) A部の各段はあるテーマに貫かれた緊密な構成をとっているが、B部の段には一定のテーマも見い出せず、緊密な構成もとっていない。

という重大な相違があるのであった。

5　B部未定稿説

本節4までで、「とよかげ」の部の各段はA部とB部で性質を異にすることを論じた。5ではその原因を考えてみたい。

A部の各段があるテーマに貫かれて緊密な構成をとっているのは、無意識のうちにあのようなものが自然にできたとは到底考えられないので、伊尹の作意によるものであるとみて異論はなかろう。問題は、B部の各段では工夫も凝らされず、テーマもはっきりしないのが、伊尹の意図によるのかどうかである。

私は伊尹の意図ではないと考える。今まではA部とB部の異質性を主に強調してきたが、勿論両者を貫く特徴もある。主人公をとよかげに仮託していることや、贈答相手の女の名をあかさないこと、また、本節2で指摘した、段の最初に女を紹介し、その女との贈答歌をもとにして一つの段を形成していることなどがそれである。[24] そうすると、伊尹はB部でもA部と同様な物語的な段を成そうとしたと考えるのが自然であろう。A部であれ程工夫を凝らした緊密な物語的な段を成した伊尹が、B部で男女の主人公の書き方や段の形成法は継承しながら、改めて詞書にも工夫を凝らさず、緊密な構成もとっていない段をはたして成そうとするであろうか。すると、伊尹はB部でもA部と同様な物語的な段を成そうとしたが、何らかの理由でそこまでには至らなかった、つまり、B部は未定稿であると考えられるのではないか。

次に、本院侍従との贈答歌をもとにしたⅦ段を見直して、B部未定稿説について考察する。ここにⅦ段を取り上げるのは、他撰部や『拾遺集』に伊尹と本院侍従との贈答歌が収められていて、Ⅶ段とそれらを併せて考えれば、Ⅶ段でもともと意図されていたテーマが見えてくると思えたからである。

さて、他撰部の本院侍従関係の歌については、第一章第一節で検討した。そのうち、次に引用した歌に関わることに、ここでは注目したい。

　　おなじ女に[25]
43　わがごとやわびしかるらんさはりおほみあしまわけつるふねの心地は
　かへし
44　わがためにさはれるふねのあしまわけいかなるかたにとまらざりけむ

　たれとしらず。人とものゝたまふに、やりどをたてゝい
りたまひぬれば
98　あぢきなやこひてふ山はしげくともひとのいるにやわがまどふべき
　たちたまひにけり。をんな、いしとかはらとをつゝみて
99　わがなかはこれとこれとになりにけりたのむとうきといづれまされり

かへし、本院にこそ

100　これはこれいしといしとのなかはなかたのむはあはれうきはわりなし

本院のにや、「じゞうのきみへ」、とあり。

113　すこしだにいふはいふにもあらねばやいふにもあかぬこゝちのみするをんな

114　ひとりぬるとこになみだのうきぬればいしのまくらもうきぬべきかな

まだあひそめたまはでとしへたまたりけるに、「せちにまちてゆるいたまたりける。にはかなること」ゝのたまへば、をんな

117　いにしへはゝしのしたにもちぎりおきてなをつたへてもながさずやきみをとこの御返し

118　そはされどゝらへどころのありければはしゝたならでながれざりきと

まずは、Ⅶ段でとよかげが女を盗み出した件からもうかがえるが、二人の仲には障害があるのが43 44番の贈答などから分かる。また、二人の仲は、あまり大っぴらにできないのが、他撰部の第一次成立段階では女のことを「たれとしらず」（98番詞書）と言ったり、単に「じゞうのきみへ」（113番詞書）と言ったりしていて、第二次成立段階で初めて「本院にこそ」（100番詞書）・「本院のにや」（113番詞書）と名があかされていることからもはかられる。[26]加えて、113番歌に「すこしだにいふはいふにもあらねばや」とあるのは、伊尹が本院侍従に十分に愛の言葉も吐露で

きない立場にあるのを示していよう。さらに、伊尹に対して消極的であろうとする本院侍従の態度が目立つ。98～100番には如実にそれが表れているし、117118番からは、伊尹と本院侍従が逢い初めるまでかなりの間本院侍従が伊尹の言い寄りを拒んでいたのが分かる。

それと、かなり後のことになるが、『拾遺集』巻十九・雑恋・1263番に、

一条摂政下らふに侍りける時、承香殿女御(27)に侍りける女にしのびて物いひ侍りけるに、さらになとひそといひて侍りければ、ちぎりし事ありしかばなどいひつかはしたりければ

本院侍従

それならぬ事もありしをわすれねといひしばかりをみみにとめけん

とあるのを見ても、本院侍従は伊尹との仲をないものにしようとしているのが分かる。

そして、これらのことには当然、『本院侍従集』に見られるように、本院侍従が伊尹の弟兼通とも恋愛関係にあった事実(28)が関係していよう。

このようなことを踏まえてⅦ段を見直してみると、そのテーマが予測できないだろうか。Ⅶ段は本節4でも触れたように、最初にとよかげが女を盗み出す話があり、以下に女がとよかげに靡いている様が見える。伊尹にすれば、おのが生涯を振り返ってみて忘れ得ぬ女の一人であったであろう本院侍従を取り上げ、彼女が珍しく自分に心を寄せてくれていた時期のこととその切っ掛けとなった大胆な行動をテーマにして、一つの段を成そうとしたのではなかろうか。そしてその頃があまりにも印象的であったので、長い時間を経て初めて本院侍従と逢えた時の遣り取りなどは、Ⅷ段から捨象してしまったのであろう。

こう考えるとⅦ段のテーマも見えてくる。しかしこれは、「とよかげ」の部以外にある本院侍従関係の歌や、『本

院侍従集』をも考慮に入れて導き出される一つの推論結果である。ところがⅦ段だけを見るならば、そこからはテーマなど読み取れず、むしろ散漫な印象を受けるものになっているのは前述の通りである。はたして現状のⅦ段で伊尹は満足したであろうか。Ⅶ段では既にあるテーマに沿って歌が絞り込まれているのだから、A部のように詞書等に何らかの工夫を凝らしたならば、相当緊密な感じを与える段になっていたに違いなく、A部で既に、そうすることが可能だと証明されている伊尹が、緊密な構成をとろうとせず、現存のようなⅦ段で満足していたとは到底考えられない。私がB部未定稿説を提唱する所以である。

ところで、ここでも本節4で取り上げた守屋省吾氏の「とよかげ」の部成立期に関する意見[29]に対して、「とよかげ」の部の成立期は伊尹晩年であり、Ⅶ段以外の本院侍従の歌が「とよかげ」の部に取り上げられなかったのは、Ⅶ段のテーマから外れていたからであると反論できる。

さて、以上のような理由で、B部未定稿説が考えられるのだが、ここに一つ今まで触れてこなかった段がある。それはⅧ段(41番)である。

　　　このおきな、たえてひさしうなりにける人のもとに
41　ながきよにつきぬなげきのたえざらばなにゝいのちをかけてわすれん
　　　おほやけごといそがしきころにて、これがゝへしをえせ
　　　ずこそなりにけれ。

Ⅷ段は色々注目すべき点をもつ。まず、「とよかげ」の部にあって唯一一首の歌だけで成り立っているのが目に付く。それと、B部にあって41番だけが後書をもつのも気になる。また、Ⅷ段だけに関わる問題ではないが、益田

家旧蔵本では、この歌の後の半帖分程が無造作に破り取られており、益田勝実氏[30]は破り取られた部分にさらに「とよかげ」の部が続いていたと想定しているが、はたしてそれが妥当かどうかも問題となる。これらの問題も、私はB部未定稿説をとれば解決できると考える。

後書の解釈から検討していくが、後書の解釈の仕方は二通りに分かれている（特に波線部）。一つは、41番は詞書から男の歌だと分かるから、後書を素直に読み、忙しいのは女ととる「一條摂政集（第一部）注釈」の立場である。いま一つは、阿部俊子氏『歌物語とその周辺』と『一条摂政御集注釈』等のように、41番の後に欠文（歌）を想定してまでも、忙しいのは男であると考える立場である。それは阿部氏自身が「又最後の（略）後書は、この文の表現からみると冒頭の文と呼応して」と言うように、冒頭序文の「おほやけごとさわがしうて」との呼応を考えるからである。序文の一節（本節冒頭の引用文参照）は男が忙しいと言っているわけだが[31]、序文にこのような言葉があり、「とよかげ」の部の最末尾にまた同じような言葉があれば、それは序文に呼応していて、男が忙しいと言っているのだと考えたくなるのもよく分かる。そこで、これらに対し私は、二通りの解釈を折衷し、B部未定稿説に則り、41番後書は序文を意識しているが脱落など想定する必要はなく、忙しいのは女ととってよいとする解釈を考えたい。

B部は未定稿だとすると、何らかの理由により、伊尹はこのままで筆を置かなくてはならなくなったのであろう。それで「とよかげ」の部に結末をつける必要が生じ、伊尹は女から返歌を貰えなかった41番を最後にもってきて、序文の「おほやけごとさわがしうて」を意識した跋文のような後書を付け、「とよかげ」の部を閉じようとしたのであろう[32]。B部の中でこの歌だけが後書をもつのはこれで分かる。しかしB部は所詮未定稿である。詞書に工夫を凝らしたり、後書を付けたりする余裕がなかったように、ここでも序文ときっちりと呼応した跋文を創る余裕はなかったようだ。だからこの後書は、跋文とするならば、41番にしか関わらない、序文で忙しいとされていたのは男であるのに今度は女が忙しいとされているなど、中途半端なものになっている。

このように考えたならば、Ⅷ段だけが一首の歌でできているのもB部で唯一後書をもつのも理解できる。それは言わば、「とよかげ」の部の結末を無理につけるためであったのだ。

そうすると、益田家旧蔵本の「とよかげ」の部の後にある半帖分の欠損部分に、なお「とよかげ」の部が続いていたと考える余地はなくなる。これは鈴木棠三氏[33]の言うように、もと白紙で汚れか何かのために切り取られたとみてよかろう。

また、私同様「とよかげ」の部を二部に分けて考えている内田強氏は23番の後書部分と41番の後書部分を比較し、23番のそれを「とよかげ」の部の終末部として相応しいものと認め、41番のそれは伊尹の成した「終末部としてはやや物足りない感が残る」と言う。私も内田氏の意見に賛成であるが、41番後書がそうなった原因を内田氏は説明していない。しかしこれも、私のB部未定稿説で説明がつくであろう。

注

(1) 古く、鈴木棠三氏が「一條攝政御集の研究」(『文学』3巻6号・一九三五年六月)で「伊尹自記」説を唱えている。また、難波喜造氏が「一條摂政御集の成立に就いて」(『日本文学史研究』6・一九五〇年九月)で、

摂政太政大臣であつた伊尹をいかに物語化する為とはいえ口惜しき下衆に附托するということを、よしんば薨後でありいかに近親の者といえども先ず為し得まいということである。「をかしと思ひけることゞもありけれど、忘れなどして後に見ればことにもあらずぞありける。」「その折はいとをかしと思ひける事どもありけれど、ことなることなき人の上は皆忘れにけり」等の敍述も撰者が伊尹自身であると考える時一番無理なく納得出来ると思う。(傍線は引用者)

と述べている。以来、難波説の特に傍線部の論拠によって、伊尹自作説が定説となっている。

(2) 王朝文学研究会部会(桑原博史指導)編、『王朝文学』13・一九六六年一一月。なお、「第一部」とは、私に言う「とよかげ」の部のこと。本論文の見解には後にも言及するが、その際は注を付けない。

(3) 「一條摂政御集について」(『国語国文』34巻12号・一九六五年一二月。後、『古今和歌集以後』〈二〇〇〇年一〇月・笠間書院〉に所収)。

(4) 「後撰和歌集の物語性―付歌物語の本質―」(『国語と国文学』44巻10号・一九六七年一〇月)。後、『伊勢物語の研究〔研究篇〕』(一九六八年二月・明治書院)「第一篇　歌物語の発生と展開　第一章　歌物語の基本形式」で再論。

(5) 難波喜造氏は「豊蘊の主題」(『日本文学』10巻10号・一九六一年一一月)において、「とよかげ」の部は五人の女との贈答歌で構成されていると言うが、従えない。

(6) 「一條摂政集(第一部)注釈」は全部で九つの部分に分けて本文を掲げ、それぞれ通釈と語釈を施している。その最初の部分は、私に①②と番号を付した二文である。即ち、この二文だけを序文とみなしているものと思われる。③は1番の詞書として本文を掲げている。

(7) 「『一条摂政御集』解釈ところどころ」(『中京大学文学部紀要』16巻2号・一九八一年一一月)。

(8) 「『一条摂政御集』前半部の物語性」(二松学舎大学雨海ゼミ『平安朝文学探究』昭和54年度・一九八〇年)。なお、「前半部」とは、私に言う「とよかげ」の部の全体を指す。内田氏の見解には後にも言及するが、すべて同論文により、その際は注を付けない。

(9) 益田家旧蔵本の当該部分を、その字配りに従って翻字する。ただし、印刷の都合上厳密ではない。以下、同じ。

いとをかしとおもひけること丶
も丶ありけれとことなることな
きひとのうへはみ　な　わ　す　れ
に　け　り
おきなにしの京わたりなり

(10) 益田家旧蔵本の当該部分を、その字配りに従って翻字する。

たれにかひとに
はやうのことなるへ　しきたのかたと
ゑ　し　た　ま　てさらにこしとち　か
こ　と　し　てものともはらひな　と
し　て　ふ　つ　か　は　か　り　あ　り　て

「たれにかひとに」は文脈上後には続かないので、この直後に何か脱落していると考えられる。

(11) 益田家旧蔵本の当該部分を、その字配りに従って翻字する。

このおと丶はいみしきいろこ
の　み　に　てよろつの人のこさ
し　とたはれありきたまへ
と　の　き　てあくひとなくあ
はれにのみおもひきこゆるか
た《れ》そ
ひさしくお《ぇ》はせてむかへひ
に

なお、119番と120番との間に他撰部前半部と他撰部後半部の切れ目があることの根拠等に関しては、第二章第一節2及び第二節6参照。

(12) 益田家旧蔵本の書誌・書式・形態等等に関しては、『一条摂政御集注釈』「解題」に詳しい。

(13) 7番の後書部分にも改行がなされている。益田家旧蔵本の当該部分を、その字配りに従って翻字する。

心やまし　なにとし　もへたまへと
か丶す
女かたはらいたかりけんかし

人のおやのあはれなることよ
とよかけおほゐのみかとわたりな

この部分は文脈上の破綻もないのに、なぜこのような字配りになっているのか分からない。

(14) 注（3）に同じ。
(15) 「大蔵史生倉橋豊蔭について」（『国語国文』34巻12号・一九六五年一二月）。
(16) 注（15）に同じ。
(17) Ⅶ段の「なかのみかどわたりなりけるをんな」のモデルが本院侍従であることについては、『一条摂政御集注釈』に詳しい考証がある。
(18) 第一章第三節で取り上げた46～48番・107番。同第二節で北の方恵子女王関連の歌として取り上げた66・170番歌が詠まれた時も、伊尹が好古女に入り浸りであった。
(19) 「『一条摂政御集』考―主として第一部とよかげの成立期について―」（『立教大学日本文学』29・一九七二年一二月。なお、「第一部とよかげ」とは、私に言う「とよかげ」の部のこと。後、「『一条摂政御集』「とよかげ」の部の形成要因」として『蜻蛉日記形成論』〈一九七五年九月・笠間書院〉に所収）。
(20) 丸岡誠一氏「一条摂政御集成立私見」（『文学論藻』11・一九五八年五月）に詳しい。なお、三角洋一氏が、『歌語り・歌物語事典』（雨海博洋・神作光一・中田武司氏編、一九九七年二月・勉誠社）「一条摂政御集」で次のように述べている。

「豊蔭」の成立時期をめぐっては、伊尹の晩年（九七〇年頃）とする通説を補強する丸岡誠一「一条摂政御集成立私見」（略）と、若年時の『後撰集』撰集期間内（九五五年前後）とする守屋省吾「『一条摂政御集』「とよかげ」の部の形成要因」（略）がある。通説の最大の根拠は、豊蔭がみずからを「翁」と称していることにあるのであるが、はたしてそう考えてよいのかどうか。少数説の守屋説を支持したい気持ちもあるが、ここでは試みに別案を提出してみたい。

「翁」という言い回しは私には、「忍びありき」をやめる年齢・官職に達した男の自称で差し支えないものと思われる。光源氏の場合でいうと、もっとも早く考えて葵巻冒頭の任大将（二二歳）、澪標巻の任内大臣（二九歳）、また同巻の「花散里などやうの心ぐるしき人々住ませむ」としての二条東院の着工（二九歳）、少女巻の六条院の完成（三五歳）、おそくとも若菜上巻の四十賀、と挙げられる中のどれかがその節目で、無難なところ、私は三〇歳か三五歳と見ている。このような目で伊尹の閲歴を見ると、天暦七年（九五三）三〇歳で三男挙賢誕生、同九年三二歳で任頭中将、天徳元年（九五七）三四歳で五男義懐誕生、同四年三七歳で父師輔薨、康保四年（九六七）四四歳で任権中納言とあり、そのどこかに線を引きたくなる。一説として、三四歳（九六〇年）前後の頃の成立と推測するのはどうであろうか。（括弧内原文）

(21)『蜻蛉日記』上巻・九五六〈天暦十〉年。

かくて絶えたるほど、わが家は、内裏より参りまかづる道にしもあれば、夜中・暁と、うちしはぶきてうち渡るも、聞かじと思へども、うち解けたる寝も寝られず、夜長うして眠ることなければ、さなりと見聞く心ちは、何にかは似たる。　〔二〇〕夜長うして

(22) 第一章第一節注（13）参照。

(23) もともと伊尹の独詠歌であったものを、女の歌としているのだから、設定にはやや無理がある。従って、訳もやや不自然なものとならざるを得ない。阿部俊子氏『歌物語とその周辺』も「歌詞からみればむしろ男の歌ととられる」とし、定家が「（益田家旧蔵本の）後書きを省みないで歌の表現から男の歌即ち謙徳公の歌とした」（括弧内引用者補）可能性と、「三の歌をそのまま男の歌と理解出来る「御集」があった」可能性を示しているが、後者の可能性の方が高かろう。注（3）論文も参照。ちなみに、『平安私家集』では、「白露が置いていようかと花薄を見にいらっしゃる—もう一度、結ばれることもあろうかと、お越しになるお目当ての野辺も、この秋はもうおりません。」と、女の皮肉が感じ取れるような訳となっている。

(24) 三角洋一氏は「豊蔭並にいほぬし論—その文学史的位置づけをめぐって—」（石川徹氏編『平安時代の作家と作品』一九九二年一月・武蔵野書院）で、「章段ごとに完結性を示し、挿話そのもののおもしろさをねらっている様子」として、「豊蔭の歌ではなく、女からの贈歌で一話を打ち切る場合のあること」、即ち「豊蔭の反応を語らないまま、女

の歌の徳を讃めたたえ、歌詠みの女を恋の相手にした我が身を誇らしく思う結び方をしている」場合と、「後詞で締め括る話の少なからずあること」とを挙げている。そして、前者の実例として、Ⅲ段とⅦ段を、後者の実例として、Ⅳ段・Ⅴ段・Ⅷ段を挙げている。後者については、Ⅷ段の「後詞」は後に検討するように特異なものなので別にすると、やはりA部にだけみられる特徴となる。前者については、A部とB部を貫く特徴に加えてよいかとも思う。

(25)「おなじ女」とは、42番詞書「本院の女御うせたまうて、またのとし、四月一日、じゞうのきみのもとに」を受けて、本院侍従を指す。

(26)『一条摂政御集注釈』「解題」は「「やまとのめのと」、世にいひける。」(57番詞書)や「をんな、のちのよのたかまつのないしとぞ」(121番詞書)等の記述から、他撰部の編纂者を第一次編纂者と第二次編纂者に区別している。『一条摂政御集注釈』「解題」の考えに従えば、「たれとしらず」・「じゞうのきみへ」というように相手の名をあかさないのは第一次編纂者によるもので、それに対して「本院」という呼び名をあかすのは第二次編纂者によるものと考えられる。阿部俊子氏『歌物語とその周辺』にも同様の指摘がある。なお、他撰部後半部の編纂に関しては、第二章第二節で論じた。

(27)承香殿女御とは斎宮女御として有名な徽子のことである。「とよかげ」の部や『本院侍従集』に描かれた事件が起こった頃よりすると、彼女が徽子に仕えるのはかなり後のことになる。なお、この件に関しては、Ⅱ第一章で詳述する。

(28)『本院侍従集』に関しては、Ⅱ第一章で詳述する。

(29)守屋省吾氏(注(19)に同じ)が「とよかげ」の部の執筆時期を伊尹の二十四・五歳の頃と考えるのには、Ⅶ段以外に見られる本院侍従関連の詠歌時期も、伊尹二十四・五歳の頃より以降であると考証できることも根拠となっている。

(30)「豊蔭の作者」(『日本文学史研究』20・一九五二年一〇月)。

(31)「一條摂政集(第一部)注釈」は、「編集者である私は、なにぶん公務多忙のため」と訳す。

(32)注(24)で触れた三角洋一氏が指摘する通り、「豊蔭の歌ではなく、女からの贈歌で一話を打ち切る」のもA部と

B部を貫く特徴のようでもある。ただし、三角氏もⅧ段だけは「豊蔭の贈歌（と後詞）で閉じている」（括弧内原文）と指摘している。各段を女の歌で閉じようとする意図がB部まであったとしても、B部の末尾に至ってそれが徹底できていない様子が、やはり見て取れるのである。また、曽根誠一氏は、「『とよかげ』の方法（続）―Ⅴ段からⅧ段の検討―」（『平安文学研究』79 80輯合併・一九八八年一〇月）で、

　「たえてひさしうなりにける人」に贈った41番歌は、二人の仲が途絶えたことに対する深い嘆きを表白することによって復縁を迫る歌意となっている訳だが、Ⅰ段が「としつきをへてかへりごと」をしない未知の女に対する一途でひたむきな好色であったのに対して、これはかつて交情のあった既知の女に対する贈歌である。このようにⅠⅧ段での女の状況設定は正反対であり、この点に構成上の対比意識を読み取ることができよう。

（傍点原文）

と述べている。曽根氏の言うような意識が伊尹にあったとすれば、41番の詞書・後書・跋文をもっと整える必要が当然あったはずだが、そうなっていないのは、Ⅰ段とⅧ段、ひいてはA部とB部を貫く構成意識が徹底できていないと考えた方が蓋然性が高いのではないか。

（33）「一条摂政御集の研究」（注（1）参照）。

《付言》

　本節の構成からすると、B部未定稿説が本節の主張の主眼（結論）のように受け止められるかも知れないが、そうではない。本節の主眼は、「とよかげ」の部の部分的または全体的な特質を読み解くところにある。その結果導き出されてきた一仮説が、B部未定稿説である。従って、当然今後の議論も、「とよかげ」の部の読み取りに重点を置くべきだと思っている。その点、注（24）（32）で触れた三角洋一氏が、

　このように見てくると、豊蔭こと伊尹という「風流のやつし」を試みた意図の一端も明らかになってこよう。すなわち、女のがわの風流な、あるいは切実な応対が忘れられないというところに焦点を合わせ、男を卑位の者におとしめ仮託することで、設定としては男女対等のありふれた恋の挿話に見せ、――実際には綻びも少なくなく、

伊尹自身それと承知していたことと思われるのであるが、――男を狂言回しに仕立てて話をつなげていったというわけである。身分差による女のがわの苦悩を受けとめるに疎く、風流な振る舞いに無邪気に感じ入るところなど、いかにも貴公子の恋の雅びの雰囲気を伝えていると言ってよいであろう。

と、「とよかげ」の部全体の狙いを探りあてようとしているのは重要である。かつ三角氏が、「身の上の記が誕生するにいたる機制を考察する鍵にあたるのは、『土佐日記』と『豊蔭』（引用者注―私に言う「とよかげ」の部）であると見当をつけているところである。」とも述べているのは、「とよかげ」の部の文学史上における重要性を、今まで以上に評価して捉えなければならないという提言であると思う。さらに、同じく三角氏が『歌語り・歌物語事典』（注(20)参照）の「一条摂政御集」の項で、

これら八章段の読み取りと章段相互の関連、また全体の構成について論じたものに、堤和博「『一条摂政御集』論」（『詞林』二号、昭62）（引用者注―本節のもととなった旧稿）、曽根誠一「『とよかげ』の方法」正続（犬養廉編『古典和歌論叢』昭63。『平安文学研究』七九・八〇輯、昭63）がある。堤は後半の第六～八段に未定稿性を見て、曽根は第二段の後半に好色者像の造型の後退を、第五段の末尾に後詞を欠くことに造型の放棄を見ている。三角洋一「豊蔭並にいほぬし論」（石川徹編『平安時代の作家と作品』平4）は、多くの章段が相手の女性の歌で閉じられ、そうして、豊蔭は相手の切実な対応や風流に無邪気に感じ入っているという結末になっているところに、卑官じつは貴公子である者の恋の雅びが露呈しているという。なお煮つめた論議が必要であろう。

と述べるのは、まさしくその通りだと思う。

第二節　冒頭歌について

1　はじめに

1　あはれともいふべき人はおもほえでみのいたづらになりぬべきかな

「とよかげ」の部の冒頭を飾る1番歌（以下、「冒頭歌」と呼ぶ）は名歌の誉れが高い。『百人一首』に採られているし、『拾遺抄』にも載る。その他にも『時代不同歌合』『八代集秀逸』等にも採られている。よって、斯様な歌を「とよかげ」の部の冒頭に据えた理由は、伊尹一番の自信作を冒頭に置きたかったからとみなせそうでもある。古く鈴木棠三氏[1]は、概して伊尹の作歌能力を低く評価しながら、「自身がこれを巻頭に据ゑるだらけ（ママ）の執着を示した歌であつて」と述べている。しかし、右に見た秀歌撰は皆後代のものである。伊尹の時代に戻り、同時代の人々はこの歌をどう評価していたか、また、伊尹自身がこの歌にどれ程の自信をもっていたかを考えるとき、後の時代の秀歌撰等に採られていることは、別問題になる。

例えば定家が『百人一首』に冒頭歌を採ったのには、島津忠夫氏が『新版百人一首』[2]で指摘する次のような思いが定家にあったためであろう。

『一条摂政御集』（一名、豊蔭）という物語性をそなえた家集の巻頭にあるこの歌からは、定家も歌物語の主人公を思いうかべて興味をもったことと思われる。謙徳公の歌が、『新古今集』に十首、『新勅撰集』に九首とかなり多くとられていることも、この物語的な家集の出現と深い関係があり、『新古今集』の撰者名記号から必ずしも定家だけの興味ではなかったようであるが、定家もこの歌を『八代抄』のほかに、『八代集秀逸』にも選んでいて高く評価していたことが知られるのである。（括弧内原文）

さらに島津氏は補注で沼田純子氏の(3)「相手の心情や立場を思い遣る余裕もなく、おのれのひたぶるなる心に任せて女三宮に言い寄る柏木の心ざまは、御集のとよかげにいささか異なるものではない。」（傍線原文）という発言を引いて、「定家も、この歌から『源氏物語』の柏木の心情を思いうかべていたかもしれない。」とも述べる。つまり、伊尹の歌一首を選ぶとき、物語的な「とよかげ」の部の冒頭を飾っていることが大きな要因となったと言うわけで、加えて、『源氏物語』で援用されていることも要因となったかも知れないと言うのである。もっと言えば、別の歌を伊尹が「とよかげ」の部の冒頭にもってきていれば、その歌を定家も選んだかも知れない、また、紫式部が『源氏物語』で冒頭歌を利用しなければ、別の歌が選ばれていたかも知れない、そんな可能性も捨て切れないということでもあると思う。勿論その歌が勅撰和歌集に入っていて、定家が評価していたのが前提条件だが。端的に言い直せば、島津氏も繰り返し指摘する通り、『百人一首』は定家晩年の好みで選ばれた(4)――伊尹歌撰歌にあたっては、物語に対する嗜好が大きく影響しているわけである――ものであり、そこに選ばれていることと、伊尹の時代にも名歌と評価されていたかどうかは、別問題として考えなくてはならないのである。定家の他の秀歌撰に採られているのも、『百人一首』に準じて考えるべきであろう。

さて、伊尹の時代における冒頭歌に対する評価を考えるには、後撰時代にあって冒頭歌には特にこれと言った目立った技巧等が凝らされておらず、素直な詠み振りの歌となっている点も問題となる。

そうすると、また秀歌撰に戻るが、冒頭歌が『拾遺抄』に採られたことに関連して、「はるたつといふばかりにや三吉野の山もかすみてけさは見ゆらん」という『古今集』には採られなかった壬生忠岑の歌が、『拾遺抄』『拾遺集』の巻頭を飾り、『和歌九品』でも「上品上」に挙げられた事実が思い合わされる。この歌は、立春と霞といった観念的な季節観に裏打ちされているという意味においては典型的な古今的な歌であるが、特に技巧もない素直な詠み振りであったためか、古今時代の評価は芳しくなかったらしく、評価が高まるのは、このような歌が称揚されるようになった拾遺時代を待たなくてはならなかったのである。(5) 冒頭歌も同時代の『後撰集』に採られなかったのであるが、そのことについては当時の評価以外にも勘案すべき要因もあるであろうが、いずれにせよ、『拾遺抄』に採られたのは素直な詠み振りが拾遺時代の好尚に合ったからとみるべきで、冒頭歌に対する当時の評価はやはり別に考えなくてはならない。

以上のことからすると、冒頭歌の評価は詠まれた当初から高かったのか、あるいは伊尹が自信をもっていたのか、考え直さなくてはならなくなる。その結果、伊尹自身も含めて当時の評価がそれ程でもなかったとなれば、伊尹一番の自信作だから、あるいは名歌だから「とよかげ」の部の冒頭に据えられたのだとも言えなくなる。そこで本節では、冒頭歌を詳しく分析して、冒頭歌が「とよかげ」の部冒頭に据えられた意義等について考え直したい。もう少し具体的に言うと、冒頭歌が、どのような伝統的な歌の流れを汲んでおり、同時代歌の中にあってどのような位置を占めるのかを見極めておきたいのである。そしてひいては、冒頭歌を含む「とよかげ」の部I段の狙いについても考えたい。よって、ここで検討する内容は、第一節4でI段について述べた部分の記述を補強するものでもある。

2　伊尹の歌風と冒頭歌

——Ⅱ段～Ⅴ段の冒頭部の歌との比較——

まずは取り敢えず、既に論じられている伊尹の歌風を確認しておきたい。

片桐洋一氏は、(6)『一条摂政御集』の伊尹歌の歌風として、私に纏めた次の三点を主に挙げている。ちなみに、これらの特徴は後撰時代の褻の歌風と重なるもので、特に『一条摂政御集』の歌の特徴として目立つものだと言う。

(1)「場面、具体的な詞書に和歌が支配される」

(2)「口語的要素が甚だ強い」「必ずしも口語的とは言えぬにしても、非歌語的な、つまり和歌的表現には全く異質な言葉が用いられることも多い」

(3)「既成の歌語、あるいは既にまとまって一つの和歌的雰囲気を表わすようになっている熟語の類いをそのまま利用することもまた多い」(7)（波線は引用者）

また、遠藤由紀氏は、(8)片桐氏の言葉で言うと、(3)の波線部に注目したことになると思うが、「伊尹の和歌において『古今集』『後撰集』の和歌がどのように摂取されているか、その摂取の実態を明らかにすることを試みる」と言って、次のように結論する。

第一部（引用者注―私に言う「とよかげ」の部）、第二部（引用者注―私に言う他撰部）を通して『古今集』の摂取が多いが、特に第一部は『古今集』を摂取した和歌が多く、第二部は『古今集』を摂取した和歌に加えて、『後撰集』を摂取した和歌が多い、という相違がみられることがわかる。

片桐・遠藤両氏の分析によると、冒頭歌のような歌は伊尹歌の主流を占めるものではなかったことになる。また、たとえ主流ではなくとも伊尹が冒頭歌のような歌を目指していた徴候がうかがえるかというと、そうでもない。すると、はたして冒頭歌に伊尹が自信を感じていたのか、当時の評価は本当に高かったのか疑問になってくるのである。

そこで、試みに、Ⅱ段以降の「とよかげ」の部各段冒頭部のとよかげの歌の技巧・趣向等を、片桐氏・遠藤氏が挙げたようなもの以外も含めてみてみようと思う。そして、冒頭歌と比較してみようと思うのである。が、この際、未定稿と思われるB部[9]については省略し、比較の対象をA部に限定しておく。

Ⅱ段　　みやづかへする人にやありけん。とよかげ「ものいはむ」とて、「しもにこよひはあれ」といひおきてくらすほどに、あめいみじうふりければ、そのことしりたりける人の「うへになめり」といひければ、とよかげ

3　をやみせぬなみだのあめにあまぐもの、ぼらばいとゞわびしかるべし

3番歌には掛詞・縁語などはないが、詞書に描かれている状況と併せると、「雨雲」を女に譬え、雨雲が上り雨が降るのと、女が「しも」ではなく「うへ」にいたままであって自分が涙を流すのを譬える趣向が見られる。なお、「なみだのあめ」は、『後撰集』巻十三・恋五・955番「よしふるの朝臣」（小野好古）歌、及び同巻十九・離別・1326番「宗于朝臣のむすめ」歌（『宗于集』18番）の用例が指摘されているが、先行歌として『貫之集』782番に用例がある。

（東宮かくれ給へるころよめる）

君まさぬ春の宮には桜花涙の雨にぬれつつぞふる

また、同時代歌と思われるものにも『西宮左大臣集』70番と『重之女集』105番がある。

『西宮左大臣集』70番

よとともにたえぬなみだのあめよりはしぐれやなにぞなにならなくに

『重之女集』105番

ある少将世をそむき給ふとききて(10)

みかさ山そむきはてぬとききしよりなみだの雨にたれかそほちぬ

さらに、「涙の雨」の「の」が主格になる例も挙げれば、『古今集』巻十六・哀傷・843番（『忠岑集』163番、『古今六帖』第四・「別・かなしび」・2477番、『拾遺集』巻二十・哀傷・1297番にも異伝歌と思われるものあり）がある。

おもひに侍りける人をとぶらひにまかりてよめる

ただみね

すみぞめの君がたもとは雲なれやたえず涙の雨とのみふる

ちなみに、この歌については、

涙を雨に喩えるのは、「泣く涙雨と降らなむ渡り川水まさりなばかへり来るがに」（古今・哀傷・八二九　小野篁）、〈『貫之集』782番の引用省略〉など、この時代の常套的な手法で、「終日不レ成レ章、泣涕零如レ雨」（文選・古詩十九首　迢迢牽牛星）などによる漢詩的表現。（括弧内原文）

との指摘が『忠岑集注釈』(11)にある。

物語まで視野を拡げると『うつほ物語』楼の上・下(12)の俊蔭女の歌もある。

山は冴え河辺の氷雪凍みて涙の雨と降りし宿かな

Ⅲ段

とよかげ、おほゐのみかどわたりなりけるひとにかよひける。ひとおほかりけるなかに、をとこの、いへのまへをつねにわたりて、ものもいはざりければ、女

8　くもゐにはわたるときけどゝぶかりのこゑきゝがたきあきにもあるかな

をとこ、かへし

9 くもゐにてこゑきゝがたきものならばたのむのかりもちかくなきなむ

Ⅲ段は女の歌（8番）から始まっているので、とよかげの返歌（9番）と併せて挙げた。まず女の歌の技巧は『平安私家集』の指摘が分かり易いのでそのまま引く。

空行く雁を前渡りする男に擬して恨んだもの。「雲ゐ」「渡る」「秋」は雁の縁語。「雲ゐ」は「宮中」を、「飛ぶ」は「訪ふ」を、「秋」は「厭き」を掛ける。

対して、とよかげの歌が『伊勢物語』第十段を踏まえているのは、早くから指摘のある通りである。

Ⅳ段

とよかげ、また、しのびてすみわたりける人に、えあらはるまじくやありけん。

12 しのぶればくるしやなぞとはなすゝきいかなるのべにほにはいづらん

「花薄」「野辺」「穂には出づ」が縁語であり、「穂には出づ」には恋しい気持ちを表に出すことが譬えられている。ところで、この歌は遠藤氏によると、『古今集』巻十一・恋一にある次の二首の語句を「組み合わせて利用したもの」とのことである（直線・波線は遠藤氏の通り）。

（題しらず）　（読人しらず）

519 忍ぶれば苦しきものを人しれず思ふてふ事誰にかたらむ

549 人めもる我かはあやな花すすきなどかほにいでてこひずしもあらむ

遠藤氏の言うところはこうである。

上句「しのぶればくるし」は『万葉集』『後撰集』に用例がなく、『古今集』にはこの一例だけである。『古今集』の519番によった語句と考えられる。「はなすすき」「ほにはいづらん」は「花薄」の「穂に出づ」で恋する思いが表面に出る、という意味をもつ。「花薄」は『万葉集』にも一例あるが、このような意味では用いられていない。『古今集』には三例あるが(13)、その中の549番によっているとするのは、伊尹の和歌と語句の位置が一致し、和歌の構成が同じになっているからである。12「ほにはいづらん」549「こひずしもあらむ」と同じく推量の助動詞「む（ん）」で終わっているのである。それは上句「しのぶればくるし」を利用した『古今集』の519番も「誰にかたらん」と同様になっている。（傍点原文）

V段

もの丶えありて、このおきな、うちわたりなりける人に、ものいひけり。のべといひけるわらはつかひけるひとのもとに、ひるよりちぎりけれど、女はえしらで、たゞのべにのみあひてあるに

21　しる人もあらじにかへるくずのはのあきはてがたの丶べやしるらん

掛詞から指摘すると、「あらじ」と「嵐」、「帰る」と「返る」、「秋」と「厭き」、それに「野辺」と人名（通称）の「のべ」も掛詞になろう。縁語としては、「嵐」「返る」「葛の葉」「秋」「野辺」が挙げられる。また、「葛の葉」は男を譬えているが、そこには『平安私家集』の訳するように、「つれない嵐に翻弄される葛の葉のように、すごすごと帰る愛想づかしをされた私のこと」という意味が込められている。加えて下句には、「うちわたりなりける

人」との仲が終焉に近づき、局にその人の姿も見えないという寂しい雰囲気と、荒涼とした晩秋の野辺の風景が重ねられている。

以上、Ⅱ〜Ⅴ段の冒頭部の歌を見てみると、先に私に整理した片桐氏が指摘する特徴のうち、(1)と(3)の特徴を概ね備えていることなどがうかがえたと思う。中には陳腐としか言いようのない技巧も含まれているが、このような技巧を凝らすことが、古今時代から受け継がれたこの時代の流行であったとは、同じく片桐氏の詳述するところである。[14]

翻って冒頭歌は、繰り返すが、特に何の技巧もない素直な詠み振りで、口語的な表現が目立つわけでも、詞書に支配されているわけでもない。相手が自分に対してつれないなどの条件さえ合っていれば、いつ詠まれてもよいような歌である。[15]ただ、遠藤氏によると、「みのいたづらに」が、『古今集』1063番[16]と「語句の位置は一致しないが、『古今集』によった可能性があるものとして」と言って挙げられている程度である。

3　冒頭歌の意味

以上、片桐氏と遠藤氏の驥尾に付し、加えてⅡ〜Ⅴ段の冒頭部の歌と比較して冒頭歌をみた。すると、冒頭歌は古今的なものをほとんど受け継ぐことなく、単に素直な詠み振りだけが目立つ歌のようにもみえてくる。しかし、特に初句の「あはれ」と下句に注目して、伊尹以前の和歌史を辿り、冒頭歌が形成された発想までを視野に入れると、必ずしもそうとは言えないと、実は思うのである。つまり、伝統的な和歌の流れを汲んでいる面が指摘できるのである。そんな流れを受けて冒頭歌はどのように形成されたのであろうか。次にそれをさらに詳細に探ってみる。

ここで冒頭歌を改めて引用するが、女の返歌（2番）と詞書・後書部分も併せて引用しておく。これが「とよかげ」の部の序文も含めたⅠ段の全文でもある。

おほくらのしさうくらはしのとよかげ、くちをしきげすなれど、わかゝりけるとき、女のもとにいひやりけることゞもをかきあつめたるなり。おほやけごとさわがしうて、「をかし」とおもひけることゞもありけれど、わすれなどして、のちにみれば、ことにもあらずぞありける。いひかはしけるほどの人は、とよかげにことならぬ女なりけれど、ゝしつきをへてかへりごとをせざりければ、「まけじ」とおもひていひける。

1　あはれともいふべき人はおもほえでみのいたづらになりぬべきかな

女、からうじてこたみぞ

2　なにごともおもひしらずはあるべきをまたはあはれとたれかいふべき

はやうの人はかうやうにぞあるべき《りける》。いまやうのわかい人は、さしもあらで上ずめきてやみなんかし。

最初に冒頭歌の意味をおさえておかなくてはならないが、詞書・後書部分をどう解釈すればよいのか、特に冒頭歌の詞書部分は明らかに「とよかげ」の部全体の序文として書き始められており、どこからを冒頭歌に関わらせて解釈すればよいのかという問題からして見解が分かれている。[17] 冒頭歌と関わる範囲で結論を大きく分ければ、とよかげが懸想し始めてから数年間これまでとよかげは一度も返歌を貰えていなくて2番歌が初めての返歌ととるか、とよかげと女はかつて関係をもっていたのだが女に愛想づかしをされて数年間返歌を貰えていなくて2番歌は久々に貰えた返歌ととるかである。どちらにとるかで微妙に冒頭歌の意味にも影響してくるかと思うが、大枠は以下のごとくに把握しておけばよいのではないか。

(a)　男は女から返歌を貰えない。
　(a1)今まで一度も女からの返歌はない。
　(a2)かつて返歌はあったが数年間愛想づかしされている。
(b)　(a)の状況下自分を「あはれ」と言ってくれる人は誰もいないと男は思っている。
(c)　((b)から敷衍して）男が「あはれ」と言って欲しいのは相手の女である。[18]
(d)　そんな状況のもとで男は死にそうだと言っている。

大枠以上のように把握して、冒頭歌と類似性のある先行歌または同時代歌を探ってみた。ところで、I段の焦点は、冒頭歌によって、初めてにせよ、数年ぶりにせよ、女から返歌を得られたところにある。それで、詞書部分を含めて冒頭歌の意味合いを纏めると(a)については右に示したごとくになるのである。しかし、冒頭歌の類似歌を探すとなると、返歌を得られたかどうかというところまで類似した状況のものは、ほとんど見つからない。そこで冒頭歌の状況をもう少し広く捉えて、(a)については次のように置き換えて類似歌を探っていく。

(a)　男は女に愛されていない。
　(a1)今まで関係はない。
　(a2)かつて関係があったが数年間愛想づかしされている。

類似歌を探すにあたっては、各歌句の類同性に注目した。その結果を初句「あはれ」と下句「みのいたづらになりぬべきかな」についてのみ以下に示す。他の歌句にも注目して類似歌を探ってみたが、特に注意すべきものは見つからなかったからである。(19)

4　初句「あはれ」

早く『万葉集』に山道で死んだ旅人を哀れむ上宮聖徳皇子の歌〈巻三・418番〈旧415番〉〉や、月・黄葉・時鳥などの自然物を「あはれ」と詠む歌〈巻七・1085番〈旧1081番〉西本願寺本訓、同・1413番〈旧1409番〉、巻十八・4113番〈旧4089番〉家持歌など〉などがあり、後代に受け継がれていく。特に家持の時鳥を詠んだ歌が後世に与えた影響は大きい。また、ちょうど伊尹と同時代頃から神が人を「あはれ」と思うなどの詠み方も出てくる〈『増基法師集』54番など〉。このように「あはれ」を詠み込む歌は当然多彩に展開するのだが、(20)今は恋に関係する歌に限定し、まずは広く見ておく。

恋の歌に的を絞れば、詠み手が異性を「あはれ」と思っている＝恋しているというのが最も素直な詠み方になるであろう。そう思って探してみると、女が男を思っているものが早く『万葉集』巻十二・「悲㆑別歌」・3211番〈旧3197番〉〈『拾遺集』巻十五・恋五・926番「題しらず　人まろ」、『古今六帖』第三・「水・なみ」・1958番、『夫木抄』第二十三・雑部五・「島・あはぢしま、淡路」「人麿」・10558番〉に見られた。

住吉乃《スミノエノ》　崖尓《キシニ》向有《ムカヘル》　淡路《アハヂ》嶋《シマ》　𪫧怜《アハレ》登《ト》君《キミ》乎《ヲ》　不言《イハ》日《ヌヒ》者《ハ》无《ナシ》
すみのえの　きしにむかへる　あはぢしま　あはれときみを　いはぬひはなし

反対に男が女を思う歌は、巻十一・「正述㆓心緒㆒」・2599番〈旧2594番〉〈『古今六帖』第二・「別・と」・1373番〉にある。

不徃吾《ユカヌワレ》　来跡可夜《クトカヨ》門《カドモ》　不閇《ササズシテ》　𪫧怜吾妹子《アハレワギモコ》　待筒在《マチツツアラム》

　　ゆかぬわを　こむとかよるも　かどささず　あはれわぎもこ　まちつつあるらむ

ただしこの歌では、自分を慕いつつ待っているであろう女を男がかわいそうに思っているのであり、3211番の感情などとはやや異なる。(21)

　男の歌で普通に女を恋しく思うのは、『古今集』第三期に入って巻十一・恋一・474番（『新撰和歌』第四・恋雑・218番、『古今六帖』第三・「水・なみ」・1955番）に見られる。(22)

　　（題しらず）　　　　　　　　　　　　　　　（在原元方）

　立帰りあはれとぞ思ふよそにても人に心をおきつ白浪

当然以後も同様の歌は詠み継がれてゆくが以下は省略し、(23)冒頭歌とより類似性のある歌に目を移したい。冒頭歌は先に(a)～(d)に纏めた特徴をもち、男が女を素直に「あはれ」と思っている意味で「あはれ」が使われているのではない。相手が自分を「あはれ」と思って欲しいとか思ってくれないとか言っているわけで、今見た素直な歌に比べれば「あはれ」の使い方に言わば捻りが加えられている。では素直に異性を恋しく思っている以外の歌、しかも冒頭歌の特徴に照らし合わせて何らかの点で類似性のある歌には如何なる歌があるのか、古いものから探っていくことにする。

　そうすると、左様な歌は『万葉集』には見当たらず、『古今集』でも第一、二期にはなく、(24)『古今集』第三期になってから現れるのである。即ち、巻十二・恋二・602番（『拾遺集』巻十三・恋三・793番、『古今六帖』第五・「雑思・あひおもはぬ」「みつね」・2624番、『忠岑集』55番）の忠岑歌が最も古いと思われる。

　　（題しらず）　　　　　　　　　　　　　　　（ただみね）

　月影にわが身をかふる物ならばつれなき人もあはれとや見む

(a)、それも『古今集』の配列からすると(a1)、それに(c)と類似した要素が読み取れる歌である。ただし、死に言及していないので(d)の要素はない。また、何とか女の気を引きたいために非現実的な手段を持ち出しているのは古今的な設定で、冒頭歌が備えていない要素である。共通点相違点総合すれば、この歌の状況をもう少し進めると、女に「あはれ」と思われる手段には言及せずに死に言及する冒頭歌の絶望的な状況になるのではないかとも想定される。そんな歌である。冒頭歌の源流を探るとすると、先に見た万葉歌などではなく、この忠岑歌あたりに求められるのではなかろうか。

ちなみに、伊尹と同時代の『村上天皇御集』95 96番の贈答、特に96番はこの歌を本歌にしたと思われる。

ひろはたの宮す所につかはす

95　あふ事をはるかにみえし月かげのおぼろけにやはあはれとはおもふ

御返事

96　月影に身をやかさましあはれてふ人の心をいかでみるべく

さて、では(d)の要素を含みながら冒頭歌に近いものにはどんな歌があるかというと、やはり古いものとしては忠岑の歌があった。『忠岑集』23番（『古今六帖』第六・「虫・せみ」・3978番、『万代集』巻十二・恋四・2552番、『玉葉集』巻十二・恋四・1624番）である。

あはれてふひとはなくともうつせみのからになるまでなかんとぞおもふ

(d)に加えて(b)(c)と類似した要素も読み取れる歌である。(a)についても類似した要素はあろうが、(a1)(a2)どちらに近いかは如何とも言い難い。いずれにせよ、全体として冒頭歌と非常によく似た状況を詠んだ歌と思われる。ただし、死に言及するのに際し、冒頭歌では弱気な感じがするのに対し、死に向かう強固な意志が感じられるところは大きく違っている（単なる強がりだとしても）。また、空蟬の殻を比喩的に詠み込んで死を暗示する古今的な詠み振りも、冒頭歌とは異なっている。

忠岑と同時代の歌として承空本『貫之集』（下二三ウ）[25]（『万代集』巻十・恋二・1967番、『玉葉集』巻九・恋一・1303番）の歌も挙げられる。[26]

　アヒミステワカコヒシナンイノチ□□サスカニ人ヤアハレトオモハン

(d)に加えて(a1)及び(c)とも類似した要素がある。だが、(b)とは相違し、死後に「あはれ」と思われることを想定している歌である。また、冒頭歌同様技巧のうかがえない歌である。

もう一首同時代の歌として『古今集』巻十六・哀傷・857番（『新撰和歌』第三・賀哀・176番、『古今六帖』第四・「別・かなしび」・2494番）も一応見ておく。

　式部卿のみこ閑院の五のみこにすみわたりけるを、いくばくもあらで女みこの身まかりにける時に、かのみこすみける帳のかたびらのひもにふみをゆひつけたりけるをとりて見れば、むかしのてにてこのうたをなむかきつけたりける

　かずかずに我をわすれぬものならば山の霞をあはれとは見よ

死後の自分に「あはれ」をかけて欲しいと言っている歌であり、どちらかと言えば先に見た万葉歌などの詠み方よりも今確認した忠岑や貫之の歌の方に近い。しかしこの歌は女の辞世の歌で、男女は相思相愛であり、その点冒頭歌とは大いに状況が異なる。また、女の死と二人の恋愛関係とは無関係のようだ。従って、先に見た万葉歌とは確かに別の流れの中にあるが、冒頭歌ともまた別の流れを形成する歌であろう。[27]

　古今時代を終え、伊尹と同時代の後撰時代に移りたい。ただし、『後撰集』には取り上げるべき歌は見当たらず、『拾遺集』巻十一・恋一・653番に載る中務に贈られた歌を取り上げたい。中務の返歌（654番）とともに挙げておく。

をとこのよみておこせて侍りける　（よみ人しらず）

653　あはれともおもはじものをしらゆきのしたにきえつつ猶もふるかな

返し　中務

654　ほどもなくきえぬる雪はかひもなし身をつみてこそあはれとおもはめ

「したにきえつつ」が死にそうなぐらい切ないことを匂わせているのだろうが、そうすると、冒頭歌とは初句が共通するなか(b)を除いて全体的に類似した状況になる。(a)については(a1)に近いか(a2)に近いかは分からない。なお、白雪を枕詞風に詠み込んでいるのは冒頭歌と相違する。

中務が出たので『中務集』131番（『続後撰集』巻十七・雑中・1140番）も見ておきたい。

人のさうしかかせけるおくに

我よりはひさしかるべきあとなれどしのばぬ人はあはれとも見じ

詞書の「人」とどういう関係か分からず恋の歌とも断定できない。また、「あはれ」と思われない対象が自分そのものではなく筆跡であるのは、冒頭歌と相違する。が、自分が偲ばれないから筆跡も「あはれ」と思われないと言っているわけで、結果的には大きな違いはない。ということで、相違点も多いが、もし恋の歌なら冒頭歌と発想に類似点があると言えよう。ただ、冒頭歌と男女の立場が入れ替わっているのは勿論である。

『拾遺集』にはもう一首、巻十一・恋一・686番（『拾遺抄』巻七・恋上・244番）に、明確に死と関わる伊尹と同時代人の作がある。

（題しらず）　源経基

あはれとしきみだにいはばこひわびてしなんいのちもをしからなくに

(a1)(a2)どちらに近いかは分からないが(a)、それに(c)と類似した要素がうかがえるなか、死にも言及していて(d)とも共通するが、命も惜しくないと強く出ている点は相違する。ちなみに、冒頭歌は『源氏物語』で女三宮にひたぶるに言い寄る柏木の描写への影響が指摘されているが[28]、この歌の「あはれ」に関しても小町谷照彦氏が新日本古典文学大系7『拾遺和歌集』[29]で、

かわいそうだ、いとしいというような、共感や愛情のこもった言葉を期待したもの。源氏物語の若菜下や柏木で、柏木が女三の宮に「あはれとだにのたまはせよ」と再三言っている例が、語感として近いだろう。

と指摘している。冒頭歌同様技巧を用いずに率直に詠んでいる点も、柏木のひたぶるな態度を想起させる要因となっているのではないか。

以上は『万葉集』・勅撰和歌集を軸にして私家集にも目を配りながら見てきた。次にはこの他にも私家集に見られる歌を挙げておく。

まずは『順集』240番（『玉葉集』巻九・恋一・1295番）である。

あはぬこひ

哀てふことのはもこそきこえくれよそに消えなんことのかなしさ

解釈は幾通りか考えられると思うが、一応「（あなたに知られて死んだら）あなたの『あはれ』と言う言葉が聞こえてくるであろう。（だのに、あなたに知られないまま）よそで消えてしまうことの悲しさよ。」ととっておく[30]。すると、(d)に加えて(c)、それに詞書（題）を鑑みれば(a1)と類似した要素が見られる。冒頭歌同様技巧は見られない。

『小大君集』62番（『新古今集』巻十三・恋三・1188番「左大将朝光」）63番64番（『拾遺集』巻十五・恋五・934番）65番にはやや特殊な状況が描かれている（66番の男の返歌省略）。

女のもとにものをだにいはんとてきたりける人、あしたに

62　きえかへりあるかなきかの我が身かなうらみてかへるみちしばのつゆ

かへし

63　あはれともくさ葉のうへやとはれましみちのそらにてきえなましかば

また

64　ひたぶるにしなばなかなかさもあらばあれいきてかひなきものおもふ身は

かへし

65　なくなればなげのあはれもいはるるをさはこころみにあくがれねたま

62番や64番で男（『新古今集』1188番によると朝光か）は死に言及するのみで、「あはれ」と言ってくれなくてつらいとか、「あはれ」と言って欲しいとか訴えているわけではない。対して小大君が63番と65番で「あなたが死んだら『あはれ』と言いましょう。いっそ死ねば。」などと突き放して答えている。その小大君の歌の中で「あはれ」が用いられているわけである。

伊尹の父師輔の『九条右大臣集』３４番の贈答も『小大君集』の状況と似ていなくもない。

おなじとの、おほ北のかたとわらはどち、きこえかはし

たまひける

3　行きかへりみはいたづらになりぬとや命にかへよあはれとおもはむ

返し、をとこ

4　あふにだにかへばなにかはをしからむよそにはしなじこころづくしに

問題は女の贈歌（3番）の方だが、肝腎の3番詞書が分かりにくく、かつ歌の内容にどう関わるのかもはっきりしないのが残念なのだが、おそらく、逢ってくれないあなたの所への行き帰りは切なくて死んでしまいそうだとでも

男が告げた（「きこえかはし」の内容の一部にあたる）のに対して、小大君同様女が突き放して答えている歌だと解せよう。[31] とすれば、「きこえかはしたまひける」間に男が死を持ち出したことになり、それは歌の中であったとは限らない。いずれにせよ、第二・三句も冒頭歌と類似しながら、[32] 伊尹の歌に対して答えている女の歌にも転用できそうな歌である。

『本院侍従集』の9番では、冒頭歌と同じ意味合いの歌を、伊尹の弟兼通をモデルとする男が本院侍従に詠み贈っている。

　身を捨てて露のみともにきえぬとも哀とふべき人のなきかな

(a)～(d)すべてにおいて類似性のある要素をもつ歌である。(a)は8番までの状況からすると(a1)になる。ただ、歌語「露」を詠み込んでいる点は相違する。

伊尹の親兄弟の家集の歌が続いたので、伊尹の弟高光の出家をめぐる哀話『多武峯少将物語』の1番の高光の北の方の歌も見ておきたい。

　あはれともおもはぬやまにきみしいらばふもとのくさのつゆとけぬべし[33]

冒頭歌と男女の立場が入れ替わっているが、(d)に加えて(c)の要素が見て取れる。また、(d)については草の露を詠み込んで比喩的に表現している点は冒頭歌とは異なる。

ちなみに師輔の兄実頼の『清慎公集』47番も、[34] (d)の要素はないが男が女に思われない歌となっている。

　　女に

　あはれとも思ふや君は年をへてつらきをしひて頼む我をば

5　下句「みのいたづらになりぬべきかな」

下句では「みのいたづらになり」が焦点となるが、それに準ずる表現、例えば「みはいたづらになる」等もともに見ていく（以下、「み・いたづら」表現と呼ぶ）。そうすると、「いたづら」は「あはれ」同様色々な意味合いをもつのであるが、「み・いたづら」表現ではほとんど死を意味するのである。(35) 従って、「み・いたづら」表現を含む歌で恋の歌は、自ずと(d)との類似した要素をもつものとなる。(36)

そういう歌を古いものから順次見てゆくと、本節4で検討した類似歌同様『万葉集』には見当たらず、古今時代になってから現れる。ただしこちらの方は『古今集』の第一期にある巻十一・恋一・544番（『古今六帖』第六・「虫・夏むし」・3984番）が最も古いと思われる。

（題しらず）　（読人しらず）

夏虫の身をいたづらになすこともひとつ思ひによりてなりけり

「思ひ」に「火」を掛けて夏虫に託して死ぬほどの恋心をうたった古今らしい歌である。この歌が後世に与えた影響は大きく、早く九一二〈延喜十二〉年乃至九一三年の夏に行われた『陽成院歌合』は「なつむしのこひ」を題とする一題一〇番の歌合であるが、その題はこの歌を典拠にすると言われる。(37) そして、冒頭歌は『信明集』64番とともに、同歌合の1番（一番左）と4番（二番右）からの影響を受けているとの指摘が『信明集注釈』(38) にあるので、1・4番と『信明集』64番をその返歌にあたる65番とともに挙げておく。

『陽成院歌合』1・4番

1　いたづらにみはなるてへどなつむしのおもひはえこそはなれざりけれ

4　こひすとてみはいたづらにならばなれわれなつむしになりやしなまし

『信明集』64 65番

をとこ

64　人やりにあらぬことにもあらなくに身もいたづらに成りぬべきかな

返し

65　身を捨てて思ふと見しはいたづらに成るべき事にかこたれもせん(39)

『信明集』の贈答は49番から始まる中務との贈答歌群の中にあり(40)、49 50番の内容から「かつて信明と中務は文のやりとりをする仲だったが、何らかの事情があってそれが途絶えたらし」（『信明集注釈』）い状況が想定されている。従って、49 50番に至るまでの状況は、(a2)、それも手紙が貰えないという冒頭歌の正味の(a2)との類似性がある。しかし、49 50番から二人の贈答が再開するので、64 65番の状況では(a2)との類似性は消えている。ちなみに、「はじめてのつとめて」の贈答が92番（中務歌）93番（信明歌）にある。また、冒頭歌も『信明集』の歌も、夏虫を詠み込んでいるわけでなく、技巧も見られない歌となっている(41)。

その他の歌集からも恋の歌で「み・いたづら」表現を含む歌を挙げておく。『古今六帖』の例は「ひなどり」を詠んだ歌であるが、恋の歌に準じて捉えてよかろう。

『古今六帖』第六・「鳥・ひなどり」・4340番

春の野にあさなくひなのつまこふと身をいたづらになりにけるかな

『躬恒集』33番

ひらのやま

かくてのみわがおもふひらのやまざらば身はいたづらになりぬべらなり

『元真集』237番
　こひわびてみのいたづらになりぬともわするなわれによりてとならば
　さて、「み・いたづら」表現を含む歌を伊尹とだいたい同時代までに限って歌集から拾ってくると、恋の歌では実は以上の例と本節4でみた『九条右大臣集』3番ぐらいしか見当たらなかった。すると、冒頭歌の下句は和歌では珍しい部類に属すると言えそうである。そんななかで伊尹が下句を詠み込んだのは、先に触れた『陽成院歌合』の影響を受けてのことにやはりなりそうである。そしてそのさらに源流には『古今集』544番があるのである。それはそれで間違いないと思うが、影響と言えばもう一つ、物語にまで視野を拡げると、『竹取物語』の一節からの影響も受けているのではないかと気に掛かるのである。蓬萊の玉の枝を取ってくるように言われたくらもちの皇子が鍛冶匠に仕立てさせた偽物を持ち、あたかも蓬萊から命辛々取って来たやに言ってかぐや姫の許を訪れた場面で、問題は左の引用の直線部の皇子の歌に加えて波線部のかぐや姫の反応である。

　御子のたまはく、「命をすてゝ、かの玉の枝持ちてきたる、とて、かぐや姫に見せたてまつり給へ」と言へば、翁持ちて入りたり。この玉の枝に文ぞつきたりける。
　　いたづらに身はなしつとも玉の枝を手おらでたゞに歸らざらまし
これをあはれとも見でをるに、竹取の翁はしり入りていはく、「この御子に申(し)給ひし蓬萊の玉の枝を、ひとつの所誤たずもておはしませり。なにをもちてとかく申(す)べき。旅の御姿ながら、わが御家へも寄り給はずしておはしたり。はやこの皇子にあひ仕ふまつり給へ」と言ふに、物も言はで、頬杖をつきて、いみじうなげかしげに思ひたり。
（直線・波線は引用者）

　今は最古の写本天正二十年本を引きたくて、同本を底本とする日本古典文学大系9『竹取物語伊勢物語大和物語』(42)を引用したので、波線部のかぐや姫の反応は「あはれとも見で」となっている。「日本古典文学大系」と同様に本文をたてる注釈書も多く、特に最近はその傾向が強い。だが、ここを「あはれとも見て」ととる注釈書も少なくない[43]。どちらがよいか微妙な問題なのでここで論ずる余裕はないが、伊尹が『竹取物語』を読んだとしたら、ここを「見て」と解したとしてもおかしくはない。そして、冒頭歌が『竹取物語』のこの部分を踏まえているとしたら、次のように解せはしまいか。

「いたづらに身はなしつとも」と言って命をかけたくらもちの皇子の歌にかぐや姫は「あはれ」と感じ入ったが、一方私は、「あはれ」と言ってくれる人も思いつかないまま「身をいたづらに」してしまうことよ。

すると、難解と言われる女の返歌（2番）も、

かぐや姫が偽物だと知らなかったように偽物の愛だとは知らなかったならば「あはれ」とも言うかも知れません。しかし、あなたの愛情は偽りのものだと分かり切っているので、誰が「あはれ」などと言うことがありましょうか。

と解せるのではないか。

なお「とよかげ」の部I段にはとよかげの若い頃の情熱的な恋が描かれているわけだが、相手の女は「とよかげにことならぬ女なりけれど」と紹介されている（本節3の引用参照）。そこにも、「相手がかぐや姫ならいざ知らず、……」という意味合いが込められているのではなかろうか。

伊尹がどのような本文で『竹取物語』を享受したかも分からないまま、敢えて臆説を掲げてみた[44]。

6　初句「あはれ」と下句のまとめ及び冒頭歌が冒頭にある意味

冒頭歌の類似歌を探ってみて分かったのは、「あはれ」に注目しても「み・いたづら」表現に注目しても、類似

歌は『万葉集』にはなく、古今時代になってから現れることであった。そのような歌の源流は、「あはれ」に着目すると忠岑歌（『古今集』602番）あたりにあるようだ。一方、「み・いたづら」表現に着目するならば、『古今集』544番あたりにあるらしいが、それを享受した『陽成院歌合』の影響力も無視できない。また、「あはれ」に注目すると類似歌は多く挙げられるが、「み・いたづら」表現に注目して得られる類似歌は少ないことも分かった。こういうところからそれぞれ発した流れを受けて冒頭歌は詠まれたのである。

また、技巧の問題をみると、冒頭歌の類似歌で同様に技巧等が見られない例が、承空本『貫之集』をはじめ『拾遺集』686番、『順集』240番、『信明集』64番などにもあるのが分かった。とすれば、冒頭歌の技巧のなさを強調し過ぎるのは適当でないようにも思える。しかし一方で、冒頭歌の源流とも思える『古今集』602番も同544番も、ともに古今歌らしい歌であった。以後の歌を見ても、『拾遺集』653番、『本院侍従集』9番、『多武峯少将物語』1番など、それぞれに技巧が凝らされていた。『躬恒集』33番は近江の比良の山を詠み込んだ物名歌である。また、『竹取物語』のくらもちの皇子の歌も、「身」は「実」との掛詞で「枝」の縁語になっている。言うまでもないが、冒頭歌の類似歌であっても、技巧を凝らそうと思えばできたはずである。伊尹がそのような歌を多数詠んでいたのも、本節2で確認しておいた。

以上で検討した内容を総合して、冒頭歌が「とよかげ」の部の冒頭に置かれた意義を考えてみたい。それには従来指摘のある通り、やはり2番歌後書部分にある草子地との関連で考えなくてはならないと思う。例えば、『一条摂政御集注釈』は次のように言う。

主人公の若き時代を賛美し、「いまやうのわかい人」の態度に不足を感ずるということの情緒構造は、「昔人は、かくいちはやきみやびをなむしける」という伊勢物語初段の発想や、「昔の若人は、さるすける物思ひをなむしける。今の翁、まさにしなむや」という伊勢物語四十段の発想と軌を一にする。しかし、伊勢物語初段の昔

> 人をほめる規準が、「いちはやきみやび」をした点にあったのに対し、こちらは、「上ずめく」態度などを捨てて、どこまでも相手をえようとする熱意と行動が賛美の規準になっている点に相違が認められる。伊勢物語四十段は、召使いという低い身分の女に思いをかけ、男は親に反対され、一旦恋死にをし、のち、親の願によって生きかえるという、伊勢物語の中では、珍らしく男より女の身分が下という話であるが、一旦は恋死にをする程の「すける物思ひ」をしたという点で、「あはれとも」の歌が、恋のために「みのいたづらに」なることをいう点も思いあわされ、見栄も命も捨てた恋という点で、発想上初段よりも一層この物語に近い。
>
> （波線は引用者）

特に波線部に注目したいのだが、このようなとよかげの姿勢が「賛美」されているとしたら、(45)冒頭歌に技巧等がないのも当然ではないか。とよかげは、「「上ずめく」態度などを捨てて」、「見栄も命も捨てた恋」の歌を贈ったのだから、技巧の盛り込まれた歌よりも素直な詠み振りの歌の方がここでは相応しいであろう。(46)そして忘れてならないのは、技巧がないために冒頭歌が歌として全くなっていないかというとそうではなく、若者の情熱が素直に伝わるという意味では少なくともそれなりの歌にはなっている点である。(47)なぜなら、本節4で検討したように、冒頭歌は『古今集』602番と544番あたりを源流とする流れの中で生まれたのであるから、それも当然であるのである。そして、『拾遺抄』に採られたことなどを持ち出すとすればここだと思うのであるが、後になって『拾遺抄』にも採られ、『八代集秀逸』でも評価された程の歌なのだから、当時高い評価が得られなかったとしても、率直な歌としては形をなしているとは言えよう。そんな歌によって女から初めて返歌を得られたことを描こうとするのがⅠ段の意図ではないだろうか。(48)

また、冒頭歌が詠まれたのは、実際伊尹のかなり若い頃のことではなかったかとも思えてくる。「とよかげ」の部にある八段に描かれている事柄のモデルとなった出来事が、Ⅰ～Ⅷの順序通りに起こった保証は全くない。それよりも、「とよかげ」の部の作為性を勘案すれば、順序も適当に入れ替えられている可能性の方が高いと言えよう。しかし、冒頭歌の技巧のない素直な詠み振りからすると、「わかゝりけるとき、女のもとにいひやりけることゞもをかきあつめ」（序文）た「とよかげ」の部の歌の中でも、最も若い頃に詠まれた歌とみられるのではないか。あるいは、今も指摘したように順序が入れ替えられているとすれば、最も若い頃に詠んだ歌として相応しい歌として「とよかげ」の部の冒頭に据えられたのかも知れない。いずれにせよ、とよかげの恋の始発を飾る歌として相応しいものと判断されたのであろう。それがⅡ段以降になると、当時の流行にのった歌をとよかげも創るようになってくるのである。

さて、問題を冒頭歌が伊尹の時代にも評価されたか、あるいは伊尹自身も自信をもっていた歌かという問題に移すと、以上の検討からすると、はっきり言って、そのようなことはもはや大きな問題ではなくなると思う。少なくとも「とよかげ」の部を読むにあたっては。冒頭歌は当時の流行にのった歌ではない。しかし、そんな詠み振りから作歌に慣れていないとよかげの若かりし頃の姿、「上ずめく」ことのない見栄も捨てた恋に邁進する姿が髣髴としてくるという点が確認できれば十分だと思う。そしてそのようなとよかげの姿を描くのがⅠ段の狙いだったのである。[49]

注

（1）「一條攝政御集の研究」（『文学』3巻6号・一九三五年六月）。
（2）一九九九年一一月・角川書店。
（3）「一条摂政謙徳公の歌一首あはれともいふべき人は思ほえで身のいたづらになりぬべきかな」（『叙説』12・一九八六年三月）。
（4）例えば、近刊のものでは、島津忠夫著作集第八巻『和歌史下』（二〇〇五年一二月・和泉書院）の「第一章『百人一首』論考　四『百人一首』の性格　(1)定家の撰歌意識を中心に」等。

（5）例えば、菊地靖彦氏が『貫之集／躬恒集／友則集／忠岑集』（一九九七年一二月・明治書院）「解説」で次のように述べている。

（「はるたつと……」歌が、『拾遺集』の）巻頭歌に位置されていることは注目に価する。『拾遺集』は『古今集』的表現のきらきらしさを削いで、情趣的に落ち着いた表現を求める傾向になる。そうした趨勢の中で忠岑的なものが、評価し直されていったらしい。幽玄を求める藤原公任は忠岑を高く評価し、『和歌九品』では『拾遺集』の巻頭歌を「上品の上」の例歌とする。（括弧内引用者補）

（6）「一條摂政御集について」（『国語国文』34巻12号・一九六五年一二月。後、『古今和歌集以後』〈二〇〇〇年一〇月・笠間書院〉に所収）。『一条摂政御集注釈』「解題」でも再論。

（7）(2)と(3)に関連しては、「口語の使用、非歌語の使用は、会話を和歌ですること、すなわち、会話を「和歌らしく」することであるのだから、「和歌らしく」見せるために既成の歌語を一方で頻用することは矛盾ではなく、むしろ当然の現象なのである」とも述べている。

（8）「『一条摂政御集』研究―藤原伊尹の和歌―」（北海道教育大学札幌分校国文学第二研究室『国文学研究叢書7和歌と説話文学篇Ⅱ』一九九一年五月）。遠藤氏の見解には後にも言及するが、すべて同論文により、その際は注を付けない。

（9）A部・B部に関しては第一節参照。

（10）松原一義氏は『多武峯少将物語校本と注解』（一九九一年二月・桜楓社）で、「ある少将」は伊尹の弟高光であるという説を示している。目加田さくを氏も『源重之集・子の僧の集・重之女集全釈』（一九八八年九月・風間書房）で「ある少将」に関し、「右少将藤高光出家、応和元年961か。」とする。一方、目崎徳衛氏は「源重之について―摂関期における一王族の生活と意識」（『歴史地理』89巻3号・一九六〇年一月。後、『平安文化史論』〈一九六八年一一月・桜楓社〉に所収）で、「ある少将」は藤原重家のことと推測する。

（11）藤岡忠美・片山剛氏著、一九九七年九月・貴重本刊行会。

(12)『うつほ物語』の引用は、『うつほ物語全改訂版』(室城秀之氏著、二〇〇一年一〇月・おうふう)による。

(13)「『古今集』には」は、「『古今集』恋部には」の誤りか。巻十三・恋三・653番、巻十五・恋五・748番の他、巻四・秋上・242番、同243番、巻十九・雑体・1006番(長歌)にも見られる。

(14)注(6)及び、「後撰和歌集の本性」(『国語国文』25巻5号・一九五六年五月)、「後撰和歌集表現考」(『女子大国文』16・一九六四年一一月)参照。ともに、後、『古今和歌集以後』(注(6)参照)に所収。

(15)この後すぐ本節3で確認するように、冒頭歌の詠歌事情は曖昧であるが、『拾遺抄』巻八・恋下・343番では、「ものいひ侍りけるをんなののちにつれなく成りてさらにあひ侍らざりければ」という詞書で採られている。『拾遺集』巻十五・恋五・950番の詞書も大同小異である。これだと、本節3で(a2)とした方の状況、それも、「冒頭歌の状況をもう少し広く捉えて」とした方の(a2)の状況になる。

(16)巻十九・誹諧

(題しらず)　　　　　　　　　　よみ人しらず

なにをして身のいたづらにおいぬらむ年のおもはむ事ぞやさしき

なお、この歌は本節5で詳細に検討する「み・いたづら」表現にはあたらないし、意味も違うので、冒頭歌に与えた影響はないであろう。

(17)この問題に関する私見は、第一節2で述べた。

(18)例えば『百首要解』(百人一首注釈書叢刊19『百首異見・百首要解』〈大坪利絹氏編、一九九九年一〇月・和泉書院〉)に、「わか恋死ぬを、あはれともいふへき人ハ、その女なるを、今ハつれなくあふ事もなけれハ、われ死ぬともなにともおもほえてあるへし」とある。

(19)第三句「おもほえで」は伊尹の頃までは用例の少ない句で、『古今集』には巻七・賀・351番に一首だけある(『興風集』14番)。

さだやすのみこのきさいの宮の五十の賀たてまつりける御屏風に、さくらの花のちるしたに人の花見たるかたか

ふぢはらのおきかぜ

けるをよめる

いたづらにすぐす月日はおもほえで花見てくらす春ぞすくなき

用例の少ない中で『古今集』に一首だけ、しかも有力歌人興風の用例があるので、影響を考えなくてはならないかも知れない。しかし、この歌の第三句は、意識されないでというぐらいの意で、冒頭歌の、存在すると思えないという意とは相違する。恋の歌でもないし、影響があるとしても取り立てるべきほどのものか微妙である。ちなみに、『興風集』では第三句「おほかれど」であり、『古今集』諸本でもそのようになっている本もある（『古今和歌集成立論資料編』〈久曾神昇氏著、上―一九六〇年三月、中―同九月、下―同一二月・風間書房〉による）。なお、『古今集』351番とは「いたづらに」も共通しているが、こちらは位置も意味も相違する。また、「おもほえず」の形だと、意味的に類似するものが『古今集』巻十八・雑下・975番にある（詞書・作者名欠）。

今更にとふべき人もおもほえずやへむぐらしてかどさせりてへ

(20)『歌ことば歌枕大辞典』（久保田淳・馬場あき子氏編、一九九九年五月・角川書店）の「あはれ」の項（渡部泰明氏執筆）の冒頭を引くと「心の底からの感動を表す言葉。感動詞・名詞・形容動詞として用いられる。」と説明されているように、「あはれ」は様々な品詞に用いられるが、品詞の違いには拘らない。

(21)「かわいそう」の意になりそうなものは巻四・相聞・764番（旧761番）にも見られる。対となっている763番（旧760番）とともに挙げておく。

大伴坂上郎女従二竹田庄一贈二賜女子大嬢一歌二首

763　打渡《ウチワタス》　竹田《タケタ》之《ノ》原尓《ハラニ》　鳴鶴之《ナクタヅノ》　間《マ》無時無《ナクトキナシ》　吾恋良《ワガコフラ》久《ク》波《ハ》

うちわたす　たけたのはらに　なくたづの　まなくときなし　あがこふらくは

764　早河《ハヤカハノ》之《(ガ)》　湍《セ》尓《ニ》居鳥之《キルトリノ》　縁乎《ヨシヲ》奈《ナ》弥《ミ》　念《オモヒテ》而有師《アリシ》　吾児《ワガコ》羽《ハ》裳《モ》何怜《アハレ》

はやかはの　せにゐるとりの　よしをなみ　おもひてありし　あがこはもあはれ

764番だけを見ると母が娘を普通に思っている歌にみえるが、763番と合わせ詠むと、伊藤博氏が『萬葉集釋注二（巻第三 巻第四）』（一九九六年二月・集英社）で言う通り、「子を案じる心を恋歌の形に託している」（傍点は引用者）歌と分かる。ただし、同じく伊藤氏が「竹田の庄の実景を序に持ちこみながら、（略）娘の姿や心に思いを馳せて悲しんでいる」と言うように、「あはれ」には「かわいそう」などの訳があたるであろう。

(22) 第一期の巻十七・雑上・867番（『古今六帖』第五・「色・むらさき」・3500番）の有名な歌も、男が女を恋しく思っている歌らしい。

（題しらず）　　　　　　　　　　　　（よみ人しらず）

紫のひともとゆゑにむさしのの草はみながらあはれとぞ見る

ただしこの歌はおそらく男の歌（乃至は男の立場での歌）であろうと思われる程度で断定はできない。また、相手だけでなくその縁者皆が恋しいというもので、『古今集』でも雑上に収録されていて普通の恋歌とは異なる。また、同じく雑上の873番（『新撰和歌』第四・恋雑・349番、『古今六帖』第五・「服飾・たま」・3187番）も純粋に恋の歌ではないが、一応男が女を思っている歌として挙げておく。

五せちのあしたにかむざしのたまのおちたりけるを見て、たがならむととぶらひてよめる

河原の左のおほいまうちぎみ

ぬしやたれとへどしら玉いはなくにさらばなべてやあはれとおもはむ

(23) 男が女を思う典型的な例として『篁集』17番の篁歌も挙げられる。

あはれとは君ばかりをぞおもふらむやるかたもなき心とをしれ

しかし『篁集』の成立を考えると、これは篁の真作と認められないであろうし、創られた時期も平安中期まで下ると思われる。

(24) 『古今集』第二期に近い頃の歌としては『寛平御集』22番（『続後撰集』巻十三・恋三・852番）がある。

監命婦のまゐらせける

あはれてふひともやあるとむさしののくさとだにこそおふべかりけれ

このまま解すると、『古今集』867番（注(22)参照）を本歌としながら、(b)(c)などの特徴を備えた男女の立場が入れ

替わった歌であるようだ。しかし、この歌には『大和物語』第三十二段に「右京の大夫」（源宗于）が「亭子の帝」（宇多天皇）に贈った歌となっている異伝があり、そちらの方が話として整っているなど、監命婦が宇多天皇に贈った歌とみるには問題が多い。『大和物語』では恋の歌ではないので、ここでは考察の対象から外しておく。詳しくは柿本奨氏『大和物語の注釈と研究』（一九八一年二月・武蔵野書院）参照。

(25)　冷泉家時雨亭叢書第六十九巻『承空本私家集上』（二〇〇二年八月・朝日新聞社）による。なお、□は虫食いであるが、『万代集』・『玉葉集』の本文では「をば」となっている。

(26)　この歌は『新編国歌大観第三巻』（底本・陽明文庫本）第五・恋・678番（『古今六帖』第四・「恋・ざふの思」・2144番）では次のようになっている。

あひみずてわが恋ひしなん命をもさすがに人やつらしと思はん

この形では「あはれ」が出てこないが、発想的には相違はないと思う。

(27)　『小町集』91番（『続後撰集』巻十八・雑下・1228番、『万代集』巻十八・雑五・3504番）は他人詠が後補された部分にあるのだが、『古今集』857番と同発想の歌と言えるので、参考のために挙げておく。

はかなくて雲と成りぬる物ならばかすまん空をあはれとはみよ

(28)　注（3）沼田論文の他、池田和臣氏「引用表現と構造連関をめぐって―第三部の表現構造―」（『源氏物語の探究第七輯』〈風間書房・一九八二年八月〉。後、『源氏物語表現構造と水脈』〈二〇〇一年四月・武蔵野書院〉に所収）、鈴木日出男氏「物語と和歌―物語歌、引歌―」（『国文学解釈と教材の研究』32巻5号・一九八七年四月・学燈社。後、『源氏物語』の和歌的方法」として『古代和歌史論』〈一九九〇年一〇月・東京大学出版会〉に所収）、鈴木宏子氏「柏木の物語と引歌」（『国語と国文学』69巻6号・一九九二年六月。後、『古今和歌集表現論』〈二〇〇〇年一二月・笠間書院〉に所収）、高田祐彦氏「「あはれ」の相関関係をめぐって―『古今』『竹取』から『源氏』へ―」（『国語と国文学』73巻11号・一九九六年一一月。後、「古今・竹取から源氏物語へ―「あはれ」の相関関係―」として『源氏物語の文学史』〈二〇〇三年九月・東京大学出版会〉に所収）参照。

(29)　一九九〇年一月・岩波書店。

(30) 下句を「またで消えなん露のかなしさ」とする『玉葉和歌集全注釈中巻』(岩佐美代子氏著、一九九六年六月・笠間書院)の通釈を参考にした。

(31) ここで示した解釈は『師輔集清慎公集注釈』(木船重昭氏著、一九九〇年五月・大学堂書店)と大筋同じである。一方、出光美術館所蔵本を底本に「ゆきかへり身はいたづらになりぬれどいのちにかへよあはれとおもはむ」と本文をたてる『小野宮殿実頼集・九条殿師輔集全釈』(片桐洋一氏他著、二〇〇二年一二月・風間書房)は、「手紙のやりとりだけをしているだけで、私は死んでしまいそうになりましたが、あなたは命と引きかえてでも逢いに来て下さい。そうすれば(あなたのお気持ちを)身にしみて感じられるでしょう。」(括弧内原文)と訳している。これなら死にそうだと言っているのは女の方になる。

(32) 冒頭歌は、ここで検討している「あはれ」を含む歌の流れと本節5で検討する「み・いたづら」表現を含む歌の流れの両方を受けた形になっている。その点、『九条右大臣集』3番の第二・三句も「み・いたづら」表現で死を意味していて、冒頭歌同様両方の流れを受けた歌と言える。ところが、この『九条右大臣集』3番以外、他に同様の例はなかった。女の歌ではあるが、唯一の類似例が伊尹の父師輔の家集にあるのは非常に興味深い。しかし、本文に揺れがあり詞書の解釈も難かしく、これ以上の詳しい検討は他日を期す。

(33) 『多武峯少将物語』の引用は、『多武峯少将物語校本と注解』(注(10)参照)による。

(34) 『小野宮殿集』(冷泉家時雨亭叢書第十九巻『平安私家集六』〈一九九九年二月・朝日新聞社〉)八オにも。

(35) ちなみに、『日本国語大辞典第二版①』(二〇〇〇年一二月・小学館)では「いたずらになす」で「② (多く「身をいたずらになす」の形で用いる) 死なせる。または、生きていても仕方がないような状態に陥らせる。破滅させる。」として、後で引用する『古今集』544番などを用例として挙げている。一方、死を意味しない「み・いたづら」表現としては、『大和物語』第二十一段の「監の命婦」の歌(『続古今集』巻十二・恋二・1126番、『万代集』巻十一・恋三・2265番)があった。自分が年老いても見捨てないで欲しいと「良少将」に訴えかける歌である。なお、『大和物語』の引用は、新編日本古典文学全集12『竹取物語伊勢物語大和物語平中物語』(『大和物語』は高橋正治氏担当、一九九四年一二月・小学館)による。

柏木のもりの下草老いぬとも身をいたづらになさずもあらなむ

また参考までに、「身」を詠み込まず死を意味するものでもない「いたづらになる」の初出は『古今集』巻十九・雑体・1001番と思われる。冒頭歌との類似性乃至影響関係はほとんどうかがえない歌ではあるが、「あはれ」も含まれているので掲げておく。

題しらず　　　　　　　　　　　　　　　よみ人しらず

あふことの　まれなるいろに　おもひそめ　わが身はつねに　あまぐもの　はるる時なく　ふじのねの　もえつつとはに　おもへども　あふことかたし　なにしかも　人をうらみむ　わたつみの　おきをふかめて　おもひてし　おもひはいまは　いたづらに　なりぬべらなり　ゆく水の　たゆる時なく　かくなわに　おもひみだれて　ふるゆきの　けなばけぬべく　おもへども　えぶの身なれば　なほやまず　おもひはふかし　あしひきの　山した水の　こがくれて　たぎつ心を　たれにかも　あひかたらはむ　いろにいでば　人しりぬべみ　すみぞめの　ゆふべになれば　ひとりゐて　あはれあはれと　なげきあまり　せむすべなみに　にはにいでて　たちやすらへば　しろたへの　衣のそでに　おくつゆの　けなばけぬべく　おもへども　なほなげかれぬ　はるがすみ　よそにも人に　あはむとおもへば

(36)　恋の歌以外では、『斎宮女御集』178番がある。

おなじ内侍、とりのこをかがみのはこのふたにいれて、はこどりとなむいふときこえたる、かしこければかへし

つかはすとて

はこどりの身をいたづらになしはててあかずかなしき物をこそ思へ

傍線部は『新編国歌大観第三巻』と同じく西本願寺本を底本とする『私家集大成第一巻中古Ⅰ』（一九七三年一一月・明治書院）「斎宮女御Ⅱ」では「たるかしに」と翻刻されている。『西本願寺本三十六人家集五』（一九七一年五月・墨水書房）で確認したところ、『新編国歌大観』の翻刻の方が正しいようだ。だが、歌意を考慮すると元の形は『私家集大成』の翻刻と同じで、漢字・読点・濁点を付けると「たるが、死に」という意味ではなかったかと考える。

なお、『古筆学大成第十八巻』（小松茂美氏著、一九九一年五月・講談社）を見たが、小島切では明らかに「たるかしに」である。また、『後撰集』巻十五・雑一・1124番は恋の歌ではなくしかも死を意味しない例である。その贈歌の1123番とともに挙げておく。

小野好古朝臣、にしのくにのうてのつかひにまかりて二年といふとし、四位にはかならずまかりなるべかりけるを、さもあらずなりにければ、かかる事にしもさされにける事のやすからぬよしをうれへおくりて侍りけるふみの、返事のうらにかきつけてつかはしける　源公忠朝臣

1123　玉匣ふたとせあはぬ君がみをあけながらやはあらむと思ひし

返し　小野好古朝臣

1124　あけながら年ふることは玉匣身のいたづらになればなりけり

(37)　藤岡忠美氏執筆『新編国歌大観第五巻』（一九八七年四月・角川書店）「解題」参照。なお、『平安朝歌合大成増補新訂第一巻』（萩谷朴氏著、一九九五年五月・同朋舎出版）の同歌合の「史的評価」の項では、「古今集巻十一読人しらずの「夏虫の身を徒らになすことも一つ思ひによりてなりけり」」が歌2・8・16の用語に一致するところがありという指摘にとどまっている。2・8・16番を掲げておく。

2　みをすててひとつおもひにこがれたるこころぞなつのむしにまされる

8　たれによりひとつおもひにみをすててことしもなつのむしとなりしぞ

16　ただひとつおもひをだにもなつむしのいのちをすててたのむなるかな

(38)　平野由紀子氏著、二〇〇三年五月・貴重本刊行会。『信明集注釈』の見解には後にも言及するが、その際は注を付けない。

(39)　『信明集注釈』の次の説明のように、65番の「いたづらに成る」は死を意味するものではない。

贈歌は、死んでしまいそうだと切なさを訴える時「身もいたづらになりぬべきかな」と言った。これに対し、返

歌は「いたづらに成るべき事」と意味をわざとずらし、「無益に終わる事」と二人の恋の行末の破綻の意とした。さらに、贈歌が「人やり」ではなく「われから」の恋と表明しているのに、返歌は、「かこたれもせん」と、責められる側に立つ形とした。このように巧みに女の返歌においては、男の贈歌の意図をそらすのである。

(40) 資経本『中務集』(四四ウ・四五オ)(冷泉家時雨亭叢書第六十六巻『資経本私家集二』〈二〇〇一年六月・朝日新聞社〉)にも小異をもって載っている。

おとこ

人やりにおもふことにもあらなくに身もいたつらになりぬへきかな

かへし

み□□□ゝやみぬとみはやいたつらになり□□□□そたれもおしまん

(41) ちなみに、資経本『源信明集』(冷泉家時雨亭叢書第六十六巻『資経本私家集二』〈注(40)参照〉)は同贈答の前に冒頭歌を載せている(一一オ)。これについては、「(64番の)下の句が一条摂政の「あはれとも」の歌の下句〈引用省略〉と酷似するので、参考として一条摂政の歌を後人が上欄に注記しておいたものが、転写間に本行化したのであろう。」(樋口芳麻呂氏執筆、冷泉家時雨亭叢書第六十六巻『資経本私家集二』「解題」、括弧内引用者補)と思われる。

(42)『竹取物語』は阪倉篤義氏担当、一九五七年一〇月・岩波書店。

(43) 例えば、同じく天正二十年本を底本とする鑑賞日本古典文学第6巻『竹取物語・宇津保物語』(三谷栄一氏著、一九七五年六月・角川書店)では波線部が「これをあはれとも見て居《を》るに」とされている。

(44) 物語と言えば、『伊勢物語』第二十四段末尾との類似性が『百人一首うひまなび』・『百人一首倉山抄』頭書・『百人一首改観抄』等に指摘されている。なお、『伊勢物語』の引用は、新編日本古典文学全集12『竹取物語伊勢物語大和物語平中物語』(『伊勢物語』は福井貞助氏担当、注(35)参照)による。

あひ思はで離れぬる人をとどめかねわが身は今ぞ消えはてぬめる

と書きて、そこにいたづらになりにけり。

(45) 古く、丸岡誠一氏が「一条摂政御集成立私見」(『東洋大学文学論藻』11・一九五八年五月)で、

伊尹には、「いまやうのわかい人《(ママ)》に対立する「はやうの人」としての自己を主張し、「はやうの人」である自己を「とよかげ」に仮託しながら客観化し、形象化する意識があったと考えられる。これが「とよかげ」を編纂させた必然的要因の一ではないであろうか。伊尹にとって、「はやうの人」の自覚は、単なる字義通りではなく、好色者の振舞いをした青年期は、業平・元良親王《(ママ)》平中に至る好色者《すきもの》の伝統の継承ということに連なるものであったろうと思う。

と述べているのは示唆に富む。

(46) 難波喜造氏が「豊蔭の主題」(『日本文学』10巻10号・一九六一年一一月)で次のように述べているのも示唆に富む。

最初の一首は〈小倉百人一首〉に入っており、消え入らんばかりの切々たる慕情を歌った秀歌として、人口に膾炙しているが、この詞書で見ると、決して弱々しい心情の表白ではなく、「負けじと思ひて」女のもとに贈られたものであり、これこそ「上衆めきてやみなん」ものと対照的な「早うの人はかうやうにぞあるべき」と誇らしげにのべられている下衆めいたふるまいにほかならないのである。

(1)の歌(引用者注—私に言う冒頭歌)では、詞書のいかんにかかわらず、歌そのものの示している心情は、弱々しい絶え入るようなかなしい慕情であることに違いはない。しかし、この詞書が示していることは、そのかなしい慕情がそのまま作者の気持のすべてではないということである。伊尹の心情のなかには、この歌を滲み出させたかなしいまでの愛情と、何くそと気負い立ち、相手をなびかせずにはおかぬ強い意欲とが併存していた事は認めざるをえない。その強烈な意欲があってこそ始めて、「からうじてこたみ」は得た返事に、みずからの下衆ぶりの成功を誇り、「早うの人はかうやうにぞありける。」と高らかに「今やうの若い人」にむかって宣しうるのである。

ともあれ冒頭のこの贈答は、伊尹が意識的に巻頭にすえて、下衆めいた精神を誇りかに謳歌したものと考えられるのであり、〈豊蔭〉(引用者注—私に言う「とよかげ」の部)の主題をもっとも端的に形象化したものといっても過言ではあるまい。

なお、難波氏は、1～7番を一章段（同一の女を相手とする）とみているが、従えない。「とよかげ」の部の章段分けについては、第一節2参照。

(47)　私はここで、大伴家持の残されている中で最も若い時の歌が左の歌（『万葉集』巻六・999番〈旧994番〉）であったことを思い起こすのである。

大伴宿祢家持初月歌一首

振仰而《フリサケテ》　若月見者《ミカヅキミレバ》　一目見之《ヒトメミシ》　人乃眉引《ヒトノマヨビキ》　所念可聞《オモホユルカモ》

ふりさけて　みかづきみれば　ひとめみし　ひとのまよびき　おもほゆるかも

(48)　『百人一首』についても言えば、こういう物語性をも含めて定家に評価された結果が、『百人一首』採録になったと言えるのである。

(49)　敢えて当時の評価に拘れば、評価は低かったのではないか。それが先にも指摘したように、II段以降では当時の評価にも値するような歌を詠むようになるのであるから、言わばI段は、歌の出来映えを度外視し、あるいは逆手に取り、とよかげの最も若かりし頃の情熱を描いているのかも知れない。そういう意味において、I段はII段以降の序章的段になっているとも言えよう。

ところで、山口博氏は、『王朝歌壇の研究村上冷泉円融朝篇』（一九六七年一〇月・桜楓社）「歌人兼家と蜻蛉日記」で、道綱母以上に兼家の歌人としての力量に注目し、兼家の作歌能力は正しく時代の流行にのったもの、というより、それより一歩も二歩も抜きん出たものであったとみている。即ち、

宮廷サロンで多数の女性を相手にしてきた場なれの様である。適当にユーモアを含み、タイムリーに相手の意に叶う歌をよみ、女性を飽きさせない、しかも心をかきたてて引っぱってゆく、そのような洗練された社交技術を兼家は備えており、そのような歌を作る。日常会話の歌の作者として、全く欠けた所のないすきまのない構えである。摂関家歌人として典型的人物といえるのである。

などと言う。そしてそんな「歌人兼家」が「物語のヒーローの座をわかんどほりから藤氏に奪った」のが『蜻蛉日記』上巻であると主張する。加えて、「とよかげ」の部、『蜻蛉日記』上巻、『本院侍従集』に関連して、

個別に把握するのは正しくないと思う。彼らの政治的地位といい、成立の時期といい、無関係である筈はない。彼らの意識に、物語のヒーローに自己を位置づける事による自己充足があったと考えられるのである。

と言う。さらに『蜻蛉日記』上巻の成立・流布は「とよかげ」の部に先行するとも考えている。とすれば、伊尹が『蜻蛉日記』上巻の兼家の歌人としての姿にまともに対抗しようとすれば、Ⅱ段以降の各段冒頭部にあるような歌が詠めることを示す必要があったであろう。そんな中で、Ⅰ段をまた冒頭歌を冒頭に置いたのには、とよかげ、つまり伊尹には時代の流行にのった作歌能力以外にも若い頃には何よりも恋に対する情熱があった、そんなことを歌の出来を度外視して示そうとした意図があった、そんな序章的段がⅠ段であるとするとより面白い。

なお、兼家の歌風に関しては、川村裕子氏も「蜻蛉日記上巻空白期間の意味」（『蜻蛉日記の表現と和歌』〈一九九八年五月・笠間書院〉。元、副題「章明親王との和歌贈答を中心として」を付して『立教大学日本文学』56・一九八六年七月に所収）の中で次のように結論する。

> 古今集・後撰集のなかで比較的広範囲に渡って諸作品に引歌として、あるいは影響歌として使用されている基本的な和歌を学んでいる点、後撰集拾遺集時代にかけての私家集等に散見する、やや新しい句をとり入れようとする姿勢が見える点、等である。好忠や道綱母自身のように奇抜な句を使用するのではなく、あくまでも心情の伝達を中心に置きつつも、そこに修得した和歌知識を盛り込む、といった詠風になっている。

第三節　歌語りから「とよかげ」の部へ

——他撰部の小野好古女関連歌を中心として——

1　はじめに

「とよかげ」の部では主人公の伊尹を「おほくらのしさうくらはしのとよかげ」（序文）なる卑官の人物に仮託しており、伊尹程の貴人を大蔵史生ごときに仮託できるのは本人以外にあり得ないとの理由から、「とよかげ」の部伊尹自作説が定説となっている。(1)比較的最近でも例えば曽根誠一氏(2)は、詞書・後書において趣向が凝らされていないⅥ・Ⅶ段の形、換言すると歌の詞書・後書ではなく歌の配列を最も重視した形こそが伊尹が本来目指していた歌物語の姿だとする、第一節で説いた私の説とは正反対の結論に達しているが、「とよかげ」の部伊尹自作説に従い、伊尹だけの意図を探究しての結論だと思われる。

かく言う私が第一節で展開した論も、基本的には伊尹自作説に則り、伊尹の創作意図を探ったものではある。確かに自身の姿をとよかげに置き換えたのは伊尹の発案であろうし、また、「とよかげ」の部を最終的に纏めたのも伊尹とみて間違いないと私も考え、第一節での説を出したのである。ところで今度は、最終的に伊尹によって纏め上げられるまでの過程に特に拘りたい。というのも実は、伊尹以外の人の創意・趣向なども、「とよかげ」の部の成立過程の最終段階までには加わっているのではないかと、考えているのである。具体的に言えば、「とよかげ」の部と他撰部における小野好古女関連の歌の特異なあり方をみると、小野好古家が「とよかげ」の部成立の過程で、ある種の役割を果たしたのではないかと想定できるのである。

2　「とよかげ」の部における趣向の偏りと他撰部における小野好古女関連歌の特異性

まずは「とよかげ」の部各段にどのような趣向が凝らされているか再確認するため、結果だけを表に纏めて示しておく。

【「とよかげ」の部各段の趣向】

部	段	歌番号	後書	『伊勢物語』を意識した言辞	登場人物の心境に言及	語り手の感想	第三者の活躍
A　部	Ⅰ	1・2	有	有	有	有	無
	Ⅱ	3〜7	有	有	有	有	有
	Ⅲ	8〜11	無	無	無	無	無
	Ⅳ	12〜20	有	無	有	無	有
	Ⅴ	21〜23	有	無	無	無	有
B　部	Ⅵ	24〜30	無	無	無	無	無
	Ⅶ	31〜40	無	無	無	無	無
	Ⅷ	41	有	無	無	無	無

一見して「有」がⅤ段迄に集中しているのが分かる。第一節ではそのことを問題にして論を展開したのだが、ここではⅤ段迄の中でも、特にⅡ段に多くの趣向があるのに注目したい。

Ⅱ段は第一節4で触れた通り、小野好古女との贈答を中心にして創られている。すると、好古家と伊尹との間には特に文学活動について、看過し難い関係が見て取れるのである。まず、第一章第三節及び第二章第一節3でそれぞれ説いたように、他撰部の詞書における助動詞「き」の使用の偏りをみると、好古家側で伊尹と好古女の歌語りが創られており、さらに、他撰部前半部の編纂に好古家の人物が関与した可能性が考えられる。さらに、『一条摂政御集』以外に目を転じても、第二章第一節3で指摘した、伊尹が父師輔の五十賀を行った時に好古が屏風歌を詠進した事実がある。

よって、好古と伊尹はかなり親しい間柄にあったのは確実であり、伊尹を取り巻く文学圏に好古家は取り込まれていたとも言ってよいと思う。これらを踏まえ、「とよかげ」の部でも好古女を相手としたⅡ段に特に趣向が多いことはどう考えればよいのだろうか。そこで、Ⅱ段の見直しから始める。

3　Ⅱ段成立における小野好古家の役割

Ⅱ段の全文は次の通りである。

みやづかへする人にやありけん。とよかげ「ものいはむ」とて、「しもにこよひはあれ」といひおきてくらすほどに、あめいみじうふりければ、そのことしりたりける人の「うへになめり」といひければ、とよかげ

3　をやみせぬなみだのあめにあまぐものゝぼらばいとゞわびしかるべし

「なさけなし」とやおもひけん。
おなじ女に、いかなるをりにかありけむ。

4　からころもそでに人めはつゝめどもこぼるゝものはなみだなりけり

女、かへし

5　つゝむべきそでだにきみはありけるをわれはなみだにながれはてにき

としをへて上ずめきける人のかういへりけるに、いかばかりあはれとおもひけん。これこそ、女はくちをしうもらうたくもありけれ。
をんなのおやきゝていとかしこういふときゝて、とよかげ、まだしきさまのふみをかきてやる。

6　ひとしれぬみはいそげどもとしをへてなどこえがたきあふさかのせき

これをおやに、このことしれる人のみせければ、おもひなほりてかへりごとかゝせけれ《り》。は、女にはらへをさへなむせさせける。

7　あづまぢにゆきかふ人にあらぬみのい《は》つかはこえんあふさかのせき

「心やましなにとしもへたまへ」とかゝす。女、かたはらいたかりけんかし。人のおやのあはれなることよ。

表に示した通り「とよかげ」の部でもⅡ段には特に様々な趣向が凝らされているのだが、ここでその趣向を、表に示したもの以外も含めて、具体的に確認しておきたい。

後書の存在や6番詞書に出る「をんなのおや」などの第三者が登場するのは明白である。その他では、3番後書で「なさけなし」ととよかげが思ったであろうかとされ、5番後書でもとよかげの心境に言及し、続いて「これこそ」云々と「女」に関する語り手としての感想が述べられている。また、7番詞書の中の「は丶、女にはらへをさへなむせさせける。」は、『伊勢物語』第六十五段の言辞を明らかに意識しており、加えてこの一文は7番歌の内容には直接関わらず、歌の詞書というよりも物語の地の文に似た様相を帯びている。最後の7番の後書でも「女」の心境が推しはかられ、「人のおや」に対する語り手としての感懐が示されているのみならず、心が「疚しな」と地名の「山科」の掛詞まで存在するのである。

さて、このように特別に手が込められているⅡ段が、他撰部前半部の編纂に関与したらしくも思われる好古家関連の歌をもとに創られているのは単なる偶然であろうか。そこが問題なのだが、この問題を考えるにあたり、Ⅱ段が実際に伊尹と好古女達との間に起こった出来事をもとにして「とよかげ」と「みやづかへする人」との話に仮託されて創られたのであれば、不審な点が一つあることをまず指摘しておく。それは、好古達が娘と伊尹との関係を快しとしていない点である。先にも触れた好古が屏風歌を詠進した事実や他撰部の歌から分かるように、後年伊尹は好古とも好古女とも非常に親しい間柄にあったのに、なぜⅡ段では娘と伊尹との関係を好古達が忌み嫌うのか。常識からしても、忠平・師輔の血統を受け継ぐ権門の一家の嫡子である伊尹が自分の娘に懸想してくるのは、好古夫妻にとっては喜ばしい事態であったはずなのにである。よって、Ⅱ段では内容的にも虚構が施されているとみるべきではないか。

では、その虚構は伊尹一人の創意によるものとしてしまってよいのであろうか。そこで唐突ではあるが、『伊勢物語』に関する渡辺実氏と片桐洋一氏の発言に注目したい。渡辺氏は、源融をパトロンとする風流歌人の仲間達が持ち寄った各自の歌の成立譚が、彼らの中核にいた業平一人を主人公とする歌物語の様相を帯びていき、原伊勢物語になったと唱えている。(3) 一方片桐氏は、源融パトロン説を「率直に言って、問題は多い」とするが、渡辺説の「歌人がグループとして集まった場における語りを「伊勢物語」の原点としている点」には「まことに示唆に富んだ発想というべきである」と共感を示している。(4) 融をパトロンとみるか否かを別にすれば、両氏は原伊勢物語の成立の背景に複数の人々が参画する歌語り生成の場を想定している点で一致している。

二人が原伊勢物語について考えているのは、歌人仲間が集う場に持ち寄られた体験談をもとにした歌語りが、業平を主人公とする歌物語に変貌を遂げていく様子である。(5) それと全く一緒と言うのでは勿論ないが、ある程度似た事情がII段成立の背景にあると私は想定する。その事情をもう少し具体的に考えていくとき、古くから注目されてきたII段と同じ話題を扱った『宇治拾遺物語』上（五一「一条摂政歌の事」巻三ノ一九）(6) は、非常に興味深い事柄を伝えているものとして看過できない。

今は昔、一条摂政とは、東三条殿の兄におはします。御かたちよりはじめ、心もちひなど、めでたく、ざえ・ありさま、まことしくおはしまし、また色めかしく、女をもおほく御覧じ興ぜさせ給けるに、すこし軽〳〵におぼえさせ給ければ、御名を隠させ給て、大蔵の丞豊蔭となのり、うへならぬ女のがりは、御文もつかはしける。懸想せさせ給、あわせ給もしけるに、皆人、さ心えて、知り参らせたり。

やむごとなく、よき人の姫君のもとへ、おはしましそめにけり。乳母、母などを語らひて、父には知らせさせ給はぬほどに、聞きつけて、いみじく腹立ちて、母をせため、爪弾きをして、いたくのたまひければ、「さることなし」とあらがひて、「まだしきよしの文、書きてたべ」と、母君のわび申たりければ、

人知れず身はいそげども年をへてなど越えがたき逢坂の関

とてつかはしたりければ、父に見すれば、「さては、そらごとなりけり」と思ひて、返し、父のしける、

あづまぢにゆきかふ人にあらぬ身はいつかは越む逢坂の関

豊蔭見て、ほゝえまれけんかしと、御集にあり。おかしく。（傍線は引用者）

ここでは、伊尹が実際に「とよかげ」と名乗って情事を重ねていて、しかも周囲の人皆がそれを心得ていたとされている（傍線部）。説話が伝える内容を俄に信じるわけには勿論いかないが、[7]『宇治拾遺物語』を参考にすれば、Ⅱ段成立の背景に次のような事情が想定できるのではないか。つまり、まず「とよかげ」と名乗る男と好古女の間に関係ができる。好古達はとよかげとは実は伊尹であると分かっている。しかし、権門の伊尹が娘に恋してくれたと喜んでいてはならず、あくまでも「くちをしきげす」である「おほくらのしさうくらはしのとよかげ」（序文）が懸想してきたとして対処しなくてはならない[8]。それで好古達は「とよかげ」と娘との関係を忌み嫌っているかのごとくに振る舞っている、というわけである。言わば、伊尹の演技に好古家の人々も演技でもって応えていると言えよう。こうしてできあがっていった歌語りをもとに伊尹によって纏め上げられたのが「とよかげ」の部のⅡ段で、また、その歌語りの異伝を載せるのが『宇治拾遺物語』だと思うのである。

そうすると、Ⅱ段において先に見た趣向が凝らされているのも説明がつく。即ち、「をんなのおや」など第三者が登場するのはまさしく女の親がⅡ段の制作に関わったからで、とよかげや女の心境に言及したり、「人のおや」に対する語り手の感想が述べられているのも、とよかげ（即ち、伊尹）・女（即ち、好古女）・「人のおや」（即ち、好古夫妻）が制作に関与したからだと考えればよい[9]。

4　他の段についての類推

さて、Ⅱ段に対する以上の考察が的を射たものであるならば、伊尹以外の人もその創作に加わった歌語りから

「とよかげ」の部のⅡ段へという図式が描けるのである。それでは他の段についてはどうであろうか。私にはⅡ段だけが例外で他の段はすべて伊尹一人の手によって纏められたとするのは不自然に感じられる。他の段にも何らかの形で伊尹以外の人の創意・趣向も加わっているとする方が蓋然性が高いと思うのである。

ではどういう形で伊尹以外の人の創意・趣向が「とよかげ」の部に取り込まれているのだろうか。遺憾ながらⅡ段以外の段については具体的に指摘する材料をもたないのだが、第一章でも検討した他撰部にある幾つかの歌群を参考にして考えてみたい。それは、歌語り資料の集成とも言われている他撰部を見てみると、好古家以外の場所でも何らかのテーマに沿った歌語りが纏められていた形跡が指摘できるからである。そうすると「とよかげ」の部の各段のもととなった贈答も、それらのものと同様に、色々な場所で纏められていた歌語りであったとの考えも許されるであろう。

例えば、第一章第二節で、北の方恵子女王関連の歌には幾つかの特徴が指摘できることから、他撰部中の数箇所に散在している恵子関連の歌は、もともとは他人詠等も利用しながら、伊尹と恵子の仲が良くない頃にテーマを絞って創られた歌語りで（65番後書のことを思うと、文字化された歌物語と言った方がよいか）、それが他撰部に取り入れられるまでに切れ切れになってしまったと推察したのであった。そして、詞書に見られる伊尹を指す「おほんとの」などの特殊な言い回しや恵子の単独歌が含まれることを考慮すれば、もとの歌物語が創られたのは、おそらく恵子の周辺であったとも推察できるのであった。

今例として恵子関連の歌について再確認したが、「とよかげ」の部には勿論恵子をモデルにしたと思われる話は出てこない。でも、もし恵子をモデルにした話が「とよかげ」の部に取り込まれていれば、恵子の周辺でできあがった歌物語をもとに伊尹が纏め上げた段が誕生していたのではないか。

それはともかく、第一章での検討を見てもらえれば分かると思うが、恵子関連の他にも他撰部には物語的な痕跡をとどめている部分が幾つかある。つまり、「とよかげ」の部が纏められるとき、伊尹の周辺には伊尹を主人公とした歌語り・歌物語が様々に存在していたのである。勿論それらのものが直接「とよかげ」の部の各段へと変貌を遂げたのではない。しかし、現在「とよかげ」の部の各段にある話柄も、もとは他撰部に鏤められている物語的なものと同様に伊尹の恋人達の周りで創られていた歌語りであったというのは十分にあり得ることである。

要するに、「とよかげ」の部が伊尹と女達との贈答歌をもとに、伊尹ただ一人の手によって纏められたとみるのは正確ではなく、伊尹は歌語りをもとに「とよかげ」の部を纏めたのであり、その歌語り生成には、伊尹以外の人の関与も認められるのである。そして、Ⅱ段の場合には、伊尹と好古女との間で歌が交わされる時点から、好古女も好古夫妻も参与した虚構があったのである。

5　B部未定稿説再考

最後に、「とよかげ」の部の各段の趣向の凝らされ方になぜばらつきがあるのか述べ、第一節5で唱えた「とよかげ」の部B部未定稿説に言及しておきたい。

表【「とよかげ」の部各段の趣向】に示した通り、Ⅱ段の他ではⅠ、Ⅳ段に趣向が目立つ。そのうちⅣ段は、14番が『拾遺集』巻十二・恋二・758番に採られていて、相手の女が異本第一系統の堀河具世筆本及び天理図書館甲本、それに異本第二系統の北野天満宮本では「御乳母小弐」となっている。(10) また、第二章第二節2で言及した通り、他撰部の124～126番の贈答は、124番の異伝歌が『拾遺集』巻十四・恋四・852番に「小弐命婦」歌として採られている。さらに「小弐のめのと」との贈答が伊尹の父師輔の『九条右大臣集』の24 25番にある。

小弐のめのとのきこえたる

24　影みえでおぼつかなきはにほどりのよぶかくかよふほどにぞありける

返し

25　よひごとにたづぬるものをにほどりのあとこそみえねねをばきかずや

師輔と「小弐のめのと」との贈答は、『大和物語』第百十五段[11]にも載る。

右の大臣の頭におはしける時、小弐のめのとのもとによみてたまひける。

秋の夜を待てと頼めし言の葉に今もかかれる露のはかなさ

となむ。

秋もこず露もおかねど言の葉はわがためにこそ色かはりけれ

「小弐命婦」と「小弐のめのと（御乳母小弐）」は同一人物だと思われるわけ[12]だが、ならば、Ⅳ段は、師輔・伊尹父子ともに親しかった女との遣り取りをもとにして創られていることになる。Ⅳ段もおそらくⅡ段と同じく、小弐命婦（乳母）なども創作に加わって創り上げられたのではないか。

そうすると、序跋を備えている「とよかげ」の部のA部は、Ⅱ段とⅣ段を中核にして纏めようとしたのがそもそもの伊尹の動機ではなかったろうか。それに既にあった歌語りに手を加えた段を二三加え、Ⅰ段に序章的段をもってきて構成したのであろう。Ⅰ段には序章としてそれなりの趣向が凝らされているのも素直に理解できる。

このように纏まりを示しているA部に比べると、B部は未定稿だと思える程趣向等がうかがえないのであるが、B部を成す際、伊尹の周りにはもはやⅡ、Ⅳ段のような手の込んだ歌語りは残っていなかったのだろうか[13]。以上述べた事情を想定すれば、「とよかげ」の部では段によって趣向が凝らされていたり、凝らされていなかったりするのも納得できるのである。

注

（1）第一節注（1）参照。

（2）「『とよかげ』の方法—I段からⅣ段の検討—」（犬養廉氏編『古典和歌論叢』一九八八年四月・明治書院）、並びに「『とよかげ』の方法（続）—V段からⅧ段の検討—」（『平安文学研究』79 80輯合併・一九八八年一〇月）。なお、『とよかげ』とは、私に言う「とよかげ」の部のこと。

（3）「源融と伊勢物語」（『国語と国文学』49巻11号・一九七二年一一月）。後、新潮日本古典集成『伊勢物語』（一九七六年七月）「附説　原伊勢物語を探る」で再論。

（4）「伊勢物語の語りの場—源融パトロン説に触れつつ—」（『伊勢物語の新研究』〈一九八七年九月・明治書院〉。元、「「伊勢物語」源融パトロン説存疑」として『百舌鳥国文』2・一九八二年五月に所収）。

（5）渡辺氏が想定しているのは、業平と業平の仲間が融をパトロンとする場に持ち寄った体験談が、業平一人を主人公とする歌物語に変貌していく様である。一方、片桐氏は、場に関して融をパトロンとする場に限定することは明確に否定し、また、体験談を披露したのも業平一人と考えているようである。

（6）『宇治拾遺物語』の引用は、新日本古典文学大系42『宇治拾遺物語古本説話集』（『宇治拾遺物語』は三木紀人・浅見和彦氏担当、一九九〇年一一月・岩波書店）による。

（7）「豊蔭」なる偽名を使って伊尹が行動していたという『宇治拾遺物語』の伝える内容が、事実を下敷きにしている可能性を視野に入れた論が、古く難波喜造氏の「豊蔭集の構想私家集研究ノートその一」（『日本文学史研究』2・一九四九年一一月）以来ある。勿論事実と認定するには慎重でなくてはならず、今後とも考察が必要である。その点、三角洋一氏が『歌語り・歌物語事典』（雨海博洋・神作光一・中田武司氏編、一九九七年二月・勉誠社）「一条摂政御集」で次のように述べているのなどは、今後の議論の軸になるであろう。

『宇治拾遺物語』五一話にも、『豊蔭』にもとづく挿話が載るが、これについて私見を述べると、この和歌説話は院政期の新しい歌語りの一つではないかと思うのである。院政期には、『古本説話集』上巻のような歌語りの集成がおこなわれるが、中には『土佐日記』にもとづく第四一話、『和泉式部日記』による第六話前半のように、いわば王朝の歌書そのものを要約し抄録して、これを歌人の逸話として後代に伝えようという、和歌説話創出の試みがあったと見られる。これらの説話は語りの場を背景にもっているわけでなく、そもそも歌書による創作執筆であって、書承される性格の説話ではあったが、歌語りの精神だけは継承しているといってよいであろう。

（8）伊尹が大蔵の史生あるいは丞に成り済ましていたなどという内容が事実を下敷きにしているとすれば、阿部俊子氏が『歌物語とその周辺』において、「とよかげ」の部における男女の振る舞いについて、「男の身についてゐるエチケツトも女達の生活環境も、決して史生やそれ以下の人の生活様式ではないと思はれる」と指摘しているのは示唆的である。

（9）第一節4でもⅡ段について検討している。ここで、第一節4で述べた内容に補足を加えておきたい。第一節4ではⅡ段のテーマはとよかげと女の二人が、女の親などの障害を乗り越えながら恋を続けるところにあったと述べた。また、他撰部に載る歌がⅡ段に組み込まれなかったのはテーマから外れるためであり、「とよかげ」の部の執筆時期の問題とは拘わらず、「とよかげ」の部の執筆は通説通り伊尹晩年と考えられるとも述べた。それと本節で述べた考えを足し併せると、Ⅱ段のテーマは伊尹晩年に「とよかげ」の部を纏めるときに、好古女との詠歌すべてから取捨選択して考え出したというのではなく、好古女の両親も参画した歌語り生成の場で既にほとんどできあがっており、それをもとにⅡ段が創られたのであり、そこにテーマから外れる他撰部に載る歌などを付け加える余地はなかったというような経緯を想定しているのである。

（10）『拾遺和歌集の研究校本篇傳本研究篇』（片桐洋一氏著、一九七〇年一二月・大学堂書店）による。『一条摂政御集注釈』にも指摘がある。

（11）『大和物語』の引用は、新編日本古典文学全集12『竹取物語伊勢物語大和物語平中物語』（『大和物語』は高橋正治氏担当、一九九四年一二月・小学館）による。なお、『大和物語』に見える師輔の歌は、『続後撰集』巻十三・恋三・793番には「蔵人頭に侍りける時、小弐命婦につかはしける」の詞書で載る。

（12）『一条摂政御集注釈』「補注㈡　少弐命婦」、及び山崎正伸氏「「小弐命婦」出自考」（『二松学舎大学人文論叢』12・一九七七年一〇月。後、「小弐命婦」として『大和物語の人々』〈一九七九年三月・笠間書院〉に所収）参照。なお、新田孝子氏は「『大和物語』の女性名称四―「君」と「御」をめぐって―」（『東北大学附属図書館研究年報』23・一九九〇年一二月）で、両者を別人とする論を展開している。

（13）第一節5で検討したように、本院侍従を相手とするⅦ段については、テーマを絞るところまではいっていたようである。

Ⅱ　『本院侍従集』研究

Ⅱでは『本院侍従集』を取り上げる。物語的な性格をもつ私家集の中でも、『本院侍従集』は、藤原兼通と本院侍従の恋愛のみに焦点を絞り、非常に緊密に構成されていると多くの先学によって指摘されている。例えば伊井春樹氏が、「編纂者が当初より物語化することを充分目論んで、一つの構想のもとにまとめあげたものであることは明らかであろう。」（注（3）論文より）と述べているようにである。しかし、後に言及する幾つかの論文を除けば、『本院侍従集』が如何なる方法をとって緊密な構成をもち得ているのかについては、歌の取捨選択が行われたと言うばかりなのである。そこで、Ⅱでは、『本院侍従集』の緊密な構成は単に歌の取捨選択のみによって齎されたのではなく、歌の配列に時間的な虚構が施された結果生じたものであることを探ってみる。そして、そのような虚構を『本院侍従集』に施した編纂者の意図や、そもそも編纂者がどういう人物であったのかという問題にも繋げて、仮説を提示する。

第一章　配列に施された虚構を中心とする諸問題

1　はじめに

『本院侍従集』には一切実名は出てこないのだが、序文の内容が藤原兼通を取り巻く九四二〈天慶五〉年の状況と合致しているので、男主人公のモデルは兼通とみられる。それを確認しておくため、1番詞書を含む序文とその現代語訳を示し、さらに『尊卑分脈』・『公卿補任』(1)等をもとに纏めた兼通を中心とする系図を掲げておく。

おぼえおはしけるかむだちめ《師輔》の次郎なりけるひと《兼通》、年十《天慶五》八ばかりなるが、おぼえいとかしこかりけれど、かうぶりえぬ有りけり。おほぢ《忠平》は太政大臣にてなむおはしける。いもうと《安子》はきさきはらのみこ《村上》に奉りて、藤つぼにぞさぶらひ給ひける。おほむいとこ《侍従》さぶらひ給ひけり。そのこ《師輔》の次郎君、おもひかけ給ひて、かくよみていれ給ひけり。

序文現代語訳

信望がおありであった上達部の次男だった人で、年齢は十八歳くらいであって、評判はたいへんすばらしかったけれども、叙爵を受けていらっしゃらない人があった。祖父は太政大臣でいらっしゃった。妹は后所生の皇子に差し上げて、藤壺で仕えていらっしゃった。（その妹に）御従姉妹が伺候していらっしゃった。そのこの次男の君が（その従姉妹に）思いをおかけになり、このように詠んで（部屋に）お入れになった。

【関係系図】〈九四二年〉

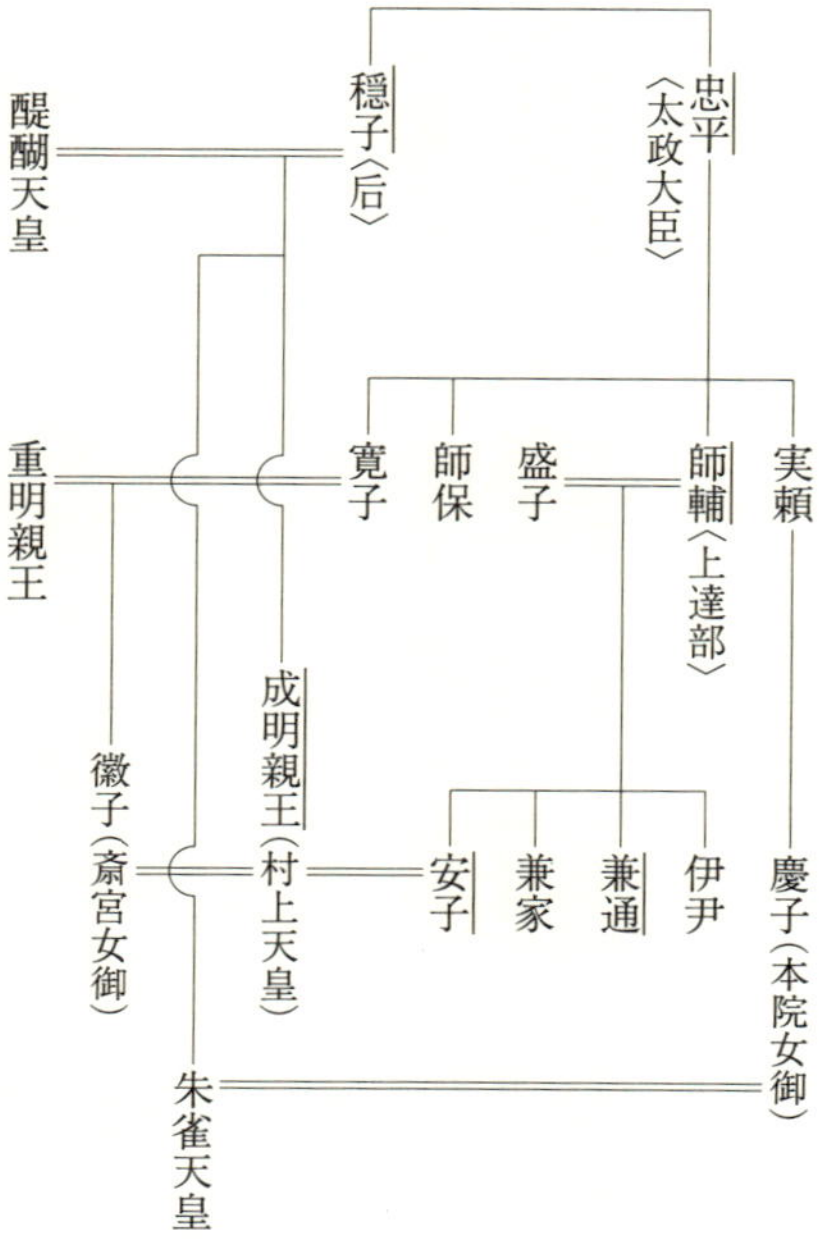

傍線は序文に見える人物。
〈　〉は九四二年の地位。
（　）は後の呼び方。

一方、女主人公の方は題名などより本院侍従をモデルにしているとみて間違いない。

2　本院侍従の出仕先

まず、本院侍従の履歴を考えておく。

本院侍従はその生涯において、少なくとも慶子・安子・徽子の三人の貴人に仕えたと目される。最初に仕えたのが実頼女慶子（後の本院女御）である。というのは、彼女が本院侍従と呼ばれるのは実頼所領の本院邸が最初の勤め先であったことに由来しているらしく、また、『本院侍従集』の11 12番に、彼女が宮中から実家ではなくて本院に下った際（次の引用の傍線部）の贈答があるなど、彼女と本院の間には浅からぬ関係があると思われるからである。

とて、まかでいければ、あしたに、女の里にはあらで、本院なりけり。

11　そま河のながれひるまを君はしれ我おり立ちていかだしはせん

返し

12　いかだしの心のすきはそま山のかはのひぐれをよそにこそ見め

二人目に仕えたのが『本院侍従集』の序文に見える安子である。先程も確認したように、序文は兼通を取り巻く実際の人物関係を反映しているので、九四二年の段階で本院侍従が安子に仕えていたのも事実とみられる。そして三人目が斎宮女御として有名な徽子である。それは、『拾遺集』巻十九・雑恋・1263番では、本院侍従を、徽子の局である「承香殿女御に侍りける女」と言っている（次の引用の傍線部）ことなどからうかがえる。

一条摂政下らふに侍りける時、承香殿女御に侍りける女にしのびて物いひ侍りけるに、さらになとひそといひて侍りければ、ちぎりし事ありしかばなどいひつかはした りければ　　本院侍従

それならぬ事もありしをわすれねといひしばかりをみみにとめけん

ちなみに、徽子の父は醍醐天皇皇子重明親王で母は忠平女寛子である。纏めると、最初本院侍従は本院邸で慶子に仕えていたのが、『本院侍従集』序文の九四二年までに（おそらく九四〇〈天慶三〉年四月十九日の安子入内に伴って）安子に仕えるようになり、その後紆余曲折を経て、承香殿に移った（おそらく九四八〈天暦二〉年と思われる徽子入内を契機に）と推定できるわけである。[2]

結論を先に述べてしまったが、異説も幾つかあるので確認しておく。

伊井春樹氏[3]は序文について、

第一安子が女御になつて後の話であれば、年代的に合わなくなつてくる。安子の女御になつたのは、天慶九年四月十三日二十一歳の時であるが（大鏡裏書）、この年兼通は既に二十二歳で、七月には昇殿も許され九月には侍従となり、三年前の天慶六年には叙爵もしている。（傍線は引用者、括弧内原文）

と述べ、「結論的に言えば、本院侍従集の冒頭の記述には時間的なずれがある。」と解釈し、本院侍従の出仕順序を慶子→徽子→安子と考えている。しかし、伊井氏の説では傍線部の前提が間違っている。先程確認した序文の内容からすると、これを「安子が女御になつて後の話」ととる必然性は全くない。序文は安子が成明親王に入内した九四〇年四月十九日以降であればよいのであり、兼通が十八歳であった九四二年のことと考えて矛盾はない。

また、山崎久美子氏(4)は、本院侍従が兼通や安子の従姉妹に当たる点に疑問を抱き、序文中の「おほむいとこ」は慶子を指しているとみて、序文の第二文目、三文目を次のように解している。

おほぢは大政大臣、いもうとは后腹の親王妃、おほみいとこ(他ならぬ私の主人、朱雀帝女御慶子)さぶらひ給ひけり(傍線は引用者、括弧内原文)

従って序文では安子と本院侍従の関係には何ら触れられていないことになり、他に本院侍従が安子に仕えていた徴証もないので、彼女が安子に仕えた事実を否定し、出仕順序を慶子→徽子と考えている。確かに山崎氏の解釈でも人物関係を無理なく説明できる。また、「おほむいとこさぶらひ給ひけり。」を本院侍従について言っているとする通説に従うと、集中でここ一箇所だけ本院侍従に敬語が用いられているという疑問が生じるが、従姉妹を女御慶子とすればその疑問は氷解する。このように、従姉妹を慶子とする方がよいように思えなくもない。ところが山崎氏の解釈では、序文で本院侍従に一言も触れられていないことになる。おそらく山崎氏もその点を気にして「他ならぬ私の主人」という私に傍線を付した一句を解釈に加えたのだろうが、無理があろう。また、「おほむいとこさぶらひ給ひけり。」の後には「そのこの次郎君、おもひかけ給ひて」と続くのだから、従姉妹を慶子ととると兼通が懸想したのは慶子というおかしなことになってしまう。ここは、「歌物語の文章は、人物の事績を語るものであり、従つて、何よりもまず歌をよむ「人物」を提示することが(歌物語の)最大の要件であつた」(括弧内引用者補)という片桐洋一氏(5)の説を引くまでもなく、「おほみいとこ」は『本院侍従集』の女主人公本院侍従ととらざるを得ない。

荻窪昭子氏(6)も山崎氏と同じく、安子への出仕がない慶子→徽子の可能性を提示している。荻窪氏は、序文の「おほむいとこさぶらひ給ひけり。」の「さぶらふ」が「(藤壺にいた妹の安子に)仕えていた」という意味以外である可能性もあるとして、①「この次男坊には、いとこがいらっしゃった」、あるいは②「その御いとこも同様に宮中にいらっしゃった」という解釈を示している（私に便宜上①②と番号を振った）。そして、これらの解釈に従えば、安子に仕えた場合と仕えなかった場合が考えられるとして、後者の場合による本院侍従の生涯を想定している。しかし、やはり①②ともに考え難いのではないか。まず①だと従姉妹の存在を示しているだけで、従姉妹がどこにいるのかには触れていない。しかし、『本院侍従集』を読み進めていくと、2番に「ほそどの」、6番に「やりど」が出てくるし、また11番で「とて、まかでいければ、あしたに、女の里にはあらで、本院なりけり。」となっているなど、彼女が宮中にいるのが前提となって話が進んでいく。その点が①だと不可解になる。②だと従姉妹が宮中にいるのは確かになる。しかし、今度は従姉妹がなぜ宮中にいるのかに触れられていない。なぜ宮中にいるのかも、兼通との恋愛関係に大きく影響するはずなのにだ。それに、妹については「いもうとはきさきはらのみこに奉りて」と説明しているのとの均衡も欠く。よって②も成り立たない。結局「おほむいとこさぶらひ給ひけり。」は通説の通り、安子に仕候していたと解すべきである。すると従姉妹はどこにいるのか、またなぜそこにいるのかが明らかになり、後の話とも繋がってくるのである。

以上のことからしても、本院侍従の出仕先は慶子→安子→徽子の順であったと考えよいと思うのである。(7)

なお、本院侍従は安子の従姉妹（即ち兼通の従姉妹）でありながら安子に仕え、また、慶子にも仕えているので、慶子の父実頼が身分の低い女に産ませた子だとか、若くして出家した師保の子ではないかなどとも想像されているが、明言はできない。安子達の母方（盛子）の従姉妹の可能性も勿論あろう。

3　『本院侍従集』の構成
――各説――

さて、本節2で見たような本院侍従の履歴や兼通の履歴と『本院侍従集』の各歌の詠歌時期がどのように重なっているのかを吟味し、『本院侍従集』の歌は実際に交わされた順序通りに並んでいるのか、あるいは配列には虚構が施されているのか確かめていきたい。だが、この件についても幾つかの説があるので、私の説を述べる前に従来の主な説を、『本院侍従集全釈』説[8]・稲賀敬二説[9]・山崎久美子説・鈴木あき子説の順で確認しておく。

ところで、『本院侍従集』の構成を〈表一〉ように捉えておく。また、論述に関連する歴史的事実を〈表二〉に纏めておいた。

〈表一〉【『本院侍従集』の構成】

贈答	歌番号	内容
序文		（「1　はじめに」の引用参照）
A	1～10番	不逢恋
B	11・12番	女、本院に退下
C	13・14番	新枕
D	15～25番	逢不逢恋
E	26・27番	後朝の贈答
F	28～30番	女が他の男に連れ出される
G	31・32番	女、出仕
H	33・34番	男の服喪
I	35～39番	第三者の女と男との贈答歌
跋文		「そのころ、兵衛の佐になり給ひてけり。堀河の大納言とかや。」

〈表二〉【『本院侍従集』に関連する出来事】

年月日	出来事	史料
940〈天慶三〉年4月19日	安子、入内	『日本紀略』等
942〈天慶五〉年	『本院侍従集』序文	『尊卑分脈』『公卿補任』等
943〈天慶六〉年9月12日	盛子、死	『願文集』[10]
946〈天慶九〉年7月10日	朱雀上皇、朱雀院に移る	『日本紀略』等
947〈天暦元〉年	徽子、入内＊（4参照）	『大鏡裏書』
948〈天暦二〉年2月	徽子、入内＊（4参照）	『一代要記』
948〈天暦二〉年2月3日	伊尹、春日祭の使に立つ	『日本紀略』等
948〈天暦二〉年5月29日	兼通、侍従より左兵衛佐	『公卿補任』等
948〈天暦二〉年12月30日	徽子、入内＊（4参照）	『李部王記』（『源語秘訣』所引）
949〈天暦三〉年8月14日	忠平、死	『日本紀略』『九暦』『公卿補任』等

まずは『本院侍従集全釈』の説であるが、同書は序文とAを九四二年と捉え、以下『本院侍従集』の歌は実際に起きた順序通りに配列されていると主張する。そのうちHの男の服喪は九四三〈天慶六〉年九月十二日の母盛子の死によるとし、九四八年に入内したと思われる徽子の許への出仕をもとにしているというのが通説であるGは、当時朱雀天皇の女御となっていた慶子に再出仕したことをもとにしているのだと言う。Gが九四八年と思われる徽子の許への出仕を指すとすると、九四三年のHと順序が入れ替ってしまうからである。また、同書はIに言及しない

のだが、跋文を兼通が兵衛佐になった九四八年五月二十九日頃とみているから、Hから跋文まで約五年隔たっていることになる。

次は稲賀敬二氏の説である。稲賀氏も序文とAを九四二年、Hの男の服喪を九四三年九月十二日の母盛子の死によるものと捉え、その間にB〜Fが起こったとする。しかし、Gの女の出仕は九四八年の徽子入内に伴って本院侍従が徽子の許に出仕したことを指すと考える。従って、稲賀氏は、九四二年の序文とAの後、BCDEFHの順で九四三年九月頃までに起こり、GだけはHより五年程隔てて九四八年に起こったのであるがHの前に配されたと言うのである。なお、Iの時期については明言していない。

次に、山崎久美子氏は、前述の通り本院侍従は安子に仕えなかったと想定し彼女の出仕先を慶子→徽子の順と結論した上ではあるが、序文とAを九四二年、B〜Fを九四二年以降数年から九四六年〈天慶九〉[11]、Gを九四八年十二月三十日の徽子入内以降とし、Hには九四三年九月十二日の母盛子の死をあて、Iでは兼通が「じじう君」(35番詞書)[12]と呼ばれているので兼通が侍従から左兵衛佐にかわった九四八年五月二十九日迄をIの下限とし、跋文をその直後と結論している。従って山崎氏は、序文ABCDEFIGの順で実際に事が起こり、HはB〜Fの間に起こったのにFGの後に配され、GはIより後に起こったのにIより前に配されたとしている。

最後に鈴木あき子氏の説をみる。鈴木氏も、序文を九四二年、Gを九四八年十二月三十日の徽子入内以降、Hを九四三年九月十二日の母盛子の死に伴うものとする。さらに鈴木氏は、35番詞書で兼通が「じじう君」と呼ばれ、跋文で「兵衛の佐になり」と言われているので、Iを兼通が侍従から左兵衛佐に移った九四八年五月二十九日の少し前としている。そして、結論として、A〜F・H・I・Gの順に実際には起こったものとしている。[13]

4　『本院侍従集』の構成
――私説――

さて、次に私の説を述べていくが、最初に方向だけを示しておくと、私は『本院侍従集』の出来事は実際の順序通りに配列されているとはとても考えられず、山崎・稲賀・鈴木氏の説を補強補正していきたいと思うのである。なお、論証の過程には、これら諸氏が既に述べている内容と重なる部分も多いことを予めお断りしておく。まずA～Eは、各説ともに一致しているように、序文が状況を説明している九四二年から数箇月乃至一年内外の出来事を実際の順序通りに配列しているとみる。各歌の内容（〈表一〉参照）からしてもそうとしか考えられないであろう。

次にＦＧは後に廻し、兼通の服喪を描くＨが誰の死に伴うものか確認しておく。

かくて、この女、「服になり給ひぬ」とき〻て、とぶらひきこえたる返事に、「いつも時雨は」と、の給ひければ

33　我さへに袖は露けき藤衣君をぞ立ちてきると聞くには

返し

34　音にのみ聞きわたりつるふぢ衣ふかく恋しと今ぞしりぬる

この服喪は九四九〈天暦三〉年八月十四日の祖父忠平の死によるとするのが有力だったが、前述の山崎・稲賀両

氏以来、九四三年九月十二日の母盛子の死に伴うものであるとの説が強くなり、私もそれに同調する。

根拠としては第一に、両氏も言うように、34番の兼通歌の内容から兼通の初めての服喪であるらしく、忠平より盛子の死の方が早い点が挙げられる。

第二の根拠は、33番詞書傍線部の兼通の引歌表現である。この引歌表現の引歌は従来不明とされてきたが、『源氏釈』・『奥入』を始めとする『源氏物語』の古注釈が葵巻と幻巻で挙げる、

神無月いつも時雨はふりしかどかく袖くたすをりはなかりき

（前田家本『源氏釈』葵巻による。以下、この歌を〔神無月歌〕と呼ぶ）

が引歌であるとみてよいだろう。〔神無月歌〕を引いているとされるのは次の場面である。

『源氏物語』葵巻

なほいみじうつれづれなれば、朝顔の宮に、今日のあはれはさりとも見知りたまふらむとおしはからるる御心ばへなれば、暗きほどなれど聞こえたまふ。絶え間遠けれど、さのものとなりにたる御文なれば、咎なくて御覧ぜさす。空の色したる唐の紙に、

わきてこの暮こそ袖は露けけれもの思ふ秋はあまたへぬれど

いつも時雨は。

とあり。〈二―一〇三〉

『源氏物語』幻巻

神無月は、おほかたも時雨がちなるころ、いとどながめたまひて、夕暮の空のけしきにも、えもいはぬ心細さに、「降りしかど」とひとりごちおはす。〈六―一四九〉

最初の葵巻は、葵上を喪った源氏が朝顔の宮に文を送る一場面である。次の幻巻は、紫上一周忌をやや過ぎた頃

の源氏の様子を描く一場面である。両場面の傍線部の引歌表現の引歌として『源氏釈』・『奥入』等が〔神無月歌〕を挙げている。また、引用はしなかったが『花鳥余情』等は総角巻の一節でも〔神無月歌〕を挙げている。総角巻では『源氏釈』・『奥入』等は他の歌を引いているので別にすれば、(14)〔神無月歌〕歌はいずれも故人を哀悼する場面で引かれており、Hで兼通が引いても不思議はない。(15)そうすると、Hの贈答は神無月になってから交わされたとみられる。九月十二日の盛子の死から神無月までは約半月だから、盛子が死んで半月ほどたってそれを知った本院侍従が彼に弔いの言葉をかけ、その言葉に兼通が答えたのがHだと想定できる。八月十四日の忠平の死によるのなら、神無月まで時間がややあき過ぎるであろう。つまり、Hは九四三年十月というわけである。

次はFについて考える。

かくて、すみ給ふほどに、この女、又人のぬすみていにければ、をとこ、いみじうなげき給ひて、女、あはれと思ひかくなんいひやりける。

28　世中を思ふもくるしおもはじと思ふも身にはやまひなりけり

男、かへし

29　忍ぶれど猶忘られず思ほゆるやまひは君に我ぞまされる

女

30　思はずもある世中のくるしきにまさるやまひはあらじとぞ思ふ

Fは従来A〜Eに引き続き九四三年頃乃至は九四六年頃に起こったと言われてきた。しかし、同じ出来事を描いていると目される『一条摂政御集』の「とよかげ」の部の次に引用するⅦ段（31～40番）を、『一条摂政御集注釈』等の指摘を参考にしながら見ていくとそうとは言えないのである。

　　とよかげ、なかのみかどわたりなりけるをんなを、いとしのびてはかなきところにゐてまかりて、かへりてあしたに

31　かぎりなくむすびおきつるくさまくらこのたびならずおもひわするな

　　かへし

32　くさまくらむすぶたびねをわすれずはうちとけぬべきこゝちこそすれ

（33～37番略）

　　おきな、山とよりかへりて、女のもとにやる。

38　くればとくゆきてかたらんあふことのとほちのさとのすみうかりしを

　　かへし

39　あふことのとほちのさとの《に》ほどへしはきみはよしのと思なりけむ

（40番略）

周知の通り男主人公を指す「とよかげ」・「おきな」とは伊尹が自らを韜晦して呼んでいる呼称なのだが、一方の女主人公を指す「なかのみかどわたりなりけるをんな」とは本院で慶子に仕える本院侍従をモデルにすると考証される。本院は『拾芥抄』巻中・諸名所部才廿で「中御門北堀川東一丁左大臣時平家（後略）[16]」と説明されており、まさしく「なかのみかどわたり」に位置していたからである。また、本院侍従が伊尹とも恋愛関係にあったのは、『一条摂政御集』他撰部に載る歌などから確実である。[17]そうすると、「とよかげ」の部31 32番は伊尹が本院邸から本

院侍従を連れ出した事件をもとにしているとみて間違いなく、それを兼通の立場から叙述したのが『本院侍従集』のFであるというのが通説である。

ところで、ここで注意すべきは「とよかげ」の部の38番歌である。この歌は『拾遺集』巻十八・雑賀・1197番に次のような詞書で載っており、実は伊尹が春日祭の使いから帰って詠まれたものと分かる。

春日使にまかりて、かへりてすなはち女のもとにつかはしける　一条摂政

くればとく行きてかたらむあふ事のとをちのさとのすみうかりしも

一方、『日本紀略』九四八年二月に、

三日癸未。（略）今日。立春日祭使。左少将伊尹勤使。[18]

という記事がある。よって、「とよかげ」の部の38番は九四八年二月当時のものとみて間違いないとされる。[19]だとすると、もし『本院侍従集全釈』などが唱えるように、F（即ち「とよかげ」の部31 32番）がHの九四三年九月十二日より前に起こったのならば、「とよかげ」の部のⅦ段は五六年にも亘る出来事を描くことになるが、「とよかげ」の部はそれ程の長期間に亘っての出来事を題材にしているとは思えない。[20]それに、彼女が五六年間も連れ出された場所に滞在していたのが何より不自然である。どこに連れ出されたかは残念ながら知る由もないが、どう考えてもそんなに長く連れ出された所に滞在していたとは思えない。山崎氏のように、Fが九四六年と考えてもなお長過ぎるであろう。Fは九四八年二月よりせいぜい数箇月以前に起こり、九四八年二月の時点ではまだ彼女は伊尹に連れ出された所にいて、伊尹がそこに早く行こうと詠みかけたのが「とよかげ」の部38番に収録されたと考えるのが妥当である。つまり、従来は九四二・三年乃至は九四六年のことだろうと考えられていたFが起こったは、九四八年二月をそれ程遠くは遡らない頃とみなくてはならないのである。

続いてIについて検討していく。

女のともだちのもとより、じじう君のもとに、「この女のほかざまになりにたるを、いかにおぼすらむ」といひて

35　ほかざまになびくをみればしほがまの煙やいとどもえ渡るらん

返し

36　塩がまのもゆる煙もなき物を空になきなを立つぞ侘しき

とあれば、「まづおぼすらんことこそおぼゆれ」とて、御かたのごたちのいひやる。

37　初秋の花の心をほどもなくうつろふ色といかにみるらむ

男、かへし

38　時わかず垣ほにおふる撫子はうつろふ秋の程もしらぬを

又、かへし

39　色かはる萩の下葉もあるものをいかでか秋をしらずといふらん

といひやる。

Iは、35番詞書の「この女のほかざまになりにたるを」とか、歌の「ほかざまになびく」という語句から考えると、女が出仕したGの後ではなく、Fを承けてすぐに詠まれたとみる方が穏当であると思う。また、37〜39番を見

るに、秋に詠まれたのは明らかだ。すると、IはFの直後の秋に交わされたことになるが、このことと、Fは九四八年二月を遡ること遠からざる頃に起こったという先程の推定とを考え併せれば、F・Iの時期は九四七〈天暦元〉年秋と結論される。

では、この時期に本当にF・Iが起こり得たのであろうか。山崎氏は『日本紀略』九四六年七月十日にある「太《朱》上《雀》皇太皇大《穏子》后出禁中。遷御朱雀院。」という記事により、この時朱雀后慶子も梨壺から本院に帰り、本院侍従もそれに従ったと推定している。すると、明くる九四七年秋になって伊尹が本院から本院侍従を連れ出したものと想定されよう。伊尹が本院侍従を連れ出すとして、宮中よりも本院から連れ出したとする方が蓋然性が高く、先に引いた「とよかげ」の部のⅦ段で彼女が「なかのみかどわたりなりけるをんな」と呼ばれているのも、当時彼女が中御門付近の本院に滞在していたからだと説明できる[21]。

最後にGについて考えてみる。

この女、うちにまかりければ、いといみじうとほくて、なげき給ひけるに、ひさしうありて、女、いひたりける。

31　わがみゆゑうしとは思ひおきながらつらきは人の心なりけり
かへし

32　身のうきと思ひしりぬる物ならばつらき心を何かうらみん

『本院侍従集』の歌は実際の順序の通りに配列されているとする『本院侍従集全釈』は、九四三年のHの前のGが九四八年に入内した徽子への出仕を指すとは考えられないので、Gは本院侍従が慶子に出仕したことをもとにしていると言う。しかし先程来の考察により、FやIはHよりも数年も後の天暦年間になってから起こったと考えられる。従って、GもHよりも前に起こっているはずだという前提は成り立たず、天暦年間になってから起こったとしても不思議ではない。そうすると、もう通説になっていると言ってよいと思うが、31番詞書の「いといみじうとほくて、なげき給ひける」などという記述から、本院侍従がここで仕えるようになったのは、兼通の従姉妹の慶子ではなく徽子であるとみるのがやはり自然だろう。

ところで、徽子はいつ村上天皇に嫁したのか明らかにしておく必要があるが、実は徽子の入内時期は、『大鏡裏書』が九四七年、『一代要記』が九四八年二月、『源語秘訣』所引の『李部王記』が九四八年十二月と、記録によって揺れがある（〈表二〉参照、＊を付した部分）。このうち、逸文ではあるが徽子の父重明親王が記した『李部王記』の記事に最も信が置けようか。とするならば、伊尹に連れ出されてから一年数箇月経過したこの時点（「とよかげ」の部38 39番で描かれた九四八年二月以降も連れ出された所にいたとは限らないが）で、いつまでもこんな生活を続けられないと考えた本院侍従が徽子入内を契機として徽子に仕えるようになり、それを描いたのがGだと考えられる。

以上までに述べた、『本院侍従集』の各贈答歌が交わされた時期に関する私の推定説を纏めておくと、次のようになる。ただし、B～Eはだいたいそれぐらいだろうという臆測に過ぎない(22)。

942〈天慶五〉年

序文
A　1～10番　不逢恋
B　11・12番　女、本院に退下
C　13・14番　新枕
D　15～25番　逢不逢恋

943〈天慶六〉年　E　26・27番　後朝の贈答
〈天慶六〉年10月　H　33・34番　男の服喪
947〈天暦元〉年秋　F　28～30番　女が他の男に連れ出される
　　　　　　　　　I　35～39番　第三者の女と男との贈答歌
（948〈天暦二〉年2月3日頃　「とよかげ」の部38・39番）
　　5月以降　跋文　男、兵衛佐
　　12月以降　G　31・32番　女、出仕

5　虚構の狙いと編者

『本院侍従集』の歌は実際に起こった順序通りに並べられているのではなく、配列には虚構が施されて現在あるような形になっているのをみた。ではなぜ虚構が施されたのか、『本院侍従集』の編者が誰であるのかも含めて問題にしておきたい。

まず、現在の配列から受ける印象がどのようなものであるのかを再確認するため、後藤祥子氏の発言(23)を引いておく。

後藤氏は現在の配列が虚構によって齎されたと言っているわけではないが、

家集でいうと丁度中途あたりで、女には新たな恋人ができたらしい。しかし筆はその事を叙し乍ら、そちらへは決してすゝんでゆかないで、男の悲嘆が描かれるのである。曲折発展して女主人公の行動を追おうというのではなく、男主人公がいかに女を愛し尽したか、よし破れる恋であったにせよ、むしろそれ故に書き残される価値も意図もあつたであろう恋物語から、編者は一歩も踏みはづしてはいない。

と言う。確かに実際の順序通りに歌が配されていたならばやや散漫な印象を与えたであろうのに対し、現在の形ではFの後にG・H・Iが廻され「男の悲嘆」に焦点が合わされているようである。そこから後藤氏は「破れる恋」の「書き残される価値」・「意図」を読み取っている。

他にも伊井春樹氏が、

一つのテーマのもとに潤色しながら構成していったであろう。その際、編纂者が兼通をや、平中的人物に仕立てようと意図して、男の方にウエイトを置いた

と言っている。G・H・Iで男が慰められたりからかわれたりしているのを見ると、私も男の惨めな姿が強調されているように思うのである。

そうすると、従来おこなわれている『本院侍従集』の編者に関する説のうち、兼通自身が編んだという説や、兼通の意向によって編まれたという説は否定されると思う。なぜなら、兼通が編纂に関与したならばもっと別の形にしていたと思うからである。これが事実通りの配列ならまだしも、虚構を施してまでなぜ自分が恋に破れて慰められる姿が強調される集を編むのか理解に苦しむ。鈴木あき子氏が『本院侍従集』の創作に兼通が関与したとの説を否定しているのに賛成である。

鈴木氏はまた、「本院侍従の返歌の中に積極的に自分の恋心を表明したものはほとんどなく」、「本院侍従にとって兼通は、本気の恋の相手というよりは、戯れめいたやりとりを楽しむ相手だったのではないかと思われる」と言い、本院侍従自撰の可能性も否定する。そして、高橋正治氏[24]がその存在を想定する今はなき「第一次本院侍従集」を後人が再編纂したのが今日ある『本院侍従集』であると推定する。

鈴木氏の説は現在のところ最も穏当のようにも思える。従うべきであろうか。ただ、私が気に掛かるのは『本院侍従集』が編纂された時期である。鈴木氏も言うように、『本院侍従集』が編まれたのは跋文よりすると兼通が中

納言であった[25]九七二〈天禄三〉年で、物語的な私家集が流行していた時期に当たる[26]。一般的に言ってもそうなのだが、兼通の周辺の人物に注目すると九七二年は兄伊尹が死んだ年に当たる。「とよかげ」の部は伊尹晩年に自撰されたというのが通説[27]だから、『本院侍従集』も「とよかげ」の部に踵を接して編まれたのである。また、兼通の弟兼家の妻道綱母によって書かれた『蜻蛉日記』下巻の記事が始まるのも九七二年である。『蜻蛉日記』下巻が纏められたのはもう少し後だろうが、いずれにせよ、九七二年頃は、単に物語的な私家集が流行っていたというにとどまらず、兼通の兄弟達が活発に文学活動をしていた時期に当たるのは注目に値する。それに、先にも触れた通り、「とよかげ」の部は『本院侍従集』のFに当たる出来事を記すし、『蜻蛉日記』下巻（九七四〈天延二〉年十月）には兼通が道綱母への返歌を詠み倦ねている姿などが描写されている（二〇五　兼通の懸想文）。兼通は否応無しに兄弟達の作品の材料にされていたと言える。

　そこで思い起こされるのが山口博氏の見解である[28]。山口氏は、『蜻蛉日記』上巻は歌人兼家を主人公として、かつ物語のヒーローの座を「わかんどほり」から藤原氏へ奪ったものであると指摘し、続いて次のように述べる。

　ヒーローのわかんどほりより藤氏への下降は、兼家の兄伊尹の豊蔭（引用者注—私に言う「とよかげ」の部）と兼通の本院侍従集にもみられる。両書とも伊尹・兼通が主人公になっているのであるが、序章で述べたように、両書とも天禄三年頃の成立である。その頃には、蜻蛉日記の上巻は勿論執筆は終り、世間に流布していたであろうし、作者は中巻の大部分を書きついでいた筈である。伊尹・兼通の頭に蜻蛉日記のあった事は疑いなく、日記の評判——それは兼家の名声でもあるのだが——に影響されての豊蔭・本院侍従集の成立であったと思う。私は伊尹ら兄弟三人のこの物語的作品を個別に把握するのは正しくないと思う。彼らの政治的地位といい、成立の時期といい、無関係である筈はない。彼らの意識に、物語のヒーローに自己を位置づける事による自己充足があったと考えられるのである。

兼家の蜻蛉日記の成立は安和変と期を同じくする。すなわち藤原北家権力の確立期である。豊蔭は伊尹が摂政太政大臣の頃、本院侍従集は兼通が中納言の時で、大納言を経ずして関白内大臣に飛躍せんとするまさにその年に成立した。政界への進出と期を同じくして、宮廷サロンの中心をなしたわかんどほりに変って藤原の人々が、そのみやびの生活に積極的に参加するようになったことを、この事は示している。その意味で伊尹三人兄弟の作品は重要な意味があるのである。蜻蛉日記はその嚆矢をなした。安和変が政治における藤原権力の確立なら、蜻蛉日記は文化の面における藤原権力の確立であったのである。

私は、「とよかげ」の部に関しては山口氏と同様に捉えられると考えるが、[29]『本院侍従集』に関しては山口氏の捉え方とは逆で、政治的意図が働いたとすれば、むしろ兼通を貶める意図が働いたと思うのである。というのは、今も述べたように『本院侍従集』では兼通は冴えない人物に描かれており、[30]『蜻蛉日記』下巻でも、道綱母に自ら歌を詠みかけておきながら、道綱母からの返歌に答え倦ねている兼通の様子が描かれている。

　在る人のいふやう、「『これが返し、今一度せむ』とて、なからまでは遊ばしたなるを、『末なむまだしき』とのたまふなる」と聞きて久しうなりぬるなむ、をかしかりける。　〔二〇五〕兼通の懸想文[31]

同じ『蜻蛉日記』下巻（九七二年四月）に描かれる伊尹の姿（〔一五五〕賀茂詣でに伊尹を見る）とは比べるべくもない。また、『大鏡』における彼の描写も好意的なものばかりではなく、渡辺実氏が『大鏡の人びと 行動する一族』[32]で「とにかくに兼通はやや異常であったのだろう」と言う程である。

　このようなことを踏まえて『本院侍従集』の編纂に関し臆測を述べると、実際に兼通が凡庸な人物であったとしても、ここまで色々な作品で扱き下ろされるのは政治的な意図が働いたからだとやはり思えてくる。先にも述べた通り、『本院侍従集』が編まれた九七二年は伊尹が死んだ年に当たる。ということは、流布本系の『大鏡』によると、安子の書いた一札を軸に兼通と兼家の壮烈な後継争いが行われた頃になる。周知の通り兼通が勝利をおさめるのであるが、このような時期と前後して兼通の言わば惨めな姿を強調するかのような『本院侍従集』が編まれたのははたして偶然であろうか。兼通は伊尹の後継者として相応しい人物ではないことを、文学の上で示そうとしたのが『本院侍従集』ではないかと私は思うのである。また、『大鏡』は後の時期のものではあるが、道長を賛美する作者が道長の父兼家の政争相手兼通に対し批判的な目を向けたとも考えられる。ならば、『本院侍従集』は兼通を貶めようとする兼家の意向を受けて編まれたと考えたくなってくる。

なお、政治的意図が働いたか否か、それが兼家側からのものであったか否かに拘わらず、『本院侍従集』は本院侍従側で編まれたと考えられると思う。それは、『一条摂政御集』の他撰部が編まれるのに際し、本院侍従側から本院侍従関連の資料が提供されたのではないかと思われるからである。(33) 他撰部に載る歌語りからすると、本院侍従側において、兼通を主人公とする歌物語即ち現存『本院侍従集』が編まれたとしても不思議はない。また、冒頭序文の一箇所にだけ本院侍従に対して敬語が使われている（「おほむいとこさぶらひ給ひけり。」）が、これも本来本院侍従に対して敬語を用いるはずの本院侍従の女房が筆者であったための不統一だと説明できる。実際、『一条摂政御集』の他撰部では本院侍従に対して敬語が用いられている。(34) やはり、『本院侍従集』の編者は本院侍従の近くの人物であったと考えた方がよいであろう。

以上のことをすべて勘案すると結論は、『本院侍従集』は兼通を貶めようとする兼家側の政治的意図(35)によって本院侍従の周辺で編まれたということになりそうだ。しかし、兼家と本院侍従の繫がりを示す徴証がうかがえないなど、このような結論では臆説に過ぎるとの謗りは免れないとも思うので、最後に、私の主張せんとするところを纏めておく。

- 『本院侍従集』の虚構は、兼通を惨めな人物に描こうとする意図による。
- 従って、『本院侍従集』の編者は、兼通本人は勿論、兼通側の誰かだとは考えられない。

この二点はかなり明確に主張したいところである。これらに加え、

・兼通を惨めな人物に描くのは、兼通を貶めようとする政治的意図によるのではないか。

ということも、言えるかも知れない。また、

・政治的意図が働いたかどうかとは別に、『本院侍従集』が本院侍従側で編まれた蓋然性が高い。

ということも明確に主張しておきたい。さらに、

・政治的意図が働いたとすれば兼家側の働きかけによるものであり、『本院侍従集』は兼家側の働きかけによって、本院侍従の周辺で編まれた。

というのは、推定に推定を重ねた臆説として提示しておきたい。

注

（1）今後も史料や記録に多く言及するが、おおよそは本節3〈表二〉に纏めてある。

（2）主に片桐洋一氏「本院侍従」（『国文学解釈と教材の研究』12巻1号・一九六七年一月・学燈社）によった。なお、徽子の入内時期と本院侍従の詳しい経歴は後に述べる。

（3）「本院侍従の宮仕えについて」（『平安文学研究』36・一九六六年六月。後、『源氏物語論考』〈一九八一年六月・風間書房〉に所収）。伊井氏の見解には後にも言及するが、すべて同論文により、その際は注を付けない。

（4）「『本院侍従集』の構造と成立事情について」（『立教大学日本文学』37・一九七六年一二月）。山崎氏の見解には後にも言及するが、すべて同論文により、その際は注を付けない。

（5）「後撰和歌集の物語性―付歌物語の本質―」（『国語と国文学』44巻10号・一九六七年一〇月）。後、『伊勢物語の研究〔研究篇〕』（一九六八年二月・明治書院）「第一篇　歌物語の発生と展開　第一章　歌物語の基本形式」で再論。

（6）「本院侍従集試論」（『国文目白』17・一九七八年二月）。荻窪氏の見解には後にも言及するが、すべて同論文により、

その際は注を付けない。

（7）　鈴木あき子氏「本院侍従集私論―その歌物語的性格と成立事情―」（『国文』78・一九九三年一月）、守屋省吾氏「『一条摂政御集』考―主として第一部とよかげの成立期について―」（『立教大学日本文学』29・一九七二年一二月。後、「『一条摂政御集』「とよかげ」の部の形成要因」として『蜻蛉日記形成論』〈一九七五年九月・笠間書院〉に所収）も同様の順での出仕を考えている。ただし、守屋氏の場合は、「あくまで『本院侍従集』が事実上の時間的秩序に従って忠実に纂集されていることを前提として」の結果である。『本院侍従集』が「事実上の時間的秩序に従って忠実に纂集されて」いないのは、後に説く通りであり、守屋氏の論証過程には従えない。なお、鈴木氏の見解には後にも言及するが、すべて同論文により、その際は注を付けない。

（8）　目加田さくを・中嶋眞理子氏著、一九九一年七月・風間書房。同著の見解には後にも言及するが、その際は注を付けない。なお、中嶋眞理子氏「本院侍従の虚像と実像考」（関根慶子博士頌賀会編『平安文学論集』〈一九九二年一〇月・風間書房〉）も参照。

（9）　「本院侍従―その生涯と集―」（『広島大学文学部紀要』36・一九七六年一二月）。稲賀氏の見解には後にも言及するが、すべて同論文により、その際は注を付けない。

（10）　『大日本史料第一編之八』（一九八九年二月覆刻・東京大学出版会）に引用。

（11）　山崎氏は後に述べる「とよかげ」の部Ⅷ段との関連でFの時期を推定している。

（12）　「じじう君」の本文には問題があると考えるが、注（21）で述べる。

（13）　荻窪昭子氏も構成に言及しているが、詳述はしていないので全体的には摑み難い面がある。明言しているのは、序文Aが九四二年で、Fが九四八年十二月三十日の徽子の入内直前に伊尹が世話して本院侍従を徽子に出仕させたこと、Gが徽子の入内に伴って本院侍従も宮中入りしたこと、それに、Hが九四九〈天暦三〉年八月十四日の祖父忠平の死によることの四点である。

（14）　総角巻も含め、『源氏物語』における〈神無月歌〉を引歌とした引歌表現に関しては、第二部で詳述する。

（15）　『本院侍従集』に見られる引歌表現に関しては、第二部でも何度か言及する機会がある。

(16)『拾芥抄』の引用は、尊経閣善本影印集成17『拾芥抄上中下』（一九九八年七月・八木書店）による。『拾芥抄』で「左大臣時平家」となっている本院邸が実頼の所有に帰するようになった経緯は、伊井春樹氏が詳しく考証している。

(17)『一条摂政御集』他撰部に載る本院侍従関連の歌に関しては、Ⅰ第一章第一節で詳述した。

(18)『日本紀略』の引用は、新訂増補国史大系11『日本紀略第三（後篇）』（一九七九年一月・吉川弘文館）による。以下、同じ。

(19)丸岡誠一氏「一条摂政御集成立私見」（『文学論藻』11・一九五八年五月）に指摘がある。

(20)Ⅰ第三章第一節参照。

(21)山崎久美子氏は35番詞書で兼通が「じじう君」と呼ばれているので兼通侍従在任期間中の九四八年五月をIの下限と規定し、序文・A・B・C・D・E・F・Iを「年代的にスムースにつながる一つの線」と捉えている。しかし「じじう君」という本文は疑問だ。というのも、『一条摂政御集』他撰部42・113番詞書では、「じゞうのきみ」などと言って本院侍従を指しているらしく思え、115番詞書には、「本院のじゞうのきみ」という言い方もあるからだ。要するに、『一条摂政御集』を参考にすると、「じじう君」というのは、むしろ本院侍従を指すのに相応しい言い方なのだ。そこで、『本院侍従集』の他本を見ると、底本群書類従本と同じ第二類本穂久邇文庫蔵伝為相筆本（日本古典文学影印叢刊8『平安私家集』〈日本古典文学会編、一九七九年七月・貴重本刊行会〉による）では「しらう君」、第一類本冷泉家時雨亭文庫本（冷泉家時雨亭叢書第二十三巻『平安私家集十』〈二〇〇四年八月・朝日新聞社〉による）では「しらうきみ」となっている。こちらの方が冒頭序文の言い方とも通じる。なお、「じじう君」が正しくても、F I が九四七年秋以降という考えと齟齬は来さない。

(22)この考えに従えば、本院侍従の履歴をもう少し詳しく推測できるかと思う。先にも触れた通り、彼女は『本院侍従集』の序文の九四二年の段階で安子の許に仕えていたのだが、Bに描かれているように一旦本院に戻る。そこでC〜Eの贈答も交わされたのだろう。しかし、当時慶子は朱雀天皇の女御となって梨壺にいたので、本院侍従も間もなく梨壺に移ったと想像される。本院邸には彼女が仕えるべき主人はいないのだから。その後幾許か時間がたって、九四三年十月になりHの贈答が交わされる。そして、九四六年七月の時点で慶子が本院に帰ったのに伴い、本院侍従も本院に移ったのだろう。そこで明くる九四七年七月頃になってFが起こり、間もなくIの贈答が交わされたのではないだろうか。こうして彼女は連れ出された所に少なくとも翌九四八年の二月までは滞在し（ちなみに、九四七年には閏七月がある）、一旦また本院に戻ったりしたかも知れないが、いずれにせよ同年末の徽子の入内を契機としてまたもや宮中に出仕することになったのがGだと思うのである。この中には根拠の乏しい部分もあるが、一応以上のように推測できよう。

(23)「本院侍従について」（『国文目白』1・一九六二年三月）。

(24)「本院侍従集覚書」（『清泉女子大学紀要』10・一九六三年三月）。

(25)群書類従本は「大納言」とするが、兼通は大納言を経ずに権中納言から関白内大臣になっているので、第一類本冷泉家時雨亭文庫本（注（21）参照）等の「中納言」をとる。

(26)兼通が中納言時に『本院侍従集』が成立したことを示す跋文に関しては、高橋正治氏（注（24）に同じ）が、「堀川中納言の死後、本院侍従集が成立したにもかかわらず、作品の成立を古く見せるため」という可能性を示しているが、高橋氏の考察では序文について「「いとこ」といったのは作者の犯した誤りということになる」とした上で、「兼通、本院侍従の歿後、本院侍従についての知識がうすれて後、現存本院侍従集が成立したことになる」としているなど、現在では従い難い面もあるので、『本院侍従集』の成立は兼通中納言頃とみる通説に従う。また、「とよかげ」の部・『本院侍従集』・『蜻蛉日記』（特に上巻）は個別無関係に成立したのではないと強調する山口博氏『王朝歌壇の研究村上冷泉円融朝篇』（一九六七年一〇月・桜楓社）、特に「前篇　摂関家の歌人と家集　第五章　歌人兼家と蜻蛉日記」の考えにも従いたい。山口氏のこの見解は後に引用する。

(27)「とよかげ」の部の成立時期に関しては、I第三章第一節4で言及した。

(28)『王朝歌壇の研究村上冷泉円融朝篇』（注（26）参照）「前篇　摂関家の歌人と家集　第五章　歌人兼家と蜻蛉日記」。

(29)I第三章第二節注（49）参照。

(30)本文を引用する機会がなかった６７番の贈答は次のようになっている。

　　男にやりどをいささかあけて物いひけるに、ひとこともつつましうおぼえて、「むねいたし。やきいし《焼石》あてむ」
とて入りにければ、男わびていにけり。又のあしたに

6　あはずして帰りしよりもいとどしくくるしといひしことぞ侘しき

返し

7　ねぬるよのくるしきことはとふことのおこたるをりぞうれしかりける

6番詞書について松原一義氏は『多武峯少将物語校本と注解』（一九九一年二月・桜楓社）で、

「むねいたしやきいしあてむ」というのは、恋故の胸の痛みを焼石（温石）で治療してしまおうというもの。本院侍従のこのせりふは兼通を相当からかったものとなっており、これがこの集における兼通の基本的な立場を示している。（括弧内原文）

と読み取っている。

(31)『多武峯少将物語』に、兼通から歌を贈られた高光の北の方が、返歌を含まない返事を返す所がある。『多武峯少将物語校本と注解』（注（30）参照）によって本文を挙げると、「とて、うたのかへしはきこえ給はず。さかしらのやうに人もこそきけ。」（傍線は引用者）となっている。傍線部が底本酒井家旧蔵本では「さかさう」となっており、諸本でも意味が通じないが、松原氏は傍線部のように校訂した上で次のように読み取っている。

ここに叙されている「宮権守」（藤原兼通）の態度は、高光の妻を見舞いながら、彼女に下心を持つというものであり、読者の印象はすこぶる悪い。兼通の贈歌に対する高光の妻の態度が手厳しく、返歌を拒否するというものになっているからであろう。（括弧内原文）

続けて松原氏は、この場面と『蜻蛉日記』の「〔二〇五〕兼通の懸想文」と併せて、

兼通は、この物語では、夫に見捨てられた高光の妻に、モーションをかける。蜻蛉日記（略）によれば、それと同じように、夫の兼家に見捨てられた道綱母に歌を詠み贈っているのである。もう若くはない道綱母に近づく点には、別の動機があったかもしれないとする説もあるが、前者は高光の妻を見舞いながら、返歌を拒否される兼通像が描かれ、後者は返歌が詠めぬ兼通を描く。兼通像の描き方は、いずれもかなり悪意に満ちたものとなって

いる。

と評している。続いて注（30）で引いた『本院侍従集』に関する指摘に移るのだが、要は、『本院侍従集』・『多武峯少将物語』・『蜻蛉日記』いずれからも、兼通を貶めようとする意図が読み取れるということであろう。

（32）一九八七年二月・中央公論社（中公新書830）。

（33）I第一章第一節、第二章第二節2参照。

（34）『一条摂政御集』他撰部では、北の方恵子女王・本院女御慶子を除く女には敬意が示されないのが普通であるが、本院侍従に対しては例外的に示されている（I第一章第一節2）。

（35）弟兼家の方が昇進が早かった（例えば、九六九〈安和二〉年の時点で、兼家中納言に対し、兼通参議）せいか、兼通・兼家兄弟の仲の悪さは壮絶なものがあったようだ。それが典型的に現れるのが、先にも少し触れた伊尹死亡時の後継争いや、兼通瀕死時の凄惨とも言える逸話であるのは周知の通りである。従って、兼家が兼通を貶めようとしたとは十分考えられよう。その他にも兼通が貶められているような記述が、渡辺実氏が指摘する『大鏡』（注（32）参照）や松原一義氏が指摘する『多武峯少将物語』（注（31）参照）にも見られるわけだが、『大鏡』は兼家の息道長の栄華を頂点とする歴史物語らしく、『多武峯少将物語』は松原氏によると道綱母の作と目されるということである。

Ⅲ　『蜻蛉日記』研究

Ⅲでは『蜻蛉日記』を取り上げる。といっても、『蜻蛉日記』を全体的に取り上げたのではなく、上巻と下巻から部分的に取り上げたのではあるが、道綱母が『蜻蛉日記』をどのような意識でもって書いていったのかを探った。勿論、上巻執筆時と下巻執筆時とでは執筆意識も変化しているはずで、その違いも浮き彫りになるように心掛けた。

上巻と下巻をそれぞれ部分的に取り上げたのではあるが、両者には勿論関連がある。両者ともに、兼家が源兼忠女と関係をもって女の子をもうけ、その女の子を道綱母が養女にしたという、時間的には隔たっているが、一応一連のこととも認められる件に関する論考である。

第一章では、兼家が兼忠女と関係をもって女の子をもうけるということが、上巻に含まれる時期に起こったにも拘わらず上巻では記述されず、下巻で養女を取る段階で回想の形で触れられるという、不自然な形になっているところが焦点となる。そして、この件につき、上巻における養女問題執筆削除説を中心に説明を試みたのが第一章である。そのうち、第一節で養女問題執筆削除説を提示し、第二節ではその説に則って、上巻特に前半部の主題について考察した。

第二章では、下巻で養女を取る際の経緯が記述されているところが焦点となる。養女を取る経緯は、第一章でも触れた回想も含みながら物語的に叙述されているが、それが完全に物語化できているわけでもない。この不完全な物語化の成された理由について考察したのが第二章である。なお、第二章の第一節と第二節は一連の論考というより、それぞれ別説を提示しているが、その事情等については、第二章末の《付言》を参照願いたい。

第一章　上巻欠文部の養女問題考

第一節　養女問題執筆削除の可能性

1　はじめに

『蜻蛉日記』上巻は九五四〈天暦八〉年夏に始まり、九六八〈安和元〉年末に終わるが、九五八〈天徳二〉年冬頃から九六一〈応和元〉年迄の三年以上もの期間は、具体的出来事が一切書かれていない（以下、この期間のことを「欠文部」と呼ぶ(1)）。また、『蜻蛉日記』上巻のうち、欠文部より前の期間を描いている部分を「上巻前半部」、後の期間を描いている部分を「上巻後半部」と呼ぶ。本章の問題の原点は、欠文部でも道綱母の身辺には当然様々な出来事があったのに、なぜ欠文部が存在するのか、なのだが、そのことにつき、以前は本文の欠脱を想定する説等もあったが今ではほぼ姿を消し、道綱母が三年以上もに亘って記事を載せなかった理由が論点となっている。中でも焦点となるのは、九五八年秋頃から翌年春頃にかけてあったと思われる兼家と源宰相兼忠女との関係に道綱母が触れない理由であろう。上巻前半部には町の小路の女に対する熾烈な言葉が書き連ねてあるにも拘わらず、なぜ兼忠女の件は記されないのか。ちなみに、下巻一年目九七二〈天禄三〉年二月には、養女にする適当な女の子を探す道綱母に兼家と兼忠女との間にできた女の子（以下、「兼忠女の娘」と呼ぶ）を推薦する人（多分女房）があり、その人に道綱母が兼家と兼忠女の仲を問わず語りに細部まで説明している箇所がある（以下、この箇所を、「問わず語り」と呼ぶ）。

そよや、さる事ありきかし。故陽成院の御のちぞかし。宰相（＝源兼忠）なくなりて（九五八年七月一日）、まだ服のうちに、例のさやうのこと聞き過ぐされぬ心にて、何くれとありし程に、さめりしことぞ。人は、まづその心ばへにて、ことに今めかしうもあらぬうちに、齢なども奥寄りにたべければ、女は、さらむとも思はずやありけむ。されど、返りごとなどすめりし程に、みづから二度ばかりなど物して、いかでにかあらむ、単衣の限りなむ取りて物したりしことどもなどもありしかど、忘れにけり。さて、いかゞありけむ、

関越えて旅寝なりつる草枕かりそめにはた思ほえぬかな

とかいひやり給ふめりし、直もありしかば、返り、ことぐ〳〵しうもあらざりき。

おぼつかなわれにもあらぬ草枕まだこそ知らねかかる旅寝は

とぞありしを、『旅重なりたるぞあやしき。などもろともに』とて笑ひてき。のち〳〵しるきこともなくてやありけむ。いかなる返りごとにか、かくあめりき。

置き添ふる露に夜な〳〵濡れこしは思ひのなかにかわく袖かは

などありし程に、ましてはかなうなり果てにしを、のちに聞きしかば、『ありし所に女子生みたなり。さぞとなむいふなる。さもあらむ。ここに取りてやは置きたらぬ』などのたまひし、それなり。させむかし

〔一四七〕養女を迎える

問わず語りの内容を鑑みるに、二人の関係は、道綱母の記憶にも記録にもあったはずで、なぜ上巻に記述がないのか問題なのである。また、上巻で触れなかった兼家と兼忠女の関係について、下巻でたまたまその娘を養女に迎える話が持ち上がり、改めて回想の形をとって記述しているというのを、偶然として処理してしまうのは当然躊躇される。よって、古くから様々に論議されてきた。

本章でも問わず語りの内容が上巻にない件に関して考察をめぐらすのであるが、まず論の前提として、問わず語りの内容を大きく二分して捉えておきたい。即ち、兼家と兼忠女の関係の発端から結末まで（引用本文中波線部の直前まで）と、後になって兼家から兼忠女の娘を養女にと提案される件（引用本文中波線部）とにである。この二つは一連の出来事であろうが、それぞれに対する道綱母の感情（これについては後述する）を重視し、敢えて分けて論ずるのである。そこでこの際前者を「恋愛問題」、後者を「養女問題」と名付けておく。すると、従来の説はいずれも、養女問題を全くと言ってよいほど考慮に入れず、恋愛問題のみを視野に入れて論じているとみなされる。そこで本章では養女問題を重視して仮説を提示するものである。

2　恋愛問題・養女問題欠如の理由
――恋愛問題を重視する説――

最初に、問わず語りの内容が上巻にない理由について論じた先学の議論を確認しておくが、議論の中心になっているとも言える犬養廉氏の説と、それに対する反論を軸に見ておく。

犬養氏[2]は、「日記の主題からすれば当然触れらるべくにも拘らず、跡かたもなく抹消されているのは、意識的な省筆としか考えられない。」とした上で、

激情の枯れた同じ下巻においても、兼家との交渉が目下進行中の近江君に対しては、〈略。火事の記事二件引用

を、略〉再度に亘る罹災を冷酷に云い下している。従って上巻天徳三年の時点において、作者が兼家と兼忠女との交渉を、〈略〉寛容に眺め得たとは思われない。天徳二年七月、一二三句から成る長歌に托して身を刻む憂悶を訴えた作者にとって、町の小路の女の一件の落着後、一と息つく間もない情況の新展開である。而もこの度は、「孫王の、ひがみたりしみこのおとしだね」（町の小路の女）に対して、ともかくも歴とした陽成院の後裔、宰相兼忠の姫君である。作者に対して優位に立つライバルと云えよう。（括弧内原文）

と言い、さらに、道綱母は兼忠女に贈る兼家の歌を代作させられたのであろう、代作させられなかったとしても、それを「見せつけられる作者の心の穏かなはずがない。むしろその屈辱感は思い半ばに過ぎるものがあろう」とする。そしてさらに、養女として迎えた兼忠女の娘を『蜻蛉日記』の「最も身近かな読者」とし、

この日記の上・中巻の成立時期は不明であるが、少くとも上巻天徳年中の部分は、このころ既に脱稿していたと思われる。いささか臆測に偏するが、本来この部分に位置していたであろう兼忠女に関する、恐らく仮借なき記載は、奇しくもその女子を迎えることになった天禄三年二月以降、作者の配慮によって抹消されたものではなかろうか。上巻を脱稿していなかったとすれば、あらたな執筆の用意として同様である。

という想定を示すのである。要は、兼忠女に対して激しい感情を抱き、それも含めて書かれていたものが、養女に迎えた兼忠女の娘への配慮から削除されたとの考えである。

自ら「いささか臆測に偏するが」と断る犬養説であるが、反響は大きく、ために反論も多い。そのうち、「蜻蛉日記注解八十(3)」の反論は次のごとくである。

兼忠女についての懐旧談における作者の平静さは、単にそれが遠い過去の回想であるからだけではないだろう。それよりも、彼女が兼家の他の妻妾たちに、すべてひとしく嫉妬心を燃やし対抗意識を抱いたと考えてはならず、彼女の感情は、兼家の相手の女に対する態度いかんによつて左右されたことを、重視すべきではないか。

> 兼家に通い所ができても、かれがその女に心を奪われず、その女を大切に扱わなければ、道綱母は怒りも歎きもしなかつた。それこそ一夫多妻の社会において、まさに男の主観の中にしか生きる場をもちえぬ、女の身のあわれさだつたといえよう。このような対人意識に基づき、兼忠女は作者の「仮借なき」悲憤の対象とはならなかつたがために、天徳二、三年の個所では、取り上げるまでもなかつたのだと思う。

こちらの方は、兼忠女に対する嫉妬心は生じず、書くまでもなかったと言うのである。

また、篠塚純子氏は（4）、兼家と一緒にの意をもつ「もろともに」という語が欠文部に続く九六二、三〈応和二、三〉年頃に集中して用いられている事実に注目し、問わず語りの中にある「などもろともにとて笑ひてき」（先の引用本文中の直線部）のうちの「などもろともに」も兼家の発言から外して地の文とみて、道綱母と兼家が一緒に笑ったと解釈し（5）、「憶測にすぎませんが」と断って、次のような想定を提示する。

> やはり、犬養氏が推論されたように、『日記』上巻には、兼忠女に関する記事が書かれてあった。しかし、それは、「仮借なき記載」や「かなり厳しい挿話（6）」ではなく、むしろ逆に、道綱母が、自分は兼家と「もろともに」あるという、妻としてのしばしの幸福感を味わい、しかも、新しく出現した兼忠女の優位に立ち、兼忠女を見下すような書き方がされていたのではないだろうか。兼家が女との後朝の贈答の和歌を道綱母に見せ、そのうえ、「もろともに」女の歌の拙なさを揶揄し、笑い合ったのだとすれば、それまでどのような経緯があったにせよ、少なくともその時点では、道綱母にとって女はライバルの資格を失った者と見なされていたのであろう。そのことを兼忠女（ママ）が知れば、どんなにか心を傷つけられたであろう。道綱母が、養女がこの『日記』を読むことを思い慮って、上巻のその部分を削除したのは、それゆえではないか。

兼家が兼忠女と関係をもっていた頃、幸福感さえ味わい、犬養説とは正反対の内容を想定した別の削除説にたっているのである。

犬養説と「注解」説・篠塚説に限れば(7)、後者、中でも「注解」の考えを受け入れるむきが現在では多くなってきているが、以上の説はいずれも恋愛問題に対する道綱母の感情を問題にし、それと絡めて執筆されてから削除されたか、あるいは執筆に及ばなかったかを論じている。つまり、養女問題は問題視されていない、と言って言い過ぎなら、重要視はされていないみたいなのである。

3　恋愛問題に関する私説

そこで本章では養女問題を重視したいのだが、その前に恋愛問題についての私の考えを述べておきたい。要は、本節2で取り上げた説のように、恋愛問題だけに照射を当てればどう考えられるかであるが、そのために、欠文部の記述に相当する行文につき、その前後も含めて考察しておく。

①ことわりにもや思ひけむ、すこし心をとめたるやうにて、月ごろになりゆく。②めざましと思ひし所は、今は天下のわざをしさわぐと聞けば、**心やすし**。③昔よりのことをば、いかゞはせむ、堪へがたくとも、わが宿世の怠りにこそあめれ、など、心を千々に思ひなしつゝ、あり経るほどに、少納言（＝兼家）の、年経て、四つの位になりぬれば、……

〔三〇〕長歌贈答・〔三一〕兵部大輔

欠文部の直前九五八年秋頃の記事は、道綱母と兼家の間に長歌を含む三組の和歌の贈答があって、①の一文で閉じられる。その後九六二年初頭、兼家が四位に加階する時（③の点線部）まで具体的記事を欠き、②と③の二重傍線部だけがあるである。

この行文についての諸注の見解は様々だが、次のようにみるむきも多い。まず、九五八年は①で終わり、②から欠文部に入って、兼家に見捨てられた町の小路の女、即ち「めざましと思ひし所」が兼家の愛情を取り戻そうと画策している様を抽象的に叙述し（②の波線部）、それに対する思いを「心やすし」と述べているとみるのである。時期としては漠然と九五九〈天徳三〉年以降二、三年間と考えているようだ。③になると、二重傍線部で夫婦生活に対する欠文部における思いを述べて、そのまま文を切らずに点線部の九六二年冒頭の兼家の加階に話題を移し、具体的な出来事が再び描かれだすと言うのである。つまり、②と③の二重傍線部あたりまでに、町の小路の女に対する思いと夫婦生活についての欠文部における凝縮された思いが連続的に込められているとみるのである。ちなみに段落分けすれば、②からが新段落になり、②と③の間には切れ目を認めないことになる（「角川古典文庫」でも、①までが〔三〇〕で、②からが〔三一〕である）。

はたしてこれでよいのかというに、私は特に②の位置づけにつき異論があるのである。②の波線部のように町の小路の女が画策したのは、九五八年のうちか、せいぜいそれに直結する頃ではないか。彼女が兼家の寵を失った件は、「かうやうなるほどに、かのめでたき所には、子産みてしより、すさまじげになりにたべかめれば……」（〔二九〕町の小路の女の悲境）と、九五八年に入って最初に書かれている。[8] 彼女があたふたとするのもそれに近い頃、乃至は欠文部に入っていたとしてもすぐの頃のはずで、倒底九六二年になってからとは思えない。「心やすし」との思いも当然同じ頃の思いであろう。要は、②は①と時期的に重なるか連続して位置づける方が妥当で、[9] 欠文部の内容に含めるべきではないと考えるのである。そして、それに続く③の二重傍線部からが欠文部の思いを凝縮した部分で、点線部から具体的記事が再開する序文的部分ともなっているとみなせると思うのである（これについては本節5でも触れる）。こちらもちなみに段落分けすれば、②は①と同段落で、③からが新段落となる。纏めると結局私は次のように捉えるのである。[10]

②　　　―九五八年秋＝町の小路の女に関する言及
③の二重傍線部―欠文部の思いを凝縮して述べる部分＝以下の序文的部分
③の点線部から―九六二年初頭＝具体的記事の再開

以上のように捉えると、欠文部の直前が、「……心やすし。」で閉じられている、逆に言えば、「……心やすし。」で閉じられてから欠文部に入っていることになり、注目される。なぜなら、「心やすし」から三年間以上記事を欠くのだから、その間「心やすし」との心境がある程度の時間維持できていたのではないかと想定できるからである(11)。そして、この気持ちの維持が欠文部を生じた理由でもあるとも思われるのである。

ここで、問題を恋愛問題に移すと、さらに次のような想定が可能だと考える。町の小路の女の出現に心を切り刻まれた道綱母は、彼女が兼家の寵を失い、産んだ子を亡くし、のみならず兼家の愛を取り戻すべく悪足掻きをしていると聞いて、「心やすし」という心境に落ち着いた。暫くして恋愛問題が出来したのであるが、町の小路の女への憎しみが強かった分、その気持ちが落ち着いたとあっては、再び嫉妬心を燃やすには至らなかった。「心やすし」の心境はなお維持できていたものであろう。

ところで、道綱母の性格、特に若い頃の性格は概して言うと激しやすいもので、年を重ねるにつれある程度落ち着いてくるとも言われているが（犬養氏がまさしくこのように考えているらしく思える）、いくら若い頃の道綱母でも落ち着いた心境の時期もあったのではないか。人間の性格が年齢と共に変化するのは確かであろう（だいたい穏やかになっていくと思うが）が、ある一時期をとっても、当然感情の起伏はあったと思うのである。そこで、欠文部に入って道綱母は「心やすし」という心境で暫くは落ち着けていたのではないかと敢えて考えてみる(12)、そんな読みの可能性にたってみることも必要だと思うのである。その点「注解」のように、兼忠女に対する兼家の愛情が薄かったから嫉妬しなかったとは必ずしも言えず、また別の時期に兼忠女が現れていれば、また別の感情・反応を示していたかも知れない。

ともかく、恋愛問題に対する道綱母の思いについては、結論として「注解」に与する。篠塚氏の言うように、「幸福感を味わ」っていたかも知れないが、そこまでは言い切れないと思う。少なくとも精神的には安定しておれたと考えるのである。

4　養女問題に関する私説と先学の説

次に養女問題に移るが、まず養女問題を重要視すべきと考える理由から提示しておきたい。本節1で引用した問わず語りを見ると、養女問題は、何気なく兼家が言い出しそのまま沙汰止みになってしまっていたかの感がする。また、例えば「新潮集成」が波線部直後の傍点部「させむかし」を「かつて殿も言われたことだし、それを養女に迎えることにしよう」と意訳するように、この子を養女に決める動機として述べているだけだとも思える。が、問わず語りの前後は言わば物語的に記述されており、その内容を文字通りに受け取るわけにはいかない。問わず語りに語ったとの設定自体虚構とも思える。(13) 実際問題としては、当時兼家のめぼしい娘は時姫の子超子だけで、同じく時姫が東三条院詮子を産むのはなお二、三年の後である。そこに陽成院の血を引く兼忠女が産んだ女子がいて、兼忠女には全く興味をなくしてしまったとしたら、その女子を道綱一人を産んだだけの道綱母の養女にしようとするのは、兼家にとってはかなり切実な考えではなかっただろうか。反対に、道綱母とすればまだまだ若い頃で、これから子供をたくさんもうけて兼家妻としての地位の向上も図りたいときに養女取りを提案されれば、彼女の置かれた当時の状況からすると強く反撥したのではないだろうか。あるいは、養女問題がもとで二人目を妊娠しないことが気になりだしたとも想定できる。さらに思うに、兼家と結婚した時既に時姫がおり、その後も兼家の妻愛人が増えるのはかねてから予想できていたはずだ。ところが町の小路の女の出現であのようになってしまった。一方養女問題は、我が身に降りかかるものとは必ずしも思っていなかったか、あるいは全くの想定外であったかも知れない。さぞや動揺しただろうと想像する所以である。つまり、この時の養女迎え入れの件をめぐって、切実な思いの兼家と強く反撥する道綱母との間にかなりの確執があったと思われるのである。

私はこのように考えるのであるが、他の考え方を示している論者の意見につき言及しておく。

曽根誠一氏[14]は、

> 道綱母に養女を迎え取ることを（略）勧めたときには、兼忠女との仲は既に「はかなうなりはて」た後のことであり、兼家の言葉がリアリティを持つとは認め難く諧謔乃至おざなりな話題と解すべきであろう。

と指摘しているが、二人の仲が「「はかなうなりはて」た後のこと」なら、なぜ「兼家の言葉がリアリティを持つとは認め難」いのであろうか。父も既に亡く、娘を養育していくのにも困るであろう兼忠女の境遇こそは考慮されたであろうが、兼家と兼忠女との仲が如何なる状態であっても、養女に迎える件には関係しないのではないか。上村悦子氏[15]が「兼家にもし超子《ちょうし》や詮子《せんし》が無ければ兼忠女腹のこの女子を時姫か作者に強引に育てさせ入内《じゅだい》させたにちがいない。」（傍点は引用者）と言っているのが真相に近いと思うのである。[16]

また、兼家の提案を「諧謔乃至おざなりな話題」と言うが、問わず語りの中にある兼家の言い方から「諧謔」性は感じられない。中巻九七一〈天禄二〉年鳴滝籠もりから帰った道綱母に「雨蛙（尼帰る）」と渾名を付けたりする（〔一三七〕あまがえる）ほど諧謔好きの兼家だから「諧謔」の可能性を考えるのであろうか。しかし諧謔の場合でも、「雨蛙」の渾名がそうであったごとく、諧謔が道綱母の神経を逆なですることは十分考えられる。当然二人目の妊娠を望み、焦っていたかも知れない道綱母にとって、養女の提案は非常に辛い話題であったに違いない。一方、兼家の言い方からすると「おざなりな話題」であったようには思える。しかしそれは兼家がまず道綱母の反応を見ようとしてこういう言い方をしたか、朧筆があるためにそう感じるのであろう。後期摂関制に入っているこの頃、九条流にとって女子の存在は切実な問題のはずで、本当に「おざなりな話題」で済ませる事案とは考えられない。やはり上村氏の想定が思い起こされるのである。

犬養廉氏[17]も「おざなりな話題」という曽根氏の考えに近いのであろうか、兼家の提案を「無責任な兼家語録」としているが、同時に「上中巻の世界ならば、仮りにも兼家が他の女性との仲になした女子を養女として迎える作者ではあるまい。」とも言っている。氏の推測は、問わず語りの直前あたりで述べられている養女を取る動機にもよっていると思う。


かくはあれど、たゞ今のごとくにては、行く末さへ心細きに、たゞ一人、男にてあれば、年ごろも、ここかしこに詣でなどするところには、このことを申し尽くしつれば、今はまして難かるべき年齢になりゆくを、いかで賤しからざらむ人の女子一人取りて、後見もせむ、一人ある人をもうち語らひて、わが命の果てにもあらせむと、この月ごろ思ひ立ちて、これかれにもいひあはすれば、〔一四七〕養女を迎える

この部分をどれ程文字通りに解してよいかは問題だが、傍線部などを見るに、女の子を授かることを数年来神仏に願っていて、いよいよ年齢的に妊娠を諦めて養女を迎える決心をしたことになる。道綱母二十代半ばの頃、養女を取るなど思いもしなかったであろう。

要は、養女問題は兼家にとって切実な問題であったはずだと考えられ、またたとえ兼家がいい加減な気持ちであったとしても、道綱母をいたく刺激したには違いないと思うのである。そして、道綱母を刺激したことに養女問題

の重要性をみるのである。

その点、鈴木裕子氏[18]の、

> 作者はまだ兼家との間に子供を産む積もりでいたため、（兼家の提案を）一笑に付したことだろう
> （括弧内引用者補）

という私と逆の想定はいかがなものであろう。「まだ兼家との間に子供を産む積もりでいた」からこそ、兼家から養女の提案を受けた道綱母は敏感に反応し反撥したと私は考えるのである。つまり、自分は妊娠の可能性にかけているのに、兼家は自分の妊娠を諦めているのかも知れないと不安に思うのではないか。とても「一笑に付し」て終わらせることはできなかったであろう。

養女問題に言及する管見に入った論考は以上ぐらいしかなかったのだが、結局、養女の話を持ち出されれば、道綱母の心は揺れ始めたのではないだろうかとの想定に私は傾く[19]。欠文部の前で町の小路の女に心を切り刻まれた道綱母であるが、兼家が自分や時姫以外の女を猟色することは結婚前から一応は織り込み済みであろう。でも、養女問題は青天の霹靂、おそらく冷静に対処もできない問題であっただろうと思うのである。

その点、上巻九五六〈天暦十〉年九月、おそらく時姫を指して「子どもあまたありと聞く所」（〔二一〕網代の氷魚に）と言っていたり、同九六四〈康保元〉年夏に次のような感慨（特に傍線部）をもらしているのは参考になる。

> など、頼もしげに見ゆれど、わが家とおぼしき所は異になむあんめれば、いと思はずにのみぞ世はありける。さいはひある人のためには、年月見し人も、あまたの子など持たらぬを、かくものはかなくて、思ふことのみ繁し。　〔三九〕曇り夜の月

ともに表現が曖昧で様々な評解がなされているが、いずれにせよ、自分には一人しか子がないという劣等感が根底にあるものと思われる。

5　恋愛問題・養女問題欠如の理由
――私説――

以上述べてきた恋愛問題と養女問題に対する道綱母の感情を纏めると、前者には大して反応しなかったが、後者には大いに反撥したとなる。そこで、先にも問題にした欠文部の記述に相当する行文に再び目を遣りたい。注目したいのは「欠文部の思いを凝縮して述べる部分」とした③の二重傍線部である。ここには不幸感が充満しているようで、「心やすし」で落ち着いた②の心境とは変化している。当然私は恋愛問題がその変化の原因とは考えないので、その原因をどうみるかが問題となる。ところで、多くの論者は③の二重傍線部を②とともに欠文部の思いとしながら、町の小路の女に由来する不幸感も含まれる夫婦生活に対する思いを概括的に述べる部分とみ、②の末尾の「心やすし」との不連続性を問題としない。そんな中、③の二重傍線部に対して

この時点では、特に悲しむ原因はないのだが、執筆時から見てやはりつらい生活の連続であったと考えている。

（傍点は引用者）

と注する増田繁夫氏[20]の見解は注意される。増田氏も、問わず語りの中の注で「このあたり作者のきげんのよかった時期の出来事であろう。」と述べているので、道綱母は恋愛問題に心動かされることはなかったとみている。そのために②の末尾と③の二重傍線部との較差に気を配っているものと思われる。それが特に傍点部の言い回しに表れていると思う。そこで私は、「この時点」での「特に悲しむ原因」として養女問題を考えるのである。増田氏の言い方に倣えば、「この時点では、（町の小路の女の件は片づき、恋愛問題にはどうということもなかったが、）養女問題が

悲しむ原因となり、執筆時から見てもつらい生活であったと考えている。」と③の二重傍線部を読むのである。[21]

そういう不幸感の中、③の点線部の兼家加階等に文を切らずに話題を移し、周知の通り、それが兼家の上司の章明親王も巻き込んだ明るい記事へと転じていくのである。[22] つまり、③の二重傍線部で欠文部における不幸感を抽象的に述べると同時にそれについては清算してしまい、明るい記事への切っ掛け（③の点線部）、そして明るい記事へと進んでいくわけである。本節3で、③の二重傍線部が以下の序文的役割を果たしていると指摘したのは、そういう意味においてである。

ここでようやく私の仮説を提示するが、私は養女問題こそが執筆されたに相応しく、一旦執筆されたのではないかと考えるのである。つまり、兼家による養女の提案とそれに対する反撥、二人目懐妊の希望や兼家はそれには期待していないのかといった危惧などを書き綴りたいとの思いに駆られ、執筆したであろうと、想定したいのである。

ではなぜ養女問題が上巻にないのか。やはり、兼忠女の娘を養女に迎えた時点で削除したからだと考える。かつて兼忠女の娘を養女に迎える件で自分がいたく傷ついたなど、本人に知られたくないと、道綱母は思ったであろうと想定できよう。[23] そして、削除した代わりに③の二重傍線部の叙述がなされたのではないか。

さて、養女問題について書いたとすれば、当然恋愛問題から書き始めていたであろうと考えられる。すると結局は恋愛問題についても上巻にないのは削除されたからになり、その点犬養説や篠塚説に近づく。では、恋愛問題の内容は如何なるものであっただろうか。当然犬養説とは違った内容を想定しなくてはならず、そうかといって篠塚説に従い「幸福感」が描かれていたとまでも考えにくいとも思う。その内容はとりもなおさず問わず語りの内容に近い淡々としたものではなかったか。別々の削除説にたつ犬養説でも篠塚説でも、問わず語りは削除されたものをもとに書き直されたことになる。私も同様に考えるのであるが、その際、恋愛問題に関しては、それ程書き直されることもなく、もとから淡々とした内容ではなかったかと考えるのである。[24] ちなみに、養女問題こそが問わず語りに取り込む際に当たり障りなく書き換えられなくてはならない、というよりほとんど端折って抽象的にしなくてはならない内容であっただろう。先にも触れた、養女問題を持ち出した時の兼家の言い方は、やはり真に受けるわけにはいかないと思う。

6　まとめ

犬養、「注解」、篠塚説に導かれる形で、新たな削除説を提唱してみた。一応の結論は次のようになる。町の小路の女に対するのとは違った次元で養女問題に刺激を受けた道綱母は、その顚末を書こうとし、恋愛問題の当初から筆を染めた。養女問題に関しては苦悩が描かれていたが、恋愛問題に関しては問わず語りと同様な淡々とした内容であったであろう。しかし、いずれにせよ、結局それらは削除された。

以上の説は臆測に偏る面もあり、また以上の説を唱えるにしても取り残された問題もあり、それを第二節で論じていきたい。

が、その前にこれまで触れなかった問題についてここで一言しておきたい。それは、上巻の執筆時期である。『蜻蛉日記』は段階的に成立したとみるのが通説で、上巻については上巻単独か中巻も併せてかなどの見解の相違はあるが、中巻一年目九六九〈安和二〉年後半の記事が簡略になっている頃を、上巻成立の頃とみなす説[25]が有力である。私もだいたいそのように考えており、本章での論考はそれを前提としている。そこで執筆時期と本節5までの想定を繋げて纏め直すと、道綱母は上巻を書く際に養女問題での苦悩は忘れ難かった、町の小路の女による苦悩から解放され、恋愛問題にも動揺しなかったので、余計に養女問題の苦悩は辛く忘れられなかった。それで恋愛問題とともに執筆したが、兼忠女の娘を養女に取る段階で削除した、となる。

注

（1）守屋省吾氏「『蜻蛉日記』上巻の欠文部について—特に兼家・兼忠女の情交を中心として—」（『立教大学日本文学』27・一九七一年一二月）などに倣った用語。同論文は改稿され、「蜻蛉日記上巻の執筆素材としての「道綱母集（仮称）」」として『蜻蛉日記形成論』（一九七五年九月・笠間書院）に所収。

（2）「平安朝の日記文学—蜻蛉日記における養女をめぐって—」（『文学・語学』49・一九六八年九月）。後、「新潮集成」「解説」で再論。犬養氏の見解には後にも言及するが、特に断らない限り前者の論文により、その際は注を付けない。

（3）秋山虔・上村悦子・木村正中氏著（『国文学解釈と鑑賞』34巻4号・一九六九年四月・至文堂）。「蜻蛉日記注解八十」の見解には後にも言及するが、その際は「注解」と略称し、注を付けない。

（4）『蜻蛉日記の心と表現』（一九九五年四月・勉誠社）。篠塚氏の見解には後にも言及するが、すべて同著により、その際は注を付けない。元『形成』に連載されていた「かげろふ日記ノート」に修正を加えたものであるが、「かげろふ日記ノート」は『蜻蛉日記解釈大成第6巻』（上村悦子氏著、一九九一年七月・明治書院）でしか確認できていない。

（5）宮内庁書陵部蔵桂宮本『蜻蛉日記下』（笠間影印叢刊70・一九九六年三月初版第2刷による）では、「なともろともにとそわらひてき」となっていて、傍点部の「そ」と「き」で係り結びが成り立っておらず、特に「とそ」について幾つかの校訂案がある。それとも関連して、「などもろともに」を兼家の発言に入れるか入れないかも解釈が分かれている。

（6）「新潮集成」「解説」に「上巻の天徳三、四年の部分には、かなり厳しい兼忠女に関する挿話が、本来あったのではあるまいか」という記述がある。

（7）他にも、当時道綱母は二人の関係を知らなかったがために（宮崎荘平氏「蜻蛉日記下巻の特質」『都大論究』6・一九六六年一二月。後、「Ⅱ　蜻蛉日記の形成　三　下巻の特質」として『平安女流日記文学の研究』〈一九七二年一〇月・笠間書院〉に所収）、また、二人の関係をめぐっては道綱母の歌が詠まれなかったがために（守屋省吾氏「『蜻蛉日記』上巻の欠文部について—特に兼家・兼忠女の情交を中心として—」〈注（1）参照〉）、上巻には載せられなかったのだとの説などもある。いずれも、もとから二人の関係は書かれていなかったとの考えである。守屋説には、第二節3で言及する。なお、「注解」及び篠塚説に対する犬養氏の再反論として「蜻蛉日記に関する一視点―養女をめぐる問題について―」(『立正大学文学部研究紀要』8・一九九二年三月。後、『平安和歌と日記』〈二〇〇四年九月・笠間書院〉に所収)がある。

(8)『蜻蛉日記』上巻が九五四年夏から始まることは没年から逆算できる道綱の生年等外部徴証と照らし合わせて確実で、その後九五七〈天徳元〉年までは年が改まるごとにそれを示す言辞があって年次が追えるのであるが、九五七年からは年が改まっていると考えられる町の小路の女が兼家の寵を失う所には年変わりを示す言葉がない。従って、ここからは厳密に言うと年次不明瞭で、それは①まで影響するのであるが、町の小路の女が寵を失う所から九五八年とみるのがおおかたの見方であり、本章でもそれに従う。

(9)②を九五八年に含める考え方は既に「柿本全注釈上」に提示されている。即ち柿本氏は、

(②は)天徳二年に属する記事と見られよう。「四つの位」以下は明瞭に応和二年の記事であるから、「昔よりのことをば……ありふるほどに」の間に、天徳二年七月以降、応和元年いっぱいまでの経過が籠められていることになろう。もう少しつきつめていえば、「昔よりのことをば」云々は、長歌贈答後の心境や「めざましと」云々の文に直結した天徳二年に属する記事であって、「ありふるほどに」の間に、上記三年半の経過が籠められているといえるであろう。(括弧内引用者補)

と述べているのである。氏は③の二重傍線部も概ね九五八年に含めているようだが、その点は私の見解とは異なる。

(10)このあたりの見解は水野隆氏の一連の論考、(1)「蜻蛉日記上巻の成立過程に関する試論」(上村悦子氏編『論叢王朝文学』〈一九七八年一二月・笠間書院〉)、(2)「蜻蛉日記上巻前半部の成立について」(『国文学研究』67・一九七九年三月)、(3)「蜻蛉日記上巻の成立過程に関する試論補稿」(『今井卓爾博士古稀記念物語・日記文学とその周辺』〈一九八〇年九月・桜楓社〉)に導かれてのものである。氏の論の詳細は第二節で述べるが、氏の論のうち、上巻を前半部と後半部に分別する捉え方は示唆に富むと思う。ところが、私が見る限り、水野氏がどこに前半部と後半部の切れ目をおいているのか、先程引用した欠文部の記述に相当する行文あたりだとは思われるのだが、明確でない。そこで私なりに考

えた切れ目が「……心やすし。」である。

(11) 欠文部に入って「心やすし」の気持ちでいられたとすると、③の二重傍線部の思いとは矛盾するようだが、この点については本節5で述べる。

(12) 鈴木裕子氏は「『蜻蛉日記』私記—上巻における「もろともに」ということ—」（『駒澤短大国文』24・一九九四年三月）で、②と③を続けて引用し、「「心やすし」などと言い放ってみたところで、明らかに、どうにも癒し難い不充足感が彼女の心に充溢している。」と指摘する。しかしこれは②と③の間に切れ目を認めずに読むからである。②と③の間に切れ目をみれば、「心やすし」の気持ちはある程度持続していたとみられるのである。また、大倉比呂志氏は「蜻蛉日記上巻の特質—兼家との安定した一時《ひととき》の記事をめぐって—」（『文芸と批評』4巻7号・一九七七年一月。後、『平安時代日記文学の特質と表現』〈二〇〇三年四月・新典社〉に所収）で、九六二年以降「兼家と常に「もろともなる」状態であったことを考えると、この時期には作者の精神がいかに安定していたかが理解されよう」と指摘する。また、九六二年以降の記事を追って、「一時的にせよ精神的安定状態を獲得した」時と「作者の心はまた不安定な状態に陥ってしまう」時が交錯していたとも指摘する。九六二年以降道綱母の精神が安定するのは、兼家の訪れが頻繁になるからだが、恋愛問題が生じた頃も安定期であったと私は想定するのである。なお、宮崎荘平氏も「『蜻蛉日記』における一体感と喪失感—再び「もろともに」なる語に執して—」（上村悦子氏編『王朝日記の新研究』〈一九九五年一〇月・笠間書院〉）で、大倉氏と一部重なる論を示している。

(13) この件に関しては、第二章第一節で述べる。

(14) 「蜻蛉日記上巻欠文部に関する試論」（『中央大学国文』18・一九七五年三月）。

(15) 講談社学術文庫『蜻蛉日記(下)全訳注』（一九七八年九月）。なお、『蜻蛉日記解釈大成第6巻』（注（4）参照）にも同様の記述がある。

(16) 後々に入内させることを目的に養女を取る件に関しては、なお考えるべき点がある。

(17) 「蜻蛉日記に関する一視点—養女をめぐる問題について—」（注（7）参照）。ちなみに、犬養氏は養女を迎える件に反撥を示す道綱母であるので兼忠女にも嫉妬したはずだという論であるが、私は兼忠女に対する思いは別であったと考えるのである。

(18)「『蜻蛉日記』私記―中・下巻における「もろともに」ということ―」（『駒澤短大国文』25・一九九五年三月）。

(19) この後展開する第二節の内容は、中古文学会二〇〇四年度秋季大会（二〇〇四年一〇月九日、於・広島大学）において「『蜻蛉日記』上巻欠文部の養女問題・続攷」と題して行った研究発表の内容をもとにしている。その席上、倉田実氏より、兼家から自分の娘を養女にするように言われたのは、道綱母にとって光栄なことではないのか、との質問を受けた。確かに、複数いる妻のうちから道綱母を養母に指名したと考えれば、兼家がそれだけ道綱母を妻として重視していたともとれる（《付言》参照）。しかし、一般論的にはそうであっても、今後妊娠出産する可能性のまだまだあった道綱母が、それを素直に受け入れられたであろうか。また、一般にも当時の養子をめぐる問題は、婚姻関係の問題とも複雑に絡んで、解明には程遠いと言えよう。倉田氏の想定も否定はできないが、積極的に肯定もできない。養子をめぐる問題の解明は課題として残し、倉田氏とは反対の可能性にたって考えたのが本章である。ちなみに、養女問題が道綱母にとって光栄なことであっても、なぜその光栄を上巻に描かなかったのか、また、養女取りは一旦は結局沙汰止みになったわけだが、光栄なことなら沙汰止みになったことに道綱母は衝撃を受けたと思われ、それが描かれないのはなぜか、あるいは、後に子供を授かるよう社寺に願をかけていることとどう関わるのか、等々、問題は多いと思う。恋愛問題のみに注目していた従来の姿勢は、やはり改めなくてはならないのではないか。なお、養女問題を重要視する必要性を認めない論者もいるが、それらの論はいずれも説得力をもつものではないのは、検討した通りである。本章のように養女問題を重視する立場での立論も必要だと考える次第である。その意味では、倉田氏の質問は私とは正反対の可能性を見据えての養女問題を重視する立場からのものとも受け取れる。倉田氏の可能性にたっての立論はまた別になされるべきで、養女問題に関して、少なくとも今のところ、どれかの想定だけが成り立って他の想定は否定されてそれ以上の立論は不要である、という段階にはないと思うのである。

(20) 全対訳日本古典新書『かげろふ日記』（一九七八年一二月・創英社）。

(21) ③の二重傍線部については、李恵遠氏が「『かげろふの日記』上巻と「ものはかなし」」（北海道大学国語国文学会『国語国文研究』124・二〇〇三年六月）で、次のような見解を示している。

このような現実を作者は自分の「すくせのおこたり」としてどうしようもないこととして認める。なぜなら、作者にとって「むかしよりのこと」つまり、時姫が自分より先に正妻として結婚したことはどうしようもないことであるためである。

李氏は「むかしよりのこと」に注（一八）の番号を振り、注（一八）では次のように述べている。

「むかしよりのこと」について、たいていの注釈書が「昔から思わしくいかない兼家との関係。主として『蜻蛉日記』執筆時の作者の感慨に基づく」（『新全集』頭注）の意味として解しているが、ここでは時姫が自分より先に正妻として結婚したことをさす意味であると思う。なぜなら、本稿で述べているように作者の嘆きはもっぱら兼家との関係のあり方から生じたものであるためである。（後略）

（22）③の点線部の後、兼家が不如意にも兵部大輔に就任し、道綱母と過ごす時間も長くなり、同時に兵部卿章明親王と夫婦もろともの交誼が始まる。それが明るい記事などと言われる所で、篠塚氏と注（12）で言及した、大倉、宮崎の両氏は、そのへんのところの道綱母の落ち着いた気持ちを「もろともに」という言葉に注目しながら分析している。また、道綱母の気持ちが明るい方へ転じたのには、養女問題が結局この時点では実現しなかったことも与っていると思う。道綱母の反撥により兼家は諦めざるを得なかったのであろう。ついでに言えば、注（15）の上村氏の指摘の通り、時姫の養女とすることも考えられなくもなかっただろうが、時姫には既に超子がいて（男子では道隆もいる）憚られたものと思われる。

（23）兼忠女の娘を養女に取ることに道綱母が反撥したであろうと、千年以上も後の私が類推しているぐらいだから、当然本人にもいつかは分かるだろう。また、兼忠女の娘が『蜻蛉日記』を読む時には、九六〇年頃の道綱母の状況を考え、心境も忖度できるような年頃になっているであろうから、自分を養女に取ることで道綱母が心を痛めたと知っても傷つくこともないかも知れない。その点、削除したと想定する必然性は弱まる。しかし、問わず語りの末尾をみると、兼忠女の娘を養女に決定するまでには当然何らかの調査などもなされたであろうに、まるで即決したように書かれているなど、兼忠女の娘に対して気を遣っている面がうかがえる。そうするとやはり、もと上巻に記述されていたとしたら、削除されたのではなかろうか。なお、問わず語りの作為性については、第二章第一節で述べる。

(24) そのように想定すれば、問わず語りの内容が記憶とすれば詳し過ぎるなどの疑問も解けるであろう。

(25) 守屋省吾氏「蜻蛉日記上巻の成立について」(『立教大学日本文学』14・一九六五年六月。後、『蜻蛉日記形成論』〈注(1)参照〉に所収。川嶋明子氏「蜻蛉日記における不幸の変容―成立を探る一つの手がかり―」(『国語国文研究』33・一九六六年三月)。古賀典子氏「『蜻蛉日記』上巻の成立に関する私論」(『語文研究』25・一九六八年三月)。

《付言》

注(19)で述べた通り、中古文学会の席上倉田実氏より、兼家から自分の娘を養女にするように言われたのは、道綱母にとって光栄なことではないのか、との質問を受けたのであるが、氏は「『蜻蛉日記』の養女迎え」(古代中世文学論考刊行会編『古代中世文学論考第16集』二〇〇五年一一月・新典社)では、上巻の時点で兼家が養女取りを言い出したのは「まじめに言ったのでなかった」とし、道綱母の反応についても「一笑に付したことだろう」という鈴木裕子氏の言(注(12)参照)に賛同を示して論を展開している。倉田論文では、その他にも本節のみならず本章で示した私の見解に対し(私の見解だけに限らないが)否定的な見解が目立つが、個々に対し本書で答えるには時間の問題もあるので、別稿を期したい。ただ、この後の第二章第二節のもととなった旧稿から「養女問題を下巻のここでさり気なく書くのは、自分を養女に迎えるか迎えないかで兼家と道綱母が揉めたと養女に知られるのを避けたいためであったと思われるのである。」という部分を引き、「道綱母の専断で養女迎えがされており、「兼家と道綱母が揉めた」とする事態は想定できにくい」と氏が述べられていることについては、ここで訂正しておきたい。氏が、「道綱母の専断で養女迎えがされ」たと言うのは勿論下巻九七二年のことであり、私が「兼家と道綱母が揉めた」と想定するのは、上巻欠文部における時点のことである。なお、遠度から求婚される件も含め、倉田氏の兼忠女の娘に関する論考が、『蜻蛉日記の養女迎え』(二〇〇六年九月・新典社)に纏められている。

第二節　養女問題執筆削除説をめぐる問題

――上巻前半部の主題を中心に――

1　はじめに

第一節では、欠文部(1)でも道綱母の身辺には当然様々な出来事があったのに、なぜ欠文部が存在するのか、という問題から、「道綱以降二人目を妊娠せず時姫に対する劣等感もあった道綱母は、養女問題にいたく刺激され、養女問題の顛末も書いておきたく、恋愛問題の当初から描かれていた。養女問題に関しては苦悩が描かれたが、恋愛問題は問わず語りと同様淡々とした内容であった。いずれにせよ、下巻で兼忠女の娘を養女にして結局削除された。」という仮説を展開した。

本節ではこれら仮説をさらに発展させ、これら仮説にたったとき、『蜻蛉日記』上巻、特に上巻前半部の主題はどう捉えられるのかを考察する。それが本節の主たる目標である。その際、上巻前半部には当初描かれていたと想定する欠文部における恋愛問題・養女問題も含めて考える。換言すれば、欠文部の内容が削除される前の主題を考えるのである。ならば、欠文部における恋愛問題・養女問題以外の出来事をどう処理するのかも同時に問題としなくてはならない。欠文部での出来事が削除される前の主題を考えるとすると、恋愛問題・養女問題以外の内容も執筆削除された可能性があるのであれば、当然、考えられる主題も変わってくるからである。要は、主題の件と欠文部の出来事の件は不可分の問題としてあるのだが、取り敢えず分けて論じることとして、本節2以降まずは恋愛問題・養女問題以外の欠文部の出来事の件から論じていく。

ちなみに、水野隆氏[2]は、特に犬養廉説に反論しながら独自の論を展開して、欠文部存在の問題にも解答を与えている。水野氏が犬養説に対して出した反論のうち、第一節での私の説に当て嵌まるものもあるが、第一節では論じないままとなってしまっている。本節で論ずる問題は、それらの問題と重なるもので、即ち、本節は第一節で残した課題に答えを出すことも意図しているものでもある。従って、水野説に言及しながら論じていくことになる。

2　恋愛問題・養女問題以外の欠文部の出来事

まずは、恋愛問題・養女問題以外の欠文部の数ある出来事が、上巻で叙述されていない理由の説明を試みたい。水野氏が、犬養説では「兼忠女事件」だけが取り上げられているのを問題視し、欠文部には「上巻の素材たり得る資格を十分に持っていた[3]」事件が他にもあって、「兼忠女事件」の執筆削除だけでは欠文部が生じたことを説明できないと言うのに対する答えである。

欠文部の出来事を、数多く列挙している「岩波大系」の補注二〇等をもとに、私に纏めたものを左に掲げる。

(あ)	958年冬以後	父倫寧、解任帰京
(い)	**959年春夏**	**兼家、兼忠女と関係**
(う)	〃　8月3日	兼家の父師輔の桃園第火災
(え)	960年1月7日	兼家、正五位下
(お)	**〃　春**	**兼忠女、兼家の子（後の養女）出産**
(か)	〃　3月27日	師輔第の死穢内裏に及ぶ

(き)　〃　5月1日　師輔、病に依りて度者を賜う
(く)　〃　〃　2日　師輔、出家
(け)　〃　〃　4日　師輔、九条邸にて死去
(こ)　〃　6月22日　安子、法性寺で師輔の四十九日法事
(さ)　〃　9月23日　内裏焼亡
(し)　〃　10月18日　兼家、内裏火事に功、禄を賜う
(す)　961年　1月16日　内裏焼亡により改元
(せ)　〃　5月4日　安子、横川にて師輔の周忌法事
(そ)　〃　12月5日　高光、横川にて出家

太宇にした(い)(お)が恋愛問題、(お)から暫くして養女問題があったのだが、その他の出来事がここでは問題である。

さて、この件については、欠文部の記述に相当する行文の内容が鍵になると考える。欠文部の直前九五八〈天徳二〉年冬の記事と直後九六二〈応和二〉年年頭の記事は次の行文で繋がれている。やや広い目に挙げておいた。

①ことわりにもや思ひけむ、すこし心をとめたるやうにて、月ごろになりゆく。②めざましと思ひし所は、今は天下のわざをしさわぐと聞けば、心やすし。③昔よりのことをば、いかゞはせむ、堪へがたくとも、わが宿世の怠りにこそあめれ、など、心を千々に思ひなしつゝ、あり経るほどに、少納言（＝兼家）の、年経て、四つの位になりぬれば、……

〔三〇〕長歌贈答・〔三一〕兵部大輔

ここの読み取り方にも諸説あるが、私見は第一節で詳述した。ここでは論述の都合上、要点のみ繰り返しておく。①が九五八年で、③点線部からが九六二年であるのが明確な他、②と③二重傍線部が問題になる。結論は、②は①と連続して九五八年に含まれ、③二重傍線部（ここが特に問題）が、欠文部における道綱母の心境を最大公約数的に表したものとみなされる。すると、②末の九五八年の「心やすし」（太字）との心境の落ち着き、それは町小路の女が兼家に捨てられて足掻いている（②波線部）と聞いたことによるのだが、これと③二重傍線部での不幸感即ち欠文部の心境との懸隔が問題となる。換言すると、欠文部に③二重傍線部が表す心境になる何かが起こったが、しかしそれは具体的ではなく、③二重傍線部に抽象的に書かれているのである。欠文部の記述に相当する行文を以上の通りに読み取る。

そこで、これらのすべてに説明がつくよう③二重傍線部の心境を齎すものはないかと欠文部の出来事を吟味すると、(い)(お)関連以外ではやはり考え難い。(い)(お)に関連して、それも私の考えによると養女問題こそが、③二重傍線部の心境を齎し、一旦は執筆されたとも想定できるのである。従って、(い)(お)以外ももし執筆されていたとすると、それは③二重傍線部の心境とは無関係に執筆されていたことになるが、そういうことは考えにくいのではないか。(い)(お)以外のことは兼家の愛情の危うさを描くのに併せて描かれはしても、それ自体で取り立てられるものではなく、描かれなくとも何ら不思議はないのである（この件、主題の問題とも絡めて後に再び触れる）。

以上で、恋愛問題・養女問題以外はもとから執筆されなかったと結論してもよいと思う。水野氏の言葉で言うと、「上巻の素材たり得る資格を十分に持っていた」とは言えないことになるのであるが、掲載されないことが時に特に問題視される四角で囲んだ(あ)と(そ)については検討しておきたい。

(あ)は上巻前半部九五四〈天暦八〉年一〇月の倫寧が陸奥に旅立つ時の記事（(九)父の離京）の存在や、巻末歌集に倫寧帰京直後の詠と思われる歌がある（二六七番）ことを勘案して、載せられてもおかしくないともされる。が、

倫寧離京の記事は、父との別れの悲しみが中心であるようで、実は伊牟田経久氏が、(4)

単に父との別れを悲歎するということではなく、結婚早々の身のはかなさをえがくという基調を効果的に盛りあげる一つの要素として表現され、構成されている

と読み取った通りであろう。(5)反して(あ)の倫寧の帰京再会の喜びとともに妻としてのはかなさを感じたり、まして③二重傍線部の心境になるとは考え難い。

残った(そ)は、前途有望な兼家の異母弟高光が突然出家してその妻や同母妹愛宮を悲しませた件で、『多武峯少将物語』や『栄花物語』にも描かれて有名なものだが、これは道綱母に直接降りかかった不幸ではなく、掲載されていなくても不思議ではない。それでもなお、以下の記事の存在をみると、道綱母の気持ちが揺れたとも思われ、上巻にあってもおかしくないとも言われる。

その一つは、上巻後半部九六七〈康保四〉年七月、藤原佐理と妻が相次いで出家し、佐理妻と道綱母が贈答歌を交わす記事（〔五九〕佐理の妻の出家）である。ちなみに、佐理妻は道綱母の姉の夫藤原為雅の妹と思われ、「さきざきなども文かよはしなどする仲」だった。もう一つは、中巻九六九〈安和二〉年三月、安和の変の源高明配流の騒動（〔七二〕高明配流）の後、六月、当時高明の妻であり変の後出家した愛宮に、我が名を隠して高光よりとして長歌を贈る（〔七六〕愛宮へ長歌を贈る）記事である。

ともに男の出家配流で女が不幸になる件で女に同情している。これら二つの記事をみると、高光出家も上巻にあってよさそうだ。ところがこれらは、道綱母の交際範囲が高貴な人々を主な対象として拡がり始め、道綱母が関心を寄せる人の範囲も拡がってからのことである。例えば、「〔五九〕佐理の妻の出家」の直前には村上天皇の死亡の際の記事があるが、この時道綱母は、天皇の寵愛を受けていた兼家の同母妹登子に慰問の歌を贈る（〔五八〕村上帝崩御、登子を慰める）。さらにその前の記事は、雁の卵を十連ねたのを兼家の異母妹忯子（後の冷泉天皇の女御）に贈

り、それが守平親王（後の円融天皇）に廻された話になっている（〔五七〕かりの卵）。問題はこれらの交誼がいつ頃から始まったかであるが、それは上巻後半部の冒頭部（先に引用した欠文部の記述に相当する行文の直後）で、章明親王が兼家の上司となってから、親王との交際（〔三二〕兵部卿の宮）を切っ掛けに始まったようなのである。従って、高光出家の頃の交際範囲はより狭かったであろうと思われる。そこで、九六七年の「〔五九〕佐理の妻の出家」での歌の遣り取りと九六九年の「〔七六〕愛宮へ長歌を贈る」を比べると、前者で歌を贈っている佐理妻とは、姻戚関係によってであろう、「さきざきなども文かよはしなどする仲」であった。対して、後者の愛宮の場合、我が名を隠して歌を贈ったのは、その時点で愛宮と交際がなかったからだと考えられる。(6)両者を比較すると、時間経過とともに、道綱母が関心同情を寄せる範囲が交際のあった人からなかった人へも拡がっているのが分かる。逆に、高光出家の時点では狭かったであろうと想像される。無論愛宮との交際もなかったであろうから、そんな愛宮にこの時点で同情を寄せたかどうかは疑問である。また、佐理の出家や高明配流という男世界のことまで書くのは、前者は、「角川古典文庫」で付けられた「佐理の妻の出家」という小見出しにも表れている通り、話題の中心は妻に歌を贈ることにあり、その前置きとしてあるのである。後者については、「身の上をのみする日記には、入るまじきことなれども、かなしと思ひ入りしも誰ならねば、記し置くなり。」（〔七二〕高明配流）の一節が必要だったのである。これをみても後になるほど道綱母の関心が拡がるのが分かる。対して高光出家の時点で男世界のことに興味が湧いたかはやはり疑問である。要は、高光出家やその妻妹の悲嘆などで道綱母の心が揺れるのはもう少し後からであり、すると、㋜が上巻になくとも不思議ではないのである。

以上のことより、㋐と㋜も執筆には至らなかったであろうと結論される。それに、③二重傍線部の不幸感を併せ考えると、町の小路の女が兼家の寵愛を失って道綱母は「心やすし」と落ち着いた後、道綱母が上巻に書いておきたく思うほど道綱母の心が動かされた出来事としては、唯一、養女問題のみが想定できる。そんな可能性にたって考えをさらに進め、その養女問題が本文化されていないのに③二重傍線部のように抽象的に心境が述べられていることを説明するのに、それが一旦執筆されて削除され抽象的に置き換えられた、という仮説が考えられるわけである。

3　上巻前半部の主題（一）
——木村正中説——

本節2のように欠文部の出来事を捉えると、恋愛問題・養女問題も含めた上巻前半部の主題は如何なるものであったと考えればよいのであろうか。次に本節の主たる課題である主題の問題に移るが、先にも一言したように、この課題は恋愛問題・養女問題以外の出来事はもともと描かれていなかったという件と不可分である。そこで両者を繋げる意味も込めて、水野隆氏の説をみておく。氏の説は、上巻の成立を主題の問題と絡めて解きほぐし、欠文部存在の理由も説明し得ているのである。

水野説は、上巻前半部と上巻後半部は成立を異にすると考える「二段階成立論」(7)が特徴である。さらに、上巻前半部執筆にあたり「女性の詠歌に伝統づけられた反撥的発想」という「詠歌の伝統的発想の世界の実現」を意図し、それが実現すると同時に(8)「『思ふやうにもあらぬ身の上』という主題(9)に即した世界が展開されているように見える」結果が生じ、道綱母は以降の出来事を作品化する必要をなくして欠文部が生じたとする。加え、上巻前半部は欠文部において執筆公開され、上巻後半部は上巻前半部とは別の動機で書かれたとする。そして、兼忠女の事件欠如の理由を次のように説明する。ちなみに、ここは犬養説に対する反論の意味合いで書かれている。

作者の実人生においては街小路の女の事件と同じ意味を持つものであったかもしれないとしても、そのことは兼忠女に関する記事が上巻に存在したことの根拠とはならず、むしろ逆に存在しなかったことの根拠にこそなるものであろう。なぜなら、街小路の女の事件を描くことによって、作者が最初に意図した世界は既に完結したのであり、にも拘らず兼忠女の事件を描くとすれば、それは実現した世界の繰り返しにしか過ぎず、前半部の作品としての緊密性を却って破壊してしまうことになるからである。（波線は引用者）

水野説は間然なきほどの組み立てで本節での課題にも解答を与えていると言える。これに否定的に反論するのは難しいのだが、かといって、これ以外の可能性を考えなくてよいかというと勿論そうではなく、水野説への否定的な反論とならないまでも私なりの仮説を出している次第である。そこで水野説に対する私の疑問点を、上巻前半部の主題に関わるところから挙げると、「詠歌の伝統的発想の世界の実現」を意図したとして、以降の事件を作品化する必要を感じなくなるほどにその「実現」を感得することが、この時期の道綱母にあり得たであろうか。また、兼忠女の事件についても、波線部にあるように、「作者が最初に意図した世界は既に完結した」とか、「前半部の作品としての緊密性を却って破壊してしまう」という発想があったであろうか。もしそうなら、道綱母は上巻前半部をあくまでも文学作品として意識して執筆していたことになる。そのあたりの事情を水野氏は、上巻前半部が欠文部に執筆されたことが「村上朝天徳前後の文学的情況と極めて密接に関わり合うものであった」という面から説明するが、道綱母を取り巻く文学的情況と関わるにしても、道綱母に文学的な意識が芽生えるのは、下巻の頃を待たなくてはならないと私は考える。(10)

また、水野氏の論旨を認めても、養女問題を重視していないのが私には疑問である。養女問題を重視すれば、「作者が最初に意図した世界は既に完結した」、あるいは「前半部の作品としての緊密性を却って破壊してしまう」という発想よりも、養女問題も書き加えておきたい気持ちが起こった可能性が高いと考えるのである。

ということで、水野氏とは別の観点から主題を考えるとして、ここで結論的なことを言うと、私は木村正中氏の捉え方に基本的に従うものである。(11)木村氏の論は上中下三巻に亘るものだが、上巻中心の考察指摘になっている。

道綱母の幸福を表すとみなされている記事[12]を検討し、それらは幸福を表すものでなく、例えば、「兼家の情味のあるいたわりのことば自体が、彼女の希求する愛情との深い断層を逆に映発したり」して、「かえって彼女のはかない身の上をいっそう具体化する」のであるから、町の小路の女関連をはじめとする他の記事についても同様のことが言える、との考えとみる。そして、次の結論へと進む。

偶然的現象的分散的な人生体験を、その内面から、相互に切りはなすことのできない連続相として結びつけ、それによって一つ一つの具体的にいきいきとした場面と、それら全体を統括する作者の精神そのものの姿を、その客観的な真実性をもって示す。

木村氏は同じ考えをより嚙み砕いて、次のようにも説明する。[13]

『蜻蛉日記』の題材がそのように多様なのは、その主題がはじめから作品の前提として置かれているようなものではないからである。『蜻蛉日記』は、作者の結婚生活の経緯を主軸とし、さらにより広くその身辺の出来事を題材として取り上げ、また心理的生理的にさまざまに理解できるような要因を複雑に織り込みながら、作者の人生の意味を深く捉えていく。そこにおのずから彼女の「はかなき身の上」が主体となってくるのであろうが、けっしてそれを特定の主題として設定しているのではない。「はかなき身の上」は彼女の人生の最も奥にある真実として、作品の造立とともに具現してくるのである。それはまさに日記文学的な方途において形成された主題というべきである。（波線は引用者）

この捉え方が上中下三巻に亘って当て嵌まるかどうかは別問題となろうが、少なくとも上巻前半部を考えるとき、水野氏のように文学的自覚をもって書き始められ閉じられたとみるよりも、妥当性があると考えるのである。

このように木村説に従いながら、養女問題を重視する説を足し併せると、養女問題も「おのずから彼女の「はかなき身の上」が主体となってくる」題材であったとみなされる。換言すると、一見幸福を表すような記事からも道綱母の「はかなき身の上」が具体化されたのであれば、当然養女問題からも道綱母の「はかなき身の上」が具体化されたであろうと想定されるのである。

ところで、上巻形成の「文学的準備運動」ともなった道綱母自纂私家集が上巻の素材であったとみなす守屋省吾氏は、主題に関する木村説を視野に入れながら、私に次のように(a)～(d)に纏めた論を展開する。[14] (a)「兼忠女の出現を単一な事件として道綱母の結婚生活歴に位置づけるとき、やはり強烈な情念の燃焼があったはずであり、言辞を尽して糾弾するに値したはずである」と言って恋愛問題を重視し、(b)「外的事象（引用者注—(い)(お)を除く欠文部の出来事）が省筆されたとしてもなんら不思議ではない。しかし、その省筆の中に兼家・兼忠女の事情までもが包含されるとなると、ことは単純ではなくなってくる。「はかなき身の上」という主題を表象化するに、この情事もまた恰好の素材であったのである。」と述べて恋愛問題の欠如を問題視し、(c)「「はかなき身の上」という主題」に関連して木村説を先に本節でも引用した注（11）論文から引用した上で、(d)上巻の素材となった道綱母自纂私家集に「兼家・兼忠女の情事に連関した詠作はまったく採録されていなかったと思われる」ことを恋愛問題欠如の理由とする。私の説を守屋氏の論理展開に当て嵌めて説明すると、まず、(a)恋愛問題の代わりに養女問題を重視し、次に(b)養女問題の欠如を問題として、(c)同じく主題に関する木村説を援用しながら、最後に(d)「養女問題執筆削除説」で恋愛問題も含めて養女問題の欠如が説明される。とすると、水野説と並んで有力な説である守屋説にのらなくとも、欠文部の問題に解答が得られると考えるのである。

さてここで、欠文部における他の出来事の問題に戻っておくと、本節2における説明も基本的に木村氏の主題説によったもので、[15]それに欠文部の記述に相当する行文の②末尾「心やすし」と③二重傍線部の懸隔を絡めたものである。木村氏の言葉を用いて換言すると、恋愛問題・養女問題以外は「より広くその身辺の出来事を題材」とした中にも入らなかったが、養女問題は「主軸」である「結婚生活の経緯」の中に含まれる、と説明できる。とともに、私の考えからすると、養女問題だけは道綱母の「心やすし」の心境を破り、主題に繋がっていく出来事だったのである。

4　上巻前半部の主題（二）
――「はかなき身の上」の検討――

本節3の検討からすると、養女問題からも道綱母の「はかなき身の上」が具体化されていたであろうとの想定が成り立つわけだが、ならば、従来の「はかなき身の上」というときの「はかなき」の意味を修正する必要が生じてくる。

「はかなき身の上」が特に上巻の主題であるという見解は古くからあるが、そのように主題を捉えるときに道綱母に「はかなさ」を感じさせていると考えられているのは、町の小路の女や時姫など他の妻妾の存在によって自分が兼家から愛情を受けていないと道綱母が感じている面であると思う。養女問題は勿論その面と繋がりながら、つまり「作者の結婚生活の経緯」に入りながら、またそれらとは別次元で道綱母の感じる「はかなさ」と繋がっていたと私は考える。というのは、道綱母が希求した正妻としての地位の問題と関わるとみなすからである。

時姫が正妻の地位を結婚当初から確保していたとの説も根強いが、私は反対に、増田繁夫氏[16]の次のような見解に与する。

蜻蛉日記という作品は、結婚した作者が、先行の妻の時姫を超える可能性があると信じ、超えたいと強く希い、そしてついに超え得られなかったことについての激しい口惜しさ、というものが基調にあることを認めずには理解できない作品なのである。

同様の説にたつ川嶋明子氏[17]は、兼家の東三条邸に迎え入れられないと道綱母が自覚した時点を上巻成立の時期を考えるにあたって重要視し、関連して、時姫を凌駕して正妻の地位を得るために、子を多く産むことを道綱母が結婚当初より望んでいたとみなす。とともに、「少なくとも結婚当初には、時姫とてものの数ではないくらいの、自負と誇りがあったのではないだろうか」と想定する。そこまでは私も納得できるのであるが、一方で川嶋氏は、欠文部からの十年程を恋愛問題も含めて「二人の仲の平穏だったと思われる十年間」であったと言う。養女問題は重視していないようである。そして、九六四〈康保元〉年夏になってからもらす、第一節でも取り上げた次の感懐を、「時姫に対抗し、兼家室として重きをなすために、何よりも多くの子女の母となることを作者が望んだこと」を示す記述として挙げるのである。

さいはひある人のためには、年月見し人も、あまたの子など持たらぬを、かくものはかなくて、思ふことのみ繁し。　〔三九〕曇り夜の月

しかし私の考えにたつと、九六四年夏を待つまでもなく、養女問題が時姫に対する劣等感を道綱母に芽生えさせ、道綱一人しか産まない自分を兼家がどう思い、今後の妻としての地位がどうなるのかを本格的に考えさせる契機になった重大な件であったと想定される。道綱母が「自負と誇り」をもっていたとしたら、それに初めて陰りを覚えさせ「はかなさ」を痛感させたのが欠文部にあった養女問題だとみなすのである。欠文部は「平穏」ではなかったのだ。すると、上巻前半部で「「はかなき身の上」が主体となってくる」時、兼家から受けた愛情の問題のみならず、勿論それと強く連鎖しながら、妻としての地位への不安ともいうべきものも加わってくることになるのである。

このような考えは、削除された養女問題という現行の『蜻蛉日記』にはないものから読み取ろうとしているわけ

で、その点作品研究というより作家研究になるのかも知れない。いずれにせよ、養女問題が起こった時点で道綱母は妻としての地位の「はかなさ」も痛感し始めていたと想定するもので、上巻特に上巻前半部の主題を考えるとき、あるいは欠文部の道綱母の心境を考えるとき、妻の地位に対する道綱母の不安も含まれてくるとみなさなければならないと主張したいのである。

以上のように木村説にのりながら主題を捉えて養女問題執筆を考えるわけだが、次にさらなる問題として、主題とも関わってくる題材をなぜ削除してしまったのか、ということが浮上してくる。これについては、冒頭で言及した犬養説と同様、九七二〈天禄三〉年に兼忠女の娘を養女を取ってから兼忠女の娘が上巻を読むであろうことを考慮して削除した、と基本的には考える。兼忠女の娘は『蜻蛉日記』の第一の読者と想定され、兼忠女の娘に自分が当事者であった養女問題で道綱母が苦しんだ経緯を読ませたくなかったと考えるのである。しかしそれでもなお、いくら兼忠女の娘に読ませたくないとしても主題と関わる題材を削除したであろうか、兼忠女の娘に読ませたくないという気持ちよりも主題に関わる題材を残したいという気持ちの方が優先するのではないか、との疑問を水野氏は犬養説に対し提示している。水野氏が問題とするのは、恋愛問題であるが、私が執筆削除を想定する養女問題も同様に問題となろう。(18)

この件も木村説に則り、上巻の「主題がはじめから作品の前提として置かれているようなものではない」（本節2の引用の波線部）、つまり、主題形成意識が道綱母には強くなかったと考えれば、九七二年以降に題材の一部が削除されてもそれ程不思議ではないであろう。また、養女問題から受けた苦悩の記述は完全に消し去られたのではない。それは、本節1でも述べたように、抽象的な表現に置き換えられたと考えられる。道綱母は兼忠女の娘が読むことを慮って具体的記述は削除したが、完全に消し去るには抵抗を覚えて抽象的に書き換えた、と考えれば、違和感なく受け止められるのではないか。

最後に「はじめに」でも述べた第一節の内容も含めて纏めておく。

町の小路の女の件がおさまって「心やすし」と落ち着いていた道綱母は、養女問題に直面して町の小路の女の時とは別次元で動揺した。それは、二人目を妊娠しないことと関連して自分の妻としての地位・将来に不安を覚えたからでもある。それで、上巻を執筆する際に恋愛問題から書き連ねた。上巻特に上巻前半部は、自から「はかなき身の上」が主体となってくる題材が連ねられていたのであるが、そこには既に妻としての地位の問題も含まれていたのである。ちなみに、欠文部の他の出来事は、道綱母の心を動かすようなものではなかった。しかし、恋愛問題も含め養女問題は結局は削除され、抽象的な文言に置き換えられた。

注

（1）欠文部・恋愛問題・養女問題等、傍線を付した用語については、第一節と同じ。

（2）(1)「蜻蛉日記上巻の成立過程に関する試論」（上村悦子氏編『論叢王朝文学』〈一九七八年一二月・笠間書院〉）、(2)「蜻蛉日記上巻前半部の成立について」（『国文学研究』67・一九七九年三月）、(3)「蜻蛉日記上巻の成立過程に関する試論補稿」（『今井卓爾博士古稀記念物語・日記文学とその周辺』〈一九八〇年九月・桜楓社〉）。

（3）注（2）(3)論文より。なお、水野氏は養女問題を重要視していないようなので、「兼忠女事件」とは、私に言う恋愛問題を指すとみてよいと考える。

（4）「『かげろふ日記』上巻の表現と構成」（『言語と文芸』40・一九六五年五月）。

（5）増田繁夫氏（日本の作者9『蜻蛉日記作者右大将道綱母』〈一九八三年四月・新典社〉）にも次のような見解がある。

また、同居しているわけでもない父が赴任するのを心細く思うというのは、父と遠く離れることよりも、兼家との関係からなのである。夫の訪れをひたすら待つだけというこの夫婦にあっては、それ以外の兼家との関係は、父が役所や家司として出入する小野宮家との縁故で、間接的に兼家と関係をもつことが、唯一の兼家とのつながりなのである。その父が都にいなくなれば、兼家とのつながりは、いよいよ夜訪ねてくれることだけになってしまう。父が内裏などで兼家と顔を合わせた時に、娘のところにまたおいでを、といったあいさつをする機会もなくなる。それが心細いのである。父と会えなくなること自体を悲しむ心もないわけではないが、父の赴任によって兼家とのつながりが弱くなる心配の方が大きい。

(6)「柿本全注釈上」参照。

(7)水野説の引用は、特に断らない限り注（2）(3)論文による。

(8)水野氏は注（2）(1)論文においては、「上巻前半部はそれだけで一つの歌物語的世界として構想され、それを完結させた世界として、自律的性格を持つ部分だと言わなければならない」と言う。

(9)阿部秋生氏『源氏物語研究序説』（一九五九年四月・東京大学出版会）等に示される考え。

(10)第二章で、下巻において道綱母が物語化を図ろうとした動機・狙いなどについて検討している。

(11)「蜻蛉日記の主題と構造」（『明治大学人文科学研究所紀要』5・一九六七年二月。後、日本文学研究資料新集3『かげろふ日記・回想と書くこと』〈一九八七年一〇月・有精堂出版〉に所収。また、副題「―幸福な記事の検討―」を付して『中古文学論集〈第二巻〉蜻蛉日記（上）』〈二〇〇二年六月・おうふう〉にも所収）。なお、元の論文は横書きなので、引用に際しては、「，」を「、」に改めた。

(12)清水好子氏「日記文学の文体」（『国文学解釈と鑑賞』26巻2号・一九六一年二月・至文堂。後、日本文学研究資料新集3『かげろふ日記・回想と書くこと』〈注（11）参照〉に所収）。

(13)「蜻蛉日記の主題」（『一冊の講座蜻蛉日記』〈一九八一年四月・有精堂出版〉。後、『中古文学論集〈第二巻〉蜻蛉日記（上）』〈注（11）参照〉に所収）。

(14)「蜻蛉日記上巻の執筆素材としての「道綱母集」（仮称）」（『蜻蛉日記形成論』〈一九七五年九月・笠間書院〉。元、「『蜻蛉日記』上巻の欠文部について―特に兼家・兼忠女の情交を中心として―」〈『立教大学日本文学』27・一九七一年一二月〉）。

(15)本節2の傍点部や、2末あたりの記述が特に木村説に則ってのものである。

（16）「蜻蛉日記の作者の結婚形態―嫡妻・妾妻・北方―」（上村悦子氏編『王朝日記の新研究』〈一九九五年一〇月・笠間書院〉）。

（17）「蜻蛉日記における不幸の変容―成立を探る一つの手がかり―」（『国語国文研究』33・一九六六年三月）。

（18）水野氏が犬養説に対して、「兼忠女に関する記事は主題を実現して行く上で街小路の女の事件に関する記事以上に最も重要な地位を占めていたはずであり、それを抹消してしまうことは上巻にとって致命的なことであると思われる。それでも敢えて「養女の存在を考慮」することによって抹消して行ったのであろうか。」と疑問を呈している。水野氏、犬養氏ともに恋愛問題のみを重視しての議論であるが、水野氏の疑問は私の説にも当て嵌まるものと考える。また、中古文学会の席上（第一節注（19）参照）、古賀典子氏から受けた質問の一つも、同様の趣旨のものであったと考える。

第二章　下巻の夢と夢解き・養女迎えの記事

第一節　物語的手法とその限界

1　はじめに

『蜻蛉日記』下巻は、道綱母の関心が兼家から道綱や養女にも向かい、同時に物語的性格を帯びてくると言われる。本節では、下巻の一年目、九七二〈天禄三〉年二月、道綱母推定三十七歳の頃に養女を迎える記事（二四七）（養女を迎える）につき、直前の夢と夢解きの記事（二四六）夢解き）と併せて考えを述べる。ここは下巻の中でも物語的な性格を特に色濃くもっているとされるが、勿論完全に物語化しているわけではない。この部分を道綱母が如何なる意図をもって纏めたのか、また、物語化における限界はいかにして生じたのか、この部分の構成・日付の矛盾・長い道綱母の問わず語りなどに主に注目して、推論してみたい。

2　夢と夢解き・養女迎えの記事の特異点

まずは後の論述の都合を第一に考えて私になした内容整理を掲げておく。「夢と夢解き」・「養女迎え」ということからすると、夢と夢解きが(A)で、養女迎えが(B)以下に一応相当する。本文は内容整理の後に適当に省略を挟みながら引用しておいた。本文引用も適宜参照願いたい。以下、本節において、(A)とか(B)ⓐとか言う場合が多々あるが、それはこの内容整理に従ってである。

(A)（十七日）三つの夢と夢解き

ⓐ天候等

ⓑ石山の法師の夢

ⓒ「夢合はする者」の来訪、夢解き

ⓓ「在る者」（女房）の夢、夢解き

ⓔ「みづからの」夢、夢解き

以上、〔一四六〕夢解き

(B)道綱母の思い

ⓐ子供が道綱一人である心細さ

ⓑ「年ごろ」の女子を授かる祈願

ⓒ「月ごろ」の養女を取る決心

(C)女房（と思われる人）が兼忠女の娘を提案

(D)道綱母の問わず語り

ⓐ兼家と兼忠女との関係

ⓑ養女を兼忠女の娘に即決

(E)調査・調査結果等

(F)女房と兼忠女の異腹の兄の交渉

(G)異腹の兄と兼忠女の交渉

(H)異腹の兄の報告、道綱母と兼忠女の文通1

(I)道綱母と兼忠女の文通2……、仔細決定

(J)養女京へ、道綱母の逡巡、（養女迎えの日取り（十九日）決定）

(K)（十九日）養女迎え、兼家来訪

以上、〔一四七〕養女を迎える

『蜻蛉日記』下巻　九七二年二月本文引用

(A)

ⓐ　十七日。雨のどやかに降るに、方塞がりたりと思ふこともあり、世の中あはれに心細くおぼゆる程に、

ⓑ　石山に一昨年詣でたりしに、心細かりし夜な〳〵、陀羅尼いと尊う読みつゝ、礼堂にをがむ法師ありき、問ひしかば、「去年から山籠りして侍るなり。穀断ちなり」などいひしかば、「さらば祈りせよ」と語らひし法師のもとより、いひおこせたるやう、「去ぬる五日の夜の夢に、**御そでに月と日とを受け給ひて、月をば足の下に踏み、日をば胸に当てて抱き給ふ**となむ見てはべる。これ、夢解きに問はせ給へ」といひたり。いとうたておどろ〳〵しと思ふに、疑ひ添ひて、をこなる心ちすれば、ⓒ　**人にも解かせぬ時しもあれ、夢合はする者**

来たるに、異人の上にて問はすれば、うべもなく、「いかなる人の見たるぞ」と驚きて、「みかどをわがまゝに、おぼしきさまのまつりごとせむものぞ」とぞいふ。「さればよ。これが空合はせにはあらず。いひおこせたる僧の疑はしきなり。あなかま。いと似げなし」とて、やみぬ。ⓓ又、在る者のいふ、「この殿の御門を四足になすをこそ見しか」といへば、「これは大臣公卿いでき給ふべき夢なり。かく申せば、男君の、大臣近くものし給ふを申すとぞおぼすらむ。さにはあらず。君達御ゆくさきのことなり」とぞいふ。ⓔまた、みづからの一昨日の夜見たる夢、みぎの足の裏に、「おとゞかど」といふ文字を、ふと書き付くれば、驚きて引き入ると見しを問へば、「この同じことの見ゆるなり」といふ。これも、をこなるべきことなれば、ものぐるほしと思へど、さらぬ御族にはあらねば、わが一人持たる人、もしおぼえぬ幸もや、とぞ心のうちにおもふ。

〔一四六〕夢解き

(B)

ⓐかくはあれど、たゞ今のごとくにては、行く末さへ心細きに、たゞ一人、男にてあれば、ⓑ年ごろも、ここかしこに詣でなどするところには、このことを申し尽くしつれば、ⓒ今はまして難かるべき年齢になりゆくを、いかで賤しからざらむ人の女子一人取りて、後見もせむ、一人ある人をもうち語らひて、わが命の果てにもあらせむと、この月ごろ思ひ立ちて、これかれにもいひあはすれば、

(C)

「殿のかよはせ給ひし源宰相兼忠とか聞えし人の御むすめの腹にこそ、女君、いとうつくしげにて物し給ふなれ。同じうは、それをやは、さやうにも聞えさせ給はぬ。今は志賀の麓になむ、かのせうとの禅師の君といふにつきて物し給ふなる」などいふ人ある時に、

(D)

ⓐ「そよや、さる事ありきかし。故陽成院の御のちぞかし。宰相なくなりて、まだ服のうちに、例のさやうのこと聞き過ぐされぬ心にて、何くれとありし程に、さめりしことぞ。人は、まづその心ばへにて、ことに今めかしうもあらぬうちに、齢なども奥寄りにたべければ、女は、さらむとも思はずやありけむ。されど、返りごとなどすめりし程に、みづから二度ばかりなど物して、いかでにかあらむ、単衣の限りなむ取りて物したりしことどもなどもありしかど、忘れにけり。さて、いかゞありけむ、

　関越えて旅寝なりつる草枕かりそめにはた思ほえぬかな

とかいひやり給ふめりし、直もありしかば、返り、こと〴〵しうもあらざりき。

　おぼつかなわれにもあらぬ草枕まだこそ知らねかかる旅寝は

とぞありしを、『旅重なりたるぞあやしき。などもろともに』と笑ひてき。のち〳〵しるきこともなくてやありけむ。いかなる返りごとにか、かくあめりき。

　置き添ふる露に夜な〳〵濡れこしは思ひのなかにかわく袖かは

などあめりし程に、ましてはかなうなり果てにしを、のちに聞きしかば、『**ありし所に女子生みたなり。さぞとなむいふなる。さもあらむ。ここに取りてやは置きたらぬ**』などのたまひし、ⓑそれななり。させむかし」などいひなりて、

(E)

たよりを尋ねて聞けば、この人も知らぬ幼き人は、十二三の程になりにけり、ただそれ一人を身に添へてなむ、かの志賀の東の麓に、水湖をまへに見、志賀の山をしりへに見たる所の、いふかたなう心細げなるに、明かし暮らしてあなる、と聞きて、身をつめば、なにはのことを、さる住まひにて思ひ残し言ひ残すらむとぞ、まづ思ひやりける。

(F)（略）

(G)

又の日といふばかりに、山越えに物したりければ、異腹にてこまかになどしもあらぬ人のふりはへたるを、あやしがる。「何事によりて」などありければ、とばかりありて、このことをいひ出だしたりければ、まづ、ともかくもあらで、いかに思ひけるにか、いといみじう泣き〳〵て、とかうためらひて、「ここにも、今は限りに思ふ身をばさるものにて、かかる所に、これをさへひきさげてあるを、いといみじと思へども、いかゞはせむとてありつるを、さらば、ともかくも、そこに思ひ定めて物し給へ」とありければ、

(H)

又の日、帰りて、「さゝなむ」といふ。うべなきことにてもありけるかな。宿世やありけむ。いとあはれなるに、「さらば、かしこに、まづ御文を物せさせ給へ」と物すれば、いかゞはせむ。（以下、文通省略）

(I)（略）

(J)

この禅師たち、いたりて、京に出だし立てけり。（道綱母の逡巡省略）「この十九日よろしき日なるを」と定めてしかば、これ迎へに物す。

(K)

忍びて、たゞ清げなる網代車に、馬に乗りたるをのこども四人、下人はあまたあり。大夫やがてはひ乗りて、後に、この事に口入れたる人と乗せて、やりつ。けふ、珍しき消息ありつれば、「さもぞある。いきあひては、あしからむ。いと疾く物せよ。しばしは、けしき見せじ。すべてありやうに従はむ」など定めつるかひもなく、先立たれにたれば、いふかひなくてある程に、とばかりありて来ぬ。「大夫は、いづこに行きたりつるぞ」と

あれば、とかういひ紛らはしてあり。日ごろも、かく思ひ設けしかば、「身の心細さに、人の捨てたる子をなむ取りたる」など物しおきたれば、「いで見む。誰が子ぞ。我、今は老いにたりとて、若人求めて、我をかんだうし給へるならむ」とあるに、いとをかしうなりて、「さは見せ奉らむ。御子にし給はむや」と物すれば、「いとよかなり。させむ。なほ〳〵」とあれば、我も疾ういぶかしさに、呼び出でたり。聞きつる年よりも、いとちひさう、いふかひなく幼げなり。近う呼び寄せて、「立て」とて立てたてれば、たけ四尺ばかりにて、髪は落ちたるにやあらむ、裾そぎたる心ちして、たけに四寸ばかりぞ足らぬ。いとらうたげにて、頭つきをかしげにて、様体いとあてはかなり。見て、「あはれ、いとらうたげなめり。誰が子ぞ。なほいへいへ」とあれば、恥なかめるを、さはれ、あらはしてむと思ひて、「さは、らうたしと見給ふや。聞えてむ」といへば、まして責めらる。「あなかしがまし。御子ぞかし」といふに、驚きて、「いかに〳〵。いづれぞ」とあれど、とみにいはねば、「もしささの所にありと聞きしか」とあれば、「さなめり」と物するに、「いといみじきことかな。今は、はふれ失せにけむとこそ見しか。かうなるまで見ざりけることよ」とて、うち泣かれぬ。この子も、いかに思ふにかあらむ、うちうつぶして泣きゐたり。見る人も、あはれに、昔物語のやうなれば、皆泣きぬ。単の袖、あまたたび引き出でつゝ、泣かるれば、「いとうちつけにも、ありきには今は来じとする所に、かくていましたること。我ゐていなむ」など、たはぶれいひつゝ、夜ふくるまで泣きみ笑ひみして、皆寝ぬ。

〔一四七〕養女を迎える

さて、このあたりは先学諸氏の指摘により、所謂物語的な構成・記述となっていることが明らかにされている。例えば、(E)以降は助動詞「けり」を基調とした文体になっており、加えて、(G)の交渉の場面は志賀の麓で、道綱母が内容を知るのは(H)冒頭傍線部でのはずなのに、道綱母が傍らで二人の会話をまるで聞いていたかのように記述され、鈴木一雄氏が「超越的視点」(1)と呼ぶ方法をとっている。

他にも、道綱母が筆に工夫を凝らしたと言うか、筆に冴えを見せている所が見られる。例えば、内容整理で(B)～(E)と四つに分けた所は文の切れ目もなく一気に続いているが、その中でここ数年来の思いから兼忠女の娘を養女に決める経緯までを淀みなく説明しおおせている。渡辺実氏が「当事者的表現」(2)と呼ぶ独りよがりな文体からは離れ、十分に読者を意識したこなれた書き方に変化しているのである。また、(A)ⓑの冒頭傍線部でも、一昨年に出会った石山の法師の説明を差し挟みながら法師が夢を告げてきたことを、これも淀みなく見事に記述している。

ということは、このあたりは、日次的に叙述されていったと目される下巻の中では異質で、ある程度の時間をかけて何らかの構成意識をもって、所謂物語的に構成・叙述されたものとみられるのである。(3)

では、道綱母は何を意識し、また狙いこのような書き方をしたのか。本節ではそれを追究していくのであるが、その前に幾つかの注目すべき事柄を指摘しておきたい。まず何より、事の起こった順序通りに記事が配列されていないのが問題である。つまり、(A)が十七日で(K)で十九日に養女を道綱母邸に迎えているが、(C)～(J)が二日間で起こったはずはない。次に、(D)ⓐで道綱母が兼家と兼忠女との関係を問わず語りに縷々語るのが不自然であるのも看過できない。この問わず語りは、勿論記憶に頼る部分もあっただろうが、すべてを記憶ですらすら喋ったとは思えず、道綱母の手元に残る記録、乃至は歌反故やメモを出してきて纏めたと想定する方が自然であろう。(4)よしんば、ここで実際に語られたとしても、即座にこんなに分かり易く纏めて語れたとは思えない。後になって文章を整えたのは確かであろう。(5)さらに、(D)ⓑで兼忠女の娘を養女に即決するのも不自然である。(K)で養女を実際に迎えると早速道綱母夫婦が無遠慮に養女の容貌などを吟味する（傍線部のあたり）ように、当時は姿形をはじめ色々な偏見差別が蔓延していた時代だから、即決するとはとても思えない。当然(E)の調査の方が先にきているはずである。(6)よって、(D)の問わず語りは、虚構の設定乃至は大幅な文飾が施されていると目されるのである。

以上のような事柄に重点的に注目し、道綱母の物語化の手法と併せてその限界について考えてみる。

3　物語的手法（一）

——三つの夢と夢解き——

まず最初に日付の件から取り上げるため、事が実際に運んだと考えられる順序を、月日の推移に従い、一応次のように纏めておいた。諸注釈書はだいたいこのように読んでいるようであり、私も本文を素直に読めばこのようになると思う。よって、詳しい考察も必要かと思うがそれは省略に従いたい。なお、傍線を付けた所は3の末で修正する。

970〈天禄元〉年この頃	女子をもうけることを神仏に祈願
971〈天禄二〉年この頃	養女を迎えることを決心
972〈天禄三〉年年頭頃？	女房が兼忠女の娘に言及
＋α	調査（この頃以降のいつか、兼家に報告）
＋α	兼忠女の娘を養女に決定[7]
＋α	兼忠女の異腹の兄と交渉
翌日	兼忠女の異腹の兄が志賀へ行く
翌日	兼忠女の異腹の兄の報告　手紙を書く
翌日？	兼忠女の所に道綱母の手紙が届く
翌日	道綱母の所に返事が届く

注・「＋α」は数日経過したと思われることを示す。
・「翌日？」は、なお数日を費やしたかも知れない。

+α　二度ほど文通
+α　養女を京に出す
?　十九日に迎えることを決定
2月15日　石山の法師が夢を見る
15日　道綱母が夢を見る
17日　石山の法師の夢が告げられる
同日　「夢合はする者」来訪、夢解き
19日　養女を迎える、兼家来訪
翌日　兼家帰る

これを見るに、やはり焦点は石山の法師の夢である。養女を道綱母邸に引き取ったのが十九日だとすると、彼の夢が告げられた十七日の時点では養女迎え入れの段取りはすっかり整い、もう明後日迎えに行くばかりという状態であったはずである。それがあたかも養女を迎える決心をする以前のように書かれているのはなぜなのかが大きな問題なのだが、その前に、このタイミングで夢を告げてきた石山の法師は怪しいと思われることを問題にしておきたい。

法師の夢は『過去現在因果経』[8]とそれに影響を受けたと『花鳥余情』以下で指摘される、『源氏物語』若菜上で明石入道が明石の君の出生の際に見た夢との関連が言われているものである。ちなみに、これは、左に引用したように、明石入道が明石の君に送った手紙の中に書き綴られている（引用冒頭「わがおもと」は手紙の送り先である我が娘明石の君を指す）。

わがおもと生まれたまはむとせし、その年の二月のその夜の夢に見しやう、みづから須弥の山を、右の手に捧げたり。山の左右より、月日の光さやかにさし出でて世を照らす。みづからは山の下の蔭に隠れて、その光にあたらず。山をば広き海に浮かべおきて、小さき船に乗りて、西のかたをさして漕ぎゆく　〈五—一〇二〉

だとすると、その内容の示唆するところは誰にとっても明らかなのではないだろうか。つまり、法師の夢（A)ⓑの太字部分）で言うところの月・日は各々后・天皇を示すとみられ、道綱母の家から月即ち后が出て、日即ち天皇を動かすという解釈になるだろう。法師は最後に「これ、夢解きに問はせ給へ」などと言っているが、当然夢解きの結果も予測していると思われる。道綱母も(A)ⓑ末尾のように言うのは、この瑞夢の意味するところを予測できるからだろう。ならば、道綱母に女子がいなければこの夢は意味をもたないわけだが、一昨年道綱母と石山寺で接触した法師は、道綱母に女子はなく、今後出産するにはもう高齢であるのも知っていたはずだ。それで、何らかの伝により道綱母が養女を迎える予定であると聞き及び、養女の最上の未来を予告するような夢を伝えてきた、有り体に言えばでっち上げたとみるべきだと考える。(9)

　つまり、一部で古くから類似が指摘されているように、年代は下るものの次に引いた『小右記』九九三〈正暦四〉年三月の記事(10)に現れる法師の言動をめぐる話、特に私に波線を付した所と同様に捉えるべきだと思うのである。

（前略）面不知法師來、令申可相逢之由、則令問住寺及其名、答云、是圓憲〔賢〕不問所名字稱也、住天台具足坂松下房、又往還常行堂邊、面必有可令申事者、昨今有愼不可會之由相答了、又云、不可過今日事也、尚煩〔欲カ〕遂謁談者、余答云、所愼不輕、難可相逢、不可過今日事者、先以人猶可被相傳、又云、過御物忌稱可參聞退去了者、未知何人、又不知何事、疑慮不少仍東西令問已無知人、彼法師云、故大僧正弟子也者、《五日》

（前略）前日所來法師今日重來、問其名、圓賢者、不相逢、以人云、爲申夢想告所參入也者、人々云、以虛夢來告處々、以其事爲便者云々、《十八日》

（前略）圓賢法師重來、以平譽師令問夢躰、所告似虛、不可信用、（後略）《廿二日》

（波線は引用者、二重山括弧内引用者補）

「夢合はする者」も同じことで、「柿本全注釈下」が、

ここに登場する夢解きは、作者の家の内情につき予備知識を用意し、ツボをはずさぬ占いを立てている趣が感ぜられる。それが一般に夢解きの生態であったのであろう。

と指摘する通りだと思う。[11] 従って、この「夢合はする者」も道綱母の養女のことを承知した上で夢解きをしていると考えられるのである。よって、道綱母も石山の法師の夢を聞いた瞬間に明後日迎える養女の未来に思いを馳せたはずで、そのような面が記事内容からはうち消されているのに注意すべきだ。

さて、このように法師の夢も夢解きも胡散臭いと考えられるわけだが、三つの夢に関して、

似た夢を幾人もが見るのは、石山の法師の夢に刺激された一種の集団心理であろう。

と指摘する増田繁夫氏[12]の見解に注目したい。(A)によると、石山の法師の夢と侍女・道綱母の夢は同時に合わされているから、増田氏の説に従うと、石山の法師が夢を告げてきてから「夢合はする者」が来るまでに幾日かが経過し、その間に道綱母と侍女が夢を見たことになる。従って、「夢合はする者」が来たのは十七日から幾日かたってから、即ち十九日の養女迎え以降になる。そこで(A)を再び見ると、石山の法師が夢を告げてきたのが十七日なのは確かだが、「夢合はする者」が来たのはⓒの冒頭太字部分で「人にも解かせぬ時しもあれ、夢合はする者来たる」と言うだけだから、十七日か後日であるのか判然としない。諸注釈の多くは十七日ととっており、私も本文を素直に読めば十七日になると思うが、[13] もしそれが事実ならちょっと偶然に過ぎるのではないか。増田氏の見解が載るは簡略な注釈書なので根拠にまで言及しないが、おそらくそのへんのところも問題にしたのだと思う。考えてみれば増田氏の想定の方が自然であろう。つまり、十七日に石山の法師が夢を告げ、二日後に養女を迎え取り、その間乃至はさ

らに数日の間に、石山の法師の夢に刺激され、また、養女も(K)の引用末尾（傍線部の後）のように可愛らしくて生い先期待できそうなので、侍女や道綱母が瑞夢を見、道綱母が夢を見てから二日後「夢合はする者」がやって来た、と考えられるわけである。[14]「夢合はする者」が偶然のようにやって来たのも、実は道綱母が養女を迎えたと聞き及んで来たとも解釈できる。

そうすると、先に示した事の起こった順序のうち、傍線を付けた所には修正を加える必要があり、修正を施したのが次に掲げたものである。

2月15日	石山の法師が夢を見る	
17日	石山の法師の夢が告げられる	
19日	養女を迎える、兼家来訪	
翌日	兼家帰る	
＋α	侍女が夢を見る 道綱母が夢を見る	順序不明
道綱母の夢から二日後	「夢合はする者」来訪、夢解き	

実際には養女迎え取りの段取り、石山の法師の夢、養女迎え取り、このあたりで道綱母と侍女が夢を見、道綱母が夢を見てから二日後に夢解きという順で事が運んだと思うのである。

4　物語的手法（二）
——道綱母の構成意識　付、『本院侍従集』との比較——

それでは何故に道綱母は事の起こった順序通りに記述しなかったのだろうか。結論を先に述べると、ここを物語的に叙述する道綱母は、養女迎え取りをテーマとして意識し構成を考えたからだと私は考える。具体的に言うと、(B)の道綱母の思い、即ち、数年来、数箇月来の思いから、兼忠女の娘を迎えるまでの経緯を綴り、そして、十年強も音信不通であった父娘の対面（(K)の後半あたり）も含まれる(K)をクライマックスとする構成を考えたと思うのである[15]。そこに、養女を迎え取る段取りには直接関係しない石山の法師の嘘臭い夢を差し挟むと、クライマックスに上り詰めるまでの緊張感が薄れ、同時に構成の緊密度が薄れると考えたと思うのである。女房の中には養女の将来に思いを馳せて騒ぐ者もいたかも知れない。そんな状況を描写すると、構成が台無しになると思ったのであろう。それで当初石山の法師の夢は『蜻蛉日記』に入れるつもりはなかったと思う。

このように道綱母が構成に拘ったことは、記述の面にも表れている。先に触れた(G)の「超越的視点」などもそうであるが、(I)～(K)にかけての記述にも工夫が凝らされているのである。まず目立つのが「十九日」の日付の提示の仕方である。(J)の末尾をみると、養女迎え取りの日取りが十九日に決定したという鉤括弧あたりの記述からいきなり「これ迎へに物す」と言って道綱を養女の迎えに遣ったことを述べることにより、養女迎えが十九日であったことを示している[16]。しかも、道綱を迎えに送り出したことを述べてから(K)に入り、一旦兼家からの手紙に言及して改めて道綱の出発前の描写に戻り、十九日の様子が詳述される。物語にはよくある叙述パターンで[17]、クライマックスを目指して道綱母が筆に工夫を凝らした証左だとみたい。

他にも、細かい点になるかも知れないが、(J)で道綱母の逡巡が述べられてから日取りが十九日と決定するまでの時間経過が明らかでない（本節3で経過を纏めた際には「?」としておいた）。また、(K)の傍点部によると、道綱母は兼家に養子を取ると事前に報告していたようであるが（同じく本節3では一応最初の「+α」の所に入れた）、それをここで初めて明らかにしている。このようなことも道綱母が構成を考えた上で筆を圧縮したりした結果だと考えられるのである。

以上のように道綱母は構成・記述に拘ったため夢の件は除外されたのである。しかし、法師の夢は、養女を迎えてから暫くし、道綱母と侍女の夢も併せて夢解きがなされると、養女迎えにとっても無視し難い意味を帯びてくる。「夢合はする者」も怪しいわけだが、ここまで言われると信じたくなったのであろう、道綱母もⒶⓔの末尾で、少少なくとも道綱の将来については満更でもないような気持ちになっている。また、夢は合わせがらとも言うから、折角の良い夢判断を信じなければ、逆に不吉なことが起こるかもという危惧もあったかと思う。それで、ここにきて道綱母は、これらの表面的にはすばらしい夢の件も『蜻蛉日記』に取り込みたいと考え出したのではないだろうか。勿論、Ⓐⓑとⓒのそれぞれの末尾のように、あくまでも法師の夢は信じられないという体をとってはいるが。ならば、事実通りに、養女迎え取りの段取り、法師の夢、養女迎え、夢解き、という構成を取るのが最も素直で、中巻までの道綱母ならおそらくそうしていたであろうと思うのであるが、養女迎えというテーマを第一に考えた構成に拘った道綱母は、(K)までに石山の法師の夢を差し挟むのを嫌い、また、(K)の後に夢判断を聞いて沸き立つ自分達の姿を描くことも嫌い、事実通りの構成は避けたと考えられる。(18) その代わりに、これら夢の話を一括して養女迎え取りの記事の直前にもってき、プロローグのような役割をもたせることを思いついたのだと考えたい。その際には養女に対する言及は削除されたわけである。

『蜻蛉日記』を始めとする女流日記文学について考えるとき、何が書かれたかとともに、何が書かれなかったかも考慮する必要があるが、書かれなかった内容を問題にするのは勿論非常に困難である。しかし、養女迎えの記事について言えば、石山の法師が夢を告げてきたことは構成の緊密性を保つために書かれなかった。だが、その直前に夢解きの件とともに置かれ、プロローグの役割をもたされたのだと説明できる。上中巻との比較で言えば、上中巻において書かれなかったことは、兼家の道綱母に対する誠実な態度が多かったようだが、それは当然不如意な結婚生活を描こうとする意図を道綱母が強くしていたからだと考えられる。一方、下巻のここにくると、物語的構成意識の上から記事が取捨され、しかも配列に手を加えるということが起こってきているのである(19)。

ところで、話が逸れるようだが、当時の道綱母を取り巻く文学活動を見渡すと、兼家の二人の兄、伊尹・兼通に関わる特徴的な作品があるのに注目される(20)。即ち、伊尹自作とされる冒頭の物語的部分「とよかげ」の部が有名な『一条摂政御集』と、若き日の兼通と本院侍従を男女の主人公のモデルにする作者未詳の『本院侍従集』である。道綱母が『蜻蛉日記』という新たな形態の作品を切り開いていったとき、これらの作品と意識的にあるいは無意識的に相互に影響を与え合ったと考えられるのではなかろうか。特に、「とよかげ」の部と『本院侍従集』の成立したのは、今問題としている九七二年に近い頃なのである。「とよかげ」の部は伊尹晩年の自作というのが通説だが、伊尹が死んだのは『蜻蛉日記』のこの後にも出てくるように（一一六六）伊尹薨去）、同じ九七二年十一月である。また、『本院侍従集』も九七二年の作であることを示唆する跋文をもつ(21)。

そこで、今問題としている養女迎えの記事につき、注目したいのが『本院侍従集』である。Ⅱ第一章では『本院侍従集』を取り上げて考察し、『本院侍従集』の記事配列は実際に事が起こった順序通りではない、換言すれば時間的に虚構が施されていると主張し、それは編者の意図によるものだというこども合わせて述べた。すると、今取り上げている『蜻蛉日記』下巻と、出来事を事の起こった順序通りには配列しない点が共通すると言えるのではないか。それで、一方が他方の影響を直接受けた、というようなことが言えればすっきりした論になるのであるが、残念ながら外部徴証はもとより、両者の内部徴証からもそのようなことは言えない。しかし、先程来述べたように、伊尹・『本院侍従集』編者そして道綱母というような人々が影響を与え合いながら文学作品をものした結果、配列上の虚構という似た手法が二作品に見られる現象を産んだと目することに無理はないと考える(22)。

5　物語的手法の限界
――日記意識と対読者意識――

さて以上が本節の題に掲げたうちの、「物語的手法」に関する考察で、次に「その限界」の考察に移る。第一に問題とするのは、このように道綱母が構成にまで気を配ったとすると、結果はあまりにも見え透いているのではないかということである。つまり、「十七日」と記して、その間に「又の日」「又の日」などと書きながら十九日の養女迎えとなるのだから、日取りの矛盾は一目瞭然である。前述のことより、道綱母は(A)を記述する際、時間配列に手を加えたことはもとより、養女への言及を避けるなど、かなり意を用いたはずである。にも拘らず、なぜ日付は杜撰になっているのか。実は私はならざるを得なかったと考えるのだが、その件について考察していく。本節4で言及した『本院侍従集』との比較で言えば、『本院侍従集』の場合は、当時の読者でも二人の経歴に相当に詳しい人でないと配列に虚構が施されているとは気が付かないであろうと思われるほどに自然な続きぐあいになっており(23)、その点誰が読んでも日付の矛盾に気付く『蜻蛉日記』の場合とは大いに異なるのである。言うならば、『本院侍従集』の方が手法は高度で成功していると思うのである。この違いはどこからくるのかという問題でもある。

私の結論は至って簡単である。即ち、物語的に叙述を進める道綱母ではあったが、上巻序文での「身の上まで日記して」(〔一〕序)、同じく跋文での「かげろふの日記といふべし」(〔六七〕「かげろふの日記」)、あるいは中巻の安和の変の所での「身の上をのみする日記」(〔七二〕高明配流)といった上中巻における自己の実人生を描くのだという日記意識から完全には脱却できなかったからだと考えるのである。換言すれば、本節1冒頭でも一言したように、下巻に入って兼家から関心が飛び、今問題としている箇所のように配列上に虚構を施してまで物語的に構成される部分も出てくるのであるが、虚構を完全に覆い隠すような粉飾を日付にまでは施せず、「十七日」と「十九日」の矛盾を消し去るところまではいけなかった限界があったのだと思うのである。

翻って、『本院侍従集』の場合は、現代のジャンル分けに従えば私家集に分けられるが、編者にすれば歌物語（これも現代の用語であるが）として編纂する意識が強かったのだと思う。(24) つまり、『本院侍従集』も兼通と本院侍従の若き日の実人生をモデルにしたものなのだが、目的は二人の実人生を描くこと自体には全くないわけで、むしろ二人の恋愛を物語的に描くところにあったと思われ、それを目指して配列上の虚構もなされたので、十分に筆を揮えなかった『蜻蛉日記』とは決定的に違うと思うのである。

道綱母が物語作者のように自由に筆を揮えなかったことにつき、次に道綱母の対読者意識という点を問題にしたい。実は、私はこちらの方が日付の件よりも複雑かつ微妙な問題を孕むと思っている。そしてその読者と言うのは、とりもなおさず、今迎え入れた養女である。道綱母が考えた『蜻蛉日記』の読者としてはやはり、従来言われている通り、少なくとも養女を迎え入れてからは彼女を第一番に考えたと思うのである。

そこで今度は、(D)の道綱母が兼家と兼忠女の関係を語る部分に注目してみる。第一に、本節2でも触れたように、この問わず語りが実際に行われたものをうつしているとは考えられないことが問題だし、第二に、なぜこれを入れたのかも問題である。前述の通り、道綱母がクライマックスを目指して記事の構成に気を配っていたとすれば、ここにかくまで詳しく十年以上も前の事柄を差し挟めば、緊密な構成をうち破りかねない。養女の生い立ちに言及するにしても、あまりにも詳し過ぎる叙述だとは言えまいか。それを敢えて入れたのはどうしてなのか。(25)

この問題を考えるにあたっては、兼家と兼忠女の関係があった時期（九五八～九六〇〈天徳二～四〉年頃）を含む上巻で二人の関係が叙述されなかった理由にまず言及しておかなくてはならないかとも思うが、それは第一章で詳述した。今は、第一章でも取り上げた犬養廉氏の考えを「新潮集成」「解説」[26]から引いておく。

あえて臆測を加えるなら、上巻の天徳三、四年の部分には、かなり厳しい兼忠女に関する插話が、本来あったのではあるまいか。天禄三年二月、奇《く》しくもその娘を養女に迎えるに当って、恐らくさし障りのあるその部分を削除、さりげない行文で埋め、下巻の無難な回想に置き換えたものではないか。宮仕え女性ならぬ作者の手記『蜻蛉日記』の、第一読者はこの養女だったはずである。明るい回想と理解ある表情もその辺を配慮したものであろう。（波線は引用者）

それで、なぜ下巻で兼家と兼忠女の関係を詳しく書いたかに関してだが、犬養氏が「明るい回想と理解ある表情」（波線部）を読み取っている点に注目したい。同じく第一章で取り上げた「蜻蛉日記注解八十[27]」説につくにしても、「蜻蛉日記注解八十」はそもそも道綱母の兼忠女に対する嫉妬心を否定するのだから、この点については犬養説と対立しないであろう。だとすると、道綱母が兼忠女に実際どんな感情を抱いたかに拘わらず、また、上巻でそれが書かれたか否かにも拘わらず[28]、下巻のここでは養女を『蜻蛉日記』の読者に想定し、養女の母に関する「明るい回想と理解ある表情」を書いておきたかったのだと考えられると思うのである。それが、先程指摘した構成の緊密さに対する拘りよりも優先したのであろう。ためにかくも詳しい作者の問わず語りが差し込まれているのである。

さて、養女を読者と想定したであろうことに関連して私がより重視するのは、やはり第一章で論じたことだが、養女が生まれておそらく暫くしての頃、(D)ⓐの末尾太字部分にあるように、兼家がこの子を養女に取るように道綱母に提案したことをめぐって、切実な思いの兼家と強く反撥する道綱母との間にかなりの確執があったと思われる件である。養女問題を下巻のここでさり気なく書くのは、自分を養女に迎えるか否かで兼家と道綱母が揉めた事実を養女に知られたくないためであったと思われるのである。こう考えると、ⓑで養女の決定が即決の形でなされたかのように書かれ、その後の(E)で調査が行われたかのように書かれているのも、自分が養女にすんなり決まったかのごとき印象を養女に与えたかったからと理解できる。

推測が重なり論が複雑になったようだが、主張したいことは、道綱母が兼家と兼忠女との関係を比較的詳しく「明るい回想と理解ある表情」を含めて書き、しかも養女迎え入れの提案がなされた時にはかなりの確執があったであろうにそれは書きとばしているのは、養女を『蜻蛉日記』の第一の読者として強く意識したからだと考えるということである。

さて、以上の私の推論によると、道綱母はクライマックスに至るまでに構成に手を加えながらもそのために生じた日付の矛盾まではどうしようもなかった一方で、構成の緊密さを破るかも知れないのに、長い問わず語りを入れたことになる。このような道綱母の態度は一見矛盾しているように思えるのであるが、日記の中で物語化を図り、実人生を描くという縛りから逃れられないと同時に、養女を第一の読者として強く意識した道綱母の手法とその限界が別方向をとって現れた結果だとみるのである。

注

（1）『全講和泉式部日記改訂版』（一九九四年二月・至文堂）等。

（2）『平安朝文章史』（一九八一年七月・東京大学出版会）。

（3）同様な箇所の一例として上巻の「〔九〕父の離京」を挙げたい。この部分も、例えば中野幸一氏の「「蜻蛉日記」における物語的世界」（『国文学解釈と鑑賞』43巻9号・一九七八年九月・至文堂）によって、様々な徴候から「物語的に構成されている」と指摘されている。私はこの部分は、かなり早い時期に父との離別をテーマとして纏められていたとみる。上巻執筆時、兼家の不実さも強調しながら、それに筆を加えたのだと思う。

（4）第一章での想定からすれば、上巻を纏めるときに、兼家と兼忠女の関係は既に執筆されていたと私は考えるのである。また、村井順氏は『かげろふ日記全評解下』（一九七八年一月・有精堂出版）で、「殊にやり取りした歌まで覚えているのは、メモが残してあったからだ。」と指摘する。

（5）犬養廉氏は「新潮集成」「解説」で、「この部分には多分に物語的潤色も予想されるが、それにしても鮮明な回想である。作者の手もとには、歌稿あるいは然るべきメモがあったものであろう。」（傍点は引用者）とする。

（6）「柿本全注釈下」は、「（養女を）兼忠の孫娘ときめた。そのいきさつを、作者の長い独り話の形で記しているが、その結論に達したのは、相当の時日を費したすえであったろう。」（括弧内引用者補）と言う。

（7）諸注釈書にはあまり指摘がないようだが、先に述べたことにより、兼忠女の娘を養女に決定したのは調査の後であるのが事実だとみる。注（6）参照。

（8）『大正新脩大藏經』（一九六〇年再刊版）第三巻本縁部上、六二〇頁以下。

（9）古く吉川理吉氏が「かげろふの日記幷に同時代の物語共と源氏物語との關係（附）拾遺集所撰年代考など」（『国語国文』7巻9号・一九三七年九月）で、「本記（引用者注―『蜻蛉日記』）の記し様では、その示唆（引用者注―石山の法師の夢のこと）により養女の件が具體化した様にもみえるが、日取りを繰るに、それはむしろ記者方に養女の話が進行してゐるのを知つて一枚買つて出た山しわざの様である。」と指摘している。また、森田兼吉氏も『権記』の夢『小右記』の夢―女流日記文学の夢への序説―」（『日本文学研究』（梅光女学院大学）22・一九八六年一一月）で、この後に引く『小右記』に載る圓賢と石山の法師を並べ、「石山に籠っている穀断ちと称する僧など、そうした輩（引用者注―圓賢を指す）であろう」と言い、道綱母が「夢合はする者」の夢解きを聞いて、「いひおこせたる僧の疑はしきなり」と言っているのに関し、「虚夢で利を得ようとする僧の存在する（はびこっている、といってもよい）社会状況があった」（括弧内原文）と指摘する。

（10）引用は大日本古記録『小右記一』（一九五九年三月・岩波書店）による。

（11）吉川理吉氏は注（9）で引用した部分に続けて、「記者も事件の展開につき〴〵しくとてこのはじめに敍したもの、様で、次に記者および女房共の同種の吉兆の夢共をも併せて夢解きに解かせてゐるが、その夢解きも記者邸のかうしたことを耳にして參上したものであらう。」と言っている。

(12) 全対訳日本古典新書『かげろふ日記』（一九七八年一二月・創英社）。

(13) 石山の法師が夢を告げてきたのが十七日となっている件など、日付と事実関係に関しては、第二節で別の可能性を示している。

(14) 犬養廉氏は「平安朝の日記文学―蜻蛉日記における養女をめぐって―」（『文学・語学』49・一九六八年九月）で、ここに記述される三つの夢を順に⑴（石山の法師）⑵（ある者）⑶（作者）とし、「⑴⑵は阿諛の跡が濃く、しかしながら、⑶はこれらに誘発された満更でもない夢である。」（傍点は引用者）と述べる。とすると、道綱母が夢を見るのは先の二つの夢の話を聞いてから後ということになる。また、⑵も作り話という考えであろうか。なお、「新潮集成」「解説」にも同様の記述がある。

(15) 上村悦子氏は、講談社学術文庫『蜻蛉日記(下)全訳注』（一九七八年九月）で、「めったに姿を見せない兼家が夜が更けぬ前に訪れて来たのも腑《ふ》に落ちない。話をさらに面白くするための作者の場面設定ではあるまいか。」とまで類推する。なお、『蜻蛉日記解釈大成第6巻』（一九九一年七月・明治書院）にも同様の記述がある。

(16) 「小学館新編全集」の頭注で、次のように注されている。

石山の法師から、作者の夢を見たという便りがあったのが十七日。次にここに「十九日」とあるが、その二日間に養女の件が持ちあがったのではなく、叙述は過去へ遡っている。というよりも、事実としては別々の出来事に、脈絡がつけられているのである（略）。その叙事的な脈絡のほうに、作者の関心がより多く傾いていくので、それを事実的な日程とつなげるこの「十九日」が、いささか唐突の感を伴う。しかも、これまでの『蜻蛉日記』の暦日は、だいたい日付ないしその変形で示されてきたが、この「十九日」の書き方は、まったくそれとは異なって特殊である。作者にとって忘れがたい日であるにもかかわらず、日付として入れにくいその「十九日」を記事の進行に同化する文脈。

なお、ほぼ同様の指摘が日本古典文学全集9『土佐日記蜻蛉日記』（一九七三年三月・小学館）にもある。

(17) 注（3）で触れた上巻の「〔九〕父の離京」でも、「とあるほどに、わが頼もしき人、みちのくにへ出で立ちぬ。」（〔八〕返すころも）と記してから、改めて父の離京の様子を詳述している。

(18) 下巻に限らず、上巻では注（3）で指摘した「〔九〕父の離京」の他、「〔一五〕姉の別居」、「〔四〇〕母の死」、中巻では有名な「〔八九〕道綱、鷹を放つ」など、家族とともに涙を流す場面になると道綱母の筆は冴えを見せる。その点は『蜻蛉日記』全体の特性と見るべきかも知れない（加納重文氏の『平安女流作家の心象』〈一九八七年五月・和泉書院〉に、「道綱母の顕著な心理として、親族に対する情愛の深さがある」との指摘がある）。しかし、今問題としている箇所の場合、会ったこともない父娘の邂逅というクライマックスを迎えるまでに夢のことなどを差し挟むのは不適当と考えた上で構成に手を加えたとすれば、上巻や中巻には見られなかった手法であると言わなくてはならないと思う。

(19) 注（3）で言及した上巻の「〔九〕父の離京」との比較をもう一度してみたい。注（3）でも述べたような過程を経て、この記事は上巻に今あるような形で取り込まれたと考えるのだが、上・中巻において記事に加筆・修正が加えられたりあるいは削除がなされた場合には、結果として兼家が不誠実に見えるということに意が用いられたと考えられる。しかし、下巻のこの部分では、それらとはかなり様相を異にしてきているのである。なお、養女迎えの一連の記事が一応纏められた後に「夢合はする者」が来て、夢のことも書き加えたくなったとすると、一旦纏めたものの中に夢のことを差し挟むのを嫌い、その直前にもってきたとも考えられる。

(20) 「とよかげ」の部、『一条摂政御集』他撰部の歌語り的・歌物語的な歌群についてはⅠで、『本院侍従集』についてはⅡで詳述した。

(21) 『本院侍従集』の成立時期と跋文に関しては、Ⅱ第一章注（26）参照。

(22) 『本院侍従集』と『蜻蛉日記』上巻、また「とよかげ」の部の関連に関しては、Ⅱ第一章5で触れた。

(23) 鈴木あき子氏は「本院侍従集私論―その歌物語的性格と成立事情―」（『国文』78・一九九三年一月）で、「この歌集の排列を見る限り、ある年の夏に始まり秋の訪れと共に終わったはかない恋物語として構成されていることが確認できる。少なくとも、読者はそう受けとめることになる。」と言う。

(24) 従って、『本院侍従集』は『蜻蛉日記』のように、季節や時間の経過を一々明示しないし、ましてや日付をのせることもない。また、『本院侍従集』は二人の恋愛の発端から破局後日談まで載せるのに対し、『蜻蛉日記』の当該箇所の場合は比較的短期間の出来事の記述である。以上のようなことを勘案すると両者を比較してもあまり意味はないとも思うが、敢えて比較すればということである。

(25) 白井たつ氏は「『かげろふの日記』下巻の構成―養女を迎える記事の手法―」(『古典研究』15・一九八八年三月)で、私に言う(D)に関連して「兼家と兼忠女との贈答歌まで掲げる必要はなかったであろう。そのために、回想部分が余計に長くなり、十九日当日の兼家との親子対面の場面の印象が薄れる」と指摘するが、私も賛同したい。続けて氏は「この場面(引用者注―私に言う(K))をそのようなもの(引用者注―「昔物語」)として盛り上げるべき、記事内部の構成上の配慮はなされていない。」と指摘する(『蜻蛉日記の風姿』〈一九九六年八月・風間書房〉で再論)。私は先述の通り構成あるいは記述の上で種々配慮がなされていると思うのであるが、では、配慮をしながらなぜ「印象が薄れる」程に(D)を詳しくしたのかを問題としたい。

(26) 「平安朝の日記文学―蜻蛉日記における養女をめぐって―」(注(14)参照)でも同様の考えが示されている。

(27) 秋山虔・上村悦子・木村正中氏著、『国文学解釈と鑑賞』34巻4号・一九六九年四月・至文堂。

(28) 第一章での検討からして、私は、上巻執筆時に書かれていたと想定しているのは、言うまでもない。

第二節　（付説）日付と事実関係をめぐる一考察

1　はじめに

第一節において、『蜻蛉日記』下巻九七二〈天禄三〉年二月の夢と夢解き、及び養女迎えの部分（〔一四六〕夢解き、〔一四七〕養女を迎える）を取り上げ仮説を提示した。古くから指摘されている著しく物語的な様相を帯びた筆致などに着目し、実際の事実関係を推考し、事実通りに記載されなかった経緯を道綱母の物語的手法及びその限界という面から説明しようとしたのである。問題の性質上推論に推論を重ねる結果になってしまったかと思うが、このような問題は確定的に証明するのは不可能で、あらゆる可能性を考慮に入れながら、最も妥当なものに絞り込んでいくしかないであろう。それで本節でも、主として夢と夢解きの場面の事実関係につき、第一節とは違った観点から違った可能性を示してみたい。

2　日記的部分への日付の偏在

まずは、下巻における日付表示について確認することから始める。

『蜻蛉日記』下巻の構造を取り上げ[1]「下巻は主題的に三つに分裂していると見られ」、それぞれ相応する「世界」が違っているという木村正中氏の指摘は、通説化していると言ってよい。木村氏の言う三つの「主題」と「世界」

を私に纏めると次のようになる。なお、二重線より下は後の論述の便宜上私に与えた呼称と、日付が記される傾向があるかないかを○×で示したものである。

主題	世界	私の呼称	日付
第一の主題　上、中巻の主題を継承したところの、兼家との関係において描いてゆく作者の「身の上」	時間を契機として成立つ日記的世界	日記的部分（身辺雑記的部分）	○
第二の主題　養女として迎えた娘にまつわる話	場面ないし事件を契機とする物語的世界	物語的部分	×
第三の主題　成育した道綱のことで主に恋愛贈答歌	和歌を契機とする私家集的世界	私家集的部分	×

さて、このように下巻の内容を捉えたとき、木村氏が日記的部分を「時間を契機として成立つ」とした通り、日付[2]はこの部分に偏在し他の二つの部分ではあまり記されない傾向がある[3]。また、木村氏は日記的部分を「兼家との関係において描いてゆく」とするが、兼家とは一見関係のない様な身辺雑記的な記事、即ち、天候・物詣で・家族との交流等を描く記事にもしばしば日付が付される。以下においては、日付の問題を主軸に考察していくので、日付の多い身辺雑記的な部分も日記的部分に含めて考えることにする（右の表で、日付の項に記した○と×は、それぞれ日付を記す傾向があるかないかを示している）。

まず、日記的部分に日付が偏在し、私家集的部分に移ると日付が付されなくなる実例を挙げておく。

九七二年三月、「二十五六日」という日付と「又の日」「日経ぬ」という言葉とともに、兼家の動向に触れる日記的部分（〔一二五四〕惜しからぬ命）があり、その後に「四月は、十余日」に賀茂祭に出かける話（〔一二五五〕賀茂詣でに伊尹を見る）が続く。ここには兼家は登場しないが、偶然見かけた兼家の兄の伊尹を「いたう似給へるかな」と兼家と引き比べたりしているので、日記的部分であるとみなせ、「十余日」と日付が付されているのが説明できる（あるいはここは身辺雑記的部分とみてもよい）。このように、日記的部分（又は身辺雑記的部分）だと日付が記される。ところが、この後話題は一転して道綱と大和だつ女との初の出会いと翌日の歌の贈答（私家集的部分＝〔二五六〕大和だつ女）に移り日付は消える。しかしここでの二人の出会いの日は「知足院のわたりに物する日」と示されていることから、諸注釈書が指摘する通り、賀茂祭の還立の日であるらしいと分かり、四月二十一日と特定できる。つまり、私家集的部分に入ると、日付で示せそうな場合でも示そうとしないのである。また、この例では前の日記的部分から十日弱も日数が経っているのに、それにも触れていない。ところが、二人の贈答の後、兼家の来訪が途絶えたままであることを言うときには「かくて、つごもりになりぬれど」とし、さらに続けて「二十八日に」兼家から文があったと記している。話題が兼家との関係に戻ると、即ち日記的部分になると再び日付が記されるのである。

また、九七四〈天延二〉年八月道綱が疱瘡に罹って〔二〇一〕道綱重病）治癒した〔二〇二〕道綱平癒）記事がある。これは道綱に関する話題ではあるが恋愛贈答歌を描く私家集的部分とは違い身辺雑記的部分になる。このようなところでは、「二十日の程に」罹病し、「九月ついたち」に治癒したと、日付が付されているのである。この後も身辺雑記的部分が続いた後、兼家からの文に道綱母も返事を出す日記的部分〔二〇三〕兼家との文通）になるが、そこでも「二十日あまり」と日付が付される。その後、道綱（助）が外出を再開して偶然出会った大和だつ女と贈答歌を交わす話〔二〇四〕道綱、大和に歌を贈る）がきて、ここからは私家集的部分になる。兼家との文通（日記的部分）から道綱と大和だつ女との贈答歌（私家集的部分）に話題が移る移り目は、「……と書きて物しつ。助、ありきし始むる日、……」となっている。つまり、兼家と文通した日から道綱が外出を再開した日迄に少なくとも数日は経過しているような書き方だが、道綱と大和だつ女との件に話題（私家集的部分）が移ると日付はなくなり、「助、ありきし始むる日」という言い方がされるのである。先の罹病から治癒にかけての部分とは好対照である。

反対に私家集的部分で異例に日付のある所を見てみる。問題にすべきは唯一箇所、九七三〈天延元〉年五月の初旬、道綱（大夫）と大和だつ女が贈答歌を交わす場面である。

〔一七四〕道綱、大和と歌の贈答

五月の初めの日になりぬれば、例の大夫、

うち解けてけふだに聞かむほとゝぎす忍びもあへぬ時は来にけり

返りごと、

ほとゝぎす隠れなき音を聞かせてはかけ離れぬる身とやなるらむ

五日、

物思ふに年経けりともあやめ草けふをたび〳〵過ぐしてぞ知る

返りごと、

積りける年のあやめも思ほえずけふもすぎぬる心見ゆれば

とぞある。

「五月の初めの日」、「五日」と日付がある（傍線部）。しかし、「五月の初めの日」には時鳥を主題にした贈答歌があり、「五日」には菖蒲を主題にした贈答歌がある。それぞれ五月一日、五日に相応しい主題である。とすれば、私家集的部分であるここで日付を表示するのは、和歌の主題に引かれての異例のこととみなしてよく、私家集的部分には日付を付さないのが原則のようである。

次に物語的部分で日付のあるところみてみる。すると、本節の焦点である夢と夢解き、及び養女迎えの記事もそうなのであるが、それは後回しにし、九七四年の藤原遠度の養女に対する求婚話を見ておく。この部分には日付がまま見られるので、列挙した上で順次検討しておく。(4)

(ⅰ)二月（遠度が養女に求婚し始める）　持て帰る程に、五六日になりぬ。おぼつかなうもやありけむ……〔一八四〕右馬頭、養女に求婚

(ⅱ)四月（遠度突如初来訪）　ついたち七八日の程の昼つかた〔一八六〕右馬頭来訪

(ⅲ)四月（遠度予告していた日に来訪）　さて、その、日ごろ選び設けつる二十二日の夜〔一八九〕あせる右馬頭

(ⅳ)五月　四日に、雨いといたうふるほどに、……かくのみ呼びつゝは、何ごとといふこともなくて、たはぶれつゝ、ぞ、かへしける。〔一九四〕落胆した右馬頭

けふ、かゝる雨にも障らで、同じ所なる人、物へ詣でつ。……〔一九五〕稲荷詣で

(ⅴ)七月（遠度の不祥事道綱母に告げられる）　七月中の十日ばかりになりぬ。〔二〇〇〕破談

まず、(ⅱ)(ⅲ)(ⅴ)は、一連の遠度の求婚譚の中でも特別の日だったので日付が付されたと考えられる。即ち、(ⅱ)(ⅲ)はともに遠度が道綱母邸に来た日だが、(ⅱ)は遠度が初めて来た日で、(ⅲ)は遠度が結婚するに吉日と自分で決めていた日である。幾度かある遠度の来訪の日の中でも特別の日だったと言えよう。(ⅴ)は道綱母が遠度の不祥事を耳にして、養女との縁談を破談にする恰好の理由を得た日で、やはり特別の日である。(5)

次に(ⅳ)は日記的部分（身辺雑記的部分＝〔一九五〕稲荷詣で）に連続している関係で日付があると考えられる。つまり、(ⅳ)の一つ目の……には、遠度が縁談が滞っていることを気に病んで道綱を自邸に誘ったり道綱母に伝言を頼んだりする様子が描かれ、「かくのみ」以下で最近の遠度の行動を記している。かかる所に日付があるのが異例な

わけだが、直後の「けふ」以下（一九五）稲荷詣でで道綱母と同居人が物詣でに出かけ、二つ目の……で兼家との復縁を願う歌を道綱母が奉納している。従って、「けふ」以下は日記的部分になるので、そこに日付が付されるのが普通である。しかし、遠度が道綱を誘ったのも道綱母が物詣でに出かけたのも雨の激しい中だったので、ともに同じ日であったと記憶に残り、物詣での記事より前に日付が付されたのであろう。

残ったのは(i)である。(i)を通説は日付（二十五、六日）と解するが、「五六日たった」と解釈できないだろうか。(6) 確かに「〜になりぬ」というのは日付を示すのに相応しく、日数経過を示すのなら直後にもある「二三日ばかりありて」などの形の方が多いようだ。しかし、上中下巻を通して「〜日になりぬ」のような形で日数経過を示す例が幾つかある。(7) それに、下巻九七三年「八月二十余日」に兼家に知らせずに広幡中川に転居した後に、

〔一七六〕広幡中川への転居

二三日になりぬれど、知りげもなし。五六日ばかり……

という一節がある。この「二三日になりぬれ」を日付ととるか、日数経過ととるか、説が分かれている。私は「小学館新編全集」の頭注、

「二三日」「五六日」ともに日数。後者「…になり」を略した。「八月二十二、三日」としては、「二十余日」の転居に合わない。また本日記で暦日を表すのに、助詞などを伴わずに、ただ「…ばかり」とは言わないので、「二十五、六日」の意ではない。

に従うべきだと思う。「二十余日」に転居して二十二、三日に「知りげもなし」と感慨をもらすのでは、ほとんど転居の日と重なってしまう。「五六日ばかり」を日数経過ととるのには問題があるかも知れないが、「二三日になりぬれ」は日数の経過とみなすべきである。(8) ならば、今問題としている(i)の「五六日になりぬ」を日数の経過と解し

てもおかしくはないであろう。

逆に(i)が日付だとすると、(iii)もそうなのだが、話の中途で突然日付が現れることになる。しかし、(iii)の場合は日付が付される特別の理由が見い出せたのに対し、(i)にはそれが全くうかがえない。また、(ii)(iv)(v)にも日付が付される理由がうかがえた。これらのことを勘案すると、やはり(i)は日数経過を示すと解する方が自然だと考えるのである。

ただ、たとえ(i)が日付だとしても、遠度の求婚話でも、日付が付される何らかの理由がある場合を除けば、日付は付されない傾向があるとは言える。

以上、木村正中氏に導かれ、『蜻蛉日記』下巻は三つの部分に分かれることと、私家集的部分と物語的部分の遠度の求婚話には原則として日付が付されないことを確認した。反対に言うと、日付は日記的部分に多くあるのである。勿論、日記的部分でも日付が付されないこともあるわけだが、日付が日記的部分に偏在するとは言えるのである(9)。

3　日付の矛盾

さて、木村正中氏は下巻の三つの部分の間の「断層」にも注目している。三つの部分が有機的連関性をもたされずに鏤められているということであうが、この記事の「断層」と日記的部分への日付の偏在とを併せ考えて下巻を捉えると、日付を記しながら流れていく日記的部分の時間を裂いて、他の二つの部分が適当な所に塡め込まれているかのように見えるのである。これに加え、私が本節で特に問題にしたいのは、日記的部分から私家集的部分に入り、日記的部分の日付と整合性を欠くと思われる所があることである。

九七二年八月の終わりに、

つごもりになりぬれば、ちぎりしけいめい、多く過ぎぬれど、今は何事もおぼえず、……
〔一六三〕われだに物は

とある。兼家が経営《けいめい》（相撲の還饗で、十七日にあった）が済んだら訪れるとの約束をいっこうに果たそうとしないことなどを記す日記的部分で、直後には、

大夫、例の所に文やる。……
〔一六四〕道綱、大和と歌の贈答

とあって、例によって日付無しで道綱と大和だつ女との贈答歌が続く私家集的部分がくる。

時間経過を追っていくと、まず日記的部分の「つごもりになりぬれば」で既に二十四、五日にはなっていると思われる(10)。その後私家集的部分に入り、道綱と大和だつ女との贈答歌が交わされる間に「又の日」という記述が三度と

「けふあすは物忌」と、返りごとなし。明くらむと思ふ日の……

という記述があるので、最低六日は費やしている。すると、この年の八月は二十九日迄だった(11)ので、私家集的部分の終わりは九月を越えていたはずだ。しかしそうなら、直後の身辺雑記的部分の、

うべもなく九月も立ちぬ。　〔一六五〕絵[12]

という記述と矛盾する。一方、贈答歌が八月中に完結したのなら、私家集的部分に入って道綱が最初に歌を贈ったのは前の日記的部分にある「つごもりになりぬれば」より以前でなければならない。つまり、私家集的部分に入ったとき、幾日か時間が遡っていなければならないのである。どちらにしても時間経過が不審なのである。

このような現象がなぜ起こるのか[13]。まず考えられるのは、道綱と大和だつ女の贈答を一箇所に纏めて記述しようとしたからということである。また、古くから指摘されているように、日記的部分と私家集的部分の素材の違いも関係しているのかも知れない。いずれにせよ複雑微妙な問題であるが、ここで確認しておきたいのは、道綱母は私家集的部分を成すとき、日記的部分の日付との整合性に気を遣うよりも、一連の話題を一箇所に纏めて記述する方に意を用いていたことである。すると、同じようなことは、私家集的部分と同様日付の付されない物語的部分においてもあり得ると思えてくる。そこで思い起こされるのが、日付に矛盾を孕むとされる養女を迎える記事とその導入部の役割を果たす夢と夢解きの部分である。冒頭で述べた通りこの部分については第一節でも仮説を示したのであるが、ここまでの論考を勘案し特に夢と夢解きの部分の事実関係につき別案を提示してみたい（《付言》参照）。

4　夢と夢解きの部分

——三つの夢の不審点——

論に入る前に、夢と夢解きの部分（A）と、その後に続く養女迎えの記事（B以下）の内容を整理しておく。

（A）（十七日）三つの夢と夢解き　以上、〔一四六〕夢解き

(B)道綱母の思い
(C)女房（と思われる人）が兼忠女の娘を提案
(D)道綱母の問わず語り
(E)調査・調査結果等
(F)女房と兼忠女の異腹の兄の交渉
(G)異腹の兄と兼忠女の交渉
(H)異腹の兄の報告、道綱母と兼忠女の文通1
(I)道綱母と兼忠女の文通2……、仔細決定
(J)養女京へ、道綱母の逡巡、（養女迎えの日取り（十九日）決定）
(K)（十九日）養女迎え、兼家来訪

以上、〔一四七〕養女を迎える

特に問題としたいのは(A)なので(A)の全文を掲げておく。

十七日。雨のどやかに降るに、方塞がりたりと思ふこともあり、世の中あはれに心細くおぼゆる程に、石山に一昨年詣でたりしに、心細かりし夜な〳〵、陀羅尼いと尊う読みつゝ、礼堂にをがむ法師ありき、問ひしかば、「去年から山籠りして侍るなり。穀断ちなり」などいひしかば、「さらば祈りせよ」と語らひし法師のもとより、いひおこせたるやう、「去ぬる五日の夜の夢に、御そでに月と日とを受け給ひて、月をば足の下に踏み、日をば胸に当てて抱き給ふとなむ見てはべる。これ、夢解きに問はせ給へ」といひたり。いとうたておどろ〳〵しと思ふに、疑ひ添ひて、をこなる心ちすれば、人にも解かせぬ時しもあれ、夢合はする者来たるに、異人の上

にて問はすれば、うべもなく、「いかなる人の見たるぞ」と驚きて、「みかどをわがまゝに、おぼしきさまのまつりごとせむものぞ」とぞいふ。「さればよ。これが空合はせにはあらず。いひおこせたる僧の疑はしきなり。あなかま。いと似げなし」とて、やみぬ。又、在る者のいふ、「この殿の御門を四足になすをこそ見しか」といへば、「これは大臣公卿いでき給ふべき夢なり。かく申せば、男君の、大臣近くものし給ふを申すとぞおぼすらむ。さにはあらず。君達御ゆくさきのことなり」とぞいふ。また、みづからの一昨日の夜見たる夢、みぎの足の裏に、「おとゞかど」といふ文字を、ふと書き付くれば、驚きて引き入ると見しを問へば、「この同じことの見ゆるなり」といふ。これも、をこなるべきことなれば、ものぐるほしと思へど、さらぬ御族にはあらねば、わが一人持たる人、もしおぼえぬ幸もや、とぞ心のうちにおもふ。〔一四六〕夢解き

まず、(A)の内容の不自然な面を問題にしたい。(A)を通説に従って読むと、石山の法師が夢を告げてきた十七日以前に侍女と道綱母が似た夢を見ていたことになる。また、「夢合はする者」が来たのも十七日とみるのが通説であるようだ。しかし、もしこれらのことが事実通りなら、不可解なまでに偶然が重なり過ぎているとは言えないか。事実は違った推移を辿っていたのではないか。

そこで第一節では次のように想定した。通説通り十七日に法師の夢が告げられたとみ、その数日後に侍女と道綱母が法師の夢に刺激されて似た夢を見、私に付した点線部の表現より、道綱母が夢を見てから二日後に「夢合はする者」の来訪があった、と。こう考えると不自然な偶然性は消えるのである。また、十七日から数日後に侍女と道綱母の夢及び夢解きがあったのなら、それは養女を迎えた十九日(K)より後の出来事になる。そうすると、(A)は十九日の前後に亘る別日の出来事を一纏めにして養女迎えの記事の前にもってきたことになる。

一方、本節3までの論述に従い、加えて、次に述べる通説とは違った読みの可能性を考慮に入れれば、また別の

想定も可能だと思うのである。

5　夢と夢解きの部分新解

それで、この問題を検討するにあたり、(A)の冒頭部分の再吟味から入りたい。先の引用で・を付した所は読点にするのが主流で、第一節でも「角川古典文庫」に従って読点としたのだが、「岩波大系」等・を句点にする読みもある。(14) 考え直すと、例えば「柿本全注釈下」は「句点にしては重すぎるような文勢」と説明するにとどまっており、また、上村悦子氏『蜻蛉日記解釈大成第6巻』(15)では、本文は句点で通釈は読点にしており、句点か読点か微妙なところだ。そこで本節では句点による読みに拘って考えてみたいのである。

しかし、句点を付すにしても、石山の法師の夢の件以降が「十七日」という日付に括られているとみなす点は、どの注釈書等でも同じである。それは、・の前後の二箇所の波線部分に繋がりをみるからだろう。というのは、養女を迎える二月に入ってから、一日、三日、十二日の三箇所で、雪・雨模様の天候と関連づけて「あはれ」と感慨をもらしている（〔二四四〕遠ざかりゆく人、〔二四五〕父の家へ）が、それらと同様の感慨をこのあたりからも読み取っていることによるとおぼしい(16)。いずれにせよ、・を挟んだ波線部分に繋がりをみれば、・の句読点の違いは取り立てる程の問題ではなくなる。が、ここでまた木村正中氏の論に着目すれば、読点ではなく句点とすることに看過できない意義が出てくるのである。

先述の通り、下巻の記事に「断層」を認める木村氏は、下巻冒頭九七二年正月～閏二月十六日迄の叙述を①～⑬の記事に分割し、各々の間の「断層」について検討する。その中の⑥⑦は(17)、

⑥かかれど、今はものともおぼえずなりにたれば、……十七日、雨のどやかにふるに、かたふたがりたりとお

もふこともあり。・ （二五六—二六〇頁）（・は引用者）

⑦世中、あはれに心ぼそくおぼゆるほどに、石山にお《（を）》としまうでたりしに、……もしおぼえぬさいはひもやとぞ、心のうちにおもふ。（二六〇—二六一頁）

となっている。つまり、・を付した所を「岩波大系」に従って句点とし、そこに「断層」を認め、次のように言及している。

⑥⑦の境界は、（略）「十七日、雨のどやかに（略）おもふこともあり。」を、その性格から⑥に属せしむべきだと思う。⑦は⑥とは全く趣を異にしており、⑥に見られた詩情は消滅して、作者の意識ははるかに現実的である。

ただ、この区切り方に従う注釈書・論考は管見の限りなく、当の木村氏も後にこの区切り方をやめ、「十七日」からを夢の記事とする(18)。しかし、この区切り方の前提となる「⑥に見られた詩情は」云々は、鋭い読みであると思う。・で句点をうち、日付のある部分とない部分の間に断層を認め、その前までを兼家の足が遠のいたままの道綱母の感慨をもらす詩情の漂う部分（日記的部分）、その後からを法師からの夢の報告や「夢合はする者」が来訪する現実（事実ありのままではない）を描く部分（物語的部分）だと読むのである。この読みによる区切り方は今は顧みられないわけだが、これに従えばどんな可能性が出てくるのかも、検討しておく必要があると考えるのである。

そこで、先程述べた、私家集的部分に見られた日記的部分との日付の不整合性を物語的部分であるここにも認め、木村氏の見解を併せ考えれば、当該部分について次のような可能性が出てくると思うのである。

まず、問題になるのは法師が夢を告げてきた日にちである。今までは、(A)の夢の記事全体が「十七日」という日付に括られていると見るのが通説で、第一節までの私も含めて十七日だとして疑わなかった。しかし、日付を付す日記的部分が「……思ふこともあり。」で一旦閉じられ、日記的部分との間に「断層」があり、その日付と整合性を常にもつとは言い切れない物語的部分に石山の法師が夢を告げてきた件があるとすると、それは、十六日以前でもよくなるのである。すると、法師が夢を見たという「去ぬる五日」を十五日ととるのが通説だが、それも夢が告げられたのが「十七日」という日付の枠内にあると考えるからで、月初めの五日ととれる。[19]従って、先に述べた第一節での想定とは違う、次のような想定も可能になる。

五日　　石山の法師が夢を見る（見たとされる）。
数日後　　その夢が告げられる。
数日の間　（法師の夢に刺激されて）侍女と道綱母が夢を見る
道綱母の夢から二日後　「夢合はする者」来訪、夢解き

「夢合はする者」の来訪まで何日を費やしたかを判断する材料はないが、五日に法師が夢を見たというのなら、おそらくは少なくとも十八日迄には収まっているだろう。[20]それを、日記的部分の日付（「十七日」）との整合性に気を遣わず、一纏めにして叙述したと考えるのである。

さて、第一節では、道綱母は法師の夢などを『蜻蛉日記』に記載するつもりは当初なかったが、十九日以降に夢解きの結果を聞いて叙述する気が起こり、法師の夢から夢解きまでを一纏めにして(B)以下の導入部とすることを思いついたと想定した。対して本節では、十九日迄に起こった一連の出来事を叙述したと想定するのである。

6　今後の課題

最後に今後の課題を提示しておく。本節における想定にたつとすれば、(A)に描かれた出来事は一連のもので、道綱母は夢解きの結果を十九日以前に聞いたことになる。このような状況のもとで(A)を叙述したとすると、道綱母はどのような手法を用い、またどのような意図をもっていたのか、捉え直す必要がある。

そこでまず気になるのが、(A)と(C)~(E)（特に(E)の後半）あたりとは、時間的に重なっていると思われる点である。(A)が二月五日以降の出来事を叙述しているとすれば、養女迎えの段取りの最終段階の頃になるはずだ。従来の説だと、(B)以下で「十七日」の日付を遙かに遡る事柄から叙述されることのみが問題になっていたが、(A)と(E)の後半あたりは同時進行的に進んでいたのに、それを切り離して叙述した道綱母の意図を考えなくてはならない(21)。

それと関連し、第一節でも問題視しまた従来の説によっても問題となると思うのだが、(A)には一貫して養女に対する言及がないのは如何なるわけか。石山の法師の夢が道綱母の家から将来后が出ることを暗示しているのはほぼ明確で、それに対する夢解きの結果は尚更である。また、法師の夢も夢解きの結果も、古くから指摘のあるように、道綱母が養女を迎えることを聞きつけた上での作為的なものとみるのが妥当だと思う(22)。道綱母もそれに勘付いていただろう。ならば、迎え入れが直前の養女の将来に対する思いや発言が道綱母や侍女にあったに違いないのに、そのようなことは(A)には微塵も記されない。

これについては、(A)は(B)以下の導入部で、養女迎えの動機を描くことに目的があったという説明が主流かと思う。例えば、「小学館新編全集」は頭注で、

石山の法師から、作者の夢を見たという便りがあったのが十七日。次にここに「十九日」とあるが、その二日

間に養女の件が持ちあがったのではなく、叙述は過去へ遡っている。というよりも、事実としては別々の出来事に、脈絡がつけられているのである（→二七八ジペー）。

と指摘する。また二七八頁の頭注欄には、

作者はこの夢判断を聞いて、道綱の将来に期待をもつとともに、もし道綱のほかに女子があれば、将来入内《じゅだい》でもして、非常な幸運にめぐまれないともかぎらないと思う。すなわちこの夢占いは、次に書かれる養女の話の導入部を形成する。(23)（傍線は引用者）

とある。両方併せ読めば、夢・夢解きの件と養女の件という「事実としては別々の出来事に、脈絡がつけられ」、前者が後者の「導入部を形成する」と言うのであろう。そして傍線部のような読みが出てくるわけで、これが一般的な読みかと思う。しかし、傍線部のようなことは本文には書かれていない。私も導入部としようとしたと言うのに異論はないが、どういう意味合いで導入部としようとしたのかは、再検討の余地があると考える。

つまり、そもそも「事実としては別々の出来事に、脈絡がつけられ」と言うのが、私見によると引っかかるのである。夢・夢解きの件と養女を迎える準備の最終段階が同時進行していたとすると、道綱母や侍女はそれらに関連性を感じたであろう。しかも、石山の法師の夢と夢解きの結果に道綱母が作為性を感じ取っていたとすると、それらは「別々の出来事」というよりも、深い関連性をもった出来事になる。それを関連性のない出来事のごとくに切り離した上で改めて「脈絡がつけられ」たとみなすべきである。すると、その道綱母が込めようとした「脈絡」の意味合いを考え直す必要が出てくると思うのである。しかしそれには(B)以下の読みも絡ませなくてはならない。(24)第一節でも問題にしたが、(B)以下も事実通りの叙述されたのではなく種々の文飾等が見て取れる。それと併せ問題にしなくてはならないのだが、別稿を期したい。

注

(1)「蜻蛉日記下巻の構造」(『日本文学』10巻4号・一九六一年四月。後、『中古文学論集〈第二巻〉蜻蛉日記(上)』〈二〇〇二年六月・おうふう〉に所収)。木村氏の見解には後にも言及するが、特に断らない限り同論文により、その際は注を付けない。

(2)論述の便宜上「日付」とするが、「つごもり」とか「…日ほど」とか、大雑把なものも含めている。

(3)伊藤博氏『蜻蛉日記研究序説』(一九七六年一二月・笠間書院)「第二章　蜻蛉日記の構成　三　下巻の構成」参照。

(4)(ii)(v)にも表れている通り、月替わりを示す言葉は下巻全体を見渡すと、記事配列に混乱(錯簡)があるとおぼしい九七三年九月~翌年二月にかけての部分を除けば、ほぼ記される傾向にある。よって、月替わりだけを示し日付にまで言及しない例は外しておいた。

(5)石原昭平氏が「蜻蛉日記の成立試論頒暦・仮名暦と回想説」(『平安朝文学研究』6・一九六一年一月)で示した想定にたてば、一連の遠度求婚話の中で特別のことが起こった(ii)(iii)(v)は暦に書き込まれていたとも考えられる。ただそれにしては、(ii)(v)が曖昧な表現であるのが気に掛かる。

(6)『全講蜻蛉日記』(喜多義勇氏著、一九六一年一二月・至文堂)の通釈参照。

(7)下巻九七三年三月~四月の「又かき絶えて、十余日になりぬ。」(一七一　八幡の祭)等。

(8)「二三日になりぬれ」を日数の経過とみる注釈書は、「柿本全注釈下」等数多いが、「五六日ばかり」を日数経過とみる注釈書は管見による限り「小学館新編全集」の他になかった。ちなみに、「小学館新編全集」頭注の考えは、校注者の一人木村正中氏によるものと思われる。詳しくは、「日記文学の方法と展開」(木村正中氏編『論集日記文学　日記文学の方法と展開』一九九一年四月・笠間書院。後、『中古文学論集〈第一巻〉中古日記文学論　中古文学の諸相』〈二〇〇二年三月・おうふう〉に所収)参照。

(9)日記的部分に日付が偏在することは勿論従来指摘のある事柄であり、その再確認にかなりの紙数を費やしてしまったが、日記的部分以外の部分を原則日付無しで叙述する道綱母の執筆態度は、従来考えられていたよりもかなり厳密なものであったと思えることを強調しておきたいのである。なお、日付の偏在に関しては、白井たつ子氏が「『かげろふの日記』の成立（五）」（『ノートルダム清心女子大学紀要国語・国文学編』15巻1号・一九九一年三月）で、中巻の成立やメモの有無などの別の観点から検討を加えている。

（10）『蜻蛉日記』には「つごもり」あるいは「つごもりごろ」という言葉が何度か出てくるが、勿論何日を指しているのか明確でない。当時の一般的な用法からすると、二十一、二日であってもおかしくないようだ。しかし、『蜻蛉日記』には一方で「二十余日」などの言い方もよくあり、二十一〜三日の場合にはこちらを使うことが多いと思う。例えば、中巻九六九〈安和二〉年六月に兼家が御岳詣でに出立する日が「二十余日の程」とされている（〔七七〕旧宅へ帰る）のは二十二、三日であったと思われる（「柿本全注釈上」参照）。また、ちょうどその一年後の「二十余日」に道綱母が唐崎に出かける（〔八五〕唐崎の祓）。そして、同日中に帰宅して二日後に兼家に贈った歌の返事を待ちながら「されど、つれなくて、つごもりごろになりぬ。」と言う（〔八六〕兼家への歌）。「二十余日」から「つごもりごろ」迄に三、四日は経過していそうだ。下巻では先に取り上げた九七二年四月、道綱と大和だつ女との出会いがあった二十一日の「又の日」に二人の贈答があり、「かくて、つごもりになりぬれど……」とする（〔一五六〕大和だつ女）。やはり、少なくとも二十三日以降を「つごもり」と認識しているのがうかがえる。道綱母の感覚的ではあろうが、二十一、二日頃は「二十余日」で、「つごもりごろ」は二十四、五日頃以降という意識があるようだ（他にも同様の例が幾つか指摘できるが、省略する）。当該の箇所を二十四、五日頃以降とみる所以である。また、「ちぎりし（十七日の）けいめい、多く過ぎぬれど」とか、「慎めといふ月日近うなりける」（死ぬだろうと占われた八月が終わりに近づく）とか言っているのを見ても、二十一、二日とするより、二十四、五日あるいはそれ以降ととる方が自然だと思う。

（11）『日本暦日便覧上』（湯浅吉美氏著、一九八八年一〇月・汲古書院）による。

（12）この部分の記述は、春から秋にかけてのことを纏めて述べているのが下巻としては特異で、かつ、道綱と大和だつ女の贈答の後には必ず兼家に言及する下巻にあって、ここだけが例外となっていること（伊藤博氏注（3）著書参照）等、非常に特徴的な部分である。こんな記述があってから「うべもなく九月も立ちぬ。」とあるのはやや気に掛かる。直前の私家集的部分の時間経過の不整合さと何か関連があるかも知れないが、詳細な検討は別の機会に譲りたい。

(13) 物語的・私家集的部分の大半からは時間経過の矛盾が看取できないのも事実で、本文で例示したように看取できるのはむしろ例外的である。それは、だいたい日記的部分の時間経過に併せて、物語的・私家集的部分を入れ込んでいるからで、自ずとそうなったのであろう。

(14) 「岩波大系」以降では、『蜻蛉日記譯注と評論』（今井卓爾氏著、一九八六年三月・早稲田大学出版部）がある。

(15) 一九九一年七月・明治書院。

(16) ・部分に句点を施しながら、二月になって「あはれ」が繰り返されることに着目する、秋山虔・上村悦子・木村正中氏「蜻蛉日記注解七十九」（『国文学解釈と鑑賞』34巻3号・一九六九年三月・至文堂）の〔鑑賞・批評〕欄参照。

(17) 引用は「岩波大系」によっている。括弧内の頁数も同著の頁数である。

(18) 「蜻蛉日記注解七十九」（注（16）参照）、及び「蜻蛉日記下巻における物語性の文体論的考察」（『文学・語学』45・一九六七年九月。後、『中古文学論集〈第二巻〉蜻蛉日記（上）』〈注（1）参照〉に所収）参照。なお、後者においても「岩波大系」に従い・部分は句点とする。

(19) 管見に入ったところでは『かげろふ日記全評解下』（村井順氏著、一九七八年一月・有精堂出版）が五日とする。

(20) 「夢合はする者」が来たのが十七日（十八日でもよい）であった可能性もあるのではないか。

(21) 本節3で取り上げたあたりも、何日間かは同時進行的に進んでいた事柄を切り離して叙述したことになる。しかしそれは、私家集的部分を日記的部分から切り離して一纏めに叙述したのである。対して、この場合は、ともに物語的部分に属するとみなせる事柄を別々に纏めたのである。

(22) 石山の法師の夢の意味するところ及びその作為性、並びに夢解きの作為性に関しては、第一節3で詳述した。なお、本節では「法師の夢」とか「法師が夢を見たという」などと表現してきたが、それは便宜上のことで、実際にはそんな夢は見ていなかったと考えている。

(23) ほぼ同様の記述が日本古典文学全集9『土佐日記蜻蛉日記』（木村正中・伊牟田経久氏著、一九七三年三月）にもある。

(24)　(B)の冒頭でも養女を迎える動機が述べられているが、そこには勿論養女が将来后になって云々などということは一切書かれておらず、道綱母の老後の心配に言及するのみである。(A)で養女を迎える動機を描こうとしたのなら、(B)の冒頭の記述と整合性を欠くのではないか。やはり、(A)を導入部としようとした意図を捉え直す必要があると考えるのである。

《付言》

本章の第一節と第二節で、違う説を出していることに関して一言断っておきたい。第一節と第二節での論のうち、第一章との連関性から言っても、第一節で展開した論を私の第一の説として提示するものである。しかるに、「はじめに」でも同様のことを述べたが、文学研究などの場合、ある可能性に則って論を進めるとしても、それが同時に他の可能性を排除するものではない場合が多いのではないか。そこで、第一節のような論を出したとしても、一方で、別の可能性も考えられるであろうとの思いから、第一節での論とは別に第二節で新たな論を展開したわけである。しかし、本節6に示しておいたように、第二節で示した読みが正鵠を射たものだとしても、では『蜻蛉日記』の他の部分はそれに則ってどう読めるのかなど、第二節の論には残された課題や問題が多い。従って、今のところは、第一章との連関性もある第一節の論を私の第一の説として主張するものであり、それで第一章と第二章を纏まりのあるものと受け取ってもらえれば幸いである。第二節に「(付説)」という言葉を付したのは、以上のようなわけである。

第二部　引歌表現研究

第二部には引歌表現を取り上げた考察を集めた。引歌表現は、もと日常会話や手紙の文面などでなされていたものが、物語等の地の文でもなされるように発展したが、地の文でなされるにあたっては、『蜻蛉日記』で本格的な萌芽が見え、『源氏物語』で完成されたと、大雑把には言えると思う。ただ、『蜻蛉日記』においては、地の文における引歌表現がみられるのは中巻になってからで、上巻では日常会話や独白における場面でなされるのが多いようである。

このような見通しと合わせ、地の文における引歌表現とは違って、日常会話や独白、手紙などで引歌表現がなされる際には、引歌の詠歌事情までも考慮してなされることが多いのではないかとも考えている。『源氏物語』に至っても、登場人物の会話や手紙の中で引歌表現がなされる際には、同じことが言えそうである。以上のような見通しのもと、第一章では『蜻蛉日記』の上巻の最初の引歌表現—これは道綱母の独白の中でなされたものである—を取り上げ、引歌の詠歌事情までも考慮した読解を試みた。

第二章では、「神無月いつも時雨はふりしかどかく袖くたすをりはなかりき」という出典未詳、詠歌事情未詳の歌が引歌となる引歌表現を取り上げ、この歌の詠歌事情を類推しながら、それぞれの引歌表現の解釈を試みた。第一節では全般的に取り上げ、第二節では『源氏物語』の総角巻の一場面に焦点を当てて取り上げた。

第一章　『蜻蛉日記』上巻の最初の引歌表現

――「いかにして網代の氷魚にこと問はむ」――

1　はじめに

本章で取り上げるのは、『蜻蛉日記』上巻九五六〈天暦十〉年冬の記事の中にある引歌表現である。

かくて、常にしもえ否び果てで、時々見えて、冬にもなりぬ。臥し起きは、たゞ、をさなき人をもてあそびて、「いかにして網代の氷魚にこと問はむ」とぞ、心にもあらで、うちいはるゝ。〔二一〕網代の氷魚に

傍線部は、『大和物語』第八十九段や『拾遺抄』などに載る修理の歌、

いかでなほ網代の氷魚にこと問はむ何によりてか我をとはぬと

の上句の異伝であるのは間違いなく、同歌を引歌とする引歌表現であるとされ、従来しばしば言及されてきた。[1] 例えば木村正中氏[2]は次のように述べる。

さて、蜻蛉日記のこの引歌は、後に掲げるような、前後の文脈に完全に吸収された、いっそう高度な表現形式とはなっておらず、本歌を「……とぞ……言はるゝ」といったふうに取り上げて、むしろ本歌と単純に結合した形式をとっているけれども、引歌によって作者の心情を表わした、その独白的な面には注意を要すると思わ

れる。すなわち、この一節は上巻の、しかも比較的始めの方に属するが、それが、中巻になって著しく目立ってくる、作者の独詠歌の発想される精神的基盤を、独詠歌のほとんどない上巻において、はしなくも暗示しているからである(3)。またついでに言えば、蜻蛉日記の引歌は、概して上巻に数少なく、中巻以降きわだって多くなり、かつその高度化した表現形式は、上巻にもあるにはあるが、おおむね中巻以降に見られるのであって、思うに、この一節などは、蜻蛉日記の中でやがてさまざまな引歌表現が醞醸されていく可能性を、まずもって語るものであろうか。

このうち、木村氏が「後に掲げるような、前後の文脈に完全に吸収された、いっそう高度な表現形式」というのは、例えば、中巻の九六九〈安和二〉年閏五月の「作者が病気をしたときの記事」の中にある次のようなものである。

こゝち弱くおぼゆるに、惜しからで悲しくおぼゆる夕暮に、例の所より帰るとて、蓮のえひともとを、人して入れたり。　〔七四〕病臥

をしからでかなしきものは身なりけり人のこゝろのゆくへしらねば　（西本願寺本『貫之集』426番）

おしからでかなしき物は身なりけりうき世そむかん方しなければ《をしらねば》　（正保版本歌仙家集『貫之集』589番）(4)

傍線部は、

を引歌とする引歌表現だとみられるが、これにつき木村氏は、

本歌と作者の心情との結合が、文脈のより深層部においてなされており、したがって本歌をとくに提示しようとしていない。特定の和歌への制縛から、さらにそれを乗り越えたところに生まれる、より創造的な表現であ

るといえよう。このような引歌はだいたい地の文に見出される。

と述べる。

この木村氏の論に異論はないのだが、木村氏の分析したような引歌表現のあり方は、木村氏も述べる通り、『蜻蛉日記』中巻以降から多く見え始めるもので、ほとんど地の文でなされるものである点を強調しておきたい。

次に柿本奨氏[5]の発言を引いておく。柿本氏は、問題の引歌表現は引歌の詞書を考慮せずになされたもので、「肝腎のそれを表に出さず、それにつながりのあることを言つて暗示するといつた手法」の一例とみなし、他の同様とみなされる引歌表現の例も勘案した上で次のごとく述べる。

> 当時の人は、一般的にいつて、歌をその作歌事情から切り離して単独に受容することも多かつたことと思はれる。歌の方からいへば、詠み人の手を離れた歌は、ひとり歩きをしてゐた。さうした歌と邂逅するとき、引歌といふ行為が成立したのであらう。そのやうな、作歌事情にしばられない受容のしかたの方が、歌の持つ抽象性の故に、歌を生かす可能性の範囲を拡大することができる。古く記紀などの説話の中に、元来何の関係もない古歌を投入してそれを生かしたのと同じ範疇に入る眼（ママ）の構造である。

柿本氏の分析も、散文の地の文においてなされた引歌表現、道綱母自身や紫式部などによって編み出されたかなり高度な表現方法としての引歌表現に主として当て嵌まるものだと思う。

しかるに、本章で取り上げる引歌表現は、散文における修辞技巧としての引歌表現というよりも、道綱母の実人生における実際の独白の中でなされたもの[6]であり、かつ、引歌表現が高度に発展する以前になされたものであることを勘案すると、木村氏や柿本氏の分析とは違ったあり方を示しているとも考えられると思うのである。

ここで結論めいたことを先に言ってしまえば、問題の引歌表現は、（柿本氏の言い方に倣えば）歌が作歌事情に縛られる受容の仕方のもと引歌となった引歌表現である、簡潔に言い直せば、引歌の詠歌事情をも引いた引歌表現であると考えるのである。

このように考えるのは、第一部Ⅱ第一章4及び第二部第二章第一節において考察した、(7)

2　〔神無月歌〕

神無月いつも時雨はふりしかどかく袖くたすをりはなかりき
（前田家本『源氏釈』葵巻による。以下、この歌を〔神無月歌〕と呼ぶ）

を引歌とした引歌表現のことが念頭にあるからである。しばらく『蜻蛉日記』の引歌表現の問題から離れ、〔神無月歌〕を引歌とした引歌表現について触れておく。

次に引用する、『源氏物語』葵巻の源氏が葵上を喪った場面と、同じく幻巻でこれも源氏が紫上を喪った場面の引歌表現（傍線部）の引歌として、『源氏釈』・『奥入』等は出典未詳の〔神無月歌〕を、詠歌事情を示さないで、即ち詞書無しで指摘する。

『源氏物語』葵巻

なほいみじうつれづれなれば、朝顔の宮に、今日のあはれはさりとも見知りたまふらむとおしはからるる御心ばへなれば、暗きほどなれど聞こえたまふ。絶え間遠けれど、さのものとなりにたる御文なれば、咎なくて御覧ぜさす。空の色したる唐の紙に、

わきてこの暮こそ袖は露けれもの思ふ秋はあまたへぬれど

いつも時雨は。　〈二―一〇三〉

とあり。

『源氏物語』幻巻

神無月は、おほかたも時雨がちなるころ、いとどながめたまひて、夕暮の空のけしきにも、えもいはぬ心細さに、「降りしかど」とひとりごちおはす。　〈六―一四九〉

また、〔神無月歌〕は、『源氏物語』よりも先に成立した『本院侍従集』の、男が母親を亡くした場面（33・34番）の引歌表現（傍線部）でも引歌となっている。

かくて、この女、「服になり給ひぬ」とき丶て、とぶらひきこえたる返事に、「いつも時雨は」と、の給ひければ

33　我さへに袖は露けき藤衣君をぞ立ちてきると聞くには

返し

34　音にのみ聞きわたりつるふぢ衣ふかく恋しと今ぞしりぬる

つまり、〔神無月歌〕が引歌となるのは死者を悼む場面ばかりなのである。加えて、これは引歌表現の例ではないが、紫式部の伯父藤原為頼が、おそらくは長男福足君を亡くした藤原道兼に贈ったと思われる歌[8]、

神な月いつもしぐれはかなしきをここゐのもりもいかがみるらん（『為頼集』60番）[9]

も、〔神無月歌〕を本歌としていると考えられる。

また、『源氏物語』総角巻で、匂宮から中君に宛てた手紙を大君が披見する場面にも、〔神無月歌〕が引歌ともみられそうな一句（傍線部）があるのだが、この場面は死者を哀悼する場面ではないので、『源氏釈』・『奥入』は別

の歌を引歌として指摘する。

例の、こまやかに書きたまひて、

ながむるは同じ雲居をいかなればおぼつかなさを添ふる時雨ぞ

さまさりたまふ。

「かく袖ひつる」などいふこともやありけむ、耳馴れにたるを、なほあらじことと見るにつけても、うらめし〈七―九五〉

以上の諸例を勘案すると、〔神無月歌〕の詠歌事情は死者を悼むといったもので、さらに推測を加えるならば、『文選』巻十所載の「高唐賦序」（楚の宋玉作）を踏まえて中唐の詩人劉禹錫が創った詩「有所嗟」などをもとにして創られた歌物語的なものの中に〔神無月歌〕はあったのではないか。それで、〔神無月歌〕が引歌となる引歌表現の場合（あるいは本歌となる場合）は、〔神無月歌〕の詠歌事情までがある程度は考慮されており、その引歌表現を解釈する際には、〔神無月歌〕の詠歌事情を重ね合わせて解釈することが求められているのではないか。ちなみに、『花鳥余情』と『花鳥余情』以降の注釈書は死者を悼む場面ではない総角巻でも〔神無月歌〕を引歌として指摘するが、それは既に〔神無月歌〕の詠歌事情が忘れられてしまった頃に『花鳥余情』が編まれたためであり、『花鳥余情』以降の注釈書は『花鳥余情』の指摘を踏襲しているのだと考えられる。

以上のようなことを第一部Ⅱ第一章4及び第二部第二章第一節で述べたのである。

ところで、為頼の歌を除けば、〔神無月歌〕が詠歌事情をも伴って引歌となると私が主張する場合は、独白や手紙に限られている。具体的に確認しておくと、『本院侍従集』の場合は男から女に宛てた手紙の中に出てくる。ちなみに『本院侍従集』の男女の主人公は藤原兼通と本院侍従をそれぞれモデルとするので、この手紙は二人の間で実際に交わされたと考えられる。『源氏物語』の二例は、葵巻においては源氏が朝顔の宮に送った手紙の中に、幻巻においては源氏が一人詠唱する場面で出てくる。さらに、もし総角巻でも〔神無月歌〕が引かれていたとしても、大君の心内語の中にあるか、語り手によってなされた可能性が高い[10]。

そうすると、引歌の詠歌事情にまで拘わらない引歌表現が散文の地の文においては一般的であったとしても、送る相手が限られている会話・手紙、あるいは自分自身に向けられた独白などにおいては、詠歌事情までも引いている場合もあるのではないか[11]、問題の『蜻蛉日記』の場合がまさにそうなのではないかと考えるのである。

3　通説における解釈

次に問題の引歌表現の解釈を考えていくが、まずは通説を見ておきたい。例えば、「柿本全注釈上」は「ここではその下の句をきかしている」と言い、氷魚の網代に寄る性質とそれを利用した漁法を紹介した上で引歌となった修理の一首を、

「よりて」は、何に近寄っての意に、何に因って、何が原因での意をかけ、何に近寄っては他の女に近寄ってではないかと疑う気持をこめる。その一首の意は、でもなんとかして網代の氷魚にたずねたいもの（「いかにして」ならば、どうしてたずねたらよかろう、の意となる）、なぜかなら氷魚は網代によるので、よって来る原因をよく知っているはずだから……どういうわけであの人がわたしのところへ来てくれないかと……、（ほかによいひとができたからでは……）の意。（括弧内原文）

と解説する。

「柿本全注釈上」は修理の歌が載る『大和物語』第八十九段や『拾遺抄』に勿論言及しているのだが、修理の歌の詠歌事情は問題にしない。他の大方の先学も同様である。だとすると、道綱母は兼家の訪れが間遠になる原因が分からず、兼家に新しい別の女ができたのではないかというもどかしさを引歌表現に託したことになるのではない

か。

それに対して上村悦子氏(12)は、『蜻蛉日記』の引歌表現を点検し、

大部分の引歌が詠者の身の上にかかわる何らかの悲哀・憂愁・苦悩の情を表わしている歌なのである。

と言い、本章で問題にしている引歌表現を例として挙げ、『大和物語』第八十九段の一部を引用した上で、

この歌には右馬頭に対する不信と捨てられた女の悲しみがこめられている。

と述べる。おそらく上村氏は、引歌表現の解釈に引歌の詠歌事情も反映させるべきだと考えているのだろう。私も上村氏の驥尾に付し、問題の引歌表現につき、『大和物語』第八十九段のみならず『拾遺抄』に載る形での修理の歌も分析して、修理の心境を考え、それを道綱母がどう引いたのかを考察してみたい。つまりは、この引歌表現では引歌の詠歌事情をも引いているのではないかと考えるのである。換言すれば、この引歌表現は引歌表現というよりも、「引・歌語り表現」とか「引・歌物語表現」とか言った方が当たる表現なのではないかと考えるのである。

4　引歌表現までの記事配列

まずは、問題とする引歌表現が現れるまでの『蜻蛉日記』の記事配列を確認しておく。そうすると、道綱母は、修理の歌の下句だけを言いたかったのではないように思えてくるのである。

955〈天暦九〉年8月末　①　道綱出産（〔一一〕出産）
　　9月　②　手箱に兼家の恋文を発見（〔一二〕疑い）
　　10月　③　兼家、三夜連続来ない（同②）

	④	兼家の相手が町の小路の女と判明（〔一三〕町の小路の女）
	⑤	「嘆きつゝ、独り寝る夜のあくるまはいかに久しきものとかは知る」を含む贈答（同④）
	⑥	「さても、いとあやしかりつるほどに、事なしびたり。しばしは、忍びたるさまに、「内裏に」など言ひつゝぞあるべきを。いとゞしう心づきなく思ふことぞ、限りなきや。」（同④）
956〈天暦十〉年3月	⑦	桃の節句と翌日（〔一四〕桃の花）
	⑧	町の小路の女と時姫に言及（脱文あるか?）（〔一五〕姉の別居）
	⑨	姉の転居（同⑧）
5月	⑩	時姫と歌の贈答（〔一六〕時姫と歌の贈答）
6月	⑪	独詠歌（〔一七〕秋色）
7月	⑫	六月の独詠歌につき、兼家来訪時に歌の贈答（同⑪）
	⑬	隣人の歌（〔一八〕倒るるに立山）
	⑭	転換性障害視覚異常？(13)（〔一九〕小弓の矢）
	⑮	小弓の矢を送れとの兼家の依頼（同⑭）

父倫寧が陸奥に赴任した後、小さな記事を挟み、(①)九五五〈天暦九〉年八月末に道綱母は道綱を生み、「そのほどの心ばへはしも、ねんごろなるやうなりけり。」（〔一一〕出産）と兼家の態度を記すが、(②)翌月には兼家がどこかの女に宛てて書いた恋文を見つけ、(③)十月には兼家が三夜連続で自分の所に来なかったので兼家とその女との婚姻

が成立したと勘付く。そして、(4)従者に兼家をつけさせ、女が町の小路に住まいするのを突き止める。その後、(5)『百人一首』にも載る有名歌を贈ったりし、次に(6)「しばしは、忍びたるさまに、……」などという不満をもらしたりして、(7)翌年の桃の節句と翌日の記事、(8)「かくて、今はこの町の小路に、わざと色に出でにたり。」〔一五〕姉の別居）という町の小路の女への言及と時姫への言及、(9)姉が転居していく記事へと続く。(7)桃の節句と翌日の記事は姉とその夫藤原為雅との交流を描いたもので、(9)姉の転居は勿論姉の話だが、姉関連の記事の間に、(8)町の小路の女への言及を忘れていないのは注目される。そんな時にたまらず、(10)時姫に歌を贈るのである。その後、(11)六月は独詠歌一首だけを記し、(12)翌月はその独詠歌をめぐって兼家と贈答歌を交わしたことを記す。そして、(13)隣人の歌、(14)おそらく転換性障害視覚異常とも考えられることがあり、(15)兼家から小弓の矢を送れとの依頼があり、問題の場面へ続く。ここらあたりの記事の底流には、兼家が町の小路の女の所に入り浸りになっていることに対する道綱母の怒りが流れているようなのである。

そんな折りに問題の引歌表現がなされるわけだが、直前の所から（冒頭の引用とも一部重なるが）引用しておく。

〔二〇〕夜長うして

かくて絶えたるほど、わが家は、内裏より参りまかづる道にしもあれば、夜中・暁と、うちしはぶきてうち渡るも、聞かじと思へども、うち解けたる寝も寝られず、夜長うして眠ることなければ、さなりと見聞く心ちは、何にかは似たる。いまはいかで見聞かずだにありにしがなと思ふに、「昔すきごとせし人も、今はおはせずとか」など、人につきて聞えごつを聞くを、ものしうのみおぼゆれば、日暮れはかなしうのみおぼゆ。子どもあまたありと聞く所もむげに絶えぬと聞く。あはれ、ましていかばかりと思ひて、とぶらふ。九月ばかりのことなりけり。「あはれ」など、しげく書きて、

吹く風につけても問はむささがにのかよひし道は空に絶ゆとも

返りごとに、こまやかに、

色変はる心と見ればつけて問ふ風ゆゝしくも思ほゆるかな

とぞある。かくて、常にしもえ否び果てで、時々見えて、冬にもなりぬ。臥し起きは、たゞ、をさなき人をもてあそびて、「いかにして網代の氷魚にこと問はむ」とぞ、心にもあらで、うちいはるゝ。

〔二一〕網代の氷魚に

道綱母は町の小路の女ごとき女のために自分は不幸になった、その不幸は時姫も共有するものであるというような内容を強調せんとしているとみてよいだろう。かかる場面で引歌表現を用いた時、そこに込められている意味は、引歌の歌句のみを問題にすれば、下句だけを生かして、「兼家は何に因って、また、どこの女の所に寄って私を顧みないのだろう」などあたりにとどまるのではないか。しかし、よく考えてみると、道綱母は今兼家が町の小路の女の所に入り浸りであるのは十二分に承知している。そもそも、『蜻蛉日記』上巻の長歌の贈答[14]があるあたりまでは、兼家の愛情を町の小路の女に奪われたことへの怒りが主要なテーマになっているかの感がある。下巻で迎える養女の母親源兼忠女など[15]、兼家が関係をもった女は他にもいるはずなのに、町の小路の女に焦点を絞って叙述してあるからには、当時から町の小路の女のことが常に念頭にあったとみられる。ならば、道綱母が言いたかったのは修理の歌の下句だけではないと考えるのである。

5　引歌の詠歌事情と道綱母の享受

それで問題を引歌に移して引歌の詠歌事情を確認し、それを踏まえれば修理の歌がどう解釈されるのかおさえておきたい。この歌は『大和物語』第八十九段、『拾遺抄』(16)と異本系『清少納言集』の他人詠混入部分や『宝物集』にも載るが、今は『大和物語』第八十九段(17)と『拾遺抄』を見ておけば十分である。後の論述の都合上、『大和物語』は今井源衛氏(18)に倣ってA～Eの五部分に分けておく。

『大和物語』第八十九段

A（修理の君に、右馬の頭すみける時、「方のふたがりければ、方たがへにまかるとてなむえまゐり来ぬ」といへりければ、

これならぬことをもおほくたがふれば恨みむ方もなきぞわびしき

B（かくて、右馬の頭いかずなりにけるころ、よみておこせたりける。

いかでなほ網代の氷魚にこととはむなにによりてかわれをとはぬと

といへりければ、返し、

網代よりほかには氷魚のよるものか知らずは宇治の人に問へかし

C（また、おなじ女に通ひける時、つとめてよんだりける。

あけぬとて急ぎもぞする逢坂のきり立ちぬとも人に聞かすな

D　男、はじめごろよんだりける。

いかにしてわれは消えなむ白露のかへりてのちのものは思はじ

返し、

垣ほなる君が朝顔見てしかなかへりてのちはものや思ふと

E　おなじ女に、けぢかくものなどいひて、かへりてのちによみてやりける。

心をし君にとどめて来にしかばもの思ふことはわれにやあるらむ

修理が返し、

たましひはをかしきこともなかりけりよろづの物はからにぞありける

『拾遺抄』巻九・雑上・421番

蔵人所に候ひける人のひをのつかひにまかりけりとて京に侍りながらおとし侍らざりければ(19)

いかでなほあじろのひをにこととはんなににによりてか我をとはぬと(20)

まずは、今井源衛氏等先学の研究により、『大和物語』から確認しておく。今井氏の言を借りながら纏めると、「DE」が「二人の交渉の初期、熱烈に恋し合ったころ」であり、そのうちでも「D」が「E」に先行するのは確かである。また、「ABC」は「DE」とは時期を異にし、「少くとも男にとっては飽きが来たころ」になる。そして、「B」の冒頭にある「かくて」に重きを置けば、「B」は「A」に連続して起こったとみられる。「C」は「AB」に先行するか後行するかは判然とはしない。従って、第八十九段に載る話が実際に起こったのであったならば、

「DECAB」もしくは「DEABC」の順に事が起こったと考えられる。

順序もさることながら、より大切なのは内容の方である。「A」では男が方違えを不参の理由にしたのに対して、女が「今まで嘘を吐かれたことは何度もある、方違えというのも到底信用できない」と切り返しているようである。すると、「B」の冒頭の「かくて」が受ける内容は、修理が右馬の頭に何度も嘘を吐かれて右馬の頭を信用できなくなったこととととれる。だから、「B」で右馬の頭が「いかずなりにける」のは、「A」で修理にある程度飽きがきていたところに、自分の言葉を全然信用してくれなくなって、ますます厭になったからとみなせると思う。そんな時に修理が歌を詠むのだから、歌には右馬の頭のことなどもう信じられないとの訴えが込められているとみるべきであろう。従って、一首を説明的に訳せば、「やはり網代に寄る氷魚に尋ねたいものだ。氷魚ならば、何に因って、またどの女の所に寄ってあなたが私の所に来ないのか知っているはずだから。あなたは何度も嘘を吐いてきたので何を言っても私はあなたの言葉は全く信用できない。もう氷魚にでも聞くしかない。」とでもなろうか。右馬の頭に顧みられない修理は孤独感を自分から遠い存在である氷魚でもって紛らわそうとしている感がある。(21)

さて、道綱母は『大和物語』を読む機会があったのであろうか。近年の研究の趨勢では読んだ可能性が高いと言われているが、(22)もし読んだのなら、A～Eを見た道綱母は、当然「D」以下よりも「ABC」の部分に強く惹かれたに違いない。また、その中でも「B」に含まれる歌を引いているのだから、「B」と「B」に先行する「A」に注目したであろう。さぞや道綱母は、「A」における修理の立場に同情して（あるいは、本章6で述べるように、修理の立場に成りきって）「B」を読んだであろう。女の方で男を信用しないから男も離れていくのだ、などという考えは道綱母の脳裏に浮かんだとは到底思えず、ただひたすら修理に同情しただろう。そうすると、道綱母は単に修理の歌の下句だけを持ち出したかったのではなく、兼家が何を言ったとしても、もう兼家の言葉など信頼できないのだという気持ちも込められていたと読むべきではないか。つまり、道綱母の引歌表現には、「なんで、どこへ行って兼家はこちらに来ないのか網代の氷魚に尋ねたい。兼家の言葉はどうせ当てにはならないのだから。」というような気持ちが込められていると思うのである。さらに、『蜻蛉日記』で道綱母が氷魚を持ち出すのが唐突であるのを思うと、『大和物語』と同様「兼家に聞くぐらいならば、私とは無関係の氷魚に何とかして聞いた方がましだ」という思いも込められているのかも知れない。

また、道綱母が『大和物語』を読む機会がなかったとしても、『大和物語』に載るような話が歌語りとして流布していた可能性は十分にあり得る。そもそも『大和物語』第八十九段に載る「A」～「E」の五つの話柄が時間的に順行していないのは、別々の歌語りを寄せ集めたからであろう。[23]ならば、「C」以下とは独立し「AB」だけがセットで語られていた歌語りを道綱母も耳にした可能性がある。

あるいは、「B」だけが単独で語られていて、それを道綱母が聞いた可能性も考慮しておく必要がある。「B」だけが単独で語られた場合は、女が男に対する信頼をなくしたという事情は消え、単に男の訪れが間遠になった状況のもとで女の歌は詠まれていることになる。その場合の道綱母の引歌表現に込められた意味は、ほぼ従来の注釈書がとく通りになろうか。

なお、歌語りと言えば、『拾遺抄』に載るような形の歌語りもあったかも知れない。『拾遺抄』は道綱母の死後に編まれたわけだが、『拾遺抄』に載るような形の歌語りが巷間に流布していて、それを道綱母が聞き、一方で公任が『如意法集』や『拾遺抄』などを編む際の資料になっていった可能性もあるのではないか。[24]そこで『拾遺抄』を見てみると、蔵人所に仕える男が、氷魚の遣いとして宇治に下ってしまったと嘘を吐いて京に留まったままで女に無沙汰をきめこんでいるが、女は男の嘘をお見通しの上で独詠歌を詠んでいる。ならば女の歌は、新日本古典文学大系7『拾遺和歌集』[25]で、

どうにかしてやはり、網代の氷魚に尋ねてみたいものだ。どういう理由で、私を訪問しないのかと。

と訳されているのに加え、

宇治に行ったなどという嘘はもうお見通し。あの人に聞いてもどうせいい加減なことしか言わない。それならば、あの人が受け取りに行ったという氷魚に尋ねよう。網代に寄る氷魚ならば、あの人が何が原因でどこによって私を訪問しないのか正直に答えてくれるはず。

という気持ちも加わることになる。修理のやるせない独白と言える。

今は修理の歌を独詠歌とみたが、『拾遺抄』には男の返歌が載せられていないだけで、実は男に贈った歌であったかも知れない。その場合は、女は京の男の居場所に歌を届けたわけだから、男の嘘を痛烈に詰った歌となる。いずれにせよ、『拾遺抄』に掲載された形の歌語り、即ち、『大和物語』の「B」の異伝―男の官職がかわり、男の嘘が具体的に示される異伝―が歌語りとしてあり、それを道綱母も聞いて詠歌事情をも踏まえて引歌表現を行ったとすれば、道綱母の真意は、「兼家は、なぜ、どこに行って私の所に来ないのだろう」という疑問を表しているとみるよりも、もう兼家を信頼できないところにあるとみるべきではないだろうか。つまり、兼家の肉体も自分から遠いものになってしまい、それと同時に心も遠く離れてしまった究極の孤独感を表していると思うのである。勿論道綱母のそばには孤独を紛らわしてくれる道綱がいるわけだが、「臥し起きは、たゞ、をさなき人をもてあそびて」、この引歌表現を「心にもあらで、うちいはるゝ」のは、道綱の相手をして孤独を紛らわそうとすればするほど、かえって夫に顧みられない孤独感を痛感してしまうからであろう。

以上、やや論が込み入ったかも知れないので、修理の歌が歌語りとしてあった所から纏め直しておく。

修理と男との関係は、『大和物語』で言うならば、「DECAB」の順乃至は「DEABC」の順で起こったのならば起こったが、これらは最初から纏まった歌語りとしてあったのではなく、『大和物語』に収録される段階で「ABCDE」の順に纏められた。従って、道綱母が『大和物語』を享受していたならば、「AB」を当然続けて読んだ。たとえ、『大和物語』を享受していなくても、「AB」がセットであるいは「B」が単独で語られていた歌語りを享受していた可能性がある。一方、『拾遺抄』に載る形は「B」の異伝で、これも『拾遺抄』などの資料となる前の段階には歌語りとして語られており、それを道綱母が享受した可能性がある。そして、道綱母がこの引歌表現を行った時、道綱母は歌句のみを引用して兼家不参の理由を訝しがっていたとみるよりも、引歌を含む歌語りの内容までもある程度引用して、兼家に信頼が置けなくなった寂しさを吐露せんとする方に重点が置かれていると考えるわけである。

6　道綱母の歌語り享受

さらに、臆説を付け加えれば、道綱母は、ここで我が身を修理の立場に置いているようにも思える。話は飛ぶみたいだが、位藤邦生氏(26)は、中世女流日記の心内語における引歌表現の様相を検討するとともに、中世女流日記の中には自らが『源氏物語』の登場人物に成りきって自らの心情を叙述する表現技巧が所々に見られることを指摘する。中世女流日記においては意図的になされた表現技巧とみられるが、道綱母も無意識的にこれと同様に歌語りを享受していたとも考えられると思うのである。つまりは、道綱母が問題の引歌表現を呟いた時、彼女はその登場人物即ち修理に成りきってしまっていたのではないだろうか。というのは、例の「嘆きつゝ独り寝る夜の」の贈答の後に、次に引く嘆きが書かれているからでもある。

しばしは、忍びたるさまに、「内裏に」など言ひつゝぞあるべきを。いとゞしう心づきなく思ふことぞ、限りなきや。〔一三〕町の小路の女

こっそりと参内するなどと嘘の一つも吐いてから町の小路の女の所に行くのなら行けばよさそうなものを、当然であるかのように出かけていくのが一層やりきれないとの訴えだろう。こんな気持ちでいたところに修理の歌語りが思い出されたとすれば、自分は嘘さえも吐かれずに当たり前のように見捨てられていると感じるのが辛くなって、もしかすると修理の立場がある程度羨ましくなり、修理の立場に自分を置いてしまい「網代の氷魚にこと問はむ」という引歌表現が自然と口をついて出てきたと考えられるのではないだろうか。

なぜなら、そもそも引歌が道綱母と比較的近い頃の人である修理を主人公とした歌語りに含まれていたものである点が見逃せないと思うからである。当時はまだ修理の歌の詠歌事情が忘れられていない頃、特に道綱母には深い印象を残していた頃で、その作歌事情から切り離されずに受容されていた頃だと思うのである。ならば道綱母が自然と自分を修理の立場において引歌表現を呟くのは十分にあり得ると考える。

そうすると、この呟きは引歌表現というよりも、「引・歌語り表現」あるいは「引・歌物語表現」とでも言った方がよいものであると思うのである。

7　類似例

以上述べてきた私の解釈に説得力をもたせるためには、同様の例をもっと集めなくてはならないのだが、今は類似した例を一つだけ挙げておく。柿本奨氏は引歌表現について冒頭で引用したように述べるのだが、同時に、「その詞書を考慮したとまではいへないにしても、考慮してゐるかに見えぬまでもな」い例もあるとして二例挙げる。そのうちの一例は引歌表現と言うよりも本歌取りと言うべき例なので、一例だけ引用する。上巻康保元年道綱母の母親が山寺で死去し、道綱母等は空しく帰宅する。車から降りると、道綱母と母親が生前一緒に手入れしていた草花などが目に入る。

おりて見るにも、さらに物おぼえず悲し。もろともに出でゐつゝ、つくろはせし草なども、わづらひしより初めて、うち捨てたりければ、生ひ凝りて、色々に咲き乱れたり。わざとのことなども、皆おのがとり〳〵すれば、われはたゞつれ〳〵とながめをのみして、「一群薄虫のねの」とのみぞいはるゝ。　〔四二〕故宅

傍線部の最後の道綱母の言葉は、『古今集』巻十六・哀傷・853番を引歌としている。

藤原のとしもとの朝臣の右近中将にてすみ侍りけるざうしの身まかりてのち人もすまずなりにけるを、秋の夜ふけてものよりまうできけるついでに見いれければ、もとありしせんざいもいとしげくあれたりけるを見て、はやくそこに侍りければむかしを思ひやりてよみける

みはるのありすけ

きみがうゑしひとむらすすき虫のねのしげきのべともなりにけるかな

この場合も『古今集』歌の詠歌事情をある程度引いているのではないだろうか。勿論、藤原利基と御春有助は母と子の関係にはないから『蜻蛉日記』の状況と完全には重ならないのは一目瞭然である。それで柿本氏は詞書を「考慮してゐるかに見えぬまでもな」いと慎重に言うのであろう。しかし故人が手入れしていた草花を見て故人を偲ぶという点は共通し、そして何よりもやはりこの引歌表現も実生活において独り言として呟かれたものであるのは注目される。本章で問題としてきた例も、修理の置かれた立場と道綱母が置かれた立場が全く一緒というわけで

は決してないが、多分には重なるところがあり、道綱母の独り言の中に出てくる。このように、独白の形でなされた引歌表現を丁寧に見てゆけば、「その詞書を考慮したとまで」言える例は他にも見つかるのではないだろうか。

8　まとめ

論がやや錯綜したかとも思うので、最後に纏めておく。

本章で取り上げた『蜻蛉日記』上巻の引歌表現は、後に道綱母自身や紫式部などによって引歌表現が洗練されていく前段階、引歌表現が主に会話や独白などでなされていた頃のものである。よって、例えば柿本奨氏が、「歌をその作歌事情から切り離して単独に受容する」ときに成立したものであって、「作歌事情にしばられない受容のしかたの方が、歌の持つ抽象性の故に、歌を生かす可能性の範囲を拡大することができる」と言ったように纏める引歌表現とは別のあり方をしていたと考えられる。つまり、問題の引歌表現は、引歌の詠歌事情までも引いている「引・歌物語表現」あるいは「引・歌語り表現」とでも言うべきものと捉えるのが妥当なのではないか。引歌表現が生まれ始めた頃は、このようにかえって多様な様態が見られたのでないか。さらに臆説を付け加えれば、こういう引歌表現がなされる背景には、道綱母などが『大和物語』や『拾遺抄』に取り込まれる歌語りを、時にはその主人公の立場に乗り移って享受するというふうな享受の仕方があったのかも知れない。

注

（1）　この後本章5で『大和物語』と『拾遺抄』を引用するが、どちらの本文でも道綱母の引歌表現とは初句が異なる。これについては、品川和子氏が「蜻蛉日記と和歌」（『一冊の講座蜻蛉日記』〈一九八一年四月・有精堂出版〉。後、

「和歌と和歌的表現」として『蜻蛉日記の世界形成』〈一九九〇年七月・武蔵野書院〉に所収）で、道綱母が『大和物語』を読んだ可能性を見据えながら、「日記の初句「いかにして」は『大和物語』では「いかでなほ」となっているが、そのあと二首おいて次の和歌の初句は「いかにして」なのである」と述べ、道綱母の記憶の混乱から初句が変化した可能性を示唆している。

（2）「蜻蛉日記の文体―引歌について―」（日本文学研究資料新集3『かげろふ日記・回想と書くこと』〈一九八七年一〇月・有精堂出版〉。元、『東書高校通信国語』10・一九七一年一〇月。後、『中古文学論集〈第二巻〉蜻蛉日記（上）』〈二〇〇二年六月・おうふう〉に所収）。

（3）本章では言及できなかったのであるが、問題の表現は独詠歌の問題とも絡めて考察する必要もあるかと思う。この表現は、兼家がいない場面で呟かれたものであるから、独詠歌と類似した役割も果たしていると考えられるからである。高橋雄生氏（「『蜻蛉日記』中巻における独詠歌の特質」〈『明治大学日本文学』18・一九九〇年八月〉）は、上巻九六六〈康保三〉年八月に属する独詠歌「絶えぬるか影だにあらば問ふべきを形見の水は水草ゐにけり」（〈五四〉ゆするつきの水）に言及し、「独詠歌ではあっても、兼家に対する強い訴えを読み取ることができるのではなかろうか」と指摘する。それは、例えば中巻九五八〈天徳二〉年二月に属する独詠歌「うち払ふ塵のみ積るさむしろも嘆く数にはしかじとぞ思ふ」（〈一〇一〉さむしろの塵）などと比べると、前者には「絶えぬるか」・「問ふべきを」といった兼家に訴えかける言葉が含まれているが、後者では「嘆く数にはしかじとぞ思ふ」と「己れの嘆き自体に焦点が絞られている」からだと言う。また、中巻最初の道綱母の独詠歌九六九年閏五月の「花に咲き実になりかはる世を捨てて浮葉の露と我ぞ消ぬべき」（〈七四〉病臥）は「直截に兼家への訴えが表出されている」という特質をもつとする。今問題としている引歌表現は独り言であるわけだが、これも後に述べるような兼家への訴えが込められていると思うのである。独詠歌の問題に関しては今後の課題としたい。

（4）西本願寺本『貫之集』の引用は、『西本願寺本三十六人集精成』（久曾神昇氏著、一九八二年九月新訂版・風間書房）により、正保版本歌仙家集『貫之集』の引用は、『私家集大成第1巻中古I』（一九七三年一一月・明治書院）により、濁点等を付した。なお同歌は、『後撰集』巻十六・雑二・1189番、『古今六帖』第四・「恋・うらみ」・2116番にも載る。

（5）「蜻蛉日記の引歌」（『大阪学芸大学紀要（人文科学）』12・一九六四年三月。後、日本文学研究資料叢書『平安朝日記Ⅰ』〈一九七一年三月・有精堂出版〉に所収）。なお、元の論文は横書きなので、引用に際しては、「，」を「、」に、「．」を「。」に改めた。柿本氏の見解には後にも言及するが、特に断らない限り同論文により、その際は注を付けない。

（6）本章の内容は、関西平安文学会第15回例会（一九九六年四月二七日、於・武庫川女子大学）において「『蜻蛉日記』上巻の引歌表現―いかにして網代の氷魚にこととはむ―」と題して行った研究発表の内容をもとにしている。その際、本章で取り上げた引歌表現を地の文でなされる引歌表現と同列のものとして論じたのであるが、会の終了後片桐洋一氏と山本登朗氏より、私が問題としたのは実生活において古歌あるいは他人詠が口ずさまれた例であり、地の文における引歌表現とは区別して捉える方が妥当ではないかとの指摘を受けた。また、片桐洋一氏は、実際には道綱母は修理の歌の全体を口ずさんだ（朗詠した）のだが、『蜻蛉日記』執筆の折りには歌の上句だけを書いておけば一首が特定できるので、下句が省略されたのではないかという可能性を示された。もしそうなら、問題の表現は引歌表現とは別物となる。この点に関しては後考を期したい。

（7）本章のもととなった論文は、第一部Ⅱ第一章及び第二部第二章のもととなった計三本の論文より後に発表したものである点をお断りしておく。

（8）この歌は、異本『清少納言集』にも入っていることなどから、作者等につき議論があるが、実は、粟田右大臣藤原道兼の長男福足君の死を悼んで満中陰の頃に為頼が道兼に贈った歌で、詞書は本来「故あはたの右大臣どの、こはかなく……」とでもあったものだという田坂憲二氏「「神無月いつも時雨は」考―源氏物語引歌瞥見―」（『文芸と思想』57・一九九三年一月。後、『源氏物語の人物と構想』〈一九九三年一〇月・和泉書院〉に所収）の詳細な考証結果に従いたい。ちなみに、詠歌年は、九八九〈永祚元〉年になる。

（9）『為頼集』の引用は、『為頼集全釈』（筑紫平安文学会著、一九九四年五月・風間書房）による。『為頼集全釈』の見解にはたびたび言及するが、その際は注を付けない。

（10）総角巻の引用した引歌表現は誰によってなされたものか、解釈は決め難いと思う。大君が心の内で行ったとみるか、あるいは語り手によるものともみられる。詳細は第二章参照。

（11）『源氏物語』須磨巻冒頭近くに、紫上を残して須磨へ下向する直前の光源氏の感懐を表した次のような場面がある。
女君も心細うのみ思ひたまへるを、幾年そのほどと限りある道にもあらず、逢ふを限りに隔たりゆかむも、定めなき世に、やがて別るべき門出にもやと、いみじうおぼえたまへば、……〈二―二〇二〉
傍線部は、『古今集』巻十六・哀傷・862番を引歌とする引歌表現であるともみられる。
かひのくににあひしりて侍りける人とぶらはむとてまかりけるを、みち中にてにはかにやまひをしていまいまとなりにければ、よみて京にもてまかりて母に見せよといひて人につけ侍りけるうた　在原しげはる
かりそめのゆきかひぢとぞ思ひこし今はかぎりのかどでなりけり
この引歌表現に関して伊井春樹氏が、「源氏物語の引歌表現」（源氏物語探究会編『源氏物語の探究第五輯』〈一九八〇年五月・風間書房〉。後、『源氏物語論考』〈一九八一年六月・風間書房〉に所収）の中で、滋春の歌は引歌ではないかも知れないが、引歌と認めたとすれば、「滋春の旅の途中にあって病に倒れ死を目の前にして母へ託したという歌の成立した悲劇的背景まで、光源氏の苦衷に重ねて読む」読み方があり得ると指摘している。さらに、同じ滋春歌が載る『大和物語』第百四十四段を「想念に描いて読む」読み方もあるとも言う。氏は、読者論的な立場で論じているようだが、要は、ここが詠歌事情をも引いた引歌表現であるかも知れないとの指摘であろう。それが妥当であるならば、ここの場面も光源氏の心内語の中にあることに注意しておきたい。なお、『大和物語』第百四十四段の引用は長くなるので省略するが、滋春がやはり旅の途中で瀕死になって詠んだ歌となっているけれど、母に言及はしていないことだけ申し添えておく。

（12）「源氏物語と蜻蛉日記　第二部　蜻蛉日記散文中の引歌について」（紫式部学会編『源氏物語と女流日記研究と資料―古代文学論叢第五輯―』〈一九七六年一一月・武蔵野書院〉）。

(13) 岡一男氏（『蜻蛉日記芸術攷道綱母』〈一九四三年・青梧堂〉）以来ヒステリー性の視力障害と言われている症状を道綱母が呈するとの説があるが、そうだとしてもその症状は、転換性障害の一種の感覚障害のうちの視覚異常と、現在では言うべきものだと思われる。

(14) 九五八年七月と思われる、道綱母と兼家の長歌の贈答（〔三〇〕長歌贈答）。

(15) 下巻九七二〈天禄三〉年二月に迎える養女（〔一四七〕養女を迎える）の母親、即ち源兼忠女と兼家との関係は、上巻では触れられない。兼忠女の件が上巻にない問題に関しては、第一部Ⅲ第一章で詳述している。

(16) 勿論『拾遺集』にも載るが、今後は両集の前後関係を考慮して『拾遺抄』で論を進めていく。詞書の内容に全く相違はない。後の引用参照。

(17) 『大和物語』の引用は、新編日本古典文学全集12『竹取物語伊勢物語大和物語平中物語』（『大和物語』は高橋正治氏担当、一九九四年一二月・小学館）による。

(18) 「大和物語評釈・十八」（『国文学解釈と教材の研究』8巻10号・一九六三年八月・学燈社）。後、『大和物語評釈上巻』（一九九九年三月・笠間書院）で再論。

(19) 『新編国歌大観第一巻』本（宮内庁書陵部蔵本）では作者名を欠くが、群書類従本・静嘉堂文庫本により作者は「修理」とみられる。

(20) 『拾遺集』巻十七・雑秋・1134番も引用しておく。

蔵人所にさぶらひける人の、ひをのつかひにまかりにけるとて、京に侍りながらおともし侍らざりければ　修理

いかで猶あじろのひをに事とはむなにによりてか我をとはぬと

(21) 今井源衛氏（注（18）に同じ）は『拾遺集』の詞書と比較し、管窺抄は拾遺集の詞書ならば、歌意も通ずるが、大和物語では「ひをの縁なければ歌の意とけがたし、猶文あるべし」といっている。一考に値する説である。

とする。『大和物語』では氷魚も網代も宇治も出てこないのに、女の歌が網代の氷魚を題材とするのは唐突に過ぎる

と言うのだろう。が、当時の歌枕などは詠歌の状況と合致するものが必ず用いられるとは限らず、『大和物語』「AB」のような状況で網代の氷魚が詠まれたとしても不審とするには及ばない。むしろ、修理は自分とは、また、自分の今の状況とは全く関係のない氷魚を敢えて持ち出し、「右馬の頭は信用できない、右馬の頭に聞くぐらいなら、無関係な氷魚にでも聞いた方がましだ。網代に寄る氷魚ならば、何に因って、また、どこに寄って訪れないのか知っているだろうから。」という気持ちをもっていたと読むべきだと思うのである。「猶文あるべし」と脱文を想定する必要はないと考える。

(22)　注(1)参照。

(23)　飯塚浩氏は「歌語りとその場序説―伝承と創造―」(『平安文学研究』65・一九八一年六月)で、『大和物語』第八十九段の背景に次のような場を想定している。

仲のさめつつある男女の話が、二人の歌を含みながら語り出される。するとそばにいただれかが、冷淡になっているその男がかって女のもとにしげく通った時には、このように短い夜をなげいていたくらいだったと、その女の身になって、歌を詠みあげて語り継ぐ(略)というように、この語りは、連想が連想を呼び、幾人かのその場の人々によって創造的に展開されてゆく、〈歌語り創造の場〉でのいぶきを伝えるものではないだろうか。

飯塚氏は「創造的に展開」と言うが、もともとばらばらで語られていた歌語りが複数の人達によって寄せ集められた場であると想定できないだろうか。

(24)　関西平安文学会(注(6)参照)で、道綱母が聞いた歌語りが『拾遺抄』に取り込まれたという可能性を示したところ、会の終了後片桐洋一氏より、『拾遺抄』が撰集資料としたのは必ずや文献資料であったとの指摘を受けた。しかし考えるに、文献資料に取り込まれる前は歌語りであったとの想定は可能ではないか。その点、原田敦子氏が「『大和物語』蘆刈章段の形成―「あしかりけり」と難波―」(『古代中世文学論考第10集』〈二〇〇三年一一月・新典社〉)で『大和物語』第百四十八段の末尾の贈答と同歌を載せる『拾遺抄』『拾遺集』諸本を検討し、「『拾遺抄』の歌と詞書は、「君なくて」の歌を中心に、難波を舞台とした男女再会の話を語る歌語りだったのではないか」と類推しているのは、参考になる。

(25)　小町谷照彦氏著、一九九〇年一月・岩波書店。
(26)　「中世女流日記文学の技法—源氏式場面転換法について—」(『国文学攷』126・一九九〇年六月)、及び「『とはずがたり』引歌攷—引歌による心情表現について—」(中四国中世文学研究会編『中世文学研究—論攷と資料—』〈一九九五年六月・和泉書院〉)。

第二章　『源氏物語』の引歌表現研究

第一節　「神無月いつも時雨は……」考

1　はじめに

第一部Ⅱ第一章4において、『本院侍従集』の33番詞書にある引歌表現「いつも時雨は」の引歌は、『源氏釈』等に載る出典未詳歌、

　神無月いつも時雨はふりしかどかく袖くたすをりはなかりき

（前田家本『源氏釈』葵巻による。以下、この歌を〔**神無月歌**〕と呼ぶ）

であると指摘した。しかし、第一部Ⅱ第一章のもととなった旧稿を発表した後、田坂憲二氏の「「神無月いつも時雨は」考―源氏物語引歌瞥見―」[1]があるのを知った。

そこで本節では、田坂氏の論を踏まえ〔神無月歌〕に関する私見を述べるとともに、『源氏物語』の葵巻・幻巻の表現等についての試論を展開してみる。

2　田坂憲二説

〔神無月歌〕が『源氏物語』の古注釈で引歌として最初に指摘されるのは、葵巻で葵上の喪に服す源氏が朝顔の宮に文を送る場面である。

なほいみじうつれづれなれば、朝顔の宮に、今日のあはれはさりとも見知りたまふらむとおしはかるる御心ばへなれば、暗きほどなれど聞こえたまふ。絶え間遠けれど、さのものとなりにたる御文なれば、咎なくて御覧ぜさす。空の色したる唐の紙に、

わきてこの暮こそ袖は露けけれもの思ふ秋はあまたへぬれど

いつも時雨は。〈二―一〇三〉

とあり。

傍線部の引歌表現の引歌を、『源氏釈』以下の多くの古注釈は〔神無月歌〕とする。田坂氏も「季節といい、語句の整合性といい、全体に漂う哀感といい、この場面に完璧に符合するものである」と認める。しかし田坂氏は〔神無月歌〕が出典未詳歌であり、『源氏釈』の「出典未詳歌の中には、源氏物語の本文と余りに密接過ぎて、やや小首を傾げたくなるようなものも時折だが含まれている」と指摘した上で、次に引用する葵巻と「類似の条件下にある総角巻」では注釈書によって引歌が違っているのを重要視する。

例の、こまやかに書きたまひて、

ながむるは同じ雲居をいかなればおぼつかなさを添ふる時雨ぞ

「かく袖ひつる」などいふこともやありけむ、耳馴れにたるを、なほあらじことと見るにつけても、うらめしさまさりたまふ。〈七―九五〉

時は神無月。中君の許を思うように訪れられない匂宮から中君に文が送られる。傷心の中君に代わり大君が文を披見している。ちなみに大君は病の床にある。

ここの傍線部の引歌表現の引歌として、『花鳥余情』以下は〔神無月歌〕を挙げるが、『源氏釈』・『奥入』・『紫明抄』・『河海抄』等は、

いにしへも今もむかしもゆくすゑもかくそでひつるおりはあらじを

（定家自筆本『奥入』による。以下、この歌を〔いにしへも歌〕と呼ぶ(2)）

を挙げる。

田坂氏は、葵巻で〔神無月歌〕を指摘した『源氏釈』等が総角巻で〔いにしへも歌〕を挙げているのは、〔神無月歌〕の下句が「かく袖ひつる（くたす）……」ではなかったからだと推論し、さらに葵巻の引歌は、紫式部の伯父藤原為頼の、

神な月いつもしぐれはかなしきをここゐのもりもいかがみるらん

（『為頼集』60番。以下、この歌を〔為頼歌〕と呼ぶ(3)）

であるとする。そしてその間の事情について、次のように推測する。

推測をややたくましくすれば、世尊寺伊行は為頼の「神無月……子恋ひの森はいかが見るらん」の和歌を、葵

巻の引歌として指摘しようとしたが、記憶がやや曖昧であったために、源氏物語の本文に引きずられて、下の句が「かく袖ひつる（くたす）をりはなかりき」となってしまったのではないだろうか。しかし、本来はそのような和歌は存しないのであるから、総角巻の「かく袖ひつる」の時は、この和歌は挙げずに、別の「いにしへも」の和歌を指摘したのではないかと思われる。（括弧内原文）

〔神無月歌〕の存在を否定してかかれば、田坂氏の推測も成り立つだろう。しかし、私は次の3で述べることから〔神無月歌〕の存在は十分に認められると思うのである。

3　〔神無月歌〕の存在

田坂氏は葵巻と総角巻だけを問題にするが、第一部Ⅱ第一章4等でも指摘した通り、〔神無月歌〕が引歌であるとみて間違いないであろう箇所が他に二つある。その一つは『源氏物語』の幻巻で、紫上の一周忌をやや過ぎた頃の源氏の様子を描く場面である。

神無月は、おほかたも時雨がちなるころ、いとどながめたまひて、夕暮の空のけしきにも、えもいはぬ心細さに、「降りしかど」とひとりごちおはす。〈六―一四九〉

傍線部の引歌表現の引歌として、『源氏釈』以下の古注釈の多くは〔神無月歌〕を挙げている。〔神無月歌〕が引歌として相応しいのは一目瞭然であろう。ちなみに、〔為頼歌〕には「降りしかど」という句（または、類似の句）はないから、ここでは引歌にはならない。また、他に適当な引歌も見つからない。

もう一つは、『本院侍従集』の33 34番の贈答のうちの33番詞書にある一節で、従来典拠未詳とされてきた所である。母親の喪に服す男（藤原兼通がモデル）に女（本院侍従がモデル）が文を送ることを切っ掛けにして33 34番の贈答が交わされる。[4]

かくて、この女、「服になり給ひぬ」とき丶て、とぶらひきこえたる返事に、「いつも時雨は」と、の給ひければ

33　我さへに袖は露けき藤衣君をぞ立ちてきると聞くには

返し

34　音にのみ聞きわたりつるふぢ衣ふかく恋しと今ぞしりぬる

母親を亡くした男は「いつも時雨は」と言うことで、表には出さなかった「かく袖くたすをりはなかりき」と女に訴えたかったのだ。男の返歌（34番）からうかがえるように男にとっては初めての服喪で、想像を超える悲しみに沈んでいる男の気分は「かく袖くたすをりはなかりき」と合致する。女はそれに答えて、初・二句を「我さへに袖は露けき」と仕立てている（33番）。ここを説明的に訳せば、「あなたは、かく袖くたすをりはなかりき、と言いたいのでしょうが、私までも袖は露っぽくなってしまっています。」となろう。続く三句以下は「袖」の連想から喪服を表す「藤衣」とその縁語「たち」（裁ち）「きる」（着る）で纏められているのである。[5]それを受けた男の方では、女が詠み込んできた「藤衣」を中心にして返歌を創っている。

なお、この場合引用されている「いつも時雨は」は〔為頼歌〕にもある句だが、〔為頼歌〕が引歌である可能性はなかろう。〔為頼歌〕は、田坂氏の考証によれば九八九〈永祚元〉年の詠であるが、『本院侍従集』は天慶天暦期（九三八~九五六年）の遺り取りが纏められたものと思われるからである。

また、この場合も、〔神無月歌〕以外に適当な引歌はやはり見つからない。

要するに、〔神無月歌〕は葵巻のみならず、幻巻でも『本院侍従集』でも引歌として相応しい歌なのだ。先にも触れたように、田坂氏は、葵巻で〔神無月歌〕が引歌であるなら出典未詳歌なのにあまりに場面に適合しており、さらに『源氏釈』の引く出典未詳歌の中にはあまりに場面に適合していてかえって存在が疑われるものもあることを問題視し、〔神無月歌〕は〔為頼歌〕の下句を伊行が誤ったものではないかと推測する。だから、総角巻では『源氏釈』等は引歌として〔神無月歌〕を挙げなかったのだと言う。

引歌として適合するのが葵巻だけなら、田坂氏のような推測も成り立つだろう。しかし、今指摘したことよりすると、〔神無月歌〕が伊行の記憶違いによって生じたと想定するのは無理である。そのような歌が葵巻のみならず幻巻でも、はたまた『本院侍従集』でも、引歌として適合するとは考えられない。特に『本院侍従集』の場合は、今も述べたように、引歌表現「いつも時雨は」の引歌が〔神無月歌〕ならば、女の歌（34番）の上句とものの見ごとに適合する。〔神無月歌〕の存在を認めるのが自然であろう。

なお、田坂氏が問題とする「類似の条件下にある総角巻」で『源氏釈』等が〔神無月歌〕を挙げない件については本節4で触れる。また、葵巻等で〔神無月歌〕が引かれた表現効果については、本節5以降で順次触れてゆく。

4　〔神無月歌〕の詠歌事情

本節3での考察により、〔神無月歌〕が存在するものとして、次に、〔神無月歌〕の詠歌事情について考えを述べておきたい。

〔神無月歌〕の詠歌事情は詞書が伝わらないので正確には分からない。時雨の降る神無月であることと、かつて経験したことのないほどの悲嘆に浸っていることが歌句からうかがえるだけで、悲しみの原因は不明である。そこで、本節3で指摘した葵巻・幻巻・『本院侍従集』の場面の共通性に注目したい。これらの場面がいずれも故人を哀悼するものであるのは、偶然ではなかろうと思うからである。さすれば、〔神無月歌〕はもとは故人を哀悼する歌であったか、あるいは、元来の詠歌事情には拘わらず、いつの間にか故人を哀悼する場面で引かれる歌として定着していき、その詠歌事情もある程度踏まえて、葵巻・幻巻・『本院侍従集』で引歌とされたと想定できるのではないか。

だとすると、田坂氏が「類似の条件下にある総角巻」で『源氏釈』等が〔神無月歌〕を指摘しないのを疑問視するのは当たらない。つまり、総角巻の問題の場面（本節2で引用）は、神無月の時雨の降る時に悲嘆に浸っている点は他の例と類似しているが、決して死者を悼んで悲しんでいる場面ではない。その点、葵巻・幻巻・『本院侍従集』の例とは決定的に相違する。伊行や定家は〔神無月歌〕が死者を悼む歌であるのをまだ知っていて、総角巻では〔いにしへも歌〕を挙げたのであろう(6)。

さて、今述べた〔神無月歌〕の詠歌事情に関する推測をもとに、以下において〔神無月歌〕が葵巻（5）・幻巻（6）・『本院侍従集』（8）でどのように生かされているのか次から検討していく。ただし、途中で〔神無月歌〕の詠歌事情をより詳細に再び考えてもみる（7）。

5　葵巻での引用

――付、〔為頼歌〕の可能性――

まずは問題の場面（本節2で引用）に至るまでの経緯を確認しておく。源氏が葵上の「御法事など過ぎぬれど、正日まではなほこもりおはす。」〈二―九九〉という状態のある日、いつものように三位の中将（葵上の兄）がやって来た。やや長くなるが引用しておく。

時雨うちして、ものあはれなる暮つかた、中将の君、鈍色の直衣、指貫、うすらかに衣がへして、いとををしうあざやかに、心はづかしきさまして参りたまへり。君は、西のつまの高欄におしかかりて、霜枯れの前栽見たまふほどなりけり。風荒らかに吹き、時雨さとしたるほど、涙もあらそふここちして、「雨となり雲とやなりにけむ、今は知らず」とうちひとりごちて、頰杖つきたまへる御さま、女にては、見捨ててなくならむ魂かならずとまりなむかしと、色めかしきここちに、うちまもられつつ、近うついゐたまへれば、しどけなくうち乱れたまへるさまながら、紐ばかりをさしなほしたまふ。これは、今すこしこまやかなる夏の御直衣に、紅のつややかなるひきかさねてやつれたまへるしも、見ても飽かぬここちぞする。中将も、いとあはれなるまみにながめたまへり。

「雨となりしぐるる空の浮雲をいづれのかたとわきてながめむ

行方なしや」と、ひとり言のやうなるを、

見し人の雨となりにし雲居さへいとど時雨にかきくらすころ

とのたまふ御けしきも、浅からぬほどしるく見ゆれば、あやしう、年ごろはいとしもあらぬ御心ざしを、院など居立ちてのたまはせ、大臣の御もてなしも心苦しう、大宮の御かたざまに、もて離るまじきなど、かたがたにさしあひたれば、えしもふり捨てたまはで、もの憂げなる御けしきながらありへたまふなめりかしと、いとほしう見ゆるをりをりありつるを、まことにやむごとなく重きかたは、ことに思ひきこえたまひけるなめりと見知るに、いよいよくちをしうおぼゆ。よろづにつけて光失せぬるここちして、屈じいたかりけり。

〈二—一〇〇〜一〇二〉

この後、新潮日本古典集成『源氏物語二』(7)の小見出しが「源氏、大宮に若君を思う歌を贈る」となっている場面があり、問題の場面へと続く。

さて、問題の中心は源氏が「うちひとりごち」た「雨となり雲とやなりにけむ、今は知らず」である。この句は、諸注釈書に指摘があるように、中唐の詩人劉禹錫が愛人鄂姫を亡くして創った「有所嗟」(8)の一節（波線部）を朗詠したものである。

　庾令楼中初見時。　武昌春柳似腰肢。　相逢相笑一作失尽如夢。　為雨為雲今不知。
　鄂渚濛濛煙雨微。　女郎魂逐暮雲帰。　只応長在漢陽渡。　化作鴛鴦一隻飛。

波線部の訳は「我が恋しい人の魂は雨となったのか、雲となったのか、今は知らない」となろう。ところで、「有所嗟」は『文選』巻十九に載る楚の詩人宋玉の「高唐賦序」(9)の伝説を踏まえているのだが、それは死者に関する伝説ではない。昔、懐王の寵愛を受けた神女が別れ際に、

　妾在巫山之陽、高丘之阻。旦為朝雲、暮為行雨、朝朝暮暮陽臺之下。

と言ったが、はたして「旦朝視之如言」であったという。それを踏まえれば「有所嗟」の先の一節は「高唐賦序の神女は、旦には朝雲となり暮れには行雨となると言ったが、我が恋しい女の魂は雲となったのか雨となったのか、今は知らない」と意訳できるだろう。源氏も劉禹錫とまさしく同じ思いで朗詠したのは容易に想像できる。(10)その姿を見た中将が「女にては、見捨ててなくならむ魂かならずとまりなむかし」と思うのは、「新潮集成二」の頭注によると「劉禹錫の詩（引用者注―「有所嗟」）の「女郎の魂は暮雲を逐《お》うて帰る」を踏まえたもの」である。中将は「色めかしきここちに」こう思うのだが、それは勿論玉上琢彌氏の言う通り、「亡き妹への追慕からである」(11)のだろう。いずれにせよ、中将は源氏の朗詠を聞き、自分の喪ったのは恋人ではなく妹だが、その妹の魂がこの世のどこかに留まっているのを期待し始めたものと思われる。そうすると中将の詠歌は、やはり「新潮集成二」の頭注の指

摘通り、「源氏が劉禹錫の詩の「雨となり雲とやなりにけむ、……」と誦したことから、その気持を歌にしたもの。」である。加えて、中将の詠歌に添えられた一言「行方なしや」に込められた中将の気持ちは、これも「新潮集成二」の頭注のように「(宋玉の「高唐賦序」には、神女は朝には雲となり、夕には雨となって、朝々暮々陽台の下《もと》におりますと言ったが)葵の上は行方も知れずになってしまったことだ」(括弧内原文)と説明できる。「有所嗟」と同様魂の行方を知りたいのだけれども、どこにその魂があるのか分からない、という気分を表したものであるのは明らかである。それに源氏が唱和しているわけである。

従って、繰り返しになるが、この場面では中将は「高唐賦序の神女は、旦には朝雲となり暮れには行雨となると言ったが、妹の魂は雲となったのか雨となったのか今は知らない」と悲しんでいるのであり、もっと言うならば、何とか葵上の魂の在処を知りたいものだと思っているに違いないのである。

そうすると、この場面が「ものあはれなる暮つかた」であるのと、源氏の歌に「見し人の雨となりにし」とあるのが注目される。今までは「有所嗟」を引いて魂の在処をたずねあぐんでいた源氏は、今度は「旦為朝雲暮為行雨」と明示されている「高唐賦序」を直接引き、暮れに降る雨に葵上の魂を見ている、あるいは見ようとしていると思うのである。

つまりこの場面、「高唐賦序」を引く「有所嗟」を引いて葵上の魂を雲か雨かと探していたのが、源氏の詠歌に至ると「高唐賦序」を直接引き、「暮つかた」にそぼ降る雨を葵上の魂と見ているのである。従って、「高唐賦序」にある「暮」と「雨」は欠かすことのできない大切な要素なのである。

次に大宮へ歌を贈る場面を挟んで朝顔の宮に手紙を贈る場面に移り、問題の引歌表現「いつも時雨は」がなされるのだが、ここでも源氏は「高唐賦序」を引いているのではなかろうか。中将との会話からどれ程の時間が経過しているか明らかではないが、一旦夕暮れにうち降る時雨に葵上の魂を見た源氏にとっては、もはや暮れに降る時雨はただの雨ではあり得ず、葵上の魂そのものに思えてならないのである。そう思ってこの場面を見てみると、源氏はまず歌の上句で「わきてこの暮こそ」と言い、「この暮」を取り立てて強調しているのが注意を引く。そして引歌表現「いつも時雨は」によって「時雨」を提示する。間にある下句で袖が濡れることを言いつつ暮れと時雨を強調しているのは、「高唐賦序」を引いているからに違いなく、やはり源氏は夕暮れの時雨に葵上の魂を見ているのである。従ってここでの引用歌句は「いつも時雨は」でなくてはならない。本節6で触れる幻巻のように「降りしかど」などではいけない。なぜなら、この前後に時雨の提示はなく、源氏が「いつも時雨は」を引くことにより初めて時雨が提示されるからである。

源氏が〔神無月歌〕を引歌としたのは、単に〔神無月歌〕の詠歌事情や歌句と自分の現在の境遇が似ているからだけではなく、中将と会話した時のように「有所嗟」に引かれている「高唐賦序」を引くことによって夕暮れの時雨に亡き葵上の魂を見、神無月にはいつも時雨は降るのだけれども今年の時雨は特別のものであるために自分の袖はかつて経験したことのないほどに朽ちてしまった、という意味を込めようとしているからなのである。

葵上を追慕する源氏の情は、真実真心から強いものであるのが改めて確認できるのである。

ところで、問題を田坂氏が葵巻の引歌だと指摘する〔為頼歌〕に移すと、この場合〔為頼歌〕は引歌になっていないと言い切れるであろうか。「降りしかど」・「かく袖ひつる」と〔為頼歌〕にはない句を引いている幻巻・総角巻の場合は問題にならない。また、『本院侍従集』でも〔為頼歌〕が引かれている可能性がないことは既に述べた。しかし、葵巻では〔為頼歌〕が引かれている可能性がないとは断言できないと私も思う。特に田坂氏が強調するように、紫式部は伯父為頼に可愛がられており、家集や『源氏物語』に為頼の歌をよく使っている以上は、葵巻で〔為頼歌〕を紫式部が思い浮かべても不思議はない。その点、「引歌」をどう定義するかという微妙かつ重大な問題が絡んでくるが、〔為頼歌〕はあくまでも子供を喪った人に贈った歌であり、葵上を喪った源氏が引くにはやや相応しくないのを思うと、やはり紫式部は引歌の第一番として〔神無月歌〕を意識していたに違いなく、〔為頼歌〕は本歌取でいうところの所謂参考歌程度にとどまるとみるべきであろう。つまり、引歌を「讀者が和歌を思ひ浮べなくては本文が讀みとれない場合」に引かれた歌と、「作者が和歌を思ひ浮べながら文を書いた場合」に引かれた歌に分ければ(12)、〔神無月歌〕は前者に該当し、〔為頼歌〕は該当するとしても後者であると思うのである(13)。

6　幻巻での引用

問題の場面（本節3で引用）を再び確認しておく。源氏の引歌表現の直前が「神無月は、おほかたも時雨がちなるころ、いとどながめたまひて、夕暮の空のけしきにも、えもいはぬ心細さに」となっていて、ほとんど〔神無月歌〕の内容を含んでいるが注意を引く。源氏が〔神無月歌〕を引くのは必然的でさえある。しかし、〔神無月歌〕には詠われていない「夕暮」があるのを見逃してはならない。葵巻で「高唐賦序」と「有所嗟」が引かれるとき、「雨」とともに「暮」が重要な要素であったことは既に述べた。そうすると、ここでも源氏は夕暮れの時雨に死者の魂、この場合は紫上の魂を見ているのではなかろうか。それで「降りしかど」を引き、下句の「かく袖くたすをりはなかりき」に葵巻と同じ様な意味を込めているものと思われるのである。

ちなみに、ここでは葵巻でのように「いつも時雨は」の部分を引く必要はない。いや、「いつも時雨は」を引いてしまえば「時雨がちなるころ」と重複してしまい、かえって興ざめである。葵巻といい、幻巻といい、源氏が引歌表現を行う時、引用する歌句は適切に選ばれている。

いずれにせよ、それとは明示されていないが、幻巻でも「高唐賦序」と「有所嗟」を引いているのだと強調しておきたい。

ところで、今問題にした箇所の直後には次の叙述がくる。

雲居をわたる雁の翼も、うらやましくまもられたまふ。

大空をかよふ幻夢にだに見えこぬ魂の行方たづねよ

何ごとにつけても、まぎれずのみ、月日に添へておぼさる。〈六―一四九・一五〇〉

周知の通り、巻名の由来とも言われるこの歌は、玄宗が方士に亡き楊貴妃の魂を求めさせた「長恨歌」の故事を踏まえている。その直前に〈神無月歌〉が引かれているのは無意味ではないだろう。「高唐賦序」と「有所嗟」で死者の魂を見た源氏が、今度は死者の魂を訪ねていく故事を自然と連想しているのである。

7 〈神無月歌〉の詠歌事情再考

ここまでくると〈神無月歌〉の詠歌事情に臆測をめぐらしたくなってくる。結論から言うと、〈神無月歌〉はそもそも「有所嗟」と「有所嗟」が引く「高唐賦序」とを引きながら「暮」の「行雨」を死者の魂の変じたものととりなした歌物語的なものの中にあったのではあるまいか。

主人公が神無月の夕暮れに死者を偲んでいると時雨が降った。そこで「有所嗟」や「高唐賦序」の「行雨」を思い出し、あの雨は死者の魂が変じたものかと思う。そして詠歌する。ならばその歌の訳は、

神無月にはいつも時雨は降った。しかし、今降る時雨はただの雨ではない。「高唐賦序」の神女が暮れには「行雨」となると言ったように、恋しいあの人の魂が変じて雨となったものに違いない。劉禹錫は「恋人の魂

が雲と変じたか雨と変じたか」と嘆いたが、私は眼前の雨となったと思いたい。そう思うと、私の袖は時雨で濡れるばかりではなく、悲しみの涙で一層に濡れ、これほどに朽ちてしまうことはかつてなかった程なのである。

とでもなろうか。

このように推測するのは、葵巻で源氏が朝顔宮に贈歌する際に、「有所嗟」の一節も「高唐賦序」の一節も付け加えていなかったからである。また、幻巻でも「有所嗟」や「高唐賦序」が引用されていることを明確に示す語句はなかった。朝顔宮や当時の読者が源氏の詠歌と引歌表現から源氏の真意を汲み取ることを紫式部が期待できたのは、〔神無月歌〕自体が「有所嗟」と「高唐賦序」を引いたものであったからであろう。(14)

以上の臆説がもし当たっていれば、〔神無月歌〕は恋人を喪った人の歌になる。

8　『本院侍従集』での引用

もう一度問題の場面（本節3で引用）を確認しておくと、女親の喪に服す男に女が弔意を表す文を送ると、男は「いつも時雨は」と返事する。折りに適った引歌であるのは確かなのだが、もし、本節7で指摘したように〔神無月歌〕が恋人を喪った時に詠まれたものならば、事情にはややずれがある。もっとも、引歌表現をする場合、必ずしも引歌と完全に同じ状況でなければならないとも限らないが。それと、『源氏物語』の場合のように「高唐賦序」と「有所嗟」とを意識して男が引歌表現をしたとしたら、恋人の魂が雨になるのを、母親の魂が雨になるという状況に置き換えたことになる。

結果的には、男が初めて服喪する心境と〔神無月歌〕の下句「かく袖くたすをりはなかりき」が似通い、女が上句でそれを踏まえるにとどまっている。女の歌の下句は「藤衣」の縁語「たち」（裁ち）「きる」（着る）[15]で綾なされ、男の返歌も「藤衣」がテーマとなり、〔神無月歌〕からは離れてしまっている。

つまり、恋人を亡くした時に詠まれたらしい〔神無月歌〕と女親を喪った男の立場は違うから、引歌表現は女と男の贈答の切っ掛けにはなっているが、女の返歌の巧みさは目立つものの、『源氏物語』におけるような深い表現効果は齎してはいないのである[16]。

9　〔為頼歌〕

最後に、〔為頼歌〕についても考えを述べておく。田坂氏は幻巻・『本院侍従集』の引歌表現にはほとんど言及しないが[17]、葵巻の引歌表現は実は〔為頼歌〕を引いているのではないかと想定する。それについての私の考えは既に示したが、この〔為頼歌〕もあるいは〔神無月歌〕を本歌としたものではないだろうか。

為頼が物語好きであったのは『為頼集』からうかがえるが、一方、『為頼集』はかなりの数の哀傷歌を載せるのも事実である。そんな為頼の一面を、『為頼集全釈』の「解説[18]」の言葉を借りれば、「肉親・縁者への情愛に溢れた」心情を赤裸々に吐露する人と表現できる。同書が、

家族や眷族に限りない愛情を注いだ為頼であっただけに、それらの人々に先立たれたときの悲しみは大変なものであったようで、痛切な響きを持った和歌として結実している。

と指摘するのも宜なるかなである。

さて、問題の〔為頼歌〕を詞書から改めて引用しておく。

故あはたの右大臣どののはかなくなりたまひての年の十

月に

神な月いつもしぐれはかなしきをこころのもりもいかがみるらん

この本文によれば「あはたの右大臣」が死んだ際に故人の親に為頼が贈った歌になる。しかし、第一章注（8）でも述べた通り、田坂氏の詳細な考察によると、実はこの歌は九八九年に粟田右大臣藤原道兼が長男福足君を亡くした時に為頼が道兼に贈った歌で、詞書は本来「故あはたの右大臣どのゝこはかなく……」とでもあるべきものだと言う。いずれにせよ、為頼の相手に対する同情の念はひしひしと伝わり、為頼自身も我が子を亡くしたような悲しみに包まれていることが痛いほど感じられる歌である。為頼は普段の磊落さはどこへやら、心底相手に同情の念を伝えようとしたのは想像に難くない。

その〔為頼歌〕と〔神無月歌〕の一二句が一致するのは単なる偶然であろうか。あるいはどちらかがどちらかの影響を受けたものであろうか。ところで、〔神無月歌〕は先にも述べたように、『本院侍従集』33 34番が贈答される際にも引歌として用いられているのだが、それは第一部Ⅱ第一章4で示した考証では九四三〈天慶六〉年の神無月に行われた兼通と本院侍従の贈答がもととなっている。ということは、〔神無月歌〕は少なくとも九四三年の時点で人口に膾炙していたわけである。田坂氏が〔為頼歌〕が詠まれたと推定する九八九年よりは実に約半世紀前である。また、為頼の姪紫式部も『源氏物語』の少なくとも二箇所で〔神無月歌〕を引歌としていることは縷述した通りである。従って、偶然一二句が一致したのでなく、〔神無月歌〕を知っていた為頼が子を亡くした人に贈歌するにあたり、〔神無月歌〕を本歌にして詠歌した可能性の方が高かろう。ならば、為頼の詠歌は十世紀末における本歌取りの例として挙げられるものになる。(19)

そうすると、『為頼集全釈』で「十月のしぐれはいつだって悲しいのに子恋の森もいったいどんな気持ちで見ているのだろうか。」と訳されている〔為頼歌〕に込められている意味にはもっと深いものがあろう。〔神無月歌〕が本歌であることを考慮に入れて説明的に訳せば、「十月の時雨はいつだって悲しいものだけど、故人を偲ぶあまりかつてないほどに袖を濡らしてしまった人もある。その人が亡くしたのは子供ではなかったが、亡くなった子を恋しく思っている子恋いの森、即ちあなたも、いったいどんな気持ちで時雨を見ているのであろうか。」とでもなろうか。またさらに付け加えれば、もし〔神無月歌〕が「高唐賦序」などを踏まえているものならば、最後に「時雨が亡き子供の魂のように見えて悲しいのではないですか。[20]」という意味合いも付け加えてよかろう。

注

（1）『文芸と思想』57・一九九三年一月。後、『源氏物語の人物と構想』（一九九三年一〇月・和泉書院）に所収。田坂氏の見解には後にも言及するが、特に断らない限り同論文により、その際は注を付けない。

（2）〔いにしへも歌〕を引歌とみるには、『源氏釈』の本文では問題がある。即ち前田本では、

いにしへもいまもむかしもゆくすへもかく袖くたすたぐひあらじな

となっていて波線部が合わない。冷泉家時雨亭文庫本では、

いにしへもいまもむかしもゆくすゑもかくこ《さ》そでひつる《くたすイ》たぐひあらじな

となっている。

（3）『為頼集』の引用は、『為頼集全釈』（筑紫平安文学会著、一九九四年五月・風間書房）による。以下、同じ。なお、『為頼集全釈』の見解にはたびたび言及するが、その際は注を付けない。

（4）『本院侍従集』の引歌表現に関する事柄については、第一部Ⅱ第一章4で詳述した。

（5）『本院侍従集』の第一類本冷泉家時雨亭文庫本（冷泉家時雨亭叢書第二十三巻『平安私家集十』〈二〇〇四年八月・朝日新聞社〉による）では33番歌が「われさへそ袖は露けき藤衣君おりたちてぬると聞しに」となっている。この場合「藤衣」の縁語は、「おり」（織り）と「たち」（裁ち）になる。

(6) 総角巻の引歌表現に関しては、第二節で詳述する。
(7) 凡例参照。なお、同著の頭注にはたびたび言及するが、その際は「新潮集成二」と略称し、いちいち注を付けない。
(8) 「有所嗟」の引用は、『全唐詩第十一册』（一九六〇年四月・中華書局）による。
(9) 「高唐賦序」の引用は、全釈漢文大系27『文選（文章編）二』（小尾郊一氏著、一九七四年・集英社）による。
(10) 『源氏物語大成巻七研究資料篇』の前田家本『源氏釈』の校異には、

「ひとりこつは」ノ次、書陵部本「文選文也」トシテ「巫山之女旦爲㆓行雲㆒暮爲㆓行雨㆒ト云」ノ註文アリ。

とある。
(11) 『源氏物語評釈第二巻』（一九六五年一月・角川書店）。
(12) 玉上琢彌氏の「源氏物語の引き歌―その種々相―」（『国語国文』27巻8号・一九五八年八月。後、「源氏物語の引き歌（その一）―その種々相―」として『源氏物語研究源氏物語評釈別巻一』〈一九六六年三月・角川書店〉に所収）にある言葉。
(13) この点に関して田坂氏は、

出典未詳歌（引用者注―私に言う〔神無月歌〕）が、たとえ存在したにしても、現実に伯父為頼の和歌がある以上、紫式部が葵巻の朝顔姫君への文の場面を叙するに当たって、為頼の和歌を意識しなかった可能性はないだろうから、引歌としては、出典未詳歌と為頼歌と両説並記をしておくべきだろう。

と述べる。
(14) 河添房江氏は、「引歌―源氏物語の位相―」（和歌文学の世界第十集『論集和歌とレトリック』〈一九八六年九月・笠間書院〉）の中で、

物語世界を随(ママ)半するような古歌を、つまりは歌語りや歌物語をかかえこむ和歌を引歌した方が、物語世界の線条性により強力に作用するという事情がありうるかもしれない。

と言う。河添氏の発言は、例えば帚木巻一巻の構想と古歌がどのように関わっているかというような問題を見据えてなされたものとおぼしいが、本節で取り上げている葵巻・幻巻の引歌表現も歌物語的な〔神無月歌〕を引いて叙述さ

れているとすれば、氏の考えに当て嵌まるものと思う。また河添氏は続けて、
しばしば言われるように、歌物語や歌語りでは、歌本来の成立事情をそっくり明かす場合よりも、それが見喪われたのちに、新たな解釈として歌語りや歌物語がよびこまれるケースが殊のほか多い。
と言う。〔神無月歌〕も本来の詠歌事情とは離れ、いつしか「高唐賦序」と「有所嗟」を踏まえた歌物語に仕立てられたのかも知れない。

(15) 注（5）参照。

(16) 山口博氏は「源氏物語の引歌」（『源氏物語講座第七巻』〈一九七一年一月・有精堂出版〉）において、『源氏物語』では登場人物が引歌を明示した場合は「折にかなって雰囲気にふさわし」い引歌がなされると指摘する。葵巻・幻巻での引歌は山口氏の指摘通りである。それに比べるならば、『本院侍従集』の男の引歌表現は甘い。

(17) 田坂氏は注（13）で引用した部分に続けて、「ちょうど、岩波『古典大系』で、幻巻の「ふりしかどと、ひとりごちおはす」の部分に山岸徳平氏が出典未詳歌と共にこの為頼の和歌を挙げているように。」と言っているので、幻巻の引歌として古注釈が〔神無月歌〕を指摘するのに気付いているはずだが、これ以上は何も述べない。

(18) 引用したのは、田坂憲二氏の執筆部分。

(19) 田坂氏の考証に誤りがあったとしても、〔為頼歌〕は為頼あるいは清少納言の頃に詠まれたのは確実で（第一章注（8）参照）、『本院侍従集』よりはかなり後であることに違いはない。従って、〔神無月歌〕を本歌としているであろうという本論の主旨と抵触することはない。

(20) 〔為頼歌〕も死者が恋人でないことは『本院侍従集』と同じである。しかし、「こころのもりも」の助詞「も」がきいていると思う。即ちこの「も」は、「恋人を喪ったわけではなく、子供を喪ったあなたも」という添加の意にとれるのである。なお、『為頼集全釈』によると、三手文庫本（底本）・宮内庁書陵部蔵本・山口県立山口図書館本は「も」であるが、群書類従本・続群書類従本・慶応義塾大学蔵本では「は」となっている由である。「は」ならば、「恋人を喪った人は悲しみに沈んでいましたが、子供を喪ったあなたはどのように見ますか。さぞかし悲しいでしょう。」というようになろうか。

第二節　総角巻の引歌表現「かく袖ひつる」考
——匂宮論と関わり合わせて——

1　はじめに

本節で取り上げるのは匂宮の手紙が描かれる総角巻の一節である。薫の手引きで宇治の中君との結婚を果たした匂宮だが、身分柄自由に宇治へは行けず、新婚早々通いは途絶える。中君と会うべく計画した宇治の紅葉狩りも、結果的に匂宮の権勢を中君と大君に見せつけるだけに終わる。匂宮は乗り気ではないらしいが、夕霧の六の君との縁談の話も大君にはもれ伝わる。そんな状況の下、中君に会えないことを気に病む匂宮から中君に手紙が届き、傷心の中君に代わり大君が手紙を披見する。ちなみに、大君は心労のあまり病の床にある。

例の、こまやかに書きたまひて、

ながむるは同じ雲居をいかなればおぼつかなさを添ふる時雨ぞ

(i)「かく袖ひつる」(ii)などいふこともやありけむ、(iii)耳馴れにたるを、(iv)なほあらじことと見るにつけても、うらめしさまさりたまふ。〈七—九五〉

本節では、匂宮の手紙を描くこの場面の物語展開上の意義等を読み取りたいのだが、その際、直線(i)の引歌表現の提示のされ方が特異であることに拘りながら直線(i)を解釈し、匂宮像と絡ませて問題としたいのである。直線(i)の提示が特異なのは、点線(ii)に助動詞「けむ」等による推測表現があるからである。なぜここに推測表現があるのか。これは誰が何を推測することを示すのか。そのあたりに拘って点線(ii)を正確に解釈しないと、直線(i)の提示の特異性も究明できない。が、点線(ii)は難解で、解釈を一つに決められない。そこで、第二部の研究テーマが引歌表現であることもあり、今回は直線(i)に問題を絞って論じていく。勿論点線(ii)の問題に触れないわけにはいかないが、ここを深く追究するのは別の機会に譲り、点線(ii)の解釈は幾つか可能性を示しながら、直線(i)の引歌表現の解釈と匂宮像造型の絡みの問題を追究する。

2　匂宮論

まずは議論の前提となる匂宮の人物論について先に簡単に触れておく。特に確認したいのは、匂宮が大君達にどう見られているかである。匂宮は「あだ人」であるとの認識が根強いが、匂宮は単なる「あだ人」ではなく、心底には真摯な愛情を秘めながら、世間では世評が世評を生んで匂宮を「あだ人」と捉えていき、八宮・大君・中君も世評から匂宮の人柄を判断しているとみるのが、近年の匂宮論の趨勢だと思う。

例えば、「薫君と匂宮は他の人の噂や会話によってその性格が語られることが多」いと言う甲斐睦朗氏(1)は、「生涯北の方一人を愛し抜いた八宮の生き方」に注目し、

中君もそういう父八宮に育まれた結果、男女における愛の倫理、それはあだ人的愛を拒否すべきものであり、そこから必然的に現実の男女関係におけるまやかしを否定する考えを身につけていた。

と指摘した上で、八宮や大君・中君の匂宮観について、

八宮が中君に「いとすき給へる宮なれば」と匂宮を評する所があるが、[2]八宮は一度も匂宮と会うこともなく宇治で修業（ママ）の生活を送っているのであるから、その判断は専ら世の聞えに従ったものと言えよう。八宮の匂宮像が世の聞えで構築されたものであり、しかもその根底には対照的とも言うべき生き方の相違による匂宮への人間的不信があるとすれば、大君や中君の匂宮観もまた世の聞えによるもので、しかもその判断の基準に八宮の生涯があるということになる。

と分析する。

また、稲賀敬二氏[3]は、

手紙によつてしか匂宮に接することのできぬ姫君たちにとつては、匂宮は疎遠な存在である。彼女たちが匂宮について知つている知識は、すべて世評を通してのそれに過ぎない。世評による匂宮認識は、いつか姫君たちに匂宮の虚像を植えつけてしまつているのである。

と述べる。

さらに榎本正純氏[4]は、匂宮が即位の暁には中君を「人より高きさまにこそなさめ」〈七—七四〉と考えておりながら、中君には真意が伝わらないでいる状況などを分析し、「匂宮の中の君への愛には深い誠意が貫かれている」のに、

八の宮や姫君たちの匂宮認識も、〝世評〟というフィルターを通してのそれであり、（略）匂宮という人物は、八の宮や姫君たちからはもちろんのこと母中宮、帝からもその真実の姿を理解されない

と指摘する。そして、引いては大君の「〝男性不信〟」にも繋がると言う。

端的に纏めると、匂宮は大君達に「世評」「世の聞え」という先入観をもって見られているのだ。ために、彼がどのような言動をとろうとも、彼の真意は大君達に理解されない。そんな状況の中、おまけに本人の意志とは反し

て匂宮が身分柄なかなか宇治には行けない中で匂宮の手紙が宇治に届けられた場面が当該場面であり、そこに特異なあり方をした引歌表現があるのである。

3 当該場面の詳細

では、当該の場面に戻り、この場面の詳細について明確にしたい点の確認から始める。幾つかあるが、直線(i)の引歌表現が匂宮の手紙の中にあったのかどうかが最大の関心事である。一見、歌の直後に引歌表現を添えるよくある形に見える。ならば、直線(i)は当然手紙の中にあり、匂宮が行ったものである(5)。が、そうとるには、点線(ii)の推測表現が問題である。ここに推測表現があるからには、直前の引歌表現が手紙の中にあったとは言い切れなくなるからだ。そもそも、なぜここに推測表現がなければならないのか。また、この推測は誰によるものなのか。大君か、またはこのあたりが草子地だとすると語り手か。それは、語り手が匂宮の手紙の文面をどこまで知っていたのか、という問題でもある。「こまやかに書」かれていた内容は知っていたに違いない。歌も知っていたとみるのが自然だ。そして、直線(i)引歌表現も知っていた、と思えそうなのだが、ならば直後の点線(ii)に推測表現がないのが普通だ。さらに、二重線(iii)が誰の印象なのかも併せて問題である(6)。やはり、語り手の印象か大君の印象か解釈は分かれるであろう。と考えていくと、直線(i)引歌表現以外も曖昧で、明確なのは、波線(iv)が大君の思量内容・心情であることぐらいである。

さて、どうみればよいのか。点線(ii)の可能性を探りながら、直線(i)について考えてみる。すると次に纏めたABC三つの可能性が考えられるであろう。最初に点線(ii)の推測者を語り手とみるのがAである。

A　「かく袖ひつる」と手紙に書いてあったのだろうか、と語り手が匂宮の行った引歌表現を推測している。

Aでは、語り手は歌に続く手紙の最後の所をなぜか知らなかったことになる。そこで、語り手はAの推測を行っているとすると、二重線(iii)の印象は、大君が手紙の最終部分を読んで抱いたものになるのではないか。というのは、大君が二重線(iii)の印象を抱きながら示した波線(iv)の様子によって、語り手がそこにはこんな引歌表現でも書かれてあったのではないかと推測しているとみるのである。いずれにせよAでは、語り手の推測が当たっていない限り、直線(i)は匂宮の手紙の中にはなかったことになる。

点線(ii)を直訳的に解するとAになると思うのだが、(7)それにしても、なぜ語り手は手紙の最後の所を知らず引歌表現を推測しなければならないのかはなはだ奇異である。そこで、点線(ii)の推測者はAと同じく語り手だが、語り手は匂宮の手紙は歌で終わっていると知っており、Aとは別のことを推測すると考えるのが次のBである。

B　歌の内容から（または、手紙の内容から）、匂宮の言いたいのは「かく袖ひつる」ということか、と語り手が引歌表現を行って匂宮の真意を推測しながら端的に纏めている。

Bだと、直線(i)が手紙中になかったのは明白で、引歌表現を行ったのは語り手である。一方、二重線(iii)の印象は語り手によるのか、大君によるのか明確でなくなるが、匂宮の歌に対する印象になる。

いずれにせよ、Bでも語り手が引歌表現を用いて匂宮の真意を纏めるのは奇異である。そこで別の捉え方として、点線(ii)の推測主を大君とみる見方が出てこよう。この場合、大君は手紙を直接披見しており、推測者が語り手であった場合のA、つまり、推測しているのは文面の最後の部分である、というのはあり得ない。考えられるのはBに相当するもので、それをＣとする。

Ｃ　歌の内容から（または、手紙の内容から）、匂宮の言いたいのは「かく袖ひつる」ということか、と大君が引歌表現を行って匂宮の真意を推測しながら端的に纏めている。

Ｃでも、手紙の中に引歌表現はなく、引歌表現を行ったのは大君になる。二重線(iii)の印象も当然大君によるもので、匂宮の歌に対するものである。

さて、諸注釈書を見ても解釈は必ずしもはっきりしない。一応私が読み取った結果だけ書くと、「日本古典文学全集」「完訳日本の古典」「新編日本古典文学全集」並びに「日本古典集成」はＡ。「日本古典全書」と「日本古典文学大系」はＢかＣかどちらか。「新日本古典文学大系」は明確でない[8]。注釈書以外では、伊井春樹氏[9]が次のように述べ、Ｃで解釈しているが、これには後に触れる。

これ（引用者注—匂宮の手紙を指す）を手にした大君は、匂宮の歌の心を古歌で表現し直そうとする。（略）大君は匂宮の歌を評して「このように袖が濡れる」といったことでもあるのであろうか、いかにも耳馴れた表現であると思量する。

このように見解が割れる中、一つに絞るには、点線(ii)を正確に解釈する必要がある。すると、点線(ii)は特にＡＢなら草子地になるので、草子地の問題にも入っていかなくてはならない。つまり、『源氏物語』全体でなくとも、宇治十帖の草子地のあり方を検討し、点線(ii)の解釈も考える必要がある。しかし、問題が大きくなるわりに、引歌表現の直下に推測表現を含む草子地の類例が、宇治十帖中では椎本巻の一例[10]しか見つからず、解決は容易ではない。よって、草子地の問題を追究してＡＢＣから一つに絞るのは別の機会に譲り、今回は三つの可能性をすべて見据えながら、直線(i)の引歌表現に焦点を絞って論じていく。

見通しとしては、どの解釈でも、当該引歌表現は匂宮が行ったのでなく、語り手乃至は大君によって持ち出されているという、特異なあり方をしている点が重要となる。Aの場合は、語り手の類推が当たっていれば匂宮が引歌表現を行ったことになるが、その可能性は低いであろう。また、それにしても語り手によってそれが明示されていないことを思うと、やはり提示の仕方は特異である。

4　引歌検討

いよいよ直線(i)の引歌表現の検討に移るが、そもそもこの引歌表現の引歌は何なのか、その認定から始める。実は、古注釈では二首に見解が分かれている。ちなみに、いずれも出典未詳歌で、『源氏釈』・『奥入』・『紫明抄』・『河海抄』等は、

いにしへも今もむかしもゆくすゑもかくそでひつるおりはあらじを[11]

（定家自筆本『奥入』による。以下、この歌を〔いにしへも歌〕と呼ぶ）

を挙げ、一方、『花鳥余情』以下は、

神無月いつも時雨はふりしかどかく袖ひつるおりはなかりき

（松永本『花鳥余情』による。以下、この歌を〔神無月歌〕と呼ぶ）

を挙げる。他に適当な歌も見つからないので、古注釈の指摘に従い、いずれなのか考えておく。

そこで、第一章における〔神無月歌〕についての考察の結果のみを示しておきたい。

〔神無月歌〕が引歌表現の引歌となる例や本歌となる例が、『源氏物語』葵巻及び幻巻や『本院侍従集』の詞書中や『為頼集』に見られる。〔神無月歌〕の詠歌事情は伝わらないが、これらの場面での〔神無月歌〕の役割を詳しく分析などすると、〔神無月歌〕は中唐の劉禹錫が愛人鄂姫を亡くして創った「有所嗟」を本事とし、夕暮れの雨を死者（おそらく恋人）の魂の変じたものととりなした歌物語的なものの中にあったと想定される。〔神無月歌〕を解釈するときには、さらに、「有所嗟」が意識している『文選』に載る楚の宋玉の「高唐賦序」の有名な一節も考慮しなくてはならない。従って、〔神無月歌〕が引かれるとき、神無月で時雨が降っているのは勿論、時刻が夕暮れ時であるのも大切な要素となる場合もあるのである。「有所嗟」と「高唐賦序」の問題の箇所を挙げておく。

「有所嗟[12]」

　庾令楼中初見時。　武昌春柳似腰肢。　相逢相笑一作失尽如夢。　為雨為雲今不知。
　鄂渚濛濛煙雨微。　女郎魂逐暮雲帰。　只応長在漢陽渡。　化作鴛鴦一隻飛。

「高唐賦序[13]」

　妾在巫山之陽、高丘之阻。旦為朝雲、暮為行雨、朝朝暮暮陽臺之下。

〔神無月歌〕の詠歌事情についての想定を踏まえると、当該場面は死者を追悼している場面では決してないのに注目される。『源氏釈』・『奥入』が引歌として〔神無月歌〕を挙げないのは、そのためであろう。つまり、伊行も定家もおそらくまだ〔神無月歌〕の詠歌事情を知っており、当該場面の状況とは合わないので、引歌として思い浮かばなかったのだ。そして、その代わりというわけでもないが、〔いにしへも歌〕を挙げているのである。

一方、『花鳥余情』が〔神無月歌〕を指摘しているのはなぜなのか。それは、周知の通り『花鳥余情』が、兼良自ら序文で述べているように、(14)『河海抄』を強く意識して書かれたものであるからだろう。『河海抄』は葵巻と幻巻では引歌として〔神無月歌〕を指摘するが、総角巻では〔いにしへも歌〕を指摘する。つまり、『源氏釈』・『奥入』と同様の指摘になっているのである。一方、『花鳥余情』は、葵巻・幻巻では引歌を何も指摘しないのに、総角巻では〔神無月歌〕を指摘する。『花鳥余情』は引歌としてより相応しい葵巻・幻巻では〔神無月歌〕を指摘せず、総角巻でいきなり〔神無月歌〕を持ち出しているのだ。『河海抄』を強く意識する兼良は『河海抄』と重複する指摘を意図的に避け、〔神無月歌〕を挙げたと考えられるのである。(15)

さらにもう一点、兼良の時代になると〔神無月歌〕が故人を哀悼する詠歌であることがおそらく忘れられてしまっており、当該場面の状況と合わないことが分からなかったためもあると思う。ちなみに、『細流抄』は「引哥よくかなへり」と述べながら〔神無月歌〕を引歌として挙げているが、次節で詳述するように、たとえ〔神無月歌〕が引歌であっても、その詠歌事情を考えれば、決して「引哥よくかなへり」とは言えない。やはり〔神無月歌〕の詠歌事情は忘れられている。

〔神無月歌〕の詠歌事情に関する私の想定と、古注釈をめぐる検討からすれば、当該引歌表現の引歌は〔神無月歌〕ではない。当該場面を最も素直に読めば、〔いにしへも歌〕になるであろう。よって、〔いにしへも歌〕を引歌としての読みの検討からすべきかとも思うが、敢えて当該場面の状況と詠歌事情が合わないと想定される〔神無月歌〕を引歌として読むことから始めたい。つまりは、先に推定した定家や伊行の発想とは逆に考えてみたいのである。

5　〔神無月歌〕が引歌の場合

さて、詠歌事情が合わない〔神無月歌〕が引歌としてなお捨て切れないことに関しては、先にも言及した、Cをとる伊井氏(16)の考察が参考になる。氏は〔神無月歌〕の方が〔いにしへも歌〕よりも引歌として「より適切と判断できる」として、次のように述べる。

歌と添え句との関係は内容的に緊密な関係にあり、同じ情況なり語句を持つ引歌がもっぱら用いられる。この方法に従うと、場面は十月のことであり、しかも匂宮の歌には「おぼつかなさをそふる時雨」とあるので、大君は古歌に詠まれるように時雨が降るとは言え、これほどまでに袖の濡れる折はなかった、それはあなた〔中君〕を恋いしく思っての涙によると訴えたいのであろう、と解釈したのである。添え句は歌の内容をくり返しながらも新たな視界を広げるという機能からすれば、②の歌〈引用者注—私に言う〔神無月歌〕〉の方がその条件にかなってくる。（括弧内原文）

〔神無月歌〕の詠歌事情を考慮すれば、〔神無月歌〕が引歌として「より適切」とは言えないと思うのだが、その件には後に触れるとして、匂宮の歌から〔神無月歌〕が連想される点には賛同できる。伊井氏の言う通り、匂宮の歌は〔神無月歌〕と内容的に似通い、同じ語句をもち、場面も十月で共通するからである。

さらに私は、伊井氏の言葉で言うと「場面」、もう少し広くとって、〔神無月歌〕と手紙が齎された状況のより細かい類似性も、匂宮の歌から〔神無月歌〕が連想されると読むにあたって、大いに与ってくると思うのである。それを確認するために、手紙が届けられた前後の状況について纏めておいた。

①昼寝する中君の側にいる大君の様子の描写＝「夕暮の空のけしきいとすごくしぐれて、木の下吹きはらふ風の

音などに、たとへむかたなく、来し方行く先思ひ続けられて、添ひ臥したまへるさま、あてに限りなく見えたまふ。」〈七―九三〉

②昼寝から覚めた中君が夢に亡父八宮を見たと語る。〈七―九四〉

③大君と中君は「人の国にありけむ香の煙」（＝反魂香）を欲しく思う。〈同②〉

④「いと暗くなるほどに、宮より御使」があり、匂宮の手紙が齎される。〈同②〉

⑤当該引歌表現のある場面〈七―九五〉

（匂宮の手紙が宇治に届けられたのは「いと暗くなるほど」だが、都から宇治へ使者が向かった時間を考えると、匂宮が手紙を書いたのは「夕暮の空のけしきすごくしぐれて」いた頃と思われる。[17]）

⑥中君が「あられふる深山の里は朝夕にながむる空もかきくらしつつ」の返歌を詠む。〈七―九六〉

⑦「かく言ふは神無月の晦日なりけり。」と晦日が示され、宇治への訪れが間遠であるのを気にする匂宮の心情描写。〈同⑥〉

このように匂宮の手紙が届けられた状況をみると、神無月・時雨・夕暮れという、〔神無月歌〕を引く要素が揃っている（二重線部）のが確認される。〔神無月歌〕が連想される可能性はより強まるであろう。

ただ、〔神無月歌〕と匂宮の歌を比べて見落とせないのは、いつも同じであるはずのものが、今は特別のものと思えてくる理由である。〔神無月歌〕では、おそらく恋人を喪ったことが理由なのだが、匂宮の歌の場合はそうではなく、恋しい中君と会えない苦しみのためである。従って、手紙を認めている匂宮の念頭には、〔神無月歌〕のことも「有所嗟」のことも全くなかったに違いない。ところが彼の意には反して〔神無月歌〕が連想されてしまうと読むわけだが、そのように読み取る必然性を説明する前に、ＡＢＣのそれぞれでどのような読みになるのか先にみておく。

Aの場合は、語り手が、〔神無月歌〕を引歌とする引歌表現が匂宮の手紙に書かれていたのかと想像しているわけだが、それが二重線(iii)の印象を抱いた大君の様子から導かれたと思われる点が重要である。大君は匂宮の手紙に全く不満足な様子で、それを知った語り手がこんな引歌表現でも歌に続けて書いてあったのかと想像しているわけだ。ならば、死者を悼むという引歌の詠歌事情がここでの状況と合わないという、引歌表現としての不適切さが問題である。つまりは、大君の不満足感を強調する役割を、語り手の想像する不適切な引歌表現が担っていることになる。

Bの場合は、二重線(iii)の印象が大君のものであれば、大君の不満足感を強調する役割を語り手の想像が担っているAの場合と基本的に違いはない。やはり語り手が不適切な引歌表現で匂宮の言いたいことを纏めようとしているのが肝要だ。ただ、この場合では手紙は歌で終わっていたわけだから、存在する可能性のない不適切な引歌表現をわざわざ自ら持ち出している分、語り手の役割が重くなる。二重線(iii)の印象までも語り手のものであるとすると、語り手の役割は一層重くなる。

Cの場合は、Bとは逆に語り手の役割はほぼ消え、反対に大君の匂宮に対する批判が鮮明になってくる。大君は匂宮の手紙を読み、そこには書かれていなかった引歌表現をわざわざ持ち出してまで、匂宮の態度を批判的に捉えようとする。勿論、二重線(iii)の印象も抱きながら。すると、諄いようだが、この場合でも、大君が持ち出した引歌表現はここでは不適切であることが重要である。

ABCには相違する面も多いが、それを最大公約数的に捉えておくと、いずれにせよ、語り手乃至は大君の推測によって引歌表現が引き出され、最終的に波線(iv)の批判「なほあらじこと」に繋がっていく。そのことを踏まえ、引歌の詠歌事情が当該場面と合わない死者を悼む不適切な引歌表現がわざわざ引き出されている理由を考えると、それは即ち、匂宮が「世評」「世の聞え」を通じて誤解されていく運命にあるからだと考えるのである。つまり、

「世評」によって形作られた「あだ人」という匂宮像があり、それを先入観にして、不適切な引歌表現が引き出されるということが起こったと考えるわけで、換言すれば、匂宮像と特異な提示のされ方である引歌表現の連関性を見て取るのである。

6　引歌表現と人物像

以上の読み取りの説明は、伊東祐子氏(18)の論を参考にするとより鮮明になると思う。伊東氏は、『源氏物語』では、誰が誰に対してどんな引歌表現を用いながら話しかけているかによって、その人の人となりもうかがえると言う。例えば、幻巻で、紫上が生前に植えさせた山吹の様子を語りながら故人を追悼する源氏に向かい、女三宮が傍線部の引歌表現で答える場面がある。

「……植ゑし人なき春とも知らず顔にて、常よりもにほひかさねたるこそあはれにはべれ」とのたまふ。御いらへに、「谷には春も」と、何心もなく聞こえたまふを、ことしもこそあれ、心憂くも、とおぼさるるにつけては、……〈六―一三七〉

これの引歌は『古今集』巻十八・雑下・967番の歌である。

時なりける人のにはかに時なくなりてなげくを見て、みづからのなげきもなくよろこびもなきことを思ひてよめる　清原深養父

ひかりなき谷には春もよそなればさきてとくちる物思ひもなし

これについて伊東氏は、『古今集』967番は、

時流にあって栄えていた人が突然栄えを失って悲しむ様子を、自分には始めから輝やかしい時もなかったから衰えを嘆くこともないと、冷淡に傍観した歌である。

と確認した上で、

源氏は「言しもこそあれ、心憂くも」と、女三の宮の心配りのうかがえない引歌を批判している点に注目し、引き続き、

相手の心の痛みを思いやることができず、こうした引歌を「何心もなく」口にしてしまっている点に心の幼い女三の宮の姿が（略）浮き彫りにされている。

と指摘する。このようなことは当時の日常会話の実態をある程度反映していると思われる。引歌表現を用いて話しかけられた方は、相手が自分に対してどんな場面でどんな引歌を用いたかによって、相手の人となりを判断するのであろう。つまり、引歌表現から人間性が導き出されるという方向が見て取れるのである。

総角巻の当該場面では、引歌表現は普通とは違い特異で、語り手乃至は大君による推測によって持ち出されているわけだが、そこに、引歌表現から人間性が導き出されるのとは逆の方向、即ち、定着してしまっている匂宮の人間性から引歌表現が推測の上導き出されるという方向性が示されているとは言えないであろうか。要するには、匂宮は、慎重に言葉を選ぶのではなく、たびたび引歌とされ、しかもその場合は死者を哀悼する場面に限られている不適切な引歌を用いた引歌表現を、Ａの場合なら、安易にするに相応しい人間、ＢＣの場合なら、そんな引歌表現で纏められるような歌を詠み贈るに相応しい程度の人間だと思われてしまっているわけだが、いずれにせよそれを図式的に説明すれば、「世評」によって形成された匂宮の人間性から引歌表現が推測の上導き出されるという方向

性で説明できる。このような伊東氏の指摘した方向とは逆の図式を描くためにも、この引歌表現は特異な提示のされ方をしているとも言える。この図式に塡め込まれると、匂宮は手紙の文面をどんなに「こまやか」に認めても全く意味をもたない。大君は空々しく感じるだけなのである。[19] AやBならば、その思いを語り手も共有していることになる。それだけでなく、死者を悼む〔神無月歌〕と同内容のものとまで思われる。匂宮がそんなことを書き連ねるのは波線(iv)にあるように「なほあらじこと」で書いているからとみなし、[20]「うらめしさまさりたまふ」のであるとみると、「世評」による匂宮像から導き出された〔神無月歌〕は、今度は反対に「世評」による匂宮像を増幅していっているとも言える。

ちなみに、このように読み取ると、二重線(iii)の「耳馴れ」ているの意味合いにも付け加えるべきものがあると思う。二重線(iii)を文字通り解せば、「匂宮の言いたいのはよく使われる〔神無月歌〕と同じようなことか、耳馴れた内容だ」という批判になろうが、それに加え、「でも〔神無月歌〕は死者を悼む歌ではないか。ここでは相応しくない。」との批判も加わってこよう。その批判が語り手ではなく大君によるものなら、特に波線(iv)への直接の繫がりも出てくる。

以上のことから、当該場面における引歌表現の特異なあり方は、直接に人間性が理解されない匂宮像と無関係ではなく、そこには連関性が見て取れると主張したいのである。さらに見逃すべきでないのは、〔神無月歌〕が引歌として持ち出されるにあたり、手紙が齎された状況が〔神無月歌〕の詠歌状況と似ていたという偶然性も作用している点である。これは、匂宮像が「世評」によって形作られる際には、偶然性も左右していることを示唆しているであろう。しかし一方で、匂宮はどうやらそれに気付かずに手紙に〔神無月歌〕と似た面のある歌を書き付けたことも見逃すべきではないだろう。その点光源氏の繊細な感覚とは相違する。いずれにせよ、こんなことの積み重ねが、本人の真意とは離れて匂宮像を形作っていくとも言えると思う。

7　〔いにしへも歌〕が引歌の場合

さて、古注釈が引歌と指摘するもう一方の〔いにしへも歌〕が引歌の場合はどうであろうか。〔いにしへも歌〕も詠歌事情は伝わらず、しかもそれをうかがわせる材料も全く見当たらない。その歌句から言えるのは、どうやら男から女に贈った恋の歌らしいということぐらいだ。だとすると発想は単純かつ陳腐である。また「いにしへ」と「むかし」が意味的に重複するなど、表現面での達成度も低い。ならば〔神無月歌〕が引歌であった場合と基本的には変わらない匂宮の人物論と連関させた読みが可能ではないか。ＡＢＣ三つの場合に分けての検討は〔神無月歌〕での検討と重なる部分も多くなると思うので省略するが、結局は波線(iv)の大君の判断に繋がっていくのは動かない。大君は、匂宮の手紙の内容を、「なほあらじこと」で書いているとみなして、匂宮への恨めしい気持ちを募らせるのである。つまり、「世評」による「あだ人」匂宮という先入観があり、そこに匂宮から齎された手紙の内容は、歌としての達成度が低い陳腐な〔いにしへも歌〕でもって纏められてしまうのだ。そして、それがさらに匂宮への不満足感を増幅させることにもなろう。

8　引歌再検討

〔神無月歌〕と〔いにしへも歌〕のどちらが引歌であろうと、直線(i)の引歌表現の特異な提示のあり方と、周囲から真意を理解されず「あだ人」匂宮と捉えられて大君や中君からもいい加減で冷たい人間だと思われてしまう匂宮像とには連関性があることをみてきた。

このように読み取る際、〔神無月歌〕と〔いにしへも歌〕のどちらが引歌として妥当なのか、決定的なことは言えないのであるが、最後にもう一度考えを述べておきたい。

先にも言及した伊井氏は、〔神無月歌〕を引歌として「適切」だと判断するわけだが、私の立場は逆で、もし〔神無月歌〕が引歌なら、引歌として「不適切」なところに意味を見出すわけである。この見解の相違は、伊井氏が私とは違って引歌の詠歌事情までも考慮する必要性を認めていないところからくるものであろう。私は、あくまでも引歌の詠歌事情にまで拘りたいのである。

というのは、第一章での引歌表現についての考察により、物語などの所謂地の文における引歌表現は別として、日常生活の会話・独白や手紙など、また、物語ではそのような場面が描かれる所で登場人物によってなされた引歌表現がある場合は、引歌の詠歌事情までも含めて引かれることの方が多いのではないか(21)という見通しが抱けるからである。

当然その場合、引歌表現がなされた状況と引歌の詠歌事情がいかに合致しているかが問題となる。ならば、〔神無月歌〕が死者を悼む歌であろうことを考慮すると、その詠歌事情と合わない当該場面では引歌となっていないとみるのが素直な解釈である。その場合は、〔いにしへも歌〕が引歌となろう。それでも、本節7で確認したように、匂宮像と関連させる私の主張と矛盾することはないので、素直に〔いにしへも歌〕を引歌ととってもよいかとも思う。

しかし気になるのは、本節5でも述べた通り、匂宮の歌が〔神無月歌〕と似通っており、匂宮の手紙が届けられた状況が、死者を悼むという点を除けば、〔神無月歌〕が引かれる状況をほとんど揃えている点である。はたしてこれは偶然か。作者はこんな状況設定をしてなおかつ〔いにしへも歌〕を引歌として設定したのであろうか。そこにどうしても引っかかるのである。

そこで問題になるのが、この引歌表現は匂宮自身によってなされたものではなく、語り手乃至は大君によって引き出されたという特異な提示のされ方がなされているところである。そして、両者併せ考え、本節で展開したような読みに至ったわけである。

引歌の詠歌事情までも考慮した引歌表現という場合、詠歌事情といかに合っているかという面が普通は重要なのであるが、この場合は、ほとんど合っていながら、死者を悼むという一点においては合致しない、そういうふうに、合っていない点も重要となる引歌表現なのであった。

〔いにしへも歌〕が引歌である可能性も捨てられないのであるが、このように考えれば、〔神無月歌〕が引歌である可能性の方が高いと言えるのではなかろうか。

注

（1）「源氏物語の人物把握の一方法―匂宮の人間像を中心に―」（『中古文学』7・一九七一年三月）。

（2）八宮の発言は、椎本巻で、匂宮からの手紙に返書を認めることを中君に薦める言葉の中（傍線部）に出てくる。

なほ聞こえたまへ。わざと懸想だちてももてなさじ。なかなか心ときめきにもなりぬべし。いと好きたまへる親王なれば、かかる人なむ、と聞きたまふが、なほもあらぬすさびなめり　〈六―三二一〉

（3）「源氏物語の人物造型匂宮」（『国文学解釈と鑑賞』36巻5号・一九七一年五月・至文堂）。

（4）「匂宮と中の君」（秋山虔、木村正中、清水好子氏編『講座源氏物語の世界第八集橋姫巻～宿木巻』〈一九八三年六月・有斐閣〉）。

（5）本節のもととなった旧稿は、「「かく袖ひつる」考―総角巻の匂宮の引歌表現―」（『鈴峯女子短期大学人文社会科学研究集報』41・一九九四年一二月）を、注（7）の解釈学会発表を経て修正したものである。「「かく袖ひつる」考―総角巻の匂宮の引歌表現―」では、当該引歌表現は匂宮によってなされたものであり、歌に引き続いて匂宮の手紙の中にあったものと考えての考察を展開した。点線(ⅱ)の推測表現に対する配慮等が足りず、この点失考であった。よって書き改めたのが本節のもととなった旧稿である。

(6)『源氏物語大成巻三校異篇』(池田龜鑑氏著、一九五六年一月・中央公論社)によると、最後の「を」があるかないか、諸本によって相違がある。また、点線(ⅱ)の校異を見ると「いふこと」の所が「いふること」や「ふること」になっている本もある。その場合には二重線(ⅲ)の意味合いが強くなろう。ちなみに、他にも異同が指摘されているが、解釈に大きく影響するものはない。

(7)本節のもととなった旧稿は、平成17年度第37回解釈学会全国大会(二〇〇五年八月二三日、於・常葉大学)において「総角巻の引歌表現「かく袖ひつる」考—匂宮論と関わり合わせて—」と題して行った研究発表の内容をもとにしている。その際仁平道明氏より、点線(ⅱ)の「けむ」と並んで「もや」の解釈も問題であると指摘を受けた。確かに「もや」の解釈も課題となろう。ただ、直訳するとAになる可能性が高いのは動かないのではないか。

(8)本文中ではシリーズ名で示したが、書名・著者・発行年月・発行元は、以下の通り。

◎「日本古典全書」—『源氏物語六』(池田龜鑑氏著、一九五四年一二月・朝日新聞社)。

◎「日本古典文学大系」—『源氏物語四』(山岸徳平氏著、一九六二年四月・岩波書店)。

◎「日本古典文学全集」—『源氏物語五』(阿部秋生・秋山虔・今井源衛氏著、一九七五年五月・小学館)。

◎「完訳日本の古典」—『源氏物語八』(阿部秋生・秋山虔・今井源衛・鈴木日出男氏著、一九八七年一〇月・小学館)。

◎「新編日本古典文学全集」—『源氏物語五』(著者は右に同じ、一九九七年七月・小学館)。

◎「日本古典集成」—『源氏物語七』(凡例参照)。

◎「新日本古典文学大系」—『源氏物語四』(柳井滋・室伏信助・大朝雄二・鈴木日出男・藤井貞和・今西祐一郎氏著、一九九六年三月・岩波書店)。

なお、玉上琢彌氏『源氏物語評釈第十巻』(一九六七年一一月・角川書店)は、訳文における鉤括弧の付け方からすると、語り手が匂宮の歌からして知らずに類推しているように受け取られるが、その可能性は低かろう。

(9)「源氏物語の引歌表現」(源氏物語探究会編『源氏物語の探究第五輯』〈一九八〇年五月・風間書房〉。後、『源氏物語論考』〈一九八一年六月・風間書房〉に所収）。

（10）長くなるが前後の部分も含めて引いておく。この場合直線部の直下の点線部に推測表現があるのは、直線部の引歌表現が、『万葉集』の山部赤人の歌（1428番〈旧1424番〉）の歌句を正確に引いていないことに関連すると思う。ならば、本章で問題とする総角巻の例とは同列に論じられないのではないか。

かの宮は、まいてかやすきほどならぬ御身をさへ、所狭くおぼさるるを、かかるをりにだにと、忍びかねたまひて、おもしろき花の枝を折らせたまひて、御供にさぶらふ上童のをかしきしてたてまつりたまふ。

「山桜にほふあたりに尋ね来て同じかざしを折りてけるかな

野をむつましみ」とやありけむ。御返りは、いかでかは、など、聞こえにくくおぼしわづらふ。「かかるをりのこと、わざとがましくもてなし、ほどの経るも、なかなか憎きことになむしはべりし」など、古人ども聞こゆれば、中の君にぞ書かせたてまつりたまふ。

「かざし折る花のたよりに山がつの垣根を過ぎぬ春の旅人

野をわきてしも」と、いとをかしげに、らうらうじく書きたまへり。　〈六—三二〇〉

（11）この歌を引歌とみるには、前田本『源氏釈』の本文では問題がある。即ち前田本では、

いにしへもいまもむかしもゆくすへもかく袖くたすたぐひあらじな

となっていて傍線部が合わない。冷泉家時雨亭文庫本では、

いにしへもいまもむかしもゆくすゑもかくこ《ゝ》そでひつる《くたすィ》たぐひあらじな

となっている。

（12）「有所嗟」の引用は、『全唐詩第十一冊』（一九六〇年四月・中華書局）による。

（13）「高唐賦序」の引用は、全釈漢文大系27『文選（文章編）二』（小尾郊一氏著、一九七四年・集英社）による。

（14）『花鳥余情』の序文の一部を引用しておく。

これによりて世々のもてあそび物となりて花鳥のなさけをあらはし家々の注釈まち〳〵にして雪螢の功をつむといへどもなにがしのおとゞの河海抄はいにしへいまをかんがへてふかきあさきをわかてり。もとも折《（イ抄衷）》中のむね

にかなひて指南のみちをえたり。しかはあれど筆の海にすなとりてあみをもれたる魚をしり詞の林にまぶししてくいせをまもる兎にあへり。残れるをひろひあやまり《れる》をあらたむるは先達のしわざにそむかざれば後生のともがらなんぞしたがはざらんや。つゐに愚眼のをよぶ所を筆舌にのべて花鳥余情となづくるところしかなり。

(15) 第一章で〔神無月歌〕の存在を疑う田坂憲二氏の説に反論を試みたが、田坂氏は〔神無月歌〕の存在を疑う根拠として、葵巻で〔神無月歌〕を指摘した『源氏釈』・『奥入』等が、葵巻と「類似の条件下にある」総角巻では、〔神無月歌〕を挙げずに〔いにしへも〕歌を指摘することも挙げている。確かにこの場面、季節は神無月で時雨が降っており、加えて中君に会えないことを悲しむ匂宮が「かく袖ひつる」という引歌表現を用いているのだから、葵巻等との類似点は多い（この件については本節5で検討する）。〔神無月歌〕が存在するのなら、引歌として指摘されてもよさそうである。そこで田坂氏は、『源氏釈』・『奥入』が総角巻で〔神無月歌〕を挙げないのは、〔神無月歌〕は伊行が葵巻で為頼の歌を指摘しようとして、下句を「かく袖ひつる……」と誤って記載したためにできたもので、総角巻で「かく袖ひつる」と引歌表現がなされていても伊行も定家も〔神無月歌〕を思い浮かべるはずがないからだと言うのである。しかし、私がここで述べたように考えれば、第一章での検討同様、やはり〔神無月歌〕の存在を疑う必要はないであろう。

(16) 注（9）に同じ。

(17) 椎本巻で、八宮の死後匂宮が宇治にたびたび手紙を出すが、その際、「夕暮のほどより来ける御使、宵すこし過ぎてぞ来たる。」〈六―三二八〉とあるのが参考になる。

(18) 「源氏物語の引歌の種々相」（源氏物語探究会編『源氏物語の探究第十二輯』〈一九八七年七月・風間書房〉）。ちなみに、同論文には、本節2で述べた匂宮論に関しても参考になる記述がある。即ち伊東氏は、「匂宮にとっての中の君は、光源氏にとっての紫の上のように、やはり最愛の女性である。」と指摘し、注（7）を付して、

光源氏が紫の上とはじめて結ばれた翌朝の心境が古今六帖歌「わかくさのにひたまくらをまきそめてよをやへだてんにくからなくに」（二七四九）になずらえて語られている（葵六八）が、源氏物語中この古今六帖歌が用いられているのは、他には匂宮と中の君の場合（総角二五八）に限られており、源氏の紫の上に対する愛情、匂宮

の中の君に対する愛情がともに深いものとして設定されていることをうかがわせる。（括弧内原文）と言っている。巻名の下の漢数字は、日本古典文学大系（岩波書店）の頁数。

(19) 早蕨巻冒頭で、阿闍利から実直な手紙を受け取った中君が匂宮の手紙と引き比べて、「なほざりに、さしもおぼさぬなめりと見ゆる言の葉を、めでたく好ましげに書き尽くしたまへる人の御文よりは、こよなく目とまりて、涙もこぼるれば」〈七―一二六〉と反応を示すのも参考になる。

(20) 解釈学会（注（7）参照）で、匂宮は「あだ人」と思われているが、同時に教養人であるとも認められているはずで、そんな匂宮の手紙の文面や歌が、不適切な〔神無月歌〕で纏められるのは考えにくいのではないか、と吉海直人氏から指摘を受けた。確かに匂宮が教養人であることを見逃してはならないであろう。しかし、この場合、波線(iv)「なほあらじこと」で書いていると大君に思われていることも肝腎だと思う。教養人であろうと「なほあらじこと」で書いたとすれば、そこから〔神無月歌〕が引き出されても不思議ではないのではないか。

(21) 先に言及した伊東祐子氏（注（18）参照）が取り上げた女三宮の引歌表現の場合も、会話の中でなされてものであるが、光源氏はその引歌の詠歌事情までも考慮して批判している。

所収論文一覧

本書各節（第一部Ⅰ第二章第一節においては、2と3）のもととなった論文の一覧を掲げておく。内容的にはかなり書き改めたものも多い。なお、同じ論文名が複数回出てきているのは、もとの論文の内容を複数の節に分割した場合があるからである。

第一部Ⅰ第一章第一節
本院侍従の歌語り―道綱母を取り巻く文壇―
伊井春樹先生御退官記念論集刊行会編『日本古典文学史の課題と方法 漢詩 和歌 物語から説話 唱導へ』（二〇〇四年三月・和泉書院）

第二節
『一条摂政御集』部分的小考四題 『言語文化研究徳島大学総合科学部』第11巻（二〇〇四年二月）

第三節
歌語りから「とよかげ」の部へ―『一条摂政御集』の好古女関連歌を中心として― 『語文』第58輯（一九九二年四月）

第四節
『一条摂政御集』部分的小考四題 『言語文化研究徳島大学総合科学部』第11巻（二〇〇四年二月）

第五節
『一条摂政御集』部分的小考四題 『言語文化研究徳島大学総合科学部』第11巻（二〇〇四年二月）

第二章第一節2

本院侍従の歌語り—道綱母を取り巻く文壇—

伊井春樹先生御退官記念論集刊行会編『日本古典文学史の課題と方法漢詩 和歌 物語から説話 唱導へ』

（二〇〇四年三月・和泉書院）

3

歌語りから「とよかげ」の部へ—『一条摂政御集』の好古女関連歌を中心として—『語文』第58輯（一九九二年四月）

第二節

『一条摂政御集』の他撰部についての一考察—詞書を中心として—『詞林』第8号（一九九〇年一〇月）

第三章第一節

『一条摂政御集』論—「とよかげ」の部の特質—『詞林』第2号（一九八七年一一月）

『一条摂政御集』部分的小考四題『言語文化研究徳島大学総合科学部』第11巻（二〇〇四年二月）

第二節

『一条摂政御集』部分的小考四題『言語文化研究徳島大学総合科学部』第11巻（二〇〇四年二月）

『一条摂政御集』1番歌について・続考『言語文化研究徳島大学総合科学部』第12巻（二〇〇五年二月）

第三節

歌語りから「とよかげ」の部へ—『一条摂政御集』の好古女関連歌を中心として—『語文』第58輯（一九九二年四月）

Ⅱ第一章

『本院侍従集』考—配列に施された虚構を中心として—『詞林』第14号（一九九三年一〇月）

Ⅲ第一章第一節

『蜻蛉日記』上巻欠文部の養女問題攷―養女問題執筆削除の可能性―
古代中世文学論考刊行会編『古代中世文学論考第10集』（二〇〇三年一一月・新典社）

第二節
『蜻蛉日記』上巻欠文部の養女問題・続攷―養女問題執筆削除説における上巻前半部の主題を中心に―
古代中世文学論考刊行会編『古代中世文学論考第16集』（二〇〇五年一一月・新典社）

第二章第一節
『蜻蛉日記』下巻の物語的手法とその限界―夢と養女迎えの記事―
『言語文化研究徳島大学総合科学部』第6巻（一九九九年二月）

第二節
『蜻蛉日記』下巻の夢と夢解きの部分に関する一考察―日付と事実関係をめぐって―
片桐洋一編『王朝文学の本質と変容散文編』（二〇〇一年一一月・和泉書院）

第二部第一章
『蜻蛉日記』上巻の最初の引歌表現―いかにして網代の氷魚にこと問はむ―
伊井春樹編『古代中世文学研究論集第一集』（一九九六年一〇月・和泉書院）

第二章第一節
『源氏物語』の引歌一首―「神無月いつも時雨は……」―
『詞林』第16号（一九九四年一〇月）

第二節
総角巻の引歌表現「かく袖ひつる」考―匂宮論と関わり合わせて―
『言語文化研究徳島大学総合科学部』第13巻（二〇〇五年一二月）

索引

和歌索引（初句二句）
著書索引
人名索引

和歌索引（初句二句）凡例

＊一首全体を引いた和歌（引用文中にあるものも含めた）を歴史的仮名遣いに統一して排列した。
＊「む」に置き換えられる「ん」は「む」とした。
＊『一条摂政御集』・『本院侍従集』・『蜻蛉日記』に載る和歌については、それぞれ「一」・「本」・「蜻」という略称とともに、『一条摂政御集』・『本院侍従集』については新編国歌大観番号を、『蜻蛉日記』については『角川古典文庫』の番号を付した。

著書索引凡例

＊独立した作品・著書に「「とよかげ」の部」と「一條摂政集（第一部）注釈」を加えた。
＊括弧内は本文中で使用した略称である（凡例参照）。
＊次のものは、大量になる部分からはそれぞれ除いている。

一条摂政御集　第一部Ⅰ（3〜191頁）
蜻蛉日記　第一部Ⅲ（223〜306頁）・第二部第一章（309〜334頁）
源氏物語　第二部第二章（335〜375頁）
「とよかげ」の部　第一部Ⅰ（3〜191頁）
本院侍従集　第一部Ⅰ第一章第一節（7〜31頁）・同第二章第一節2（75〜77頁）・第一部Ⅱ（193〜222頁）

人名索引凡例

＊本文中で出た人名、乃至は人名に準じるようなものに原則として限った。ただし、『一条摂政御集』に出る「とよかげ」・「うちわたりなりける人」などや、『蜻蛉日記』に出る「町の小路の女」や「大和だつ女」などは、本文中で言及した場合含めた。
＊近世以前の姓は略した（中国人名を除く）。
＊物語中の登場人物も含め、括弧内にどの物語に出る人物か記した。
＊別の呼び方でも出る人物については、それを括弧内に示した。
＊次のものは、大量になる部分からはそれぞれ除いている。

兼忠女　第一部Ⅲ第一章・同第二章（225〜306頁）
兼通　第一部Ⅱ（193〜222頁）
恵子　第一部Ⅰ第一章第二節（32〜44頁）
伊尹　第一部Ⅰ（3〜191頁）
とよかげ　第一部Ⅰ（3〜191頁）
本院侍従　第一部Ⅰ第一章第一節（7〜31頁）・同第二章第一節2（75〜77頁）・第一部Ⅱ（193〜222頁）
道綱母　第一部Ⅲ（223〜306頁）・第二部第一章（309〜334頁）

和歌索引（初句二句）

あ行

頁

あかつきに　なりやしぬらむ（一115）　12
あきのよを　まてとたのめし　188
あきもこず　つゆもおかねど　188
あくるまも　ひさしてふなる（一70）　52
あけながら　としふることは　174
あけぬとて　いそぎもぞする　320
あじろより　ほかにはひをの　320
あぢきなや　こひてふやまは（一98）　8　128
あづまぢに　ゆきかふひとに
―あらぬみの《は》（一7）　114　182
―あらぬみは　115　185
あはすべき　ひともなきよの（一34）　125
あはずして　かへりしよりも（本6）　221
あはれてふ　ことのはもこそ　157
あはれてふ　ひとはなくとも　154
あはれてふ　ひともやあると　170
あはれとし　きみだにいはば　156
あはれとは　きみばかりをぞ　170
あはれとも　いふべきひとは（一1）　104　112　141　150
あはれとも　おもはじものを　156
あはれとも　おもはぬやまに　159
あはれとも　おもふやきみは　159
あはれとも　くさばのうへや　158
あひおもはで　はなれぬるひとを　175
あひみずて　わがこひしなむ
―いのちをも　171
―いのち□□　155
あふことの　とをちのさとの《に》（一39）　126　207
あふことの　ほどへにけるも（一40）　126
あふことの　まれなるいろに　173
あふことを　はるかにみえし　154
あふにだに　かへばなにかは　158
あめこそは　たのまばもらめ（一82）　63
あめこそは　たのまばもらめ　67
あめとなり　しぐるるそらの　342
あられふる　みやまのさとは　364
いかだしの　こころのすきは（本12）　197
いかでかは　とはざりつらむ（一76）　53
いかでなほ　あじろのひをに　320　321　332
いかにして　けふをくらさむ　87
いかにして　われはきえなむ　321
いたづらに　すぐすつきひは　169
いたづらに　みはなしつとも　162
いたづらに　みはなるてへど　160
いつぞもや　しもがれしかど（一179）　95
いであやし　けさしもでの（一89）　64
いにしへの　のなかのをぎし（一149）　16
いにしへは　はしのしたにも（一117）　13　129
いにしへも　いまもむかしも
―ゆくすゑも　かくそでくたす
たぐひあらじな　351　373
―ゆくすゑも　かくそでひつる《くたすィ》
たぐひあらじな　351　373
―ゆくすゑも　かくそでひつる
をりはあらじを　337　360
いはみがた　なにかはつらき（一19）　71　119
いひそめし　わがことのはに（一80）　53
いまさらに　とふべきひとも　169
いままでに　そであらばこそ（一48）　46　80
いろかはる　こころとみれば（蜻42）　319
いろかはる　はぎのしたばも（本39）　23　209
いろにいでて　いはねどしるき（一30）　124
うちとけて　けふだにきかむ（蜻212）　290
うちはらふ　ちりのみつもる（蜻161）　329
うちみれば　いとどものこそ（一144）　102
うちわたす　たけたのはらに

―なくたづの　まなくときなし
　あがこふらくは　169
―なくたづの　まなくときなし
　わがこふらくは　169
おきそふる　つゆによなよな（蜻188）　226 267
おとにのみ　ききわたりつる（本34）　204 313 339
おほかたの　あめをばいはじ（一83）　63
おほぞらを　かよふまぼろし　347
おぼつかな　われにもあらぬ（蜻187）　226 267
おもかげに　みつつををらむ（一157）　20
おもはずも　あるよのなかの（本30）　206
おもふこと　むかしながらの（一11）　117

か行

かきほなる　きみがあさがほ　321
かぎりとて　ながむるそらに（一72）　52
かぎりなく　むすびおきつる（一31）　125 207
かくてのみ　わがおもふひらの　161
かくれぬの　そこのこころぞ（一14）　118
かげみえで　おぼつかなきは　188
かざしをる　はなのたよりに　373
かしはぎの　もりのしたぐさ　173
かしはぎの　もりははるかに（一159）　21
かずかずに　われをわすれぬ　155
かみかけて　またもちかへと（一88）　64 68
かみなづき　いつもしぐれは
―かなしきを　313 337 350
―ふりしかど　205 308 312 335 360
からころも　そでにひとめは（一4）　113 182
かりそめの　ゆきかひぢとぞ　331
きえかへり　あるかなきかの　158
きのふとも　けふともしらず（一102）　33
きのふより　まてどおとせぬ（一93）　65
きみがうゑし　ひとむらすすき　327
きみまさぬ　はるのみやには　145
きみみよと　さししかざしは（一86）　64
くさまくら　むすぶたびねを（一32）　125 207
くもゐにて　こゑききがたき（一9）　117 147
くもゐには　わたるときけど（一8）　116 146
くもゐにも　なりにけるかな（一158）　20
くもゐにも　なりにけるかな　22
くれたけの　ゆくすゑとほき（一27）　123
くればとく　ゆきてかたらむ
―あふことの　とをちのさとの
　すみうかりしも　208
―あふことの　とをちのさとの
　すみうかりしを（一38）　125 207
こころみに　われこひめやは（一125）　87
こころをし　きみにとどめて　321
ことづての　なからましかば（一10）　117
こひしさを　つみにてきゆる（一95）　65
こひすとて　みはいたづらに　161
こひわびて　みのいたづらに　162
これならぬ　ことをもおほく　320
これはこれ　いしといしとの（一100）　8 129
こゑたかく　みかさのやまぞ　29

さ行

さめぬとて　ひとにかたるな（一33）　125
しぬばかり　わびしかりしに（一167）　62
しのぶれど　なほわすられず（本29）　206
しのぶれば　くるしきものを　147
しのぶれば　くるしやなぞと（一12）　118 147
しほがまの　もゆるけぶりも（本36）　209
しらつゆは　むすびやすると（一23）　121
しらつゆは　むすびやすると　122
しらゆきは　ほどのふるにも（一25）　72 123
しるしなく　ぬるらむそでを（一90）　64
しるひとも　あらじにかへる（一21）

121 148
しるひとも　なぎさなりける（一124）　87
すこしだに　いふはいふにも（一113）　25 28 129
すずかやま　いせをのあまの（一35）　38 125
すずかやま　いせをのあまの　39
すみぞめの　きみがたもとは　146
すみのえの　きしにむかへる　152
すみわびぬ　いまはかぎりと　59
すりごろも　きたるけふだに（一151）　16
すりごろも　きたるけふだに　16
せきこえて　たびねなりつる（蜻186）　226 267
そこふかく　あやふかりける（一107）　47 80
そはされど　とらへどころの（一118）　13 129
そまがはの　ながれひるまを（本11）　197
そよとしも　なにかこたへむ（一150）　16
そらみみか　けさふくかぜの（一91）　64
それならぬ　こともありしを　26 130 198

た行

たえぬるか　かげだにあらば（蜻101）　329
ただひとつ　おもひをだにも　174
たちかへり　あはれとぞおもふ　153
たちかへる　こころつくしの（一152）　20
たつやとも　なにかはとはむ（一126）　87
たづねつつ　かよふこころし（一185）　33 96
たとふれば　つゆもひさしき（一69）　52
たまくしげ　ふたとせあはぬ　174
たましひは　をかしきことも　321
たれにより　ひとつおもひに　174
ちかひても　なほおもふには
―まけにけり　39
―まけぬべし（一103）　33 46 78
ちぎりてし　こよひすぐせる（一73）　53
ちらねども　おそきをまつに（一160）　21
つきかげに　みをやかさまし　154
つきかげに　わがみをかふる　153
つきかげの　いりくるやどの（一153）　20
つくまえの　そこひもしらぬ
―ふちなれど（一138）　37
―みくりをば（一65）　32
つつむべき　そでだにきみは（一5）　113 182
つつめども　つつむにあまる（一171）　90
つねよりも　いろこくみゆる（一16）　118
つもりける　としのあやめも（蜻215）　290
つらかりし　きみにまさりて（一18）　71 118
つらけれど　うらみむとはた（一81）　63
つらけれど　うらみむとはた　67
つらさをも　みでやみぬべし（一94）　65
つれづれに　ながむるやどの（一146）　15 92
ときはなる　おもふこころの（一79）　53
ときわかず　かきほにおふる（本38）　23 209
としふれば　ありしひとだに（一24）　72 123
とぶとりの　こゑもきこえぬ（一75）　53

な行

ながきよに　つきぬなげきの（一41）　131
ながむるは　おなじくもゐを　314 337 354
なくなみだ　あめとふらなむ　146
なくなれば　ありしひとだに（一173）　94
なくなれば　なげのあはれも　158
なげきつつ　ひとりぬるよの（蜻27）　317
なつむしの　みをいたづらに　160
などてかく　あふごかたみに　68
なにごとも　おもひしらずは（一2）　112 150
なににてか　うちもはらはむ（一183）　27 95
なにをして　みのいたづらに　168
なよたけの　よかはをかけて（一186）　34 96

にごりゆく　みづにはかげの　49
にはたづみ　ゆくかたしらぬ（一163）　21
にはたづみ　ゆくかたしらぬ　22
ぬしやたれ　とへどしらたま　170
ねざめする　やどをばよきて（一170）　33 82
ねてゆけと　いふひともなき（一29）　124
ねぬるよの　くるしきことは（本7）　221
のべわかず　ほにしいづれば（一13）　118

は　行

はかなくて　くもとなりぬる　171
はこどりの　みをいたづらに　173
はつあきの　はなのこころを（本37）　23 209
はつこゑは　けさぞききつる（一156）　20
はなにさき　みになりかはる（蜻133）　329
はやかはの　せにゐるとりの
　―よしをなみ　おもひてありし
　　あがこはもあはれ　169
はやかはの《が》　せにゐるとりの
　―よしをなみ　おほひてありし
　　わがこはもあはれ　169
はるかぜか　みづむすびつる（一92）　65
はるかぜの　ふくにもまさる（一77）　53
はるさめに　うてなさだめぬ（一162）　21
はるたつと　いふばかりにや　142
はるののに　あさなくひなの　161
ひかりなき　たにははるも　367
ひこぼしに　こひはまさりぬ　73
ひざくらの　はなかとぞみる（一155）　20
ひたぶるに　しなばなかなか　158
ひとしれず　みはいそげども　184
ひとしれぬ　みとしおもへば（一178）　95
ひとしれぬ　みはいそげども（一6）　113 182
ひとしれぬ　みはいそげども　115
ひとめもる　われかはあやな　147
ひとやりに　あらぬことにも　161
ひとやりに　おもふことにも　175
ひとよだに　くるしかりけり（一28）　124
ひとりぬる　とこになみだの（一114）　25 28 129
ふかからぬ　こころときみを（一85）　64
ふきはつる　あきのあらしも（一71）　52
ふくかぜに　つけてもとはむ（蜻41）　319
ふくかぜに　よそのもみぢは　81
ふたしへに　おもへばくるし（一116）　12
ふゆさむみ　ねさへかれにし（一147）　15
ふりさけて　みかづきみれば　177
ふるさとは　なにごともなし（一119）　76
ふるゆきは　とけずやこほる（一74）　53
ほかざまに　なびくをみれば（本35）　209
ほけきやうを　わがえしことは　61
ほととぎす　かくれなきねを（蜻213）　290
ほととぎす　こぞみしきみが（一42）　26 77
ほどもなく　きえぬるゆきは　156

ま　行

まつむしの　こゑもきこえぬ（一22）　121
まつよりも　ひさしくとはず（一87）　64
みかさやま　そむきはてぬと　146
みごもりに　こころもゆかず（一15）　118
みしひとの　あめとなりにし　342
みづのうへに　あめかきまぜて（一164）　21
みなかみの　こほりならねど（一78）　53
みのうきと　おもひしりぬる（本32）　210
みよしのの　やまにつもれる（一26）　123
みをすてて　おもふとみしは　161
みをすてて　こころのひとり（一184）　33 96
みをすてて　つゆのみともに（本9）　159
みをすてて　ひとつおもひに　174
み□□□、　やみぬとみばや　175
むらさきの　いろにつけても（一47）　46 80
むらさきの　ひともとゆゑに　170
むらさきの　ふかきころもの（一46）　46 80

もえいでむ　はるをまつとて(一148)　15
ものおもふに　としへけりとも(蜻214)　290
ももしきは　をののえくたす(一66)　32
ももしきは　をののえくたす　37
もれずとも　えぞしりがたみ(一84)　63
もろともに　おきてまされる(一17)　118

や　行

やまざくら　にほふあたりに　373
やまはさえ　かはべのこほり　146
やまびこの　きかくにものも(一154)　20
ゆかぬわれ　くとかよかども　152
ゆかぬわを　こむとかよるも　153
ゆきかへり　みはいたづらに
—なりぬとや　158
—なりぬれど　172
ゆくさきを　おもふこころの(一106)　33
ゆめにだに　たもととくとは(一161)　21
よとともに　たえぬなみだの　145
よのなかを　おもふもくるし(本28)　206
よひごとに　たづぬるものを　188

わ　行

わかくさの　にひたまくらを　374
わかれては　きのふけふこそ(一101)　33
わがかたに　ちりこざりせば(一145)　102
わがごとや　かなしかるらむ(一174)　94
わがごとや　わびしかるらむ(一43)　26 77 128
わがために　うときけしきの(一37)　125
わがために　さはれるふねの(一44)　26 77 128
わがために　なるるをみれば(一36)　125
わがなかは　これとこれとに(一99)　8 128
わがみゆゑ　うしとはおもひ(本31)　210
わきてこの　くれこそそでは　205 312 336
わすれなむ　いまはとおもふ(一20)　72 119
われさへぞ　そではつゆけき　351
われさへに　そではつゆけき(本33)　204 313 339
われはなほ　いなりのかみぞ(一168)　90
われよりは　ひさしかるべき　156
をしからで　かなしきものは
—みなりけり　うきよそむかむ　310
—みなりけり　ひとのこころの　310
をやみせぬ　なみだのあめに(一3)　113 145 181

著書索引

あ行

頁
伊勢集　15
伊勢物語　59 68 73 109 110 112 115 126 147 175 180 183 184
伊勢物語の研究〔研究篇〕　134 217
伊勢物語の新研究　189
一条摂政御集　4 88 97 101 108 144 181 207 216 219 222 278 285
一条摂政御集注釈　207
一條摂政集（第一部）注釈　104 107 132 134 138
一代要記　202 211
一冊の講座蜻蛉日記　260 328
今井卓爾博士古稀記念物語・日記文学とその周辺　241 259
宇治拾遺物語　184 185 189
歌語り・歌物語事典　29 136 140 189
歌ことば歌枕大辞典　169
歌物語とその周辺　4 14 29 31 40 82 83 85 98 102 109 132 137 138 190
うつほ物語　146 168
うつほ物語全改訂版　168
栄花物語　250
王朝歌壇の研究村上冷泉円融朝篇　177 220
王朝日記の新研究　242 261
大鏡　215 216 222
大鏡裏書　202 211
大鏡の人びと行動する一族　215
興風集　168 169
奥入　205 206 312 313 337 360 361 362 374
小野宮殿実頼集・九条殿師輔集全釈　172
小野宮殿集→清慎公集

か行

河海抄　337 360 362 373
蜻蛉日記　114 117 137 177 178 214 215 220 221 222 308
蜻蛉日記解釈大成第6巻　240 242 284 298
蜻蛉日記芸術攷道綱母　332
蜻蛉日記形成論　136 218 240 245 260
蜻蛉日記研究序説　303
蜻蛉日記作者右大将道綱母　259
蜻蛉日記全注釈下巻（柿本全注釈下）　274 283 298 303
蜻蛉日記全注釈上巻（柿本全注釈上）　241 260 304 315
かげろふ日記全評解下　283 305
蜻蛉日記の心と表現　240
蜻蛉日記の世界形成　329
蜻蛉日記の表現と和歌　178
蜻蛉日記の風姿　286
蜻蛉日記の養女迎え　245
蜻蛉日記訳注と評論　305
過去現在因果経　272
花鳥余情　206 272 314 337 360 362 373 374
角川古典文庫『蜻蛉日記』（角川文庫）　231 251 298

鑑賞日本古典文学第6巻『竹取物語・宇津保物語』 175
寛平御集 170
願文集 202
完訳日本の古典21『源氏物語八』 359 372
九暦 202
玉葉集 154 155 157 171
玉葉和歌集全注釈中巻 172
公卿補任 67 73 195 202
九条右大臣集 29 158 162 172 187
宮内庁書陵部蔵桂宮本『蜻蛉日記下』(笠間影印叢刊70) 240
源語秘訣 202 211
源氏釈 205 206 312 313 335 336 337 338 340 341 351 352 360 361 362 373 374
源氏物語 142 157 205 218 272 308 312 313 314 325 331
源氏物語研究序説 260
源氏物語研究源氏物語評釈別巻一 352
源氏物語講座第七巻 353
源氏物語大成巻三校異篇 372
源氏物語大成巻七研究資料篇 352
源氏物語と女流日記―古代文学論叢第五輯― 331
源氏物語の人物と構想 330 351
源氏物語の探究第五輯 331 372
源氏物語の探究第七輯 171
源氏物語の探究第十二輯 374
源氏物語の文学史 171
源氏物語表現構造と水脈 171
源氏物語評釈第十巻 372
源氏物語評釈第二巻 352
源氏物語論考 217 331 372
講座源氏物語の世界第八集 371
講談社学術文庫『蜻蛉日記(下)全訳注』 242 284
高唐賦序 314 343 344 345 346 347 348 351 352 353 361 373
小大君集 157 158
古今集 142 146 147 149 153 155 160 162 164 165 168 169 170 171 172 173 327 331 366 367
古今六帖 146 152 153 154 155 160 161 170 171 329
古今和歌集以後 28 44 134 167 168
古今和歌集成立論資料編 169
古今和歌集表現論 171
国史大系11『日本紀略第三(後篇)』 219
後撰集 37 38 39 44 49 51 59 78 79 82 104 115 143 145 155 156 170 171 174 190 329
後撰和歌集 43
古代中世文学論考第10集 333
古代中世文学論考第16集 245
古代和歌史論 171
古典和歌論叢 189
古筆学大成第十八巻 174
小町集 171

さ行

斎宮女御集 173
細流抄 362
信明集 160 161 164 175
信明集注釈 160 161 174
山槐記 10
私家集大成第1巻中古I 173 329

重之女集　145
時代不同歌合　141
順集　157　164
島津忠夫著作集第八巻『和歌史下』　166
紫明抄　337　360
拾遺集　26　61　81　87　88　89　101　128　130　142　146　152　153　155　156　157　164　168　187　197　208　332　333
拾遺抄　81　141　142　143　156　165　168　309　315　316　320　321　323　324　325　328　332　333
拾遺和歌集の研究校本篇傳本研究篇　190
拾芥抄　207　219
小右記　273　283
続古今集　172
続後撰集　156　170　171　190
新古今集　61　66　157　158
新古今和歌集全評釈第五巻　61　73
新撰和歌　153　155　170
新潮日本古典集成『伊勢物語』　189
新潮日本古典集成『蜻蛉日記』（新潮集成）　233　240　281　283　284
新潮日本古典集成『源氏物語二』　343　352
新潮日本古典集成『源氏物語七』　359　372
新勅撰集　16　21　29　30　88　89　101　122
新日本古典文学大系42『宇治拾遺物語古本説話集』　189
新日本古典文学大系22『源氏物語四』　359　372
新日本古典文学大系7『拾遺和歌集』　157　190　323
新日本古典文学大系28『平安私家集』（平安私家集）　28　51　59　60　61　81　102　137　147　148
新版百人一首　141
新編国歌大観第一巻　332
新編国歌大観第三巻　101　171　173
新編国歌大観第五巻　174
新編日本古典文学全集24『源氏物語五』　359　372
新編日本古典文学全集12『竹取物語伊勢物語大和物語平中物語』　73　172　175　190　332
新編日本古典文学全集13『土佐日記蜻蛉日記』（小学館新編全集）　284　292　301　303
清少納言集　320　330
清慎公集　14　29　159　172
全講和泉式部日記改訂版　282
全講蜻蛉日記　303
全釈漢文大系27『文選（文章編）二』　352　373
全対訳日本古典新書『かげろふ日記』　243　284
全唐詩第十一冊　352　373
増基法師集　152
尊卑分脉　195　202

た行

大正新脩大藏經　283
大日本古記録『小右記一』　283
大日本史料第一編之八　218
篁集　170
竹取物語　162　163　164　175
忠岑集　146　153　154
忠岑集注釈　146
為頼集　313　330　337　349　351　361
為頼集全釈　330　349　350　351　353

中古文学論集〈第一巻〉中古文学の諸相 中古日記文学論 303
中古文学論集〈第二巻〉蜻蛉日記(上) 260 303 305 329
中世文学研究―論攷と資料― 334
長恨歌 347
貫之集 145 155 164 310 329
貫之集/躬恒集/友則集/忠岑集 167
多武峯少将物語 159 164 172 221 222 250
多武峯少将物語校本と注解 167 172 221
「とよかげ」の部 207 208 210 211 212 214 215 218 220 278 285

な 行

中務集 156 175
有所嗟 314 343 344 345 346 347 348 352 353 361 364 373
西宮左大臣集 145
西本願寺本三十六人家集五 173
西本願寺本三十六人集精成 329
日本紀略 202 208 210 219
日本国語大辞典第二版① 172
日本古典全書『源氏物語六』 359 372
日本古典全書『竹取物語伊勢物語』 73
日本古典文学影印叢刊8『平安私家集』 219
日本古典文学全集16『源氏物語五』 359 372
日本古典文学全集9『土佐日記蜻蛉日記』 284 305
日本古典文学大系17『源氏物語四』 359 372
日本古典文学大系9『竹取物語伊勢物語大和物語』 73 162
日本古典文学大系20『土左日記かげろふ日記和泉式部日記更級日記』(岩波大系) 247 298 299 305
日本文学研究資料新集3『かげろふ日記・回想と書くこと』 260 329
日本文学研究資料叢書『平安朝日記Ⅰ』 330
日本暦日便覧上 69 304
如意法集 323

は 行

八代集秀逸 141 165
百首要解 168
百人一首 141 142 177 318
百人一首うひまなび 175
百人一首改観抄 175
百人一首倉山抄 175
百人一首注釈書叢刊19『百首異見・百首要解』 168
夫木抄 152
平安時代の漢文訓読語につきての研究 29
平安時代の作家と作品 137
平安時代日記文学の特質と表現 242
平安女流作家の心象 285
平安女流日記文学の研究 240
平安朝歌合大成増補新訂第一巻 174
平安朝文章史 282
平安文学論集 218
平安文化史論 167
平仲物語 41 42 96
平安和歌と日記 241
宝物集 320

本院侍従集　130 138 159 164 177 278 279 280 285 313 314 335 339 340 341 345 349 350 351 353 361
本院侍従集全釈　201 202 208 210

ま　行

万代集　154 155 171 172
万葉集　152 153 157 160 164 177 373
萬葉集釋注二 巻第三 巻第四　169
躬恒集　161 164
源重之集・子の僧の集・重之女集全釈　167
宗于集　145
村上天皇御集　154
元真集　162
元良親王集　30
師輔集清慎公集注釈　172
文選　314 343 361

や　行

大和物語　13 28 98 171 172 188 190 309 315 316 320 321 322 323 324 325 328 329 331 332 333
大和物語の注釈と研究　171
大和物語の人々　190
大和物語評釈上巻　332
陽成院歌合　160 162 164

ら　行

李部王記　202 211
冷泉家時雨亭叢書第十九巻『平安私家集六』　172
冷泉家時雨亭叢書第二十三巻『平安私家集十』　219 351
冷泉家時雨亭叢書第六十六巻『資経本私家集二』　175
冷泉家時雨亭叢書第六十九巻『承空本私家集上』　171
論集日記文学 日記文学の方法と展開　303
論集和歌とレトリック和歌文学の世界第十集　352
論叢王朝文学　241 259

わ　行

和歌九品　143

人名索引

あ行　　頁

愛宮　250　251
葵上(『源氏物語』)　312　336　341　344　345
明石の君(『源氏物語』)　272
明石入道(『源氏物語』)　272
赤人　373
秋山虔　240　286　305　371　372
朝顔宮(『源氏物語』)　348
浅見和彦　189
阿闍利(『源氏物語』)　375
阿部秋生　260　372
阿部俊子　4　14　29　31　36　37　40　82　83　85　98　102　109　132　137　138　190
雨海博洋　29　134　136　189
有助　327
安子　9　196　197　198　199　200　202　203　215　219　248
飯塚浩　13　14　333
伊井春樹　194　198　213　217　219　331　359　363　370
池田和臣　171
池田亀鑑　372
石川徹　137
石原昭平　303
位藤邦生　325
伊藤博《はく》　169　170
伊藤博《ひろし》　303
伊東祐子　366　367　368　374　375
ゐどの　41　89　90　91　96　101
稲賀敬二　30　201　203　204　218　356
犬養廉　189　227　228　229　230　232　235　238　239　240　241　242　247　252　258　261　281
李恵遠　243
今井源衛　320　321　372
今井卓爾　305
今西祐一郎　372
伊牟田経久　250　305
岩佐美代子　172
うへ(恵子・きたのかた)　89　90　91　101
上宮聖徳皇子　152
上村悦子　234　235　240　241　242　244　259　261　284　286　298　305　316
宇多天皇　171
内田強　108　133　134
うちわたりなりける人　107　121　148
右馬の頭(『大和物語』)　291　322　333
榎本正純　356
圓賢　283
遠藤由紀　144　147　148　149　167
円融天皇　251
大朝雄二　372
大君(『源氏物語』)　158　159　313　315　331　337　354　355　356　357　358　359　360　363　364　365　367
大坪利絹　168
大倉比呂志　242　244
大津有一　73
大宮(『源氏物語』)　343　344
岡一男　332
興風　169
荻窪昭子　199　217　218
小尾郊一　352　373
穏子　196
女三宮(『源氏物語』)　157　366　375
御乳母小弐(小弐命婦・小弐のめのと)　187　188

か行

甲斐睦朗　355
懐王　343
薫(『源氏物語』)　354
柿本奨　171　241　311　326　327　328　330
かぐや姫(『竹取物語』)　162　163
片桐洋一　14　15　44　104　106　109　144　149　172　183　184　189　190　199　217　330　333
片山剛　167
兼通　9　23　24　26　30　42　130　159　278　280　314　339　350
兼良　362
加納重文　285

川嶋明子 245 257
河添房江 353
川村裕子 178
神作光一 29 136 189
寛子 196 198
鄂姫 343 361
菊地靖彦 167
徽子（斎宮女御・承香殿女御） 31 138 196 197 198 199 200 202 203 210 211 217 218 220
きたのかた（恵子・うへ） 8 90 91 96
喜多義勇 303
木船重昭 107 172
木村正中 240 253 254 255 258 260 286 287 288 293 298 299 303 305 309 310 311
久曾神昇 169
公任 323
工藤重矩 43
久保田淳 61 73 169
倉田実 243 245
蔵更衣（蔵内侍） 89 91
蔵内侍（蔵更衣） 39 40 79
くらもちの皇子（『竹取物語』） 162 163 164
桑原博史 134
恵子（きたのかた・うへ） 4 8 9 26 27 45 50 78 82 89 90 96 97 101 136 186 222
慶子 8 9 196 197 198 199 200 202 203 207 210 211 218 219 222
源氏（『源氏物語』） 206 312 314 331 336 338 341 343 344 345 346 347 348 366 368 375
玄宗 347
監命婦 171 172
小大君 158 159
古賀典子 245 261
小町谷照彦 157 334
小松茂美 174
伊尹 196 202 207 208 210 211 214 215 216 218 222 278 279 289
伊行 340 341 361 362 374
後藤祥子 212 213

さ行

斎宮女御（徽子・承香殿女御） 138 196 197
阪倉篤義 175
定家 29 137 141 142 177 337 341 360 362 374
信明 161
実頼 159 196 197 200 219
重明親王 196 198 211
成明親王（村上天皇） 196 198
重家 167
しげみつのきみ 47
品川和子 328
篠塚純子 229 230 233 238 239 240 241 244
島津忠夫 141 142
清水好子 260 371
承香殿女御（徽子・斎宮女御） 138 198
小弐命婦（御乳母小弐・小弐のめのと） 87 88 187 188
小弐のめのと（小弐命婦・御乳母小弐） 187 188
白井たつ子 286 303
佐理 250 251
朱雀天皇 196 202 210 219
鈴木あき子 201 203 204 213 218 285
鈴木一雄 270
鈴木棠三 21 22 44 101 133 141
鈴木日出男 171 372
鈴木宏子 171
鈴木裕子 236 242 245
修理 309 315 316 319 320 322 324 325 326 327 330 332 333
盛子 196 200 202 203 205 206
詮子 233
宋玉 314 343 361
曽根誠一 139 179 234 235

た行

高田祐彦 171
高橋正治 172 190 213 220 332
高橋雄生 329
高松内侍 84 85 88
高光 159 167 248 250 251
篁 170
田坂憲二 330 335 336 337 338 339 340 341 345 349 350 351 352 353 374

忠平 183 196 198 202 204 205 206 218
忠岑 142 153 154 155 164
玉上琢彌 343 352 372
為家 29
為雅 250 318
為頼 313 314 330 337 345 349 350 353 374
醍醐天皇 196 198
中将(『源氏物語』) 341 343 344 345
超子 233 244
築島裕 29 73
貫之 155
東宮にさぶらひける人 18 22 28 63 65 73
登子(尚侍殿) 101 250
遠度 245 291 292 293 303
融 183 184 189
時姫 233 234 236 244 246 256 257 317 318 319
俊蔭女(『うつほ物語』) 146
利基 327
とばりあげのきみ(とばりあげの女王) 52 54 60 62 89 91 101
とばりあげの女王(とばりあげのきみ) 101
倫寧 247 249 250 317
とよかげ 189 207

な 行

尚侍殿(登子) 85 101
中嶋眞理子 218
中務 155 156 161
中田武司 29 136 189
中君(『源氏物語』) 313 337 354 355 356 363 364 369 371 374 375
中野幸一 282
業平 184 189
南波浩 73
難波喜造 44 133 134 176 189
匂宮(『源氏物語』) 313 337 354 355 356 357 358 359 360 363 364 365 366 367 368 369 370
新田孝子 190
仁平道明 372
沼田純子 142 171
のべ 107 121 122 123 148

は 行

萩谷朴 174
八宮(『源氏物語』) 355 364 371 374
原田敦子 333
馬場あき子 169
樋口芳麻呂 175
人麿 152
平野由紀子 174
福井貞助 73 175
福足君 313 330 350
忯子 250
藤井貞和 372
藤岡忠美 167 174
ほうし 90 91 101
本院侍従 4 5 41 42 45 78 81 83 86 88 89 92 98 99 110 126

ま 行

章明親王 238 244 251
益田勝実 132
増田繁夫 237 256 259 274
まちじりのきみ(まちじりの宮) 65
まちじりの宮(まちじりの宮) 91
町の小路の女 225 231 232 234 236 237 239 241 249 251 254 256 259 317 318 319 326
松原一義 167 221 222
丸岡誠一 82 101 136 175 219
三木紀人 189
三角洋一 24 29 30 136 137 138 139 140 189
水野隆 241 247 249 252 253 254 255 258 259 260 261
道兼 313 330 350
道綱 233 241 246 257 263 264 276 277 289 290 291 292 294 295 304 316 317
道綱母 114 177 214 215 222 308
道長 216 222
みつね 153
みぶ(民部) 89 91
宮崎荘平 240 242 244

宗于　145 171
宗于朝臣のむすめ　145
村井順　283 305
村上天皇（成明親王）　196 211 250
紫式部　142 311 313 328 331 337 345 346 348 350
紫上（『源氏物語』）　312 331 338 346 366
室城秀之　168
室伏信助　372
目加田さくを　167 218
目崎徳衛　167
森田兼吉　283
守屋省吾　116 131 138 218 240 241 245 255
師輔　29 81 158 159 172 181 183 187 188 190 196 247 248
師保　196 200

や　行

家持　152 177
やだいに（好古）　43 90 91
野内侍（好古女）　43
柳井滋　372
山岸徳平　372
山口博　30 177 214 215 220 353
山崎久美子　199 201 203 204 208 210 217 218 219
山崎正伸　190
大和だつ女　289 290 294 295 304
大和乳母　85
山本登朗　330
山本利達　109
湯浅吉美　73 304
楊貴妃　347
吉川理吉　283
好古（やだいに）　5 39 40 41 43 75 90 116 145
好古女（野内侍）　4 36 38 41 43 90 115 116 136

ら　行

劉禹錫　314 343 361
良少将（『大和物語』）　172
冷泉天皇　67 250

わ　行

渡辺実　183 184 189 215 222 270
渡部泰明　169

あとがき

私の関心の原点は『蜻蛉日記』にあった。なぜ道綱母はあのようなものを書かなくてはならなかったのか、また、書けたのか。そんなことなどを究明したかったのである。しかし、今「書かなくてはならなかったのか」「書けたのか」と問題を絞り込んだ言い方をしたが、このように問題を絞り込んだとしても、『蜻蛉日記』だけに焦点をあてていては究明が無理なのは明らかである。そこで、まず、『蜻蛉日記』周辺の作品からみていくことにした。具体的には、『一条摂政御集』の研究から始め、『本院侍従集』などにも進んでいき、『蜻蛉日記』に関する論考をいくつか手がけたところである（このあたりのやや詳しい経緯は、「本院侍従の歌語り―道綱母を取り巻く文壇―」〈「所収論文一覧」参照〉の「第一章　『蜻蛉日記』形成の謎―研究史と回顧―」と「第二章　『蜻蛉日記』形成の謎―研究史と展望―」で述べたが、本書の性質上両章の内容は本書には転載しなかったので、同論文に直接あたっていただければ幸いである）。そこで本書を纏める機会を得られたわけだが、『蜻蛉日記』周辺の作品をみると、その頃はまさしく、歌語り・歌物語隆盛の頃であり、特定の貴族達の実人生が（形を変えながら）文学作品化されていた頃である。本書の主要部分である第一部で主として取り上げた『一条摂政御集』・『本院侍従集』・『蜻蛉日記』にも、藤原伊尹・本院侍従・道綱母や藤原兼通・兼家、はたまた恵子女王や源兼忠女等等の実人生が、様々の形で反映されている。当時の文学作品の形成過程を見極めるとは、すなわち、彼ら彼女らの人生がどのように文学作品として形成されていったかを見極めることでもあった。それで本書の標題を「歌語り・歌物語隆盛の頃―伊尹・本院侍従・道綱母達の人生と文学―」とし、特に『一条摂政御集』・『本院侍従集』・『蜻蛉日記』は相互無関係に形成されたわけではなかろうとの見通しのもと、論考を纏めたものである。

そして、この拙い一書を纏め上げた今は、原点の『蜻蛉日記』に帰っていくよりも、当時の文学圏の全体像の把握に向かいたい気持ちが強い。その意味では、まだまだ緒についたばかりで、今後は当時の文学作品と政治・社会状況との拘わりなどももっと見極めていかなくてはならないと思う。自ずと前途は長く険しいものになろうが、本書はその小さな第一歩であると受け止めていただきたい。なお、本書の刊行と前後することになったが、「兼家の嘘の言い訳を求める道綱母の歌語り享受―道綱母対町の小路の女と恵子女王対好古女―」(『言語文化研究徳島大学総合科学部』第14巻・二〇〇六年一二月)で、さらに小さいながら次の一歩を踏み出している。これも併せ読んでいただければ幸甚である。

ところで、本書を成すにあたり、本文や注で名前を挙げられなかった方々も含め、先学から蒙った学恩の大きさは計り知れない。十分に言葉を尽くせないが、ここで順次お礼を述べたい。

まずは、大阪大学・大学院在学当時からご指導いただいている大阪大学関係の多くの先生方である。特に、本書に序文もお寄せいただいた伊井春樹先生には、大阪大学の学部進学以来今日まで変わらずご指導いただいている。本書の成ったのも、伊井先生のお陰と感謝申し上げたい。また、島津忠夫先生には、今はその名の響きも懐かしい教養部の一回生以来ご指導を賜っている。

次には、私が研究者として育てられた関西地方の諸先学の方々である。これらの方々にはその謦咳に直接触れることも多く、お教えや時には叱責などもいただいた。それは、私が大阪を離れ、広島そして今の勤務地徳島へと移り住んでも変わることがない。広島と言えば、私と直接には何の縁もゆかりもない広島大学国語国文学会に入れていただき、教えられることが多かった。それから、関西・広島以外の諸先学の方々にも、学会の全国大会などで徐々に顔を覚えていただき、教えを受け続けている。

大阪大学関係の先生方をはじめ、皆様のお名前を列挙して御礼を申し述べたいところではあるが、紙幅の関係もあるので、それは控えさせていただくことをお許しいただきたい。

そんな中でお一方、今や直接には御礼を申し述べられない木村正中先生にはこの場を借りて御礼を申し上げたい。先生からの学恩は当然早くから蒙っていたのだが、なかなか面識を得る機会に恵まれなかった。それが、ありがたいことに、『中古文学論集』刊行開始の半年ぐらい前に、ある学会である方が私を先生に紹介して下さった。これから何とか名前と顔を一致してもらえるよう頑張ろうと思ったものである。その後『中古文学論集第一巻』が刊行され、暫くしてそれが自宅に届けられた。まだ注文していないのにおかしいなあと思いつつ封を切ってみると、挨拶状とともに著者からの「謹呈」であることを示す栞が入っていた。正直言って、ありがたいという気持ちよりも、吃驚という方が強かった。先生には次の学会でお会いした際に直接御礼を述べ、その時には、励ましのお言葉も頂戴した。そのお言葉にも応えるべく、いずれ私が本を出した際には、当然一冊謹呈してご指導いただければと思っていたが、御著書の御礼を申し述べたのが先生と直接お話しできた二度目にして最後の機会となってしまった。その『中古文学論集』であるが、以後、各巻送られてくるたびに拝読し、先生の読みの色あせない斬新さと鋭さに改めて敬服させられた次第である。本書でも先生の説を継承発展させた（つもりの）所がいくつかある。いささかでもその学恩に報いることができているとしたら幸いである。

次いで、大阪大学・大学院の先輩や後輩達にもお礼したい。先輩からお教えを蒙ったのは当然だが、私には皆様もよくご存じであろうと思われる後輩達がたくさんいて、刺激的である。やはり伊井先生や先生方のお教えの賜であろう。伊井先生は校正をしっかりしなさいとおっしゃる際、必ず「校正畏るべし」という言葉を添えられる。実は本書を出すに当たって「校正畏るべし」と誠に痛感させられたのだが、やはり「後生畏るべし」である。

さて、「後生」を畏れている私を助けてくれる人はいないのだが、「校正」を畏れていた私は、和泉書院の編集部の方が心底助けて下さった。また、和泉書院には『詞林』を始めとして今までも数多の刊行物でお世話になっており、社主の廣橋研三氏は、本書の刊行も快く引き受けて下さった。最後の最後になったが、併せて御礼申し上げる次第である。

二〇〇七年春　研究室前の六分咲きの桜を眺めつつ

堤　和博

■著者紹介

堤　和博（つつみ　かずひろ）

一九六二年生まれ。

最終学歴　一九九三年三月大阪大学大学院文学研究科博士後期課程単位修得退学

学位　博士（文学）

現職　国立大学法人徳島大学総合科学部准教授

主な論文

歌語「いつてふね」覚書
（『鈴峯女子短期大学人文社会科学研究集報』第42集）

『平中物語』の原型への一階梯―『平仲物語』と『大和物語』附載説話の比較覚書―（『日本文学史論―島津忠夫先生古稀記念論集―』世界思想社）

「臥待月」意義考―「臥待月」は十九日の月か―
（『古代中世文学研究論集第二集』和泉書院）

瓜を詠み込む歌―付・『師輔集』の「大和瓜」の歌―
（『古代中世文学研究論集第三集』和泉書院）

研究叢書 369

歌語り・歌物語隆盛の頃
―伊尹・本院侍従・道綱母達の人生と文学―

二〇〇七年一〇月一〇日初版第一刷発行

（検印省略）

著　者　堤　和博

発行者　廣橋研三

印刷所　太洋社

製本所　大光製本所

発行所　有限会社　和泉書院

大阪市天王寺区上汐五-三-八

〒五四三-〇〇〇二

電話　〇六-六七七一-一四六七

振替　〇〇九七〇-八-一五〇四三

ISBN978-4-7576-0433-9　C3395

研究叢書

浜松中納言物語論考	中西健治著	351	八九二五円
木簡・金石文と記紀の研究	小谷博泰著	352	一二六〇〇円
『野ざらし紀行』古註集成	三木慰子編	353	一〇五〇〇円
中世軍記の展望台	武久堅監修	354	一八九〇〇円
宝永版本観音冥応集 本文と説話目録	神戸説話研究会編	355	一三六五〇円
西鶴文学の地名に関する研究 第六巻 シュースン	堀章男著	356	一八九〇〇円
複合辞研究の現在	藤田保幸 山崎誠 編	357	一一五五〇円
続近松正本考	山根爲雄著	358	八四〇〇円
古風土記の研究	橋本雅之著	349	八四〇〇円
韻文文学と芸能の往還	小野恭靖著	360	一六八〇〇円

（価格は５％税込）